그녀,
차혜서

지은이 | 은여경
펴낸이 | 권순남
펴낸곳 | (주)마야 · 마루출판사

1판1쇄 인쇄일 | 2014년 4월 22일
1판1쇄 발행일 | 2014년 4월 24일

등록일자 | 2008년 1월 7일
등록번호 | 제310-2008-00001호

주소 | 서울시 노원구 상계 1동 1049-25 신영산업 BD 602호
대표전화 | 02-2091-0291
팩스 | 02-2091-0290
이메일 | marubooks@hanmail.net

978-89-280-3167-2(03810)
값 9,500원

• 저자와 협의하여 인지를 붙이지 않습니다.
• 잘못된 책은 교환하여 드립니다.

「이 도서의 국립중앙도서관 출판시도서목록(CIP)은 서지정보유통지원시스템 홈페이지(http://seoji.nl.go.kr)와
국가자료공동목록시스템(http://www.nl.go.kr/kolisnet)에서 이용하실 수 있습니다.」
(CIP제어번호:CIP2014012323)

AYA&MARUROMANCE

그녀, 차혜서

은여경 지음

목차

프롤로그 …007

제1장. 어린 친구들 …017

제2장. 성장통 …059

제3장. 위험한 고백 …095

제4장. 사랑 비우기 …127

제5장. 혜서의 선택 …167

제6장. 드러나는 진심 …197

제7장. 때늦은 고백 …219

제8장. 늦은 후회 …243

제9장. 친구처럼 연인처럼 …267

제10장. 질투 …303

제11장. 지치지 않고 기다리기 …337

제12장. 다시 한 번 …365

에필로그1. 아마도…… 연애? …399

에필로그2. 프러포즈, 그리고…… …413

외전1. 내 아이 …437

외전2. 상희와 정우의 짧은 이야기 …459

작가 후기 …470

그녀,
차혜서

프롤로그

그녀,
차혜서

"준혁아!"

경직된 어깨 위로 무겁게 내려앉은 어둠을 뚫고 들리는 청아한 목소리. 그녀에게 이름을 불린 것만으로도 쿵쿵거리며 심장이 열띤 반응을 시작했다. 희미한 가로등 불빛에 긴 그림자가 드리워진 골목길을 뛰어내려 오는 가벼운 발소리에 이어 혜서, 그녀의 모습이 눈에 들어왔다. 바람에 날리는 길고 탐스러운 머리에 미소를 머금은 자그마한 얼굴이 아무런 의심 없이 가까이 다가왔다. 그리고 언제나처럼 나만을 바라보는 정직하고 맑은 눈동자.

"이제 들어오는 거야? 졸업식 끝나고 같이 밥 먹자니까 말도 없이 그냥 가 버리고……."

그녀의 입에서 나오는 가벼운 원망의 소리에 나는 긴장으로 축축해진 손을 꽉 움켜쥐었다. 언젠가부터 불쑥불쑥 그녀를 향해 나

가려는 못된 손을 그렇게 붙잡아야 했다.

"너, 술 마셨니?"

소용돌이치는 내 마음은 꿈에도 모르는 채 혜서가 고운 이마를 찌푸렸다. 그래도 여전히 예쁘기만 한 얼굴. 술 냄새가 싫다는 표정을 지으면서도 멀어지지 않고 얼굴을 가까이 들이대는 그녀 때문에 빠르게 뛰던 심장이 이젠 가슴을 가르고 튀어나올 지경이었다.

"얘 좀 봐! 이제 성인이다, 이거지? 그래도 어떻게 졸업식 하자마자 바로 술을 읍······!"

갓 스무 살이 된 나는 종알거리는 붉은 입술의 유혹을 물리치기엔 너무 뜨거운 피를 가지고 있었다. 게다가 지금은 혈액을 타고 빠르게 돌고 있는 알코올의 기운이 오랫동안 눌러 놓았던 자제심을 방해했다. 나는 결국 사력을 다해 꽉 움켜쥐고 있던 주먹을 풀고 그녀의 팔을 잡아 품 안으로 강하게 끌어당겼다. 그리고 마치 자석에 끌리듯 그녀의 입술에 내 거친 입술을 내렸다. 상상했던 것보다 훨씬 말랑하고 부드러운 촉감······. 게다가 밀어내지 않고 가만히 맞대고 있는 그녀의 입술 사이에서 과일 향을 머금은 따뜻한 숨결이 새어 나왔다.

상상 속에서만 가능했던 입맞춤의 순간, 나는 아찔함에 숨이 멎을 것만 같았다. 입맞춤 자체가 계획하지 않았던 갑작스러운 일인 것처럼 그 입맞춤이 깊어지는 것 역시 당혹스러웠다. 욕심 많은 나는 어찌할 줄 모르고 당황하는 입술 사이로 조심스레 혀끝을 밀어 넣었다. 그곳엔 더 아찔한 신세계가 기다리고 있었다. 움찔거리는 작은 혀를 찾아내는 것은 그리 어렵지 않았다. 겁먹은 듯 잔뜩 웅크리고 있는 작은 혀를 잡아챈 것은 교육받지 않은 수컷의 본능이었다. 톡톡 두드리듯 건드리던 혀를 부드럽게 감아올려 빨아들이자 꿀물처럼 달콤한 맛이 느껴졌다.

"……흐읍."

나는 무릎에 힘이 빠진 듯 푹 꺾이며 주저앉으려는 혜서의 팔을 단단히 잡고 버텼다. 다디단 그녀의 입술을 놓아주고 싶지 않아 '조금 더, 조금 더' 하며 욕심을 내게 된다. 정신이 번쩍 든 것은 뻣뻣하게 굳어 있던 혜서가 몸에 힘을 풀고 내 가슴으로 기대어 올 때였다. 머릿속에서 경종이 울렸다.

위험해……!

힘껏 빨아들이던 그녀의 입술을 놓아준 나는 얼른 한 발 뒤로 물러섰다. 조금은 멍한 표정으로 가쁜 숨을 몰아쉬며 올려다보는 혜서의 얼굴이 발갛게 달아올라 있었다. 경계심이라곤 하나도 없이 말갛게 풀어진 그 얼굴이, 온전하게 나만을 바라보며 반짝이는 눈동자가 얼마나 예쁜지 그녀는 알고 있을까? 한입에 삼켜 버리고 싶은 욕심을 숨기고 바라만 보아야 하는 심장이 뾰족한 바늘로 콕콕 찔리는 것처럼 따끔거렸다.

너무나도 사랑하는 얼굴이었다. 너무나도 사랑하는 사람이었다. 그렇지만 욕심내서는 안 될 사람이었다. 그래서 나는 비겁한 말 뒤에 그녀를 향한 나의 욕심을, 나의 진심을 숨겼다.

"뭐, 그다지 다르지 않네……. 안 되겠다, 역시. 우린 그냥 친구인 게 맞는 거 같아."

간신히 표정을 관리하며 내뱉은 말에 촉촉하게 젖은 채 나를 바라보며 흔들리던 그녀의 검은 눈망울이 눈에 띄게 차가워졌다. 그리고 까맣게 빛을 잃었다. 나는 하얗게 핏기가 가신 혜서의 얼굴을 바라보다가 킥, 웃음을 터트렸다. 잡을 용기도 없으면서 이런 짓을 저지르고 만 나 자신을 비웃는 웃음이었다. 실은 울고 싶었던 것이었는지도 모르겠다. 그렇게 끝끝내 그녀를 친구란 자리에 묶어 두려는 나의 끝없는 욕심, 욕심, 욕심…….

쫘악!

그녀의 매운 손에 한 방 얻어맞았다. 차라리 시원했다.

"이, 이 나쁜 자식아! 그, 그래도 내 첫 키스였단 말이야!"

첫 키스란 말에 나는 아무런 말도 할 수 없었다.

"네가 뭔데 내 소중한 첫 키스를 가져가느냔 말이야! 나중에 사랑하는 사람이랑 하려고 했는데! 이 나쁜 놈! 물어내, 이 나쁜 놈아!"

혜서는 말아 쥔 주먹으로 내 가슴을 세게 때렸다. 나는 말리거나 피하지 않았다. 그녀의 감미로운 첫 키스를 빼앗은 죄인이니 어떤 벌이라도 달게 받아야 하리라.

"너! 이번엔 일주일짜리야! 일주일 동안 나한테 연락하기만 해봐! 너 아주 죽었어!"

"일주일…….'

어지간히 화가 난 것이 틀림없다. 한정적인 기한을 둔 절교 선언은 어린 시절부터 나만을 상대로 한 혜서의 일방적인 전매특허였다. 하지만 제아무리 화가 나도 하루 이상의 절교를 선언한 적이 없었다. 그런데 일주일이라니. 그녀의 얼굴을 일주일이나 보지 못한 채 견뎌야 하는 것이다. 심장에 무거운 바윗돌 하나가 얹힌 것 같았다.

절교를 선언하고 돌아서는 그녀를 잡고 싶었다. 하지만 움찔하며 움직이려는 두 다리에 힘을 주고 버텼다. 대신 이를 꽉 다문 채 눈동자만 굴려 멀어지는 그녀의 뒷모습을 좇았다.

돌아서는 그녀의 눈동자에 반짝이던 것은 눈물이었을까? 이 갑작스런 입맞춤이 눈물 날 만큼 억울했던 걸까?

저만치 멀어지던 혜서의 모습이 달빛 아래 은빛 신기루처럼 사라지자 온몸에서 기운이 빠져나간 듯 어깨가 축 늘어졌다. 그녀가 사라진 골목은 순식간에 삭막하고 건조한 사막이 되었다.

거실은 어둠에 잠겨 있었다. 오늘은 일주일에 세 번 오기로 되어 있는 도우미가 오지 않는 날이었다. 도우미가 왔다면 적어도 불빛 한 점 없는 어두운 집에 들어서는 일은 없었을 텐데. 어두운 것을 끔찍하게 싫어하지만 나는 불도 켜지 못한 채 소파에 지친 몸을 뉘였다.

"후우……."

꽉 다문 입술 사이로 깊은 한숨이 절로 새어 나왔다. 지끈거리는 두통이 시작된 머리가 가누기 힘들 만큼 무거웠다. 거칠게 몰아쉬던 숨마저 잦아들고 나자 아무것도 보이지 않고 아무것도 들리지 않는 집 안은 고요하다 못해 숨이 막힐 것처럼 적막해졌다. 어둠을 틈타 모습을 드러낸 붉은 눈의 악마가 스멀스멀 기어 와 또다시 내 숨통을 조일 것만 같았다.

어린 시절 이혼한 부모님이 차례로 떠나고 그나마 곁에 남아 계시던 할머니도 하늘나라로 떠난 지 1년이 넘었다. 나 혼자 살기에는 부적절할 만큼 커다란 집. 덕분에 나를 짓누르는 외로움의 무게는 더욱 컸다. 그런데도 나는 여전히 이곳을 떠나지 못하고 있다. 그 이유가 다른 누구도 아닌 혜서, 너라는 걸 나는 끝내 말할 수 없다.

'준혁아, 엄마가 이번 봄엔 잠시 귀국을 하려고 했는데 일이 생겼지 뭐니? 잘 지내고 있는 거지?'

어젯밤 프랑스에서 걸려 왔던 전화를 떠올리자 쓴웃음이 났다. 엄마라고는 하지만 남보다도 낯선 목소리였다. 그녀는 제법 이름이 알려진 사진작가다. 사진 작업을 위해 세계 전역을 자유롭게 돌아다니는 그녀에게 생긴 일이란 것이 새로 만나고 있는 애인과의 밀월여행이라는 사실은 지난주에 통화를 했던 부친에게서 들어 이미 알고 있었다. 혀를 끌끌 차며 못마땅하다는 목소리로 그 사실을 나에게 알려 주던 부친 역시 지금 세 번째 재혼한 금발 머리 여자와 미국에서 살고 있다. 그나마 이번엔 제대로 정착을 하긴 한 건지…….

평범한 다른 부모들처럼 졸업식에 꽃을 들고 나타나기를 바랐던 것은 아니다. 하지만 적어도 졸업을 축하한다는 말 한마디쯤은 해 줄 수 있지 않았을까? 아니, 돌아서던 뒷모습조차 기억이 가물가물할 정도로 오래전에 짐짝 버리듯 내버리고 떠났던 하나밖에 없는 아들이 올해 고등학교를 졸업한다는 사실을 알고나 있을까? 각자의 생활이 너무 중요하고 바쁜 부모는 한 달에 한 번씩 꼬박꼬박 보내 주는 지나치게 많은 생활비만으로 의무를 다하고 있다고 생각하는 게 틀림없다.

언젠가 두 사람 중 한 사람이라도 이곳으로 돌아올지 모른다는 서툰 기대감을 접은 지는 이미 오래되었다. 나는 이제 자상하고 다정한 부모의 손길을 아쉬워할 정도로 어린 아이가 아니다. 그들이 자신들의 삶에 충실하듯 나도 혼자만의 삶에 충실하면 그뿐이다. 그렇게 생각하면서도 뻥 뚫린 가슴으로 2월의 시린 바람이 파고드는 것을 막을 수는 없었다. 그럼에도 무너지지 않고 이겨 낼 수 있는 것은 언제나 변함없이 내 곁을 지켜 주는 한 사람이 있기 때문이다.

손바닥을 활짝 펼쳐 왼쪽 가슴에 얹었다. 그리고 쿵쿵, 울리고 있는 심장에 집중했다.

'이 나쁜 자식아! 그래도 내 첫 키스였단 말이야!'
'네가 뭔데 내 소중한 첫 키스를 가져가느냐 말이야! 나중에 사랑하는 사람이랑 하려고 했는데! 이 나쁜 놈! 물어내! 물어내, 이 나쁜 놈아!'

가슴으로 파고드는 시린 바람결 사이로 분한 듯 외치는 혜서의 목소리가 귓가에 울렸다.

첫 키스였단 말이지?

나도 모르게 입술 한쪽이 비죽하니 올라갔다. 달콤했던 입맞춤의 기억이 생생해 혀를 내밀어 바짝 마른 입술을 핥았다. 눈앞에 원망 어린 표정의 혜서가 보이는 듯했다.

"바보……. 나도, 첫 키스였단 말이야."

그러니까 그렇게 억울해하지 마…….

일찌감치 외면했던 부모님 대신 내내 곁을 지켜 주었던 사람. 그리고 앞으로도 그 자리에 늘 있어 주길 바라는 단 한 사람. 너무나 소중하고 소중한 사람. 그래서 감히 손 내밀어 잡을 수 없는 그녀, 차혜서.

나는 어둠 속에 누운 채 나에게 뛰어오던 그녀의 고운 모습을, 손으로 낚아채듯 잡았던 그녀의 가는 팔을, 입술이 닿는 순간 말랑하고 부드러워 녹는 것만 같았던 그녀의 입술을, 어쩔 줄 몰라 하면서도 휘감는 대로 쫓아오던 그 작은 혀를, 과일 향이 나던 그녀의 숨결을 차례차례 떠올렸다. 그리고 떠올렸던 순서대로 차례차례 지우기 시작했다. 결국 어둠 속엔 나의 지친 육체만이 덩그러니 홀로 남았다. 문득 겁이 나 허공 속으로 팔을 뻗어 손을 내밀어 보았지만 허우적대는 손에 잡히는 것은 아무것도 없었다. 결국 빈손을 아래로 툭 떨어뜨렸다.

너를 어찌해야 할까? 그리고 나를, 어찌해야 할까?

이미 혼자 결론을 내렸음에도 불구하고 그녀를 떠올릴 때마다 흔들리는 마음이 버겁다. 이토록 심장 깊숙한 곳에 담아 놓은 마음을 나는 단 한 번이라도 네게 고백할 수 있을까?

"……사랑해."

자신도 모르게 입술 사이에서 새어 나온 말에 흠칫 놀라고 말았다. 하지만 지금은 누구에게도 들키지 않을 안전한 공간에 있으니까 상관없으리라.

"사랑한다, 차혜서……."

나에겐 허락되지 않는 깊고 무거운 감정. 그렇지만 나는 오래전에 이미 사랑에 빠지고 말았다.

제1장

어린 친구들

그녀, 차혜서

"할머니! 으앙……."

"아이쿠, 이게 무슨 일이야?"

문을 열자마자 울음부터 터트리는 혜서를 양 여사가 얼른 품으로 당겨 안았다. 그러느라 흙투성이가 된 몰골로 씩씩거리며 어깨를 들썩이는 준혁은 뒤늦게 발견했다.

"아니, 준혁아! 넌 또 왜 그 모양이 된 거야?"

"……."

"놀이터에 가서 논다고 하더니 싸운 게야?"

할머니의 물음에도 준혁은 입을 꾹 다문 채 분한 듯 어깨를 들썩였다. 그를 대신해 혜서가 커다란 눈에서 눈물을 방울방울 떨어뜨리며 입을 열었다.

"흐어엉…… 할머니! 나쁜 놈이 막 내 머리핀을 만졌어요. 흑."

"나쁜 놈이라니, 어떤 나쁜 놈이?"

"저기 아랫동네에 이사 온 정우가요. 내가 싫다고 했는데……. 이거 준혁이가 내 생일날 선물로 준 머리핀인데…… 흐엉. 망가지면 안 되는데…… 어, 그래서 만지지 말라고 했는데……."

울면서 상황을 얘기하느라 혜서는 중간중간 말을 끊으면서도 열심히 설명을 했다. 그러고 보니 얼마 전 준혁이 그녀의 손을 잡고 가서 함께 골랐던 분홍색 머리핀이 헝클어진 혜서의 머리끝에 대롱대롱 간신히 매달려 있었다.

"아니, 정우가 또 그랬어? 어여 가자! 이 할미가 혼 구멍을 내주마!"

"흐엉, 할머니…… 그냥 도망갔어요."

"갔어?"

"네…… 흐윽. 어, 준혁이가 막 때려 줬어요."

양 여사는 입술을 뚱하니 내민 준혁을 걱정이 담긴 눈빛으로 바라보았다. 혹시라도 나무랄까 걱정스러웠는지 시선을 다른 곳으로 두는 맹랑한 녀석을 어찌할까 싶다.

"……그랬구나. 알았다. 그래서 우리 혜서는 어디 다친 데 없고?"

"어…… 정우를 꽉 물었어요."

혜서가 겁먹은 듯 눈을 동그랗게 뜨고서 이실직고했다.

"음? 누가? 우리 혜서가?"

"네……."

"그 새끼가 치사하게 뒤에서 잡아당겼어요, 할머니. 그래서 내가 넘어졌는데 혜서가 그 새끼한테 갑자기 달려들어서……."

그때까지 입을 꽉 다물고 있던 준혁은 행여나 혜서가 혼날까 걱정스러웠는지 속사포처럼 빠르게 상황을 설명하기 시작했다. 듣다 보니 결국 두 녀석이 한 녀석을 혼내 주고 들어오는 길이었던 것이다. 양 여사는 결국 할 말을 잃고 7살배기 소꿉친구 두 녀석을 망연한 표정으로 바라보았다.

"미안해요, 혜서 엄마."
 양 여사는 자신의 집에서 울다 잠든 아이를 업고 올라오느라 뻐근해진 등을 펴며 사과를 했다.
"전화를 하시면 제가 데리러 갔을 텐데……. 우리 혜서는 이런 일이 있을 때마다 왜 매번 준혁이 할머니 댁에서 잠이 드는지 모르겠어요."
"제 딴에는 혼날까 봐 그런 거겠지. 어쨌든 내가 미안하네……."
"무슨 말씀이세요, 어르신. 아이들이 싸울 수도 있고 그렇죠."
"그래도……."
"그런 말씀 마세요. 우리 혜서한테 준혁이 같은 놀이 친구가 있어서 얼마나 좋은지 몰라요."
 혜서 엄마인 경옥이 그렇게 말을 해도 양 여사의 마음은 편치 않았다. 행여나 준혁이 애비도 어미도 없이 할머니가 키우는 녀석이라 싸움이나 하고 다닌다는 소리를 들을까 저어되었다. 게다가 양 여사에게 있어서 교직에 있는 혜서의 부친은 더욱 어려운 사람이었다.
"차 선생님 보기도 민망하고……."
"혜서 아빠도 준혁이를 얼마나 예뻐하는데요. 제자들 아이라고 유달리 더 예뻐하는 것 같아요."

"그 철딱서니 없는 것들을 그래도 여전히 제자라고 생각해 준다니 고맙긴 하지만, 사실 내가 차 선생님 앞에서 얼굴 들기가 창피해요."

"아이, 참, 어르신도……. 연락은, 잘하지요?"

"그래도 새끼 버리고 간 것은 마음이 쓰이는지 가뭄에 콩 나듯이 두 사람 다 가끔씩 전화를 하긴 합디다. 에효, 내 무슨 팔자가 이리 박복한지……. 준혁이 혼자 두고 왔으니 난 그만 가야겠네."

"조심해서 내려가세요."

양 여사는 사설이 길어질까 걱정스러워, 더 튀어나오려는 신세 한탄을 접고 돌아섰다. 몇 년 새 폭삭 늙어 버린 그녀의 뒷모습을 바라보는 경옥의 눈에 안타까움이 스쳤다.

준혁의 부모인 한주와 애란은 혜서의 부친인 차동만이 신임 교사로 부임한 고등학교의 동갑내기 친구였다. 졸업 전부터 불같은 교제를 했던 두 사람은 고등학교를 졸업하자마자 예상치 못했던 임신을 하고 급하게 학생 부부가 되었다. 한 아이의 부모가 되기에도, 가정을 지키기에도 너무 어리고 철이 없었던 탓이었을까? 그들의 결혼 생활은 오래지 않아 깨지고 말았다. 그렇게 갓 돌이 지난 준혁의 양육은 온전히 양 여사의 몫으로 남았다.

이혼을 한 이후에도 그들은 대학을 졸업할 때까지 한국에 머물렀다. 그때만 해도 애란이 연락을 완전히 끊은 것은 아니었다. 그래서 양 여사는 아들 내외가 다시 합치게 되지 않을까 내심 기대를 했었다. 행여 아이를 보여 주지 않으면 애가 닳아서라도 돌아오지 않을까 싶어 애란이 찾아와도 일부러 문전박대하며 완전하게 돌아올 생각이 아니면 아이도 만날 생각 하지 말라고 어깃장도 부려 보았다. 하지만 그건 그녀만의 헛된 바람으로 끝났다. 성공하고자 하는 열망과 각자의 꿈이 컸던 두 사람은 이후 한 사람은 미국으로, 한 사람은 프랑스로 공부를 하러 떠나 버렸다. 딱하게도 동네에서 제일 넓은 터에 자리를 잡은 집에는 이제 건강이 좋지 못한 노인과 어린 준혁만 덩그러니 남고 말았다.

"준혁아, 아까는 좀 참지 왜 싸웠어?"

양 여사는 준혁을 따뜻한 물이 가득한 욕조에 들여놓고 목욕을 시키며 물었다. 준혁은 개구지기는 해도 잘 웃고 제법 상냥한 아이였다. 이렇게 누구와 싸움을 벌이는 사나운 아이는 아니었는데 제 애비가 미국으로 가고 난 후로 부쩍 이런 일이 잦은 것 같아 걱정스러웠다.

"할미가 싸우면 나쁜 사람이라고 했잖아. 이젠 안 싸우겠다고 지난번에 약속했었지? 잊은 게야?"

"하지만 그 자식이 혜서한테 나랑 놀지 말라고 했단 말이에요!"

"응?"

내내 불만스러운 듯 뾰로통하니 입만 내밀고 버티던 준혁이 아까는 듣지 못했던 말을 쏟아 냈다.

"혜서한테 나랑 놀지 말고 자기랑 놀자고……. 그런데 혜서가 싫다고 하니까 갑자기 혜서 머리도 만지고 머리핀도 만지고……."

"그럼 그냥 네가 모두 같이 놀자고 하지 그랬어? 정우도 너희들과 함께 놀고 싶었던 게지."

"혜서가 정말 싫어했단 말이에요! 혜서는 나만 좋아하는데……

나랑만 놀고 싶다고 했어요! 나도 혜서가 정우랑 노는 거 싫어요! 혜서는 내 친구잖아요!"

어린 녀석이 하는 맹랑한 말에 양 여사는 할 말을 잃었다. 두 아이가 유독 친하게 지내는 건 고맙고 좋은 일이었지만 준혁이 혜서에게 너무 집착을 하는 건 아닌가 싶어서 걱정스러운 마음도 없지 않았다.

"우리 준혁이는 혜서가 그리 좋아?"

"……네."

부끄러운 듯 까맣게 빛나는 눈동자를 데구르르 굴리며 대답을 하는 준혁의 양 볼이 발그레해졌다.

"다른 애들이랑 노는 건 싫고 혜서랑만 놀고 싶어? 왜?"

"그냥이요."

"혜서가 예뻐서 그렇구나? 하긴 혜서처럼 예쁜 아이는 할미도 본 적이 없어."

"혜서는 책도 잘 읽어요. 그림도 잘 그리고 노래도 잘해요. 그리고 유치원에서 영어도 제일 잘한다고 선생님이 칭찬했어요."

준혁이 자랑스럽다는 듯 눈을 반짝였다. 볼에 보조개가 옴폭 패도록 웃는 모습이 귀여워서 양 여사도 따라서 미소를 지었다.

"그렇구나. 혜서가 정말 못하는 것이 없네."

"그래도 혜서는 여자니까 내가 지켜 줘야 해요."

"뭐라고?"

"우리 별님 반 선생님이 그랬어요. 준혁인 남자니까 여자인 혜서를 지켜 줘야 하는 거래요."

"하하, 아이고, 참…… 선생님이 별말씀을 다 하셨구나."

둘이 워낙 유명한 단짝으로 붙어 다니니 유치원 선생이 장난처럼 건넨 말을 맘에 담아 둔 모양이다.

"그래, 틀린 말은 아니지. 준혁이가 남자니까 당연히 혜서를 지켜 줘야지. 그럼 우리 준혁이는 나중에 커서 혜서를 색시 삼고 싶으니?"

"색시?"

"결혼하고 싶으냔 얘기야, 혜서하고."

양 여사는 물어보면서도 어린애를 상대로 자신이 무슨 주책인가 싶은 마음에 웃음이 났다. 그런데 좀 전까지 눈을 반짝이던 준혁이 시무룩한 표정으로 도리질을 쳤다.

"친구랑은 결혼하는 거 아니래요."

"응?"

"친구랑 결혼하면 가슴이 아프대요."

"누가, 혹시 네 애비가 그러더냐?"

"……"

이런 썩을 놈!

양 여사는 아무런 대답도 하지 못하고 눈에 눈물이 그렁하게 차오르는 준혁의 얼굴을 보며 미간을 찌푸렸다. 끝내 가정을 지켜 내지 못했던 못난 놈이 자신의 불행한 결혼 생활에 대해 어린 아들 앞에서 쓸데없는 소리를 지껄였음이 틀림없다.

철딱서니 없는 녀석 같으니라고!

"할머니, 아빠랑 엄마도 친구잖아요. 그래서 엄마가 아빠랑 나랑 같이 살지 않는 거죠? 내가 얼마나 컸나 보러 오지도 않는 거죠? 나랑 혜서도 친구니까 결혼하면 우리 아빠랑 엄마처럼 헤어져야 하는 거죠?"

"그, 그런 거 아니야."

"그렇다고 했어요, 아빠가. 엄마랑 결혼하지 않았으면 다투지 않았을 거래요. 헤어지지 않았을 거래요. 그냥 계속 오래오래 보고 살았을 거래요. 그럼 이렇게 막 가슴이 아프지 않았을 거랬어요."

준혁은 술에 취한 밤마다 한주가 그랬듯이 오른 손으로 왼쪽 가슴을 둥글게 문질렀다. 눈꼬리가 축 처진 채 울먹이는 아이의 모습을 보는 양 여사의 가슴이 철렁 내려앉았다.

"준혁아……."

용케도 어미를 찾지 않는 아이를 보며 다행이다 생각했었다. 그런데 표현하지 않았던 어린 녀석의 속내가 상상하지 못할 만큼 깊은 것 같아 놀라웠다. 게다가 술에 취한 날 하소연처럼 쓸데없이 늘어놓았던 제 애비의 말을 저렇게 진지하게 귀담아 들었을 줄이야! 나이에 비해 눈치 빠르고 영리한 아이의 가슴에 얼마나 큰 멍이 들었을까. 양 여사는 결국 준혁을 향해 아무런 말도 할 수가 없었다.

※　　※　　※

"이얍!"

우렁찬 준혁의 기합 소리에 그와 짝을 이루어 태권도 겨루기 시범을 보이던 정우의 어깨가 겁먹은 듯 움찔했다. 학예회가 펼쳐지고 있는 초등학교 3학년 교실은 뒤편에 자리한 학부모들과 장기 자랑에 여념이 없는 아이들의 열기로 소란스럽게 후끈 달아올라 있었다.

"준혁이 살아 있는 눈빛 좀 보세요. 저라도 반하겠어요, 호호."

"솜씨가 별 볼 일 없으니 눈빛이라도 총명해야지."

경옥의 속삭임에 겸손하게 대꾸를 하면서도 양 여사의 얼굴엔 손자를 향한 대견함이 가득 번졌다. 움찔거리기만 할 뿐 좀처럼 공격을 하지 못하는 상대에 비해 준혁은 상체를 아래로 깊숙하게 기울이며 하늘을 향해 긴 다리를 시원스레 쭉쭉 뻗었다. 어차피 승패를 가르기 위한 시합이 아니라 그저 시범을 보이기 위한 것이라 해도 두 사람의 실력 차가 한눈에 보였다. 서로 합을 맞추어 미리 연습을 했지만 사람들 앞에 나서니 정우는 약속된 움직임을 보이지 못했다. 반면에 연습했던 대로 정우가 잘 막으려니 생각한 준혁은 초등학생으로서는 보이기 힘든 화려한 뒤돌려 차기를 시도했다.

"윽! ······으아앙!"

"아이쿠, 정우야!"

결국 미처 방어를 하지 못한 정우가 그의 발차기를 가슴에 정통으로 얻어맞고 엉덩방아를 찧은 채 울음을 터뜨리고 말았다.

"아이고, 이런······."

한걸음에 앞으로 달려 나간 정우의 모친 뒤에 난감한 표정으로 서 있는 양 여사를 바라보던 준혁의 얼굴이 살짝 굳었다. 일부러 그런 것은 아니지만 자신이 또 뭔가 잘못을 저지른 것 같아 잔뜩 기합이 들어갔던 몸에서 스르르 힘이 빠져나갔다.

"준혁아······ 준혁아!"

어깨를 축 늘어뜨리고 있던 그는 혜서가 부르는 소리에 고개를 돌렸다. 모든 사람들의 걱정스러운 시선이 넘어져 있는 정우에게 쏠려 있는 때였다. 그런데 오직 한 사람, 혜서만은 활짝 웃는 얼굴로 그를 바라보며 슬며시 엄지를 세웠다.

준혁은 소맷부리로 이마의 땀을 쓱 훔치며 입가에 번지는 미소를 애써 감췄다. 자신만을 향해 빛나고 있는 혜서의 환한 미소에 가슴이 훈훈해졌다. 그리고 축 늘어졌던 어깨에 절로 힘이 들어갔다. 그는 입술 사이로 새어 나오려는 웃음을 간신히 참았다. 울음을 터뜨렸던 정우는 창피했던지 얼른 제 엄마의 손을 잡고 일어나 민망한 표정으로 자리를 뜨고 있었다.

준혁은 피아노 반주에 맞춰 귀여운 율동을 하며 노래를 부르는 5명의 여자아이들 중에서 한 아이의 얼굴에만 초점을 맞추었다. 작년까지만 해도 아담하던 혜서는 올해 부쩍 키가 크더니 고만고만한 여자아이들 사이에서 머리 하나가 비죽 올라와 있었다. 그래도 커다란 눈동자에 전반적으로 동글동글 귀엽게 생긴 얼굴엔 어린 티가 확연했다. 학예회라고 다들 치장을 하는 통에 덩달아 붉은 립스틱을 바른 입술이 유독 도드라져 보였다.

앵두 같은 입술이 노랫말에 따라 크게 벌어졌다가 작게 오므라드는 모습을 바라보는 준혁의 뺨이 붉게 상기되었다. 노래를 부르면서 간혹 제 쪽을 바라보며 눈을 맞추는 그녀가 있어 다른 아이들처럼 엄마가 참석하지 않은 학예회가 싫지만은 않았다.

"혜서가 점점 더 예뻐지네. 올해 부쩍 키도 큰 것 같고."

"예뻐진 건 모르겠는데 키는 많이 컸어요. 작으면 어쩌나 걱정을 했는데……."

"그런 걱정을 뭐하러 하누? 혜서 엄마, 아빠가 다 큰 편인데."
"호호, 그런가요?"
"노래도 어쩜 저렇게 잘하는지. 혜서 엄마는 혜서만 봐도 배부를 것 같네. 공부도 잘하지, 노래도 잘하지, 게다가 저리 예쁘니."
"아우, 너무 칭찬하시니까 부끄럽네요."
"저것 좀 보게. 우리 준혁이가 아주 혜서만 쳐다보고 있는 거. 원, 녀석……. 혜서랑 한 반 되었다고 그리 좋아하더니……."

양 여사는 입이 벌어지는 것도 모르고 혜서만 바라보고 있는 준혁을 보며 혀를 끌끌 찼다.

"우리 혜서도 준혁이랑 같은 반 되었다고 얼마나 좋아했는데요. 두 아이가 싸우지 않고 잘 지내니 좋지요, 뭐."

경옥의 말에 양 여사는 고개를 끄덕였다. 하지만 온전한 부모의 정을 받지 못하고 자란 준혁의 마음이 한쪽으로만 치우쳐 흐르는 것이 가끔은 염려스러웠다.

아직은 어린 아이들이니…….

저렇게 예쁜 두 아이의 모습에 아들 한주와 며느리였던 애란의 모습이 겹쳐 보이는 건 괜한 노파심 때문이리라. 준혁은 노래가 끝나자 헤벌쭉 입을 벌린 채 두 손으로 열렬히 박수를 치고 있었다. 양 여사는 그런 그의 모습을 보며 못 말리겠다는 표정으로 고개를 가로저었다.

※　※　※

"야, 류준혁! 오늘 수업 끝나고 너희 집에 같이 가자."

"우리 집엔 왜?"

"에이, 정말 너희 집에 가려는 건 아니고……. 너, 일 반 차혜서랑 같은 동네 산다면서? 그럼 걔네 집이 어딘지 알지?"

준혁은 대답 대신 비릿한 미소를 지었다. 고등학생이 되어서 비슷한 일이 몇 번째 반복되고 있었다.

저 똥파리 같은 자식!

"쓸데없는 생각 하지 마."

"뭐?"

"너, 우리 교감 선생님이 학교에서는 무지 인자한 얼굴로 웃지만 말이야……."

준혁은 마치 비밀을 알려 주겠다는 듯한 표정으로 슬쩍 그의 귓가에 얼굴을 들이밀고 목소리를 낮췄다.

"혜서 쫓아오는 남학생들 잡아서 거실 바닥에 무릎 꿇리고 기본 다섯 시간씩 훈계를 한다더라. 그러다가 집에 연락해서 부모님이 직접 데리러 와야만 보내 준대. 다시는 혜서 쫓아다니지 않겠다는 다짐을 받고서."

"에이, 설마……."

전혀 믿는 것 같지 않은 그를 향해 준혁은 어깨를 가볍게 으쓱였다.

"뭐, 믿기 싫으면 한 번 시도해 보든가. 지난번에 쫓아왔던 녀석은 하도 오래 꿇어앉아 있어서 바지에 피똥을 다 쌌다고 하더라. 그것도 혜서 앞에서 말이야."

"그, 그래? 그렇지만 그런 얘기 난 못 들어 봤는걸?"

"당연하지. 어떤 병신 같은 자식이 자기 바지에 피똥 싼 얘길 하고 다니겠냐?"

 준혁은 긴가민가하면서도 하얗게 질리는 녀석의 얼굴을 보며 오늘도 또 한 마리의 똥파리를 쫓아내는 데 성공했음을 확신했다. 하지만 뜻대로 되었음에도 불구하고 그의 표정은 그다지 밝지 않았다.

 쳇! 대체 이 짓을 언제까지 해야 하는 거야?

 고등학생이 된 혜서는 늘씬하게 큰 키에 고운 자태를 유감없이 드러냈다. 어릴 땐 곱상하게 생긴 것과 달리 그와 둘이서 선머슴처럼 동네를 휘젓고 다녔다. 그런데 이젠 이슬을 머금은 듯 청초하고 말간 얼굴에 말투까지 나긋나긋하게 변해 사춘기 소년들로부터 선망의 눈길을 한 몸에 받고 있었다.

 그 긴 머리나 확 자르라고 하든지 해야지, 원!

 유난히 검고 탐스러운 그녀의 머리카락은 하얗고 작은 얼굴을 유독 돋보이게 하는 원흉이었다. 나란히 길을 걷다가 불어오는 바람결에 찰랑거리는 머리카락을 보노라면 자신도 모르게 손이 올라가다가 멈추곤 했다. 남자는 다 똑같은 건데 자신이 이런 마음이라면 다른 녀석들도 마찬가지가 아닐까? 그런 생각만 해도 명치끝에 뭔가가 걸린 듯 불편하고 가슴이 답답해졌다.

"너도 참 유난하다, 류준혁!"

 하교 길에 정우가 알 만하다는 표정으로 준혁을 아래위로 훑어보며 혀를 끌끌 찼다.

"뭐가?"

"그런 식으로 혜서 주변에서 일 순위로 밀어낸 것이 나였잖아."

같은 반인 탓에 준혁이 하는 짓을 여러 번 목격한 그가 툴툴거렸다.

"밀어내긴 뭘 밀어내? 옆에 붙여 줬더니 엉뚱한 소리는. 그리고 너! 분명히 그때 혜서가 아니고 나한테 대시했잖아."

"우웩! 대시는 무슨! 같은 사내 녀석끼리."

아랫동네로 이사를 와서 초등학교와 중학교는 물론이고 고등학교까지 같이 다니게 된 정우와 혜서를 사이에 두고 어지간히도 많이 다퉜었다. 아니, 함께 놀고 싶어서 심술을 부리는 그를 상대로 혜서와 둘이서 편이 되어 2 대 1로 싸움을 하고는 했다. 준혁은 그가 혜서에게 관심을 보이는 한 절대로 친하게 지내지 않을 생각이었다. 그런데 부지기수로 싸우다가 결국 정이 들고 말았는지, 그와 어영부영 친구가 된 지 어느새 10년이나 되었다. 물론 그 이면에는 쌍코피가 터지도록 맞고 울던 그가 엉뚱하게도 혜서가 아닌 준혁을 향해 '난 너랑 친구가 되고 싶단 말이야! 너랑 함께 놀고 싶다고!'라며 단도직입적으로 고백을 한, 웃지 못할 일화가 숨어 있다. 어쩌면 좀 둔해 보이는 덩치에 비해 영악한 정우였기에 혜서가 아닌 준혁을 공략하는 것으로서 두 사람과 친구가 될 수 있는 방법을 제대로 찾아낸 것일지도 모르겠다.

"주말인데 뭐 하냐?"

"뭐 하긴, 학생이 공부를 해야지."

"자식이! 안 어울리게 모범생 흉내 내기는. 그러지 말고 우리 집에 가서 게임 한 판 하자. 전에 쓰던 컴퓨터가 완전 맛이 가서 새로 샀는데 그래픽이 아주 죽음이야!"

"일 없어. 근데 넌 게임이 아니라 운동을 좀 해야 하는 거 아니냐? 배가 더 나온 거 같다?"

"어, 그래? 그렇지 않아도 간식을 줄이고 있는 중인데……."

키가 월등하게 큰 준혁보다 조금 키가 작은 정우는 움직이는 것보다 게임을 더 좋아해서 그런지 살집이 좀 있는 통통한 체격이었다. 흉할 정도는 아니지만 아무래도 둔해 보이는 것은 어쩔 수 없었다. 본인 스스로 그것을 알고 있기에 그의 표정이 조금 어두워졌다. 그렇다고 해도 게임을 포기하고 운동을 할 생각이 들진 않았다.

"게임 좀 작작해. 그러다 스무 살도 되기 전에 성인병 걸리면 어쩌려고 그래?"

"아, 자식! 잔소리는. 울 엄마한테 듣는 것도 괴로우니까 그만해. 게임 한 판 하자고 했다가 성인병 소리까지 듣고…… 에이! 나, 간다!"

정우는 갈림길에서 쌩하니 제 갈 길로 가 버렸다. 그의 푸짐한 뒤태를 보며 싱긋 미소를 지은 준혁은 느린 걸음으로 길을 건넜다. 항상 혜서와 등하교를 함께 하는 편이지만 오늘처럼 토요일 하교만큼은 각자 하고 있었다. 그녀에게 동성 친구들이 생기면서 자연스럽게 밀려나게 된 것이다.

"어, 혜서야!"

골목 어귀에 위치한 그의 집 대문 앞에 혜서가 서 있었다. 느리게 걷던 준혁의 걸음이 그녀를 발견한 순간 빨라졌다. 한결 가벼워진 걸음은 그의 마음마저 공중으로 붕 띄워 놓았다. 그에겐 둥근 빛의 오라 속에 서 있는 혜서만이 눈에 가득 들어왔다.

준혁이 부르는 소리에 돌아보는 혜서 옆에는 낯익은 여학생이 함께 서 있었다. 여자치고는 장신인 혜서에 비해 아담한 키의 그녀는 학교에서 오며 가며 마주치던 얼굴이었다. 그녀는 다가오며 말을 건네는 준혁을 보자 호기심 어린 눈동자를 데구루루 굴리며 그를 빤히 응시했다.

"이제 와?"

"응. 근데 왔으면 들어가지 않고?"

"저기…… 반 친구랑 함께 왔거든. 그래서……."

혜서는 난처한 얼굴로 준혁의 표정을 살폈다. 요새 부쩍 친해진 같은 반 소현의 부탁을 거절할 수 없어 함께 오기는 했지만 막상 그와 맞닥뜨리고 보니 후회스러웠다. 소현이 며칠 전부터 주말에 집에 놀러 오고 싶다고 졸라 댔다. 그 이유가 그녀와 준혁이 같은 동네에 살고 있다는 것을 우연히 알게 되었기 때문이라는 것은 방금 전에야 알아챘다. 이상하게도 내키지 않는 것을 수락하고 함께 집으로 오는 길에 결국 소현이 본심을 드러냈던 것이다.

'혜서야, 나 실은 준혁이한테 관심이 있어.'

'뭐?'

순간 혜서는 숨이 가빠지며 머릿속이 하얘졌다. 종종 그녀에게 준혁에 관해 호기심을 보이며 찔러 보는 아이들은 있었지만 이렇게 노골적으로 관심을 표현하는 경우는 드물었다. 오히려 두 사람 사이가 친한 친구 외에 좀 더 가까운 사이는 아닐까 의심의 눈총을 받곤 했다. 하지만 그것조차 대놓고 묻지 않으니 가타부타 설명을 해야 하는 경우 역시 생기지 않았다. 하지만 소현은 새치름하게 생긴 것과 다르게 적극적으로 자신의 마음을 표현했다.

'준혁이네 집이 너희 집이랑 아주 가깝다며? 그리고 준혁이랑 너랑 어렸을 때부터 친한 친구라고 했지? 저…… 그럼 오늘 준혁이한테 나 좀 소개시켜 주면 안 돼? 우리 셋이서 놀면 재미있을 것 같은데……. 그러면서 나랑 준혁이랑 자연스럽게 친해지면 좋잖아. 좀 도와줘. 도와줄 거지?'

'아니, 싫어. 그러고 싶지 않아…….'라고 솔직하게 말할 수 없었다. 항상 제 할 말은 똑 부러지게 하고 사는 그녀답지 않게. 그래서 대답을 얼버무린 채 무작정 준혁의 집 앞에서 그를 기다리던 중이었다.

"같은 반 친구?"

"어? 응. 나랑 같은 반 친구야."

"안녕? 난 이소현이라고 해. 우리, 학교에서 지나치며 자주 봤었는데. 네 얘기는 혜서한테 많이 들었어. 너희 둘이 되게 친한 친구라고……. 오늘 소개해 준다고 해서 기다리고 있었어."

소현은 혜서가 소개를 하기도 전에 나서서 인사를 건넸다. 그러면서 마치 혜서가 먼저 소개를 제의했다는 듯 묘한 뉘앙스를 풍기며 예쁘게 웃었다. 그런 그녀의 당돌한 모습에 당황한 혜서는 커다랗게 뜬 눈만 깜박거렸다. 워낙 황당한 경우라 답답한 심장만 두근거릴 뿐 어떤 식으로 대처를 해야 할지 알 수 없었다.

"……그래?"

준혁은 담담한 눈길로 혜서를 한 번 바라보더니 소현을 향해 싱긋 미소를 지었다. 순간 그의 뺨에 숨어 있던 보조개가 드러났다.

손가락으로 살며시 누른 듯 움푹 팬 그의 보조개는 사람을 홀리는 치명적인 매력이 있었다. 당황스러울 정도로 당돌하게 굴던 소현도 그의 보조개를 보자 수줍은 듯 눈을 아래로 내리며 얼굴을 발갛게 물들였다.

"난 집에 가방만 두고 서점에 가려고 하는데……."

서점에 간다는 그의 말에 혜서는 자신도 모르게 짧은 안도의 숨을 뱉었다.

"그래? 그, 그럼 다녀와. 소현아, 우리 집은 저쪽 위에……."

"나도 같이 가면 안 돼?"

소현은 혜서의 말은 들은 척도 하지 않고 눈을 반짝이며 준혁을 향해 물었다. 의외의 말에 그의 눈썹 한쪽이 쓰윽 위로 솟구쳤다. 하지만 그는 당황한 빛이 역력한 혜서의 얼굴을 아무렇지 않은 표정으로 바라보다 이내 고개를 끄덕였다.

"안 될 것 없지. 같이 가자."

흔쾌히 동행을 허락하는 시원스런 그의 대답에 소현의 얼굴이 환하게 밝아졌다. 그녀는 얼른 준혁의 옆으로 한 발 다가서며 혜서를 향해 입을 열었다.

"너희 집은 다음에 놀러 가야겠다. 오늘 꼭 사야 되는 문제집이 생각났거든."

소현의 말에 딱딱하게 얼굴을 굳힌 혜서는 멀뚱하니 선 채 아무런 말도 하지 못했다. 뭐라고 한 마디 해야 할 것 같은데 입이 열리지 않았다. 그녀로선 소현의 당돌한 행동보다 준혁이 저토록 쉽게 동행을 허락하는 것이 믿어지지 않아 더 당황스러웠다. 오랜 시간 그의 곁에 친구로 머물던 사람은 자신이었는데 그 자리에서 홀쩍 밀려나는 것 같은 느낌에 가슴 한쪽이 서늘해졌다.
준혁은 생각을 알 수 없는 담담한 눈으로 혜서를 바라보다가 불쑥 그녀 앞으로 손을 내밀었다.
"가방 줘."
"뭐?"
"가방은 귀찮으니까 우리 집에 두고 가자. 이따 들어오는 길에 가져가면 되잖아."
"나도 같이 가자고?"
"당연한 거 아니야?"
입가에 옅은 미소를 그린 그는 혜서의 어깨에서 가방을 낚아채듯 가져가며 그녀의 이마를 손가락으로 가볍게 퉁, 튕겼다. 친근한 그의 행동에 두 사람을 바라보는 소현의 눈이 커다래졌다.
"또 멍한 표정 짓기는. 잠깐만 기다려. 할머니한테 말씀드리고 나올게."
그가 가방을 들고 대문 안으로 사라지자 소현이 불쾌한 표정을 숨기지 않은 채 혜서를 응시했다. 그리고 어이없게도 벌써부터 소유권을 가진 사람처럼 다그치듯 물었다.
"너희 둘, 그냥 친구인 거 맞지?"
"그, 그럼."
손바닥으로 이마를 문지르며 민망한 표정을 짓던 혜서가 재빨리 대답을 했지만 소현은 의심스럽다는 표정을 숨기지 않았다.

"윽!"
"쉿!"

소현이 혜서의 옆구리를 꾹 찌르고는 얼른 검지를 입술에 댔다.
"왜?"
"지금 도대체 몇 시간째야? 여기가 서점이지 도서관이니?"
 소현은 아주 질렸다는 표정으로 혜서의 귀에 소곤거렸다. 서점의 좁은 통로에 자리를 잡고 앉아 책을 읽기 시작한 지 벌써 두 시간이 훨씬 넘어가고 있었다. 그나마 앉은 자리에서 책 한 권을 다 독파한 준혁이 마지막 장을 덮자 이젠 일어나려니 했다. 그런데 그는 또 다른 책을 손에 들고 읽기 시작하는 것이 아닌가. 그 모습에 더 이상 참기가 힘들었다.
"나, 다리도 저리고 허리도 아프고 아주 죽겠단 말이야."
"그래? 근데 준혁이가 원래 책을 한 번 손에 쥐면 시간 가는 줄 모르거든."
 혜서는 누렇게 뜨기 시작한 소현의 얼굴을 보며 터져 나오려는 웃음을 간신히 삼켰다. 준혁은 서점 한 귀퉁이에 자리를 잡고 앉아 책을 읽기 시작한 이후로 두 사람을 향해 시선 한 번 주는 일 없이 독서삼매경에 빠져들었다. 길고 쭉 뻗은 손으로 책을 들고서 한 장, 한 장 집중하며 읽는 모습은 화보 속의 모델처럼 멋진 것이 사실이었다. 하지만 그것도 잠시. 옆에 사람이 있는지 없는지 관심도 없이 완전히 혼자만의 세계에 빠진 사람 곁에서 존재감 없이 버틸 수 있는 시간에는 한계가 있었다. 그의 곁에서 이 책, 저 책을 뒤적이며 주의를 끌려고 애쓰던 소현은 아무런 성과도 얻지 못한 채 결국 항복을 하고 말았다.
"나 갈게."
 내내 소리를 죽여 말하던 소현은 이번엔 그에게 들으라는 듯 제법 큰 목소리로 자신의 퇴장을 알렸다. 하지만 그녀의 목소리는 애석하게도 준혁의 귀엔 닿지 않은 모양인지 꿈쩍도 하지 않았다.

"먼저 가려고? 오늘 꼭 사야 한다는 문제집은 샀어?"

"어? 으, 응, 샀어."

"그래, 그럼. 먼저 가. 근데 어떻게 하지? 준혁이는 책 읽을 때 말 시키는 거 엄청 싫어하는데……."

"됐어! 먼저 갔다고 말이나 전해 줘."

혜서는 자존심이 상한 듯 잔바람을 일으키며 쌩하니 서섬을 나서는 소현의 뒷모습을 바라보다가 소리 죽여 웃고 말았다. 뭔가 가슴이 뻥 뚫리게 통쾌한 기분이 들었다. 휴지에 손도 안 대고 코 푼 기분이 이런 걸까?

으으윽!

찬 바닥에 너무 오래 앉아 있었더니 기분이 통쾌한 것과 상관없이 그녀야말로 허리도 아프고 슬슬 배도 고파지기 시작했다.

"야, 류준혁! 너 언제까지 책 읽을 거야?"

"어허! 나 책 읽을 때 말 시키는 거 엄청 싫어해."

책에서 시선을 떼지 않은 채 하는 그의 대답에 당황한 혜서의 눈이 동그래졌다. 안 듣는 척하면서 다 듣고 있었던 것이 분명했다. 민망함에 귓불이 발갛게 달아오르는 그녀의 얼굴을 슬쩍 바라본 준혁의 한쪽 입꼬리가 슬며시 올라갔다.

"배고픈데 나가서 뭐 좀 먹을까?"

그는 한 줌의 미련 없이 읽던 책을 탁 덮고 일어나며 여전히 바닥에 주저앉아 있는 혜서를 향해 손을 내밀었다.

"너, 일부러 그런 거지?"

혜서는 피자 한 조각을 입에 넣고 우물거리며 물었다.

"일부러, 뭐?"

"시치미 떼기는. 아까 서점에서 말이야, 일부러 그렇게 오래도록 버티고 앉아 있었던 거 아니야?"

준혁은 대답 대신 컵에서 스트로를 빼고 음료수를 벌컥벌컥 마셨다. 컵 안의 음료수가 다 사라질 때까지 그의 긴 목울대가 위아래로 힘 있게 움직였다. 어쩜 음료수를 마시는 모습까지도 저렇게 남다른지 모르겠다. 공연히 입에 침이 고인 혜서는 일부러 눈을 더 사납게 치떴다.

"하여튼 머리도 좋아. 눈치챘던 거지? 소현이가 너한테 관심 있는 거."

"그러는 넌?"

"내가 뭘?"

"너도 그거 알면서 개랑 같이 우리 집 앞에서 기다리고 있었던 거야?"

"……."

"나 소개시켜 주려고?"

준혁은 입에 문 얼음을 와그작와그작 씹으며 물었다. 얼음을 입에 물고 있어서 그런지 그의 눈빛이 유난히 서늘하게 느껴졌다.

"아니야, 그런 거. 오늘 정말 우리 집에서 같이 놀려고 했었단 말이야."

"흐응……."

변명 같은 혜서의 대답에 준혁은 심드렁한 표정으로 어깨를 으

쏙 올렸다. 그녀의 말을 믿지도 않지만 사실이라고 해도 별 상관없다는 듯이.

"아, 정말이라니까!"

"누가 뭐래? 친구 사이에 소개시켜 줄 수도 있는 거지, 뭐."

"어?"

"안 그래?"

"그, 그렇지."

혜서는 고개를 크게 끄덕이며 손에 들고 있던 피자를 입속으로 구겨 넣었다.

"근데 걔는 내 타입 아니야."

"네 타입?"

"응. 난 아담 사이즈는 별로야. 같이 섰을 때 머리 윗동네가 내려다보이는 거, 재미없잖아."

"푸흣! 야아…… 웃긴다, 너!"

혜서는 무슨 그런 말을 하냐는 듯 흘겨보긴 했지만 준혁이 키가 작은 소현을 내려다보며 인상 쓰는 모습을 상상하니 결국 웃음이 터지고 말았다. 가슴 밑바닥에 남아 있던 찜찜하고 불편한 마음이 활짝 개이고 상큼해졌다.

"너도 참…… 그렇다고 그런 식으로 골탕을 먹이니? 그리고 그건 너처럼 키 큰 애가 할 말은 아니지. 너한테 머리 윗동네가 내려다보이지 않는 여자가 어디 흔하겠냐?"

"그래? 너는 안 보이던걸?"

나, 나?

"캐, 캑!"

준혁이 사레가 들린 혜서의 앞으로 물 잔을 쓰윽 밀어 주었다.
"천천히 먹지 뭘 그렇게 급하게 먹는 거야? 하여튼 식탐은 여전해."
"그런 거 아니거든!"
"하여튼 참고하라고. 혹시라도 나중에 여자 친구 소개해 주려거든 사이즈라도 맞는 사람으로 부탁해. 그리고 얼굴도 되도록 너보다는 나은 사람으로."
"나보다 나은 사람?"
고개를 한쪽으로 기울이며 어리둥절해하는 혜서를 향해 준혁이 가벼운 음성으로 말을 이었다.
"당연한 거 아니야? 태어나서 여자라고는 네 얼굴을 제일 오래도록 봤는데 적어도 너보다는 나은 인물이어야지. 네 얼굴에 익숙해지느라 고생한 내 눈한테도 보상을 좀 해야 하지 않겠냐?"
"어머머머! 웃겨, 정말! 나 정도면 감지덕지지. 나보다 더 나은 인물 구하는 게 쉬운 줄 알아? 머리 윗동네 안 보이는 여자 찾는 것보다 더 어렵거든!"
"그럼 얼굴은 포기해야 한단 말이야? 내 눈 불쌍해서 큰일 났네."
"치이! 여자 친구는 사귀고 싶은가 보지?"
준혁은 문득 장난기를 지운 담담한 얼굴로 가만히 고개를 가로저었다.
"아니, 별로."
"뭐냐? 왜 말이 달라져?"
따지듯 묻는 혜서의 말에 그는 어깨를 으쓱했다.

"그런 거 관심 없어."

"너 혹시 어디 아픈 거 아니야? 팔팔한 청춘이 여자 친구 사귀는 일에 관심이 없다니 말이 돼?"

"귀찮아."

"헉! 귀찮다고? 그게 왜 귀찮아? 너, 남자 맞아? 우리 나이에 이성에 관심을 갖는 건 자연스러운 일이야. 여자가 남자한테 끌리는 것도, 남자가 여자한테 끌리는 것도 자연스러운 일이잖아. 너 혹시……."

혜서가 뜨악한 표정으로 그를 아래위로 훑어보았다. 그러자 준혁이 어이없다는 얼굴로 미간을 찌푸렸다.

"무슨 상상을 하는 거야? 나, 완전 노멀한 사람이거든!"

"그, 그래? 그럼 왜?"

"뭐가 왜야?"

"이상하잖아. 우리 반 남자애들 보니까 둘만 모여도 여자애들 얘기하느라 침을 질질 흘리던데. 어쨌든 사춘기 이후로는 동성보다는 이성에 호기심과 관심을 갖는 것이 맞지 않아?"

"혹시 아까 서점에서 '사춘기와 성'에 관한 책이라도 읽은 거야? 네 말이 틀린 건 아니지만 누구나 다 똑같아야 된다는 법은 없잖아. 나는 이성 그런 거, 생각만 해도 피곤해. 너랑 나처럼 남자, 여자 의식하지 않고 그냥 친구로 지내는 사이가 훨씬 편하고 좋은데 뭐하러 다른 이성에 관심을 가져?"

남자, 여자 의식하지 않고 그냥 친구로 지내는 사이.

그 말에 혜서는 말문이 막힌 듯 입을 다물었다. 그에게 무언가를 기대하고 있었던 건 아닌데 이상하게 실망스러웠다. 그리고 실망하는 자신의 감정조차 낯설어 '이게 뭐지?'하며 고개를 갸웃거리게 된다.

"난 이성에 관심 없어. 누구를 좋아한다거나 사귀고 싶다거나 하는 그런 감정, 귀찮아."

말도 안 돼!

준혁의 단호한 말에 충격을 받은 혜서가 그를 뚫어지게 바라보았다. 귀찮다니? 누군가를 좋아하는 순수한 감정을 어째서 귀찮다고 하는 거야?

"게다가 옆에서 시끄럽게 떠드는 사람은 너 하나로 충분해."

"야아, 내가 언제 떠들었다고?"

"지금도 충분히 시끄러워."

"지금은 네가 말이 더 많았거든!"

발끈한 혜서가 삐진 듯 그를 향해 눈을 흘겼다. 그러자 준혁이 나른하고 여유 있는 미소를 입에 물었다. 그리고 그녀 가까이로 몸을 기울이며 다가오라고 손짓을 했다. 약간 머뭇거리면서도 혜서는 그의 가까이로 몸을 숙였다.

무슨 스킨을 사용하는 걸까?

그에게선 아빠가 사용하시는 독한 애프터쉐이브 향과 달리 청량감이 느껴지는 은은한 향기가 풍겼다. 자신도 모르게 꿀꺽 침을 삼킨 혜서의 눈이 긴장감으로 동그래졌다. 탁자를 사이에 두고 마치 비밀 얘기라도 하듯 머리를 맞댄 두 사람의 모습이 가게 유리창에 사이좋게 얼비쳤다.

"차혜서, 정신 차리시지. 우리가 지금 그런 얘기 할 때야? 지금은 공부나 열심히 해야 할 때잖아. 팔팔한 청춘이랍시고 그런 엉뚱한 것에 신경 쓰는 거 아시면 교감 선생님이 퍽이나 좋아하시겠다."
"어머머, 얘 좀 봐! 무슨 그런 큰일 날 소리를! 나도 관심 하나도 없거든!"
"정말?"
"그래! 고등학생이면 공부나 해야지, 무슨 이성 친구야? 안 그래?"
"그렇지."
"응. 그러니까 너도, 나도 공부나 열심히 하자. 괜히 엉뚱한 데 신경 썼다가 성적 떨어지면 그거 다 우리 손해잖아."
"맞아."

 준혁은 당황스러움을 감추지 못해 한결 높고 빨라진 혜서의 말에 적당히 맞장구를 쳤다. 그러곤 지극히 만족스럽단 표정으로 의자 등받이 깊숙이 몸을 기댔다.

 뭐야? 또 당한 거야?

 그제야 그의 작전에 걸려들었음을 깨달은 혜서가 바짝 약이 올라 입술을 깨물었다. 그렇지만 전부 옳은 얘기들뿐이었으니 반박의 여지가 없었다.

 당하고 말았다는 표정을 지으면서도 입을 다무는 그녀의 뾰로통한 얼굴이 귀여워 준혁의 심장이 또 쿵 내려앉았다. 귀여운 얼굴만큼이나 앞으로 툭 내민 다홍빛 입술도 말할 수 없이 예뻤다. 어릴 때부터 자신에게만 보이는 그녀의 이 변함없는 모습이 좋았다. 그래서 때로는 짓궂은 장난도 마다하지 않게 된다. 툴툴대면서도 자신의 장난을 모조리 받아 주는 그녀가 있어서 참 다행이라는 생각이 들었다. 그는 무슨 일이 있어도 이 안전한 관계를 무너뜨리고 싶지 않았다.

혜서는 자신을 바라보는 준혁의 눈동자를 마주 보며 시간의 흐름을 잊은 듯 잠시 정신이 멍해졌다. 그리고 공연히 숨이 턱 막혔다. 요샌 그를 대할 때마다 종종 이런 상태가 되곤 했다. 마냥 편하기만 했던 그인데 가끔씩 알 수 없이 심장이 간질거리거나 얼굴이 후끈 달아올라 당황스러웠다. 학교에서도 멀리서 그의 모습을 발견하면 예전처럼 쉽게 이름을 부르며 다가가게 되지 않고 가만히 바라만 보게 된다. 자신과 함께 있을 때가 아닌 그의 일상을 한 발 떨어져서 바라보는 기분은 한 마디로 정의하기 힘들만큼 묘했다. 가끔은 잘난 저 녀석이 자신의 소꿉친구라는 사실이 낯선 느낌으로 다가올 때도 있었다. 이런 것이 대체 무슨 감정인지 요새 살짝 고민 중인 그녀였다. 그런데 그는 자신의 감정과는 달리 둘의 관계가 마냥 편하기만 한 모양이다.

내심 복잡한 혜서의 심리 상태를 알 리 없는 준혁이 다시 허리를 세우곤 상체를 그녀 쪽으로 기울였다. 그리고 느린 동작으로 탁자에 팔꿈치를 올리고 기다란 손가락을 마주 잡아 깍지 낀 손등 위에 턱을 괴며 그녀를 지그시 바라보았다. 나이에 비해 깊고 그윽한 눈빛이다. 좀처럼 피할 수 없는 그의 시선에 사로잡힌 혜서가 민망한 표정으로 커다란 눈동자를 껌벅였다. 순간 차분하게 가라앉은 그의 눈동자가 나른함을 벗어나 날카롭게 반짝이며 빛을 발했다. 준혁은 낮지만 단호한 목소리로 경고했다.

"그러니까 또 그런 엉뚱한 꼬리나 달고 오면…… 혼날 줄 알아, 차혜서! 알았어?"

갑작스런 그의 으름장에 혜서는 자신도 모르게 얼른 고개를 끄덕였다. 말 잘 듣겠노라 기꺼이 약속하는 착한 아이 같은 모습이었다. 그런 그녀의 모습이 마음에 들었는지 부드럽게 미소 짓는 준혁의 뺨에 보조개가 다시 드러났다.
 남자 얼굴에 보조개가 왜 저렇게 잘 어울리느냔 말이지!
 혜서는 좀처럼 그의 얼굴에서 시선을 떼지 못한 채 그 망할 보조개를 하염없이 바라보았다.

❆ ❆ ❆

"체육관엔 왜?"
 점심을 먹자마자 체육관으로 향하는 준혁을 따라 정우가 가쁜 숨을 몰아쉬며 빠르게 걸었다. 시간 날 때마다 도서관으로 가던 녀석이 오늘은 웬일인가 싶었다.
 "체육 선생님께 허락받았어. 점심시간에 농구공 쓰고 도로 잘 갖다 놓겠다고."
 "농구공은 뭐하러?"
 "농구공으로 뭐 하겠냐? 운동 좀 하자는 소리지."
 "뭐? 너 그렇게 도서관만 열심히 드나들더니 운동 부족하냐?"
 "내가? 난 누구와 달리 틈틈이 운동하고 있거든. 지금은 친구의 출렁이는 뱃살이 가슴 아파서 말이야."
 준혁은 슬며시 뒤로 빠지려는 정우의 어깨를 힘 있게 잡아 자신의 긴 팔 안에 가두었다.
 "야야, 차라리 도서관에 가자. 난 밥 먹자마자 뛰면 먹은 거 다 올라와."

"또 책만 펼치고 앉아서 코 골고 자다가 사서 선생님한테 쫓겨나려고? 쓸데없는 소리 마."

"아, 정말이라니까. 너, 설마 내가 점심에 뭐 먹었는지 직접 눈으로 확인하고 싶은 거야?"

"우리보고 다들 그러더라. 돌도 씹어 먹을 나이라고. 그러니까 뭐 먹었는지 확인하기 전에 이미 다 소화돼서 장으로 내려갔을 거야. 아무 걱정 마."

준혁의 팔 안에 갇힌 정우는 죽을상을 지었다. 하지만 결국 빠져나가지 못할 것을 알기에 포기한 채 체육관 앞까지 투덜거리며 걸었다.

"내가 정말 너 때문에 못 산다. 왜 내 뱃살을 네가 신경 쓰는 건데? 넌 그냥 혜서한테나 신경 쓰는 게 어때?"

"혜서는 내가 신경 안 써도 충분히 봐줄 만하거든. 문제는 나날이 체지방이 늘어 가는 너지."

"우이씨……."

행여 도망이라도 갈까 봐 두툼한 정우의 어깨를 감싼 채 체육관 앞에 도착한 준혁은 덜 닫힌 문 안쪽에서 들려오는 목소리에 문득 걸음을 멈추었다. 사내 녀석들 서너 명이 모여서 음담패설 중이었다. 처음엔 선생님들의 눈을 피해 숨어서 담배나 피우고 있는 불량한 녀석들이라 생각했다. 그런데 유치하고 수준 낮은 그들의 대화에 묘하게 머리끝이 곤두섰다.

"걔 정말 죽이지 않냐?"

"큭큭, 아주 푹 빠졌구나?"

"그래, 아주 푹 빠졌다, 빠졌어."

"그러다가 은경이가 알면 어쩌려고 해?"

"야야! 걔랑은 벌써 쫑 났거든. 그러니까 앞으로 은경이 얘긴 내 앞에서 하지도 마. 어딜 비교도 안 되는 애하고!"

"미친 자식! 은경이가 좋아 죽겠다고 할 땐 언제고?"

"좋아 죽겠다고 한 적 없거든! 하나가 선녀면 하나는 완전 무수리지. 어쨌든 내가 완전 찜했으니까 공연히 혜서 치마 밑에 거울 밀어 넣거나 하는 유치한 짓 하면 너희들 다 죽을 줄 알아!"

"요새 누가 거울을 밀어 넣냐? 스마트폰이면 몰라도. 킄킄."

"죽을래?"

"알았다, 알았어! 아주 내 거라고 광고를 하는구나, 자식!"

혜서의 이름이 거론되는 순간 정우는 제 어깨를 감싸고 있던 준혁의 팔에 잔뜩 힘이 들어가는 것을 느꼈다.

"준혁아, 아무래도 노, 농구는 다음에 하는 게 좋겠다."

저런 양아치들 입에서 혜서 이름이 불리는 건 정우로서도 언짢았다. 준혁만큼 오래되거나 절친은 아니었지만 유치원 때부터 지금까지 친구로 지낸 세월이 어디인가. 하지만 지금은 그녀 일이라면 물불 가리지 않고 덤빌 준혁을 데리고 자리를 피하는 것이 상책이었다. 그러나 준혁은 팔을 잡아끄는 정우와 자리를 뜨는 대신 사냥감을 노리는 맹수처럼 그 자리에 버티고 서서 거친 숨결을 골랐다.

"아우, 난 요새 걔 때문에 죽겠다니까. 사실 학교엔 걔 보러 오는 거잖아. 킄킄킄. 얼굴이랑 몸매만 죽이는 게 아니야. 옆에 지나갈 때 향기도 아주 끝내준다니까. 으으, 정말…… 상상만 해도 죽겠다, 야."

"얼굴은 인정하지만 몸매는 너무 마른 편 아닌가? 난 여자애들 가슴이 빵빵한 게 좋더라. 크크"

"이 자식이! 원래 마른 것 같은 애들이 벗겨 보면 의외로 글래머일 때가 있다니까. 섹시 화보 찍는 연예인들 봐 봐. 엄청 말랐어도 가슴이랑 엉덩이는 빵빵하잖아. 그거야말로 제대로 멋진 반전이지, 반전."

"그거야 연예인들 얘기고."

"어허, 글쎄! 맞다니까. 혜서 걔, 몸매도 죽음이야."

"꼭 본 것처럼 말하는데? 너 설마 꿈이라도 꾸는 거냐?"

"말이라고? 꿈에 나타난 지는 오래됐지. 아침마다 왜 벌떡벌떡 서는데? 텐트가 아주 찢어질 지경이다."

"푸핫! 뭐라고?"

쾅!

점점 수위가 높아지는 그들의 농담이 위험하다고 느낀 정우가 준혁을 돌아본 순간 그는 이미 체육관 문을 박차고 들어섰다. 그러는 바람에 그의 팔을 붙잡고 있던 정우도 얼떨결에 딸려 들어갔다. 어두침침했던 체육관에 빛이 들어오자 하얀 먼지가 둥실 떠올랐다. 농구공을 의자처럼 깔고 앉아 있던 그들은 환한 햇빛과 함께 들어선 두 사람을 보며 인상을 찌푸렸다.

"뭐냐?"

"이 변태 새끼!"

'뭐냐?'라고 묻는 목소리가 혜서를 제 여자처럼 입에 담았던 주인공임을 알아챈 준혁이 그를 향해 바로 매서운 주먹을 날렸다.

"윽!"

갑작스런 주먹세례에 넘어진 녀석이 몸을 추스를 새 없이 준혁이 다시 달려들었다.

"이 미친놈! 뭐야?"

"이런 제길!"

놀라서 벌떡 일어선 주변의 두 녀석이 준혁을 향해 달려들자 정우가 커다란 덩치로 그들을 막아섰다. 도통 몸싸움엔 자신이 없었지만 두툼한 손아귀 힘으로 두 녀석을 잡고 늘어졌다. 결국 우스꽝스럽고도 난데없는 난투극이 시작되었다. 녀석들은 정우에게 옷자락을 붙잡힌 채 되는 대로 준혁을 향해 발길질을 해 댔다. 하지만 그는 다른 놈들은 무시하고 한 녀석에게만 죽기 살기로 들러붙었다. 감히 그 더러운 입에 혜서의 이름을 담은 것을 용서할 수 없었다.

"다시 말해 봐! 이 새끼야!"

"윽! 뭐, 뭘?"

"누가 누구 거라고? 찜을 해? 아침마다 뭐가 어째? 이 변태 양아치 새끼!"

번들거리는 눈빛만으로 태워 버릴 듯 노려보는 준혁의 주먹이 감정을 제어하지 못해 부들부들 떨렸다. 바닥에 널브러진 채 영문도 모르고 얻어맞던 녀석의 코에선 벌써부터 코피가 줄줄 흐르고 있었다.

"그만해, 준혁아!"

정우는 여전히 준혁에게로 달려드는 나머지 녀석들의 옷자락을 잡고 늘어지며 소리를 질렀다.

"저 새끼, 저거, 미친놈 아니야? 넌 좀 저리 빠져, 이 뚱이 새끼야!"

"준혁아, 좀! 윽!"

결국 한 녀석의 매운 주먹에 복부를 맞은 정우가 아랫배를 움켜쥔 채 그 자리에 털썩 주저앉았다. 그러자 자유로워진 두 녀석들이 준혁에게로 몰려들었다.

퍼억!

"으윽!"

그들의 매운 발길질이 준혁의 몸 위로 쏟아졌다. 갑작스런 공격에 중심을 잃고 쓰러진 그에게로 두 녀석의 주먹이 동시에 날아들었다. 하지만 준혁은 재빠르고 날렵하게 몸을 굴려 그 상황을 빠져나왔다. 그리고 가까운 곳에 서 있던 녀석의 명치를 발로 가격해서 쓰러뜨리는 것과 동시에 나머지 한 녀석의 가슴도 발바닥으로 힘껏 차서 밀어 버렸다. 전광석화처럼 강하고 빠른 몸놀림이었다. 단번에 두 녀석을 제압한 그는 슬금슬금 기어 도망가려는 처음의 그 녀석에게 다시 달려들었다.

"으, 으아아악! 왜, 왜 그러는 거야?"

뒷덜미를 잡힌 녀석은 비명부터 내질렀다. 이미 인정을 두지 않은 주먹을 맛본 탓에 공포로 새파랗게 질린 얼굴이었다. 녀석의 목덜미를 꽉 움켜쥔 준혁은 코끝이 닿을 정도로 가깝게 얼굴을 들이밀었다. 분노로 이글거리는 눈동자가 금방이라도 불을 내뿜을 것처럼 뜨겁게 일렁거렸다.

"다시 한 번 그 시궁창 냄새 나는 입에 혜서 이름을 올리는 순간, 넌 내 손에 죽는다."

그 말에 바짝 얼어붙어 이를 딱딱거리며 떨던 녀석이 무조건 고개를 끄덕여 댔다.

"네 녀석 꿈에 혜서의 머리카락 한 올이라도 등장하는 날엔 네 두 눈을 흔적 없이 파 버리고 말 거니까 그것도 잊지 마! 알아들었어?"

악다문 잇새로 뱉는 준혁의 말에 녀석은 이제 정신을 놓은 사람처럼 고개를 아래위로 마구 끄덕였다. 그럼에도 분이 풀리지 않은 준혁이 꽉 움켜쥐고 있던 그의 목덜미를 고쳐 잡는 순간이었다.

"이 녀석들! 지금 뭐 하는 거야?"

마침 체육관 옆을 지나가던 호랑이 학생주임이 소란한 소리에 안으로 들어섰다. 그리고 바로 그 순간…….

"……우웨에엑!"

배를 움켜쥐고 있던 정우가 체육관 바닥에 점심 때 먹은 음식을 고스란히 뱉어 내기 시작했다.

"도대체 나이가 몇 살인데 아직도 싸움질이야?"

"……"

혜서는 퍼렇게 멍이 올라오는 눈두덩과 터진 입술 옆에 붙인 반창고를 째려보며 화가 난 듯 발을 굴렀다. 준혁 옆에서 주눅 든 표정으로 고개를 숙이고 있는 정우를 사납게 노려보는 것도 잊지 않았다.

"아우, 내가 정말 속상해서 못 살겠어!"

"……"

"하긴 내가 속상할 게 뭐 있겠냐? 얻어맞은 너희들이 아프지, 내가 아프겠어? 그래도 할머니는 네 얼굴 보면 속상하실 거 아니야!"

할머니란 단어에 입을 꾹 다문 준혁 대신 정우가 슬쩍 입을 열었다.

"저, 혜서야, 우리 엄마도 내 얼굴 보면 속상하실 것 같지 않냐?"
"원정우! 너도 그래. 왜 같이 싸움질이야? 너라도 말렸어야지!"
"난 말렸다니까……. 진짜야!"
"암튼! 너희가 초딩이야? 내년이면 고3이다, 고3! 그런데 그깟 농구공을 서로 먼저 차지하겠다고 싸워?"
"걔들이 신성한 농구공을 엉덩이 밑에 깔고 앉아 있어서……."

우물거리며 대답을 하던 정우는 더욱 사나워지는 혜서의 표정에 흠칫 놀라 입을 다물었다. 학생주임에게 모두 끌려가서 한바탕 야단을 맞긴 했지만 혜서의 부친인 차 교감이 나서서 부드럽게 주의를 주는 것으로 일은 조용히 마무리가 지어졌다. 싸운 이유를 묻긴 했지만 섣불리 입을 열 순 없었다. 준혁에게 얻어맞은 녀석들 역시 그의 눈치만 볼 뿐 아무런 대답을 하지 못했다. 감히 교감 선생님 앞에서 그의 딸을 두고 음담패설을 하다가 싸움이 시작되었단 말을 할 순 없었던 모양이다. 그래서 농구공 때문에 싸움이 일어났다는 정우의 유치한 변명이 싸움의 원인으로 받아들여졌다. 결국 상대편 세 사람에겐 본관의 화장실 청소가, 준혁과 정우에게는 더럽힌 체육관을 청소하라는 다소 가벼운 벌이 주어지는 것으로 일단락되었다.

"혜서 너는 그냥 가."
"그렇잖아도 갈 거야! 내가 뭐 너희 청소하는 거 도와주러 온 줄 알아?"

혜서는 걱정이 돼서 달려온 자신의 맘은 아는 체하지 않고 가라고만 하는 준혁을 못마땅한 눈으로 노려보았다.

"너! 류준혁! 넌 내일까지 나한테 말 걸지 마! 유치한 싸움꾼이랑은 하루 동안 절교야!"

혜서는 다친 얼굴을 제대로 들지 않고 자꾸 시선을 피하는 준혁을 향해 고함을 치곤 사나운 발걸음으로 체육관을 나섰다.

"혜서야! 절교, 그거 준혁이만 해당되는 거냐?"

정우가 큰소리로 물었지만 그녀는 듣지 못한 듯 그대로 모습을 감췄다.

"쳇! 쟤는 왜 매번 너한테만 절교 선언이야?"

어릴 때부터 무언의 약속처럼 두 사람 사이에서만 이루어지는 절교 선언이 내심 부러웠던 모양이다. 입술을 쭉 내민 정우가 툴툴거렸다. 그의 옆에 서 있던 준혁은 혜서가 사라진 방향을 바라보며 옅은 한숨을 내쉬었다.

"그나저나 어쩌냐? 혜서 화 많이 났나 보다."

"……."

"그동안 세 시간짜리 절교까지는 봤는데……하루 동안인 건 처음이지?"

"시끄러, 자식아!"

준혁은 심란한 표정으로 대걸레 자루를 잡고 체육관 바닥의 잔해를 내려다보았다. 인상을 꽉 구긴 그가 대걸레 자루를 정우의 손에 거칠게 넘겨주었다.

"근데 뭘 이렇게 많이 먹은 거야?"

"얘기했잖아. 난 밥 먹자마자 뛰면 바로 올라온다니까……."

"그건 네가 치워, 인마!"

청소를 정우에게 떠맡긴 준혁은 체육관 밖으로 서둘러 나왔다. 혹시나 몰라 고개를 길게 빼 보았지만 혜서의 모습은 이미 사라지고 보이지 않았다. 어쩌면 본관으로 향하는 계단 끝에 아직 그녀의 향기가 남아 있을지도 모르겠다. 아픈 것을 잊고 있었는데 이제야 상처 난 입술 주변이 욱신거렸다.

"준혁아, 너…… 싸웠니?"
"아니에요. 체육 시간에 좀 넘어졌어요……."
양 여사는 대충 얼버무리는 준혁의 대답에 살짝 미간을 찌푸렸지만 더 이상 묻지 않았다. 어릴 땐 종종 싸움을 하곤 했어도 근래에 들어서는 없었던 일이다. 하지만 제대로 대답을 하지 않으려는 그를 붙잡고 얘기를 하기엔 기력이 부족했다.
"할머니, 오늘도 속이 불편하세요?"
"늙어서 그런지 소화가 잘 되지 않는구나."
"약은 드셨어요?"
"그럼, 먹었지."
걱정스레 바라보는 준혁의 등을 토닥토닥 어루만지는 양 여사의 손길이 자상했다. 이제는 키가 훌쩍 커서 고개를 뒤로 꺾어야 얼굴을 온전히 볼 수 있을 정도로 자란 그의 모습이 그저 대견스럽기만 했다.
"준혁아……."
"네?"
"혹시 말이다……."
양 여사는 말을 하다 말고 입을 다물었다. 외롭게 자란 손자를 위해 자신이 할 수 있는 일이 무엇일까 고민스러웠다. 공연한 자신의 욕심으로 더 넓은 곳에 가서 더 크게 날개를 펼칠 수도 있는 아이를 붙들어 두는 것은 아닐까?

"아니다. 어서 들어가 쉬어. 저녁 반찬으로 먹고 싶은 거 있으면 할미에게 말하고……."

"전 할머니가 해 주시는 건 다 맛있어요. 씻고 나올게요."

준혁의 너른 등판을 보니 아들 한주를 키우던 때가 떠올랐다. 일찍 혼자가 되어서 아들 하나를 바라보고 키울 때만 해도 이렇게 멀리 떨어져 생이별을 하고 살게 될 줄은 꿈에도 몰랐다.

"고얀 놈……."

이혼 후 한동안 방황하던 한주는 생떼 같은 어린 아들도, 늙어 가는 어미도 다 버리고 미국으로 갔다. 그러더니 어느덧 그곳에 자리를 잡아 제법 성공을 한 모양이다. 이제야 자식에 대해 무책임하게 굴었던 지난 일이 후회가 되는 건지, 아니면 저도 나이가 들면서 피붙이가 그리운 건지 준혁을 미국에서 공부시키면 좋겠다는 속내를 슬며시 드러냈다. 하지만 지나가는 말이라도 어미에겐 미국에 와서 함께 살자는 말 한 마디가 없었다. 늙은 몸으로 애써 키워 놓았더니 이제 와서 준혁이만 쏙 빼서 데려가려는 아들이 못내 서운하고 괘씸했다.

저 녀석 없이 나 혼자 어찌 살라고 그러누…….

이 커다란 집에 혼자 남을 생각만으로도 더럭 겁이 났다. 시집온 이후로 이사 한번 하지 않고 살던 집이었다. 시댁이 경제적으로 부유한 편이라 시아버지가 살아 계실 때 터가 넓은 곳에 크게 지은 집은 그동안 여러 차례 리모델링과 보수공사를 하면서 관리를 잘한 편이었다. 덕분에 주변에 새로 지은 집 못지않은 세련된 외관과 인테리어로 사는 데는 전혀 불편함이 없었다. 세월에 따라 내부의 모양새는 제법 바뀌었지만 어쨌든 이곳에서 두 시어른을 떠나보냈고 남편도 앞세웠다. 그녀의 평생이 이 터, 이 집과 함께였다. 그러니 행여 아들이 미국으로 오라고 한들 훌훌 털고 가기도 힘들었다.

어찌한다?

그녀로선 외롭게 혼자 남는다고 해도 그 먼 타지로 갈 마음이 없었다. 하지만 준혁의 생각은 그녀와 다를 수도 있을 것이다. 앞길이 창창한 녀석이니 혹시나 가지 않겠다고 해도 등 떠밀어 보내는 것이 옳은 일일지도 모른다. 어릴 적에도 며느리가 다시 돌아오길 바라는 괜한 욕심에 제 어미와 만나지 못하게 한 것이 내내 마음에 걸렸다. 자라면서 부모를 찾거나 그리워하는 모습을 보이진 않았지만 제 혈육이니 얼마나 그리웠을까. 그런 그에게 혹시라도 자신이 짐이 되어서는 안 될 일이다. 하지만 준혁을 멀리 보낼 생각만으로도 가슴이 뻐근해졌다.

제2장

성장통

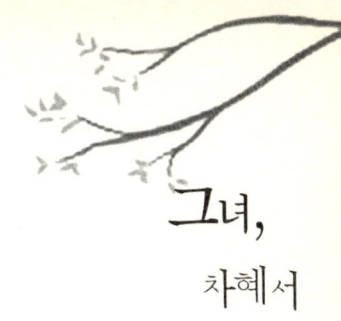

그녀,
차혜서

 하늘은 마치 어젯밤에 요란한 비 따위 내린 적 없었다는 듯이 시치미를 뗀 맑은 얼굴이다. 돌이라도 던지면 쨍하고 깨질 것처럼 투명하고 푸른 하늘. 그렇게 더없이 화창한 일요일 아침이었다.
 모처럼 늦잠을 자려고 버티던 혜서는 끝내 동만의 손에 이끌려 대문을 나섰다. 차가운 가을 공기에 절로 어깨가 움츠러들었다. 정신이 번쩍 들 정도로 찬 공기를 들이마시면서도 그녀는 여전히 눈을 반쯤 감은 채 툴툴거렸다.
 "아빠는……. 왜 연서는 재우고 나만 같이 가자고 해요?"
 "연서 같은 잠꾸러기를 누가 깨우겠니? 그 녀석 깨우는 건 네 엄마도 포기했는데."
 "저도 졸린단 말이에요."
 "고등학생은 체력이 곧 실력이야. 얼마나 좋니? 바로 동네 뒤편에 오르기 부담스럽지 않은 산도 있고. 자자, 그만 칭얼대고…….."
"안녕하세요?"

생각지 못한 반가운 목소리에 잠이 확 깬 혜서는 눈을 커다랗게 뜨고 돌아보았다. 짙은 네이비색 트레이닝복을 멋지게 갖춰 입은 준혁이 동만을 향해 예의 바르게 인사를 하고 있었다. 누구는 잠이 깨지 않아 몽롱한 상태인데 그는 방금 샤워라도 하고 나온 듯 햇볕을 받아 반짝거리는 모습이었다.

"그래, 준혁이도 산에 운동 가는구나? 예전에도 열심히 다니더니 휴일이면 여전히 빼먹지 않고 다녔던 모양이지?"
"네."

두 사람의 대화에 혜서의 눈이 더 커다래졌다. 그가 산에 운동을 다녔다니, 금시초문이다.

"뭐야? 너, 그동안 산에 운동 다녔어?"
"응."

혜서는 준혁의 간결한 대답에 이맛살을 구겼다.

"아빠는 어떻게 알았어요?"
"나야 휴일 아침에 간혹 산에서 만나곤 했으니까 알았지."

혜서는 뚱한 표정으로 동만을 바라보았다. 그런 일이 있었다면 한마디 언질을 해 줄 수도 있었으련만, 그동안 아무 말도 없었던 것이 서운했다.

"그러게 아빠가 휴일 아침마다 운동 가자고 깨웠었잖니. 버티고 눈도 뜨지 않은 것은 너였지."

딸의 심기가 불편해진 것을 느낀 동만이 입가에 엷은 미소를 띠며 해명을 했다. 준혁은 그의 곁에서 혜서가 퉁퉁거리는 모습을 별말 없이 지켜보았다. 그러다가 제법 예리한 눈빛으로 그녀의 얼굴을 쓰윽 훑더니 어이없단 표정으로 느리게 입을 열었다.

"근데, 차혜서. 너 세수는…… 한 거야? 눈에……."

그는 마치 그녀의 얼굴에서 발견하지 말아야 할 것을 발견한 듯 살짝 얼굴을 찡그리는 것도 잊지 않았다.

"어머머, 애는 지금 무슨 말을 하는 거야?"

준혁이 말을 다 끝내기도 전에 혜서의 얼굴이 발갛게 달아올랐다. 얼른 그를 외면한 그녀는 마침처럼 몸을 돌려 빠른 걸음으로 앞장 서기 시작했다.

설마 누, 눈곱이 낀 거야? 삽으로 퍼낼 만큼 커다란 눈곱이? 헉! 이런 망신이! 대충하긴 했어도 분명히 세수를 하긴 했는데 어떻게 된 거지?

그제야 혜서는 감지 않은 머리를 질끈 묶은 자신의 상태를 떠올렸다. 근검절약이 생활이신 부모님 덕에 중학생 때부터 입던 트레이닝복의 무릎은 보기 흉하게 툭 튀어나와 있을 것이 틀림없다. 창피해서 그 몰골을 눈으로 확인하고 싶지도 않았다. 졸음이 가시지 않아 별생각 없이 잡히는 대로 주워 입고 나왔는데 하필이면 집 앞에서 준혁을 만나게 될 줄 몰랐다. 예전엔 얼굴에 먹다 남은 밥풀을 묻히고 그의 앞에 나서도 하나도 창피하지 않았는데 고등학생이 된 이후로는 신경 쓰이는 일이 하나둘 늘어 갔다.

"얘, 혜서야! 원, 녀석도……허허허. 자, 우리도 움직이자."

도망가듯 앞장서서 가는 혜서를 보며 점잖게 웃던 동만이 간신히 웃음을 참고 있던 준혁과 함께 발을 옮기기 시작했다.

"아침은 먹은 거야?"

"네."

"일찍 먹었구나."

"할머니가 아침잠이 없으셔서……."

"그러게. 나이가 들면 아침잠이 없어지지. 요새 통 뵙질 못했는데 어르신 건강은 좀 어떠신가?"

"연세가 드셔서 그런지 요새 기력이 좀 없으신 것 같아요."

대답을 하는 준혁의 얼굴이 어두워졌다. 혼자 먹는 밥은 맛이 없는 법이라고 꼭 함께 드시던 분이 오늘 아침엔 영 입맛이 없다고 수저를 들지 않았다. 근래에 식사도 잘 못하고 안색도 그다지 좋지 않아 걱정이었다. 공부를 하다 보면 새벽녘에 마른기침 소리가 방문을 넘을 때도 있었다. 감기가 너무 오래 낫지 않는 것 같아 아무래도 병원에 모시고 가야겠다는 생각을 하던 중이다.

"준혁아, 할머님께 잘해야 한다. 알지?"

"네, 잘 알고 있어요."

"그래."

공손한 준혁의 대답이 맘에 든 동만은 말을 길게 하는 대신 그저 그의 어깨를 손으로 툭툭 쳐 주었다. 태어났을 때부터 시작해서 오래도록 곁에 두고 보았지만 조모 밑에서 커다란 사고 없이 잘 자라 준 그가 참 대견스러웠다. 사내 녀석이다 보니 간혹 자그마한 말썽을 저지르긴 해도 수습하지 못할 정도는 아니었다. 학교 생활도 성실하게 잘하고 있고 성적도 좋은 편이었다. 게다가 인물은 또 얼마나 훤한지 같은 남자가 봐도 다시 한 번 돌아보게 된다.

저런 아들 하나만 더 있으면 참 든든하겠군, 그래.

슬하에 딸만 둘 있는 것이 서운한 적은 없었다. 열 아들 부럽지 않은 딸들이라고 늘 감사하게 생각했다. 하지만 준혁을 볼 때마다 욕심이 나는 건 어쩔 수가 없었다.

저렇게 멋지게 자라고 있는 아들이 눈에 밟히지도 않는지, 원.

남의 집 일이니 속사정을 다 알 수는 없어도 노모에게 아들을 맡기고 몇 년째 한국에 오지 않는 한주를 그로서는 이해하기 힘들었다. 다만 자신처럼 일생 자체가 무던하고 평범한 사람이 있는 반면에 그 반대로 조금은 소란스럽고 특별하게 사는 사람도 있는 거라고 생각할 뿐이다. 어느 만큼의 희로애락을 경험하며 사는 것은 모든 사람이 마찬가지겠지만 제 앞에 펼쳐진 인생을 받아들이고 사는 모습은 전부 제각각인 것이니까. 그렇긴 해도 자신과 가까운 곳에서 연을 맺고 있는 사람들이 조금은 덜 아프고 행복하게 살았으면 하는 바람을 갖는 욕심까지는 어쩔 수 없었다.

동네에 있는 자그마한 뒷산이라고 해도 쉽게 보기 힘든 근사한 가을 산의 풍경이 눈을 어지럽혔다. 사람들이 무수히 오르내리던 길을 따라 잘 다져진 오솔길은 울긋불긋 다양하고 화려한 색으로 물든 나뭇잎들로 넘쳐났다. 간밤에 내린 가을비 덕분에 한껏 습기를 품은 산은 짙은 풀 내음으로 가득했다.

준혁은 그윽한 그 향기에 취한 듯 심장이 간지러워지는 것을 느꼈다. 후각을 마비시킬 정도로 짙어진 풀 내음에 익숙한 체향이 섞여 있었다. 우뚝 발을 멈춘 곳에서 단지 대여섯 걸음쯤 떨어진 곳에 혜서의 모습이 보였다.

두근두근.

가까이 가기 두려울 정도로 심장이 크게 울렸다. 준혁은 눈도 깜박이지 못하고 제 눈에 들어오는 한 사람에게 집중했다. 그녀는 의자에 앉은 채 고개를 한껏 뒤로 꺾고서 하늘을 올려다보고 있었다. 그녀까지 포함해서 낡은 나무 의자를 둘러싸고 있는 키 큰 나무들의 두툼한 허리며 푸르고 높은 하늘까지, 한 폭의 멋들어진 풍경화였다.

시원하고 부드러운 이마, 속눈썹이 풍성하고 커다란 눈, 날렵하면서도 곧게 뻗은 코, 붉고 도톰한 입술. 그녀의 고운 얼굴선을 따라 그의 눈동자가 조용히 움직였다. 불현듯 그녀가 고개를 돌리고 그가 서 있는 쪽을 바라봤다. 공중에서 눈이 마주치는 순간 아기처럼 뽀얀 그녀의 얼굴에 배시시 미소가 피어났다. 탁, 소리를 내며 잔뜩 영근 꽃망울이 터지는 것만 같다. 순간 두근대던 심장이 쿵, 내려앉았다.

"이제 와? 아빠는?"

"……교감 선생님은 좀 더 위에까지 올라갔다가 오신대. 전망대까지 가시려나 봐."

조용히 숨을 가다듬은 준혁이 느릿한 걸음으로 다가와 그녀 옆에 앉았다.

"그럼 너는?"

"아마 네가 더 안 올라가고 여기서 버틸 거라고 하시더라."

"……"

"그래서 내가 같이 놀아 주고 있겠다고 했지, 뭐. 고맙지?"

"흥! 고맙긴…… 보자마자 놀리기나 하면서. 그리고 나도 넘어지지만 않았으면 아빠랑 같이 전망대까지 올라가려고 했거든!"

"넘어졌어?"

"어제 비가 와서 미끄럽더라고. 그래서……."

넘어졌다는 그녀의 말에 준혁의 시선이 아래를 향했다. 아닌 게 아니라 흙물이 든 트레이닝복 무릎 부분이 해어져 구멍이 나 있었다. 구멍 사이로 상처 난 무릎에서 피가 배어 나오는 모습에 그의 미간이 좁아졌다.

"그러게 왜 촐싹거리고 먼저 가느라 난리야?"

그는 마치 아이 야단치는 어른처럼 목소리를 높였다.

"어머머, 웃겨! 공연히 네가 놀리니까 그랬지!"

"놀리긴 누가 놀렸다고 그래?"

"아까 네가 내 얼굴 보면서 이상한 표정 지었잖아! 엄청 큰 눈곱이라도 발견한 것처럼."

"너 정말 세수 안 했어?"

"했거든!"

"근데 왜 지레 찔려서 난리야? 그냥 장난 좀 친 거 가지고. 그런 게 한두 번도 아닌데 매번 바보같이……. 많이 다친 거야? 어디 좀 봐."

속상한 마음에 쯧, 혀를 찬 준혁은 무작정 그녀의 바지를 올려 무릎을 살피려고 했다. 그러자 화들짝 놀란 혜서가 그의 어깨를 밀치며 몸을 옆으로 틀었다.

"뭐 하는 거야?"

"상처 좀 보려고."

"봐, 봐서 뭐하게? 침이라도 발라 주려고?"

예전 같으면 보자는 소리를 하기도 전에 넘어진 이유를 좋알쫑알 나열하며 상처를 보였을 그녀였다. 하지만 어느 날부터 슬며시 내외를 하기 시작했다. 그러고 보니 어려서부터 아무렇지 않게 손을 잡고 다니던 두 사람이었는데 그 손을 놓은 지도 한참 된 것 같다.

성장을 한다는 건 이런 것일까?
이렇게 너도, 나도 어른이 되어 가는 걸까?
자꾸만 순수하지 않은 다른 눈으로 바라봐지는 걸까?
곁에 있으면 멀쩡하던 심장이 고장 난 것처럼 제멋대로 두근대는 걸까?
준혁은 얼른 단단하고 당당한 어른이 되고 싶었던 어린 시절과 다르게 이제 더 이상 나이가 들어 가는 것이 탐탁지 않았다.

산에서 내려오는 길에 허름한 순두부 가게가 있었다. 자그마한 가게 안엔 조악한 탁자가 딱 두 개뿐이었다. 그중 한 자리를 차지하고 앉은 세 사람은 김이 모락모락 나는 순두부를 앞에 놓고 수저를 들었다.

"오늘은 따님도 함께 오셨네. 아드님도, 따님도 어쩜 이리 인물이 좋을까? 정말 좋으시겠어요."

푸근한 인상의 가게 주인이 건네는 인사에 동만이 기분 좋은 듯 크게 웃었다.

"하하하! 좋다마다요. 이렇게 든든한 아들에 예쁜 딸까지 함께 있으니 오늘은 순두부를 조금만 먹어도 될 것 같네요."

"아유, 그렇다고 조금만 드시면 되나요? 많이 드시고 더 건강해지셔야지."

"그런가요? 그럼 잘 먹겠습니다. 자, 너희들도 어서 먹자."

"아빠, 여기 준혁이랑 왔었어요?"

가게를 둘러보던 혜서가 동만과 준혁을 번갈아 쳐다보며 의아한 목소리로 물었다.

"산에서 만나면 가끔 들렀지."

"그랬구나……."

준혁을 아들로 오해하는 주인을 향해 아무런 해명을 하지 않는 두 사람의 친근한 모습에 혜서는 마음이 아릿해졌다. 그녀는 익숙한 듯 순두부에 양념간장을 넣고 먹기 시작하는 준혁을 바라보았다. 이 공간에 마주 앉아 순두부를 먹는 동안, 그는 아빠의 온전한 아들이었을지도 모르겠다. 괜히 자신이 방해를 한 건 아닐까 걱정스러웠다.

그는 자신의 부모에 대한 얘기를 한 번도 하지 않았다. 그립다는 말도, 홀로 두어 원망스럽다는 말도 없었다. 그래도 어릴 때부터 그녀가 동만에게 어리광을 피우며 매달리면 그 모습을 물끄러미 바라보던 그의 눈동자를 잊을 수 없다. 부러움이 깃들어 있던 말간 눈동자를.

"자, 이거 할머니 가져다 드려라."

동만은 가게를 나오며 포장을 부탁한 순두부를 준혁의 손에 쥐여 주었다.

"감사합니다."

이 역시 두 사람 사이에 익숙했던 일인 듯 준혁은 별다른 거부를 하지 않고 순두부를 받아 들었다.

"아빠, 나도 할머니 좀 뵙고 올게요."

"그럴래? 그럼 너무 귀찮게 하지 말고 적당히 놀다가 와."

"아빠…… 내가 뭐 어린앤가?"

"어르신이 예뻐하신다고 자꾸 거기 가서 어리광을 부리니 그러지."

"안 그런다니까요! 다녀올게요, 아빠!"

혜서는 동만에게 꾸벅 인사를 하고 돌아서는 준혁을 따라 골목길을 걸었다. 중간쯤 걸어 내려왔을 때였다. 준혁은 잘 들고 가던 순두부 봉지를 갑자기 혜서의 손에 넘겼다.

"야! 무거운 것도 아닌데 왜……."

간혹 무겁지 않은 물건을 그녀의 손에 떠넘기는 장난을 치던 그였다. 그래서 이번에도 그런 장난을 하는 줄 알고 소리부터 지르던 혜서가 조용히 입을 다물었다. 그는 그녀 앞에 한쪽 무릎을 굽히고 앉아 풀려 있던 그녀의 운동화 끈을 고쳐 매기 시작했다. 풀려서 헝클어져 있던 줄이 그의 긴 손가락에 의해 정리가 되고 다시는 풀리지 않도록 단단한 매듭이 지어졌다.

당황한 얼굴로 내려다보는 그녀의 눈에 까맣고 둥근 정수리가 보였다. 마치 붉은 망토를 두른 듯한 모습으로 숙녀 앞에 무릎 꿇고 서약하는 중세의 기사처럼 당당하고 멋지다. 공연히 심장이 또 쿵쿵 뛰었다. 그는 금방이라도 풀릴 것처럼 엉성하게 묶여 있던 반대편 운동화 끈까지 풀었다가 다시 고쳐 맸다.

"하여튼 칠칠맞아."

무덤덤하면서도 자연스런 모습으로 제 할 일을 마친 준혁이 바닥에 꿇었던 무릎을 툭툭 털고 일어나 혜서의 이마를 가볍게 쥐어박았다.

"아얏! 그냥 놔두면 내가 맸을 거 아냐. 별일도 아닌 것 같고 매번 생색은."

"그냥 놔두면 언제? 매번 끈을 허술하게 묶는 건 왜 그러는 거야? 끈 밟고 넘어져서 멀쩡한 맞은편 무릎에도 마저 구멍 내려고? 하긴 밸런스를 맞추려면 그것도 괜찮겠다."

그녀의 손에 들린 순두부 봉지를 도로 가져간 준혁은 다시 걸음을 옮기기 시작했다.

"그래그래, 아주 넘어지라고 고사를 지내는구나. 근데 아침부터 너 쫓아가면 할머니가 귀찮아 하실까?"

"그럼 그냥 가든가."

"야아!"

"아우, 고막이야. 왜 소리는 지르고 그래?"

준혁이 손으로 귀를 막으며 과장되게 한 발 물러섰다. 애써 숨기고 있었지만 입꼬리가 비죽 올라가는 것을 딱 들키고 말았다.

"너 자꾸 나 놀린다고 할머니한테 다 이를 거야!"

혜서가 일부러 퉁퉁거리며 거친 발걸음으로 앞장섰다. 준혁이 끈을 단단하게 매 준 운동화가 좀 전보다 훨씬 가볍게 느껴졌다.

"또 넘어지지 말고 조심해!"

놀릴 땐 언제고 조심하란 목소리엔 걱정스러움이 묻어 있었다. 큭, 웃음을 참은 혜서는 준혁보다 먼저 대문 안으로 발을 들였다.

"할머니! 혜서 왔어요! 준혁이가요……."

마당을 지나는 자신의 발걸음 소리만 들어도 용케 먼저 알고 현관 앞으로 달려오곤 하던 양 여사가 모습을 보이지 않았다. 기세 좋게 들어서던 혜서는 어쩐지 등줄기가 서늘해져서 선뜻 거실 안으로 들어서지 못하고 그 자리에 멈추었다.

"왜?"

어느새 뒤쫓아 온 준혁이 현관 앞에 멈춰서 있는 혜서를 지나쳐 거실 안으로 먼저 발을 들여놓았다.

"할머니 아직 주무시나?"

"응? 아니야, 아까 산에 올라가기 전에 일어나셨는걸. 할머니! 다녀왔어요!"

거실을 가로지른 준혁이 큰 소리로 외치며 안방 문을 열었다. 창가 반대편 보료 위에 양 여사가 모로 누워 있었다. 처음엔 잠이 들어 있는 줄 알았다. 그래서 조용히 문을 닫으려 했다. 그런데 누워 있는 모습이 아무래도 이상했다. 팔 하나를 위로 쭉 뻗은 채 보료 위에 얼굴을 박듯이 묻고 있는 모습은 어딘가 어색하고 불편해 보였다.

"할머니!"

곧 이상한 낌새를 눈치챈 준혁이 방 안으로 달려들어 갔다. 그의 얼굴이 순식간에 창백해졌다. 준혁은 손에 들고 있던 봉지를 힘없이 아래로 툭, 떨어뜨렸다. 부드러운 황토색의 장판 위에 떨어진 봉지가 터지며 하얀색 순두부 파편이 사방으로 튀었다.

"할머니! 정신 차려요, 할머니!"

준혁의 품에서 축 늘어지는 양 여사를 본 순간, 다리가 풀린 혜서는 그 자리에 주저앉고 말았다.

3일 내내 눈이 내렸다. 밤새 내린 눈 위에 다시 굵은 눈발이 쏟아져 세상을 온통 하얀 눈밭으로 만들었다. 그나마 다행인 것은 눈이 얌전히 내리도록 바람이 조용히 자고 있다는 점이다.

검은 상복에 파리한 얼굴의 준혁은 따뜻한 유골함을 품에 안은 채 뚜벅뚜벅 납골당으로 향했다. 자리를 지키지 못한 아버지 대신 3일 동안 상주 노릇을 한 그는 마지막 의무를 다하기 위해 떨리는 다리에 힘을 주었다.

양 여사는 쓰러진 지 석 달을 채 넘기지 못하고 세상을 떠났다. 그녀를 쓰러뜨린 병명은 어이없게도 폐암이었다. 어느 날부터인지 소화가 잘 되지 않는다고 하던 말과 감기에 걸리지도 않았는데 밭은기침을 하던 모습을 무심히 지나친 것이 후회스러웠다. 갑작스럽게 정신을 잃는 바람에 병원에 가서 검사를 받았을 땐 이미 손을 쓸 수 없는 상태였다. 폐암이 때로는 이렇게 깊어질 때까지 거의 증상을 보이지 않는 못된 녀석이라는 의사의 설명은 아무런 위로가 되지 않았다.

할머니…….

납골당에 유골함을 안치하고 할머니와 인사를 나누기 위해 그 앞에 선 준혁의 어깨가 너무 슬퍼 보였다. 그 시간을 방해하지 않기 위해 혜서는 부모님과 슬며시 자리를 비켜 주었다.

"저렇게 급하게 가실 줄 누가 알았을까…….'

인자하게 웃던 양 여사의 모습이 눈에 아른거리는 것 같아 안타까운 경옥이 손수건으로 눈물을 훔쳤다.

"그러게, 인생 참 무상도 하지."

"그나저나 당신 제자는 정말 너무해요! 아무리 일이 바빠도 그렇지, 어떻게 제 어머니 장례식에도 참석을 안 해요?"

"오지 못하는 마음은 오죽하겠소? 공연히 준혁이 앞에서는 아무 말 말아요."

"당연하죠……. 저도 속상해서 하는 말이에요. 에효, 준혁이 안타까워서 어찌해야 할지 모르겠어요."

혜서는 부모님을 쫓아가던 발길을 멈추고 몸을 돌려 납골당 안쪽을 바라보았다. 그녀 역시 지금 이 상황이 믿어지지 않았다. 언제나 그녀의 편을 들어 주시며 꼭 안아 주시던 할머니가 한 줌 재가 되어 저곳에 계시다니. 든든한 부모님이 계신 자신조차 이런 마음인데 의지할 사람이라곤 할머니 한 분뿐이던 준혁은 얼마나 마음이 아프고 힘이 들까?

그는 학교에서 수업을 하는 시간 외에는 내내 병원에서 할머니의 곁을 지켰다. 경옥이 간병을 자청해 집에 가서 편히 쉬었다가 오라고 해도 병원 간이침대에서 쪽잠을 자며 고집을 부렸다. 가끔은 혜서가 교대해 주겠다며 집에 들여보내려 했지만 그 어느 때보다 완강히 고개를 젓는 그를 이길 수가 없었다. 그는 그렇게 바위처럼 할머니 곁에서 버텼다. 마치 잠시라도 자리를 비우면 할머니를 잃기라도 할까 봐 겁을 먹은 모습이었다. 그래도 마주하기 두려웠던 그날은 오고야 말았다.

'우리 준혁이…… 미안하다…….'

간신히 한마디를 남긴 양 여사는 하얀 꽃송이처럼 굵은 눈발이 펄펄 날리는 날 조용히 눈을 감았다.

'하, 할머니……. 할머니!'

차갑게 식어 가는 할머니를 부여잡고 오열하는 준혁의 어깨가 크게 들썩였다. 마침 병실 안으로 막 들어서던 혜서는 감히 그의 곁에 다가서지 못했다. 의지하던 한 사람을 영영 놓친 그의 가슴 아픈 통곡에 심장이 저려 눈물조차 나오지 않았다. 목이 쉬도록 울부짖던 그는 이후 모든 장례의 절차가 끝나도록 더 이상 눈물을 보이지 않았다. 동만의 도움을 받긴 했지만 상주로서 끝까지 의연하게 자리를 지켰다.

준혁아…… 너무 아파하지 마.

납골당 안쪽에 서 있는 그의 뒷모습이 너무나 쓸쓸해 보여 왈칵 눈물이 솟았다. 혜서는 누구보다 그를 위로해 주고 싶었다. 하지만 쉬이 다가갈 수 없었다. 조용히 슬픔을 갈무리한 준혁의 파리한 등을 보자, 어쩐지 그가 저만치 멀어진 느낌이 들어 낯설었다. 훌쩍 홀로 어른이 되어 버린 느낌. 그는 그렇게 아프게 한 계단 성장한 듯했다.

＊　＊　＊

"죄송합니다, 선생님."
"내게 죄송할 게 무어 있나? 큰일을 치르느라 준혁이 혼자 애쓴 것이 안쓰러워 혼났지."
한주는 동만 앞에서 숙인 고개를 들 수가 없었다.
"입이 열 개라도 할 말이 없습니다."
"그만하게. 나한테 이럴 이유 없다니까 그러네."
모친이 쓰러져 말기 폐암 판정을 받았단 소식을 들었을 땐 맡았던 일을 한참 진행 중이라 시간을 낼 수 없었다. 게다가 아무리 말기 암이라고 한들 설마 이렇게 쉽게 가실 거라 예상하지 못했다. 그에 비해 그가 책임을 지고 맡은 일은 기한이 촉박했다. 높은 경쟁률을 뚫고 맡게 된 일이었다. 그 일을 얼마나 잘 해내느냐에 따라 타지에서 어렵게 자리 잡은 건축가로서의 그의 입지가 더욱 단단해질 수도 있는 중요한 일이었다.

그는 서둘러 한국으로 오는 대신 일단 발등에 떨어진 불을 끄기로 결정했다. 방황이 끝나지 않은 아들을 오랫동안 기다려 주시던 모친이었다. 그러니 그 잠시의 시간 역시 아마도 기다려 주실 거라 은연중에 믿었던 모양이다. 그나마 일이 계획대로 순조롭게 진행되었다면 모친의 마지막 순간과 장례식까지는 지킬 수 있었을 텐데 중간에 작은 사고가 나서 공사가 늦어지는 바람에 오히려 더 발목을 붙잡히고 말았다. 살아생전에도 불효만 저질렀는데 결국 마지막까지 모친 앞에 사람 노릇도 하지 못했다는 자괴감으로 괴로웠다.

"말씀은 하지 않으셨지만 그 먼 타지에서 빠르게 자리 잡고 어렵다는 건축 일을 척척 잘 해내는 자네를 자랑스럽게 생각하고 계셨을 걸세. 그러니 이미 돌이킬 수 없는 일을 가지고 그렇게 가슴 아파하지 말게."

"……."

동만은 차마 대답을 하지 못하는 한주를 건너다보았다. 세월이 비껴간 듯 여전히 젊고 날렵한 모습의 그는 준혁과 꼭 닮은 얼굴이었다. 아마 그와 준혁이 나란히 서면 그다지 나이 터울 없는 형제처럼 보일 것이다. 그도 그럴 것이 실제로도 그는 아직 마흔도 되지 않은 젊은 나이였다.

 동만은 뒤늦게 와서 눈물을 보이며 후회를 하는 한주를 보기가 떨떠름하긴 했지만 뭐라 비난할 입장은 아니었다. 처음엔 한때 사제지간이었던 사이를 앞세워 호되게 야단을 쳐 줄까도 했지만 핼쑥한 얼굴로 들어선 그를 보자 입이 떨어지지 않았다. 모친 장례식에도 참석하지 못하고 그 먼 곳에서 얼마나 마음을 졸였을까 싶어 안쓰러운 마음도 없지 않았다.

"자네 대신 준혁이가 애 많이 썼네. 녀석이 상주 노릇을 아주 의연하게 하더군."

"……네, 다 선생님이 곁에서 살펴 주시고 도움을 많이 주신 덕분이죠."

"도와줘 봤자 내가 얼마나 도왔겠나?"

"어머님과 통화할 때마다 선생님 댁 말씀을 많이 하셨어요. 선생님도 그렇지만 사모님도 너무 잘해 주신다고……."

"그래 봤자 어르신께는 자네 전화 한 통이 더 힘이 되었을 걸세."

"네……."

 후회로 가득한 한주는 힘없는 목소리로 대답을 하며 다시 고개를 숙였다. 상중인 사람을 공연히 비난한 것 같은 마음에 불편해진 동만이 얼른 화제를 바꿨다.

"그나저나 이제 준혁이는 어찌할 생각인가?"

"제가 데리고 가야죠."

 망설임 없는 한주의 대답에 동만이 그럴 줄 알았다는 듯 고개를 끄덕였다.

"대책은 있는 건가?"

"네?"

"아이를 미국으로 데려가면 어떻게 해야 되겠다는 계획을 세워 두었냐는 말일세."

"……."

"미국에서 재혼을 했다지? 그럼 아내와는 상의를 한 상태인 게 맞나?"

미국에 자리를 잡은 이후 줄곧 준혁을 데려가야겠다는 생각을 했다. 그런 자신의 의중을 모친에게 말씀드린 적도 있었다. 하지만 영 대답을 피하는 모친을 보며 욕심인가 싶어 내심 마음을 접었다. 그러다 보니 준혁을 데려가기 위한 구체적인 계획을 세울 기회가 없었다. 또한 그 일에 대해 재혼한 아내와 의논을 할 생각도 하지 못했다. 젊다 못해 어린 아내가 성인이 다 된 아들을 받아들이는 일은 쉽지 않을 것이다.

머뭇대며 대답을 하지 못하는 한주를 바라보는 동만의 눈빛이 한결 엄해졌다.

"어허! 그런 중요한 일을 혼자 결정하면 되는가? 물론 준혁이를 이곳에 혼자 둘 수는 없으니 데려가야 하는 것이 맞는 일이네만, 공연히 그 아이로 인해 새로 꾸린 가정에 분란이 일어나면 안 되지. 그럼 누가 가장 상처를 받겠나? 모든 일에는 다 우선순위가 있다는 걸 명심하게."

준혁이가 멀리 떠난다고?

동만과 한주의 대화를 우연히 듣게 된 혜서는 너무 놀라서 숨이 멎는 것 같았다. 단 한 번도 그가 이 동네를 떠나 다른 곳으로 갈 거라는 생각을 해 본 적이 없었다. 언제나 고개를 쭉 빼면 보이는 곳에, 손을 내밀면 잡을 수 있는 곳에 머무르리라 생각했다. 할머니가 돌아가신 것은 슬프지만 그렇다고 해도 아직 성인이 되지 않은 그가 그 커다란 집에 혼자 남으리란 것을 의심하지 않았다. 혼자가 되어 이젠 무척 외롭겠다는 생각을 했으면서도 부모님을 따라 외국으로 갈 수도 있다는 건 왜 생각하지 못했을까?

눈이 얼어붙어 반들반들하게 빙판이 된 골목길을 뛰어내려 온 혜서는 초인종도 누르지 않고 열린 대문 안으로 들어섰다. 오후의 햇살이 퍼지고 있었지만 하얀 입김이 새어 나오도록 추운 날씨였다. 그런데 마당 한가운데 내어놓은 의자에 준혁이 몸을 깊숙하게 묻은 채 앉아 있었다. 겨울 햇살에 일광욕이라도 하고 있는 사람처럼 나른해 보이는 모습이었다. 혜서가 발소리를 죽이고 그에게 다가갔다. 마치 잠이라도 든 사람처럼 몸을 축 늘어뜨린 그는 눈을 꼭 감은 채 미동도 하지 않았다.

"준혁아……."

굳게 감겨 있던 그의 짙은 속눈썹이 움찔거렸다. 모든 것이 다 귀찮을 뿐이었다. 하지만 그녀의 울먹이는 목소리에 반응하지 않을 수 없었다. 천천히 눈꺼풀을 들어 올린 그의 앞에 혜서가 서 있었다. 창백한 얼굴의 그녀는 두 손을 꼭 맞잡은 채 입술을 바르르 떨었다. 뭔가에 잔뜩 겁이라도 먹은 듯 커다란 눈동자가 이미 촉촉하게 젖어 있었다.

"무슨 일……."

"너, 미국 가?"

"응?"

"네 아버지 따라서 미국에 갈 거야? 그렇게 하기로 한 거야?"

준혁은 처음 듣는 말인 것처럼 어리둥절한 표정을 지었다. 하지만 이내 알아들은 눈빛으로 낮은 한숨을 내쉬었다. 아직 정확하게 들은 바 없지만 어쩌면 그렇게 될지도 모른다는 생각을 하고 있었다. 이제 혼자 남고 말았으니 모든 상황이 변하게 될 거라고. 만약 부친이 자신의 거취에 대해 말을 꺼낸다면 어떤 대답을 내놓아야 할까 멋대로 고민을 하던 찰나였다. 그런데 금방이라도 울음을 터뜨릴 것 같은 얼굴로 자신을 바라보는 혜서를 보니 더 이상의 고민은 필요 없었다. 그의 반듯한 입술이 열렸다.

"……난, 아무 데도 가지 않아."

"정말?"

"정말."

안심한 듯 환한 미소가 번지는 혜서의 하얀 얼굴에 차가운 겨울 햇살이 반사되어 눈이 부셨다. 그런 그녀의 얼굴을 바라보는 준혁의 얼굴에도 잔잔한 미소가 번지기 시작했다. 순간, 마당 가득 찬란한 햇빛이 부서지는 겨울은 순식간에 봄이 되었다. 시간이 흘러 곧 진짜 봄이 오고, 뒤이어 여름이 오고, 가을을 지나 다시 겨울이 된다고 해도 자신이 있을 곳은 언제나 봄처럼 따스한 이곳, 혜서가 있는 여기, 바로 그녀의 곁임을 준혁은 이미 오래전부터 알고 있었다.

"혼자 남겠다고? 아무도 없는데?"

"저는 이곳이 좋습니다."

한주는 단호한 얼굴로 끝내 함께 가기를 거절하는 준혁을 물끄러미 바라보았다. 노모에게 맡겨 놓고 돌아보지 않는 동안 어느새 홀쩍 자란 그는 제법 멋진 청년의 모습이었다. 든든한 마음과 죄책감이 뒤섞여 그를 바라보는 마음이 복잡했다.

"……미안하구나."

한주는 커다란 손으로 준혁의 어깨를 두드렸다.

"준혁아, 그런데 혹시……."

머뭇거리던 그는 동만의 집에 갔을 때 다소곳이 고개를 숙여 인사하던 혜서를 떠올리며 말을 이었다.

"혜서 말이다, 선생님 댁 큰아이."

뜬금없이 한주의 입에서 혜서의 이름이 나오자 냉랭하고 잔잔하던 준혁의 눈빛이 순식간에 흔들렸다. 그 변화를 감지한 한주의 음성과 표정이 낮게 가라앉았다.

"너희 둘이 어려서 친한 소꿉동무였지. 여전히 잘 지내고 있는 거니?"

"……네."

짧은 대답을 한 준혁이 고집스러운 표정으로 입을 다물자 한주도 잠시 말을 잃은 채 어두운 얼굴로 그를 바라보았다. 두 사람 사이에 한동안 무거운 침묵이 흘렀다.

"설마 혼자 이곳에 남겠다는 것이 그 아이 때문인 건 아니겠지?"

한참 만에 나온 직설적인 질문에 준혁이 아무런 대답도 하지 않았다.

"너 어쩌려고……. 후우."

걱정스런 마음이 앞서 한숨부터 터져 나왔다. 한눈에 보기에도 곱고 예뻤던 혜서의 모습이 눈에 아른거렸다. 혜서의 이름이 거론

되는 순간 흔들리던 준혁의 눈빛에 그는 이미 아들의 마음을 읽고 말았다. 비슷한 나이에 비슷한 감정을 경험하고 있는 아들을 눈앞에 두자, 이미 오래전에 잊었다고 생각했던 추억과 아픔이 새록새록 떠올라 가슴 한구석이 아릿해졌다.
"위험한 선택은 하지 말았으면 좋겠구나."
위험한 선택?
내내 말을 아끼던 준혁이 걱정 어린 눈으로 자신을 바라보는 한주를 강하게 쏘아보았다.
"어머니가 첫사랑이었나요?"
"……그래, 첫사랑이었지."
"그럼 첫사랑과 결혼한 것이 위험한 선택이었단 말씀인가요?"
도전적으로 던지는 준혁의 질문에 한주는 또 말을 잃었다. 어딘지 비난이 묻어 있는 음성에 마음이 아팠다.
"……첫사랑, 참 아름다운 감정이지. 몹시 설레고 두근거리는. 단 한 사람만 눈에 보이고, 그 한 사람만 소중하게 느껴지고, 세상에 다시 경험할 수 없을 것만 같은 마음."
한주는 마치 이해한다는 듯 준혁을 아련한 눈빛으로 응시했다.
"그런데 첫사랑은 이루어지지 않는다는 말이 있지. 첫사랑을 경험한 수많은 사람들이 공통적으로 수긍하는 그 말의 속뜻을 나는 이렇게 해석했단다. 첫사랑은 그저 추억으로 남겨 두어야 한다는 의미라고. 첫사랑은 꿈이고 추억이야. 반면에 결혼은 냉엄한 현실이지. 현실은 꿈과 추억을 파괴시키는 잔인한 폭력성을 가지고 있으니까 말이다. 그러니 첫사랑은 이루어지지 않음으로써 오히려 고운 추억으로 남을 수 있는 거야. 추억이란 팍팍한 현실을 살다가 가끔씩 돌이켜보며 위로받을 수 있는 안식처가 되어야 해. 그런 추억을 잃는다는 건 안식처를 잃는다는 얘기지. 그러면 남는 것은 끝을 알 수 없는 외로움뿐이란다. 비논리적으로 들리겠지만 그게 사실이야."

"……."

"그래서 나는, 네가 원하는 말을 해 줄 수가 없구나. 인생을 실패한 경험자로서 해 줄 말이 이런 것뿐이라 미안하다."

인생을 실패한 경험자.

건축가로서 성공 가도를 걷고 있는 그의 입에서 실패라는 말이 나왔다. 그가 여전히 상처를 극복하지 못했다는 반증이기도 했다. 뭔가 물을 듯 입술을 달싹이던 준혁이 얼굴을 굳힌 채 고개를 떨어뜨렸다. 그 모습을 안타까운 눈빛으로 바라보던 한주가 덧붙였다.

"그 아이가 네게 정말로 소중하고 좋은 친구라면, 그리고 아직 네 감정을 돌이킬 기회가 있다면 사랑은 다른 곳에서 찾는 것이 현명한 일일 거야. 그 아이와의 오랜 인연을 훼손시키지 않는 것이 너를 위해서도, 그 아이를 위해서도 좋은 일이니까. 한순간의 잘못된 선택이 친구도, 사랑도, 추억도 동시에 잃게 만들 수 있다는 걸 명심해라."

준혁에게 혜서는 친구이며 사랑인 동시에 지난 모든 시간을 함께한 추억이었다. 그런데 그 모두를 다 가지려고 욕심내다가는 오히려 전부를 잃을 수도 있다는 얘기였다. 두려웠다, 떨리는 입술을 열어 뭐라 한 마디 반론을 제기하지 못할 만큼.

역시, 안 되는 일인 겁니까?

한주는 눈빛만으로 묻는 준혁을 향해 천천히 고개를 가로저었다. 단 1퍼센트라도 아들이 자신과 같은 경험을 하고 같은 아픔을 겪기를 바라지 않았다. 그 고통을 대물림하는 것은 막고 싶었다.
"준혁아, 나는…… 네가 행복했으면 좋겠구나."
한주가 애정과 걱정이 담긴 깊은 눈으로 준혁을 응시했다.
"그리고 혜서 그 아이도 행복했으면 좋겠다, 진심으로."
한주가 남기고 떠난 말이 준혁의 가슴에 또 하나의 각인이 되어 깊게 새겨졌다.

❋ ❋ ❋

"준혁아!"
혜서는 그의 모습이 보이자 군데군데 빙판을 이루고 있는 골목길을 콩콩콩 뛰어내려 왔다. 찰랑거리는 긴 머리가 바람결에 부드럽게 나부꼈다. 작은 얼굴 하나 가득 반가움을 숨기지 않고 다가오는 그녀의 경쾌한 발걸음 소리에 맞춰 그의 심장박동도 높아지기 시작했다. 노르스름한 가로등이 깜박거리는 어스름한 길. 환하던 달이 슬쩍 구름 뒤로 몸을 감췄다.
"이제 들어오는 거야? 졸업식 끝나고 같이 밥 먹자니까 말도 없이 그냥 가 버리고……."
"……."
"너, 술 마셨니?"
가까이 다가서자 훅 풍겨 오는 알코올 냄새에 그녀가 상앗빛 고운 이마를 찌푸렸다.

"얘 좀 봐! 이제 성인이다, 이거지? 그래도 어떻게 졸업식 하자마자 바로 술을 읍……!"

준혁은 붉은 입술로 종알거리면서 자신 가까이 다가온 혜서의 팔을 잡아 힘껏 끌어당겼다. 그리고 여리한 몸이 휘청이며 제 품 안으로 들어온 순간, 조금의 망설임도 없이 그녀의 입술에 제 입술을 맞댔다. 추위에 얼어 하얗게 마른 입술로 따뜻한 숨결이 새어 나오는 입술을 조심스럽게 머금었다.

갑자스런 입맞춤에 혜서는 무릎이 꺾이는 것을 긴신히 버뎠다. 아니, 준혁이 강한 손으로 단단히 붙잡고 있었기에 주저앉을 수도 없었다. 그의 혀가 제 입안을 온통 휘젓고 다니는 것이 생생하게 느껴졌다. 마치 번개를 맞은 것 같은 날카로운 충격. 그녀 생애 첫 키스였다.

생각하지 못했던 때.

생각하지 못했던 장소.

하지만 어느 날부턴가 소녀다운 감성으로 수도 없이 상상했던 첫 키스 상대의 실체가 바로 준혁이었음을 깨달았다. 그 깨달음은 말로 표현할 수 없을 만큼 강렬했고 충격적이었다. 그동안 그를 바라보며 혼란했던 자신의 마음이 무엇이었는지 선명해졌다.

혜서는 차렷 자세로 내려뜨린 주먹을 꼭 쥐었다. 숨죽이고 보던 멋진 로맨스 영화에서처럼 머릿속에서 불꽃이 펑펑 터지는 일이 일어나진 않았다. 하지만 불꽃 대신 심장이 터질 것처럼 뛰었고 숨은 금방이라도 넘어갈 듯 가빠 왔다. 그리고 정신은 꿈결처럼 아득해졌다. 아니, 몽롱한 꿈속을 유영하는 느낌이었다. 온몸에서 힘이 스르르 빠져나갔다.

"……하아."

가빠져 오는 호흡을 참는 데 한계를 느낀 순간, 다가왔던 것만큼 갑작스럽게 입술이 떨어졌다. 혜서는 놀란 눈을 부릅뜬 채 발갛게 달아오른 얼굴로 숨을 몰아쉬었다. 손이 부들부들 떨릴 정도로 당황스러운 자신에 비해 일을 저지른 놈은 너무나 멀쩡한 얼굴을 하고 있었다. 말갛게 자신을 바라보는 표정은 방금 두 사람이 입맞춤을 했다는 사실을 인지하지 못하는 것처럼 태평해 보이기까지 했다. 그리고…….

"뭐, 그다지 다르지 않네……. 안 되겠다, 역시. 우린 그냥 친구인 게 맞는 거 같아."

아무런 감흥 없는 얼굴로 내뱉는 준혁의 담담한 말에 마구 고동치던 혜서의 심장이 순식간에 '쩡' 소리를 내며 얼어붙고 말았.

뭐라고?

무심하게 던진 그의 말은 날카로운 비수처럼 날아와 심장에 깊게 박혔다. 별처럼 반짝이던 눈동자가 빛을 잃고 대번에 까맣게 죽었다. 하얗게 핏기가 가신 혜서의 얼굴을 무표정한 얼굴로 바라보던 준혁이 킥, 웃음을 터트렸다. 어느새 그의 얼굴엔 평상시에 보던 장난기가 잔뜩 번져 있었다.

"뭘 그렇게 얼빠진 얼굴을 하고 있어?"

"너…… 너, 이게 대체 무슨 장난이야?"

묻는 혜서의 음성이 가늘게 떨렸다.

"미안, 미안. 궁금했거든. 다른 아이들이 하는 말처럼 혹시 너랑 나랑 친구 말고 좀 발전된 사이가 되는 게 가능한지 말이야. 그런데 너도 느꼈겠지만 아무래도 안 되겠어. 무슨 키스가 이렇게 무미건조하냐?"

무, 무미건조?

얼어붙었던 심장은 이내 와사삭 부서져 산산조각이 났다. 혜서는 입술 안쪽의 여린 살점이 뚝 떨어지도록 세게 물었다. 그러지 않으면 자신도 모르게 그를 상대로 날카로운 비명을 지르거나 원망의 말을 쏟아 낼 것 같았다. 아니, 그것보다 자신조차 이제야 깨닫게 된 순결한 마음을 드러낼지도 모른다는 두려움이 앞섰다. 이렇게 진한 키스를 하고도 무미건조했다고 대놓고 말하는 놈을 상대로…….

"화났냐?"

"……."

"에이, 미안해. 뭐 이런 걸로 화내고 그래? 별것도 아닌 거 가지고."

아무렇지 않게 심장을 쿡쿡 찌르는 말을 하는 준혁을 향해 혜서는 평상시처럼 웃어 주려고 했다. 매사에 장난이 심한 녀석이었으니까. 그가 하는 장난쯤 이골이 났으니까. 나도 아무렇지 않았다고, 이런 입맞춤 따위 별거 아니더라고 말하고 싶었다. 하지만 아무리 잘 봐주려고 해도 이런 장난은 너무 심했다. 결국 간신히 위로 끌어 올리던 입꼬리가 파르르 경련을 일으키다가 굳었다. 그리고 주먹을 꼭 말아 쥐고 있던 손이 저절로 움직였다.

쫘악!

꽤 강한 파열음이 골목길에 울려 퍼졌다. 무방비하게 얻어맞은 준혁의 얼굴이 한쪽으로 휙 돌아갔다.

"이, 이 나쁜 자식아! 그, 그래도 내 첫 키스였단 말이야!"

"……."

"네가 뭔데 내 소중한 첫 키스를 가져가느냔 말이야! 나중에 사랑하는 사람이랑 하려고 했는데! 이 나쁜 놈! 물어내! 물어내, 이 나쁜 놈아!"

어떻게! 어떻게 이런 장난을 칠 수 있어! 네가, 나를 상대로!

혜서의 매운 주먹이 준혁의 가슴을 팡팡 때렸다. 그는 그녀의 강한 주먹질에도 끄떡없이 버티며 계속 맞고만 있었다. 영 피하지 않는 그를 상대로 이내 지치고 만 혜서가 주먹을 말아 쥔 채 빽, 소리를 질렀다.

"너! 이번엔 일주일짜리야! 일주일 동안 나한테 연락하기만 해 봐! 너, 아주 죽었어!"

혜서는 매몰찬 목소리로 일주일간의 절교를 선언하고 돌아섰다. 빠르게 골목길을 뛰어가는 그녀의 모습이 점점 작아지더니 쾅, 하는 거친 문소리와 함께 시야에서 완전히 사라졌다.

준혁은 혜서가 사라진 골목 끄트머리에 시선을 둔 채 한참 동안 미동 없이 서 있었다. 그녀에게 맞은 뺨이 화끈거렸다. 하지만 심장은 반대로 차게 식었다. 아무렇지 않은 척 애써 힘을 주었던 눈동자가 혼탁하게 흐려지며 눈앞의 사물들이 온통 굴곡져 보였다. 구름에 가렸던 달이 위로하듯 슬며시 창백한 모습을 드러냈다. 서럽도록 하얀 달빛 아래, 빛을 잃은 눈빛만큼 회색으로 굳어 있는 그의 얼굴이 슬프게 일그러졌다.

"언니, 준혁 오빠 만났어? 아까 졸업식장에서 사진도 같이 못 찍었는데 어디 갔었대? 언니!"

혜서는 동생 연서가 묻는 말에 대답도 하지 않고 제 방으로 들어와 재빨리 문을 닫았다. 하얗게 핏기가 가신 얼굴은 밀랍 인형처럼 굳었고 간신히 눈물을 참고 있는 두 눈동자엔 붉은 핏발이 섰다.

나쁜 놈!

빨갛게 부풀어 오른 입술에 부들부들 떨리는 손가락을 대었다. 아직도 채 열기가 가시지 않아 화끈거리는 입술은 좀 전에 일어났던 일이 꿈이 아닌 현실이라고 분명하게 말해 주고 있었다. 다리에 힘이 빠진 그녀는 결국 문에 등을 댄 채 주르륵 바닥으로 미끄러졌다.

기억이 나지 않을 정도로 어린 시절부터 동네 친구로 지내던 사이였다. 집안끼리의 역사도 깊어 단순한 동네 이웃이 아니라 가족처럼 지낸 지 오래되었다. 공부도 잘하고 운동도 잘하고 성격마저 좋은, 게다가 무엇보다 인물이 좋아 누구에게나 주목을 받는 준혁이었다. 그런 그를 곁에 두고 종종 마음이 심란할 때가 있었다. 그 마음이 뭔지 몰랐는데 그가 입을 맞춰 온 순간 깨달았다. 자신이 그를 소꿉친구로만 보고 있지 않았음을. 오래도록 그런 순간을 기다려 왔음을. 그런데 자신의 마음을 깨달음과 동시에 상처를 받고 말았다.

"흐으윽······."

마음을 표현하기도 하기 전에 내침을 당한 꼴이다. 뮤준혁에게 있어서 차혜서는 오래된 친구 외에 아무것도 아닌 존재임을 확인했다. 입맞춤의 순간, 그렇게 가슴 떨리던 설렘은 혼자만의 착각이었던 거다.

❋ ❋ ❋

"누구세요?"
-네, 사모님. 저 선이 엄마예요.
"어머, 선이 엄마, 들어와요."
경옥은 인터폰을 내려놓으며 현관문을 열었다.
"안녕하세요?"
넉넉한 풍채의 선이 엄마가 현관문 앞에 선 채 꾸벅 인사를 했다.
"네, 날이 아직 차네요. 얼른 이리 들어와요. 같이 차 한잔할까요?"
"아니에요. 선이가 기다려서 얼른 가 봐야 해요."
"그렇구나. 아이가 중학생이라고 했죠?"
"네. 저, 사모님, 다른 게 아니라 준혁 학생이 좀 아파서요."
"준혁이가요?"
"네. 아무래도 감기 몸살인 거 같은데 얼른 낫지를 않네요. 벌써 며칠째 앓고 있어요."
"어머나, 저런. 그렇잖아도 며칠 동안 안 보인다 했더니 준혁이도 병이 났었던 거네."
경옥이 걱정스러운 얼굴로 미간을 찌푸렸다.
"하여튼 누가 친한 친구 아니랄까 봐 몸살도 세트로 앓으니, 원……. 걱정 말아요, 선이 엄마. 일단 내가 알았으니 챙길게요. 내일이랑 모레는 출근 안 하는 날인 거죠?"
"네, 사모님. 그래서 좀 걱정이 돼서……."

준혁의 조모인 양 여사가 돌아가신 후 집안 살림을 도와주고 있는 선이 엄마는 조금 무뚝뚝하긴 해도 꽤 성실한 가사 도우미였다. 혹시 출근을 하지 않는 날 준혁이 홀로 앓게 될까 봐 걱정스러웠던 그녀가 퇴근길에 그를 부탁하기 위해 찾아 준 것이 경옥은 내심 고마웠다.

"연서야! 엄마 시장 좀 나갔다가 올게."

"저녁도 먹었는데 이 시간에 시장엔 왜요?"

"전복 좀 사 오려고."

"죽 끓이려구요? 우와, 언니랑 나랑 차별한다, 엄마. 난 지난번에 몸살 났을 때도 흰죽만 끓여 주더니."

연서가 퉁퉁거리자 경옥이 옅게 웃었다.

"하여튼 별 트집을 다 잡아. 언니도 언니지만 준혁이가 아프대."

"어, 준혁 오빠도?"

"방금 선이 엄마가 다녀갔는데 그렇다는구나."

"뭐야, 두 사람? 하여튼 유난해, 정말. 몸살도 같이 앓고."

"누가 아니라니? 혜서 잠들었으니까 공연히 다른 말 하지 말고 조용히 있어. 준혁이 병난 거 알면 금방 가 보려고 할 텐데, 지금 찬바람 쐬면 안 되니까. 알았지?"

"네, 엄마! 오는 길에 만두도 조금만 사다 주세요."

"그래, 다녀오마."

연서는 경옥이 현관을 나서자마자 몸을 돌려 혜서 방으로 들어갔다. 그런데 잠들어 있는 줄 알았던 혜서가 침대 헤드에 등을 기대고 앉아 있었다.

"어? 언니 안 자고 있었어?"

"자다가 깼어. 밖에 누가 왔어? 무슨 소리가 들리던데."
"응. 선이 아줌마 다녀가셨어."
"……."
다른 때 같으면 대번에 무슨 일이냐고 물을 사람이 아무런 반응을 보이지 않자 연서가 고개를 갸우뚱거렸다. 하긴 며칠 동안 독한 몸살을 앓는 중이니 만사가 귀찮을 수도 있을 것이다.
"있지, 준혁 오빠도 아프대. 그래서 엄마가 전복 사러 시장 나가셨어."
"……."
준혁이 아프단 소리에도 혜서가 아무런 말이 없자 연서의 눈이 짓궂게 반짝였다.
"뭐야? 이제 보니 둘이 싸웠구나? 그래서 아예 같이 몸살이 난 거야?"
"……아니야, 그런 거."
"아니긴 뭐가 아니야? 딱 보니 척인걸. 암튼 유별나. 친구끼리 좀 싸웠다고 병이 나고 그러냐? 무슨 일로 싸웠는데? 응?"
"아니라니까. 나 좀 더 자야겠어."
혜서는 대답을 피하며 모로 누웠다.
"어쩐지 언니가 아픈데 며칠 동안 전화도 없어서 웬일인가 했지, 내가. 이제 고등학교도 졸업했고 다음 달엔 대학생이 되는 사람들이 여전히 싸우냐?"
"차연서…… 그만해. 언니 머리 울려."
"알았어. 좀 더 자, 그럼."
연서는 삐죽이면서도 입을 다물고 돌아섰다.

너도, 아픈 거야? 네가, 왜?

혼자가 되자 혜서는 감았던 눈을 떴다. 요 며칠 아무도 모르게 흘렸던 눈물이 다시 차올랐다. 그녀는 눈물이 그렁그렁 맺힌 눈으로 책상 위의 달력을 올려다보았다. 졸업을 한 지 닷새가 지났다. 아직 일시적인 절교를 선언한 날이 이틀이나 남아 있었다. 이틀만 더 앓고 나면 그에게 연락을 할 수 있다. 하지만 아무렇지 않은 얼굴로 볼 수도 있을까?

이 와중에도 돌봐 주는 사람도 없이 그 큰 집에서 준혁이 홀로 앓고 있다는 사실이 너무나 걱정스럽고 속상했다. 그녀는 자신도 모르게 더듬더듬 휴대폰을 찾아 손에 쥐었다. 땀으로 축축하게 젖은 손 때문에 휴대폰이 손안에서 자꾸 미끄러졌다.

"하아……."

혜서는 깊은 한숨을 뱉었다. 단축번호 하나만 누르면 그의 목소리를 들을 수 있다. 0번 버튼 앞에서 손가락이 파르르 떨렸다.

'안 되겠다, 역시. 우린 그냥 친구인 게 맞는 거 같아.'
'무슨 키스가 이렇게 무미건조하냐?'

순간 가슴을 후비던 그의 말이 떠올랐다. 혜서는 입술을 앙다물었다. 그녀는 휴대폰을 책상 위에 던지고 도로 누워 이불을 머리 끝까지 뒤집어썼다.

류준혁! 너, 정말 후회할 거야!

제3장

위험한 고백

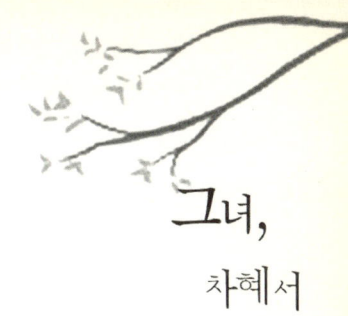

그녀, 차혜서

"글쎄……."

마지막 수업이 끝나고 함께 강의실을 나와 긴 계단을 내려가던 중이었다. 상희는 역시나 그다지 긍정적인 반응을 보이지 않는 혜서를 오늘따라 강하게 밀어붙였다.

"자꾸 튕길 생각 하지 마. 이번 주말에 무조건 약속 잡을 테니까 넌 예쁘게 차려입고 나오기만 하면 돼."

"그렇게 괜찮은 사람을 왜 굳이 나한테 소개해 주려는 거야?"

"왜라니? 너니까 그러는 거지. 꼬리 아홉 달린 여우가 채 가기 전에 얼른 찜하려고 그래. 솔직히 말해서 우리 사촌 오빠랑 나랑 피가 섞이지 않은 남이었으면 아무리 너라고 해도 국물도 없었어. 바로 내가 찜하고 말지."

"후후, 어쩐지 아깝다는 말로 들린다?"

"겉만 번지르르한 여자한테 내주기엔 완전 아까운 사람이야, 우리 사촌 오빠. 이 캠퍼스에 널린 오징어나 주꾸미들하고는 차원이 다른 사람이거든. 하기는 너야 가까운 곳에 오징어도, 주꾸미도 아닌 제대로 된 인물을 오래 봐 와서 좀 식상하게 느낄 수도 있겠지만."

"……"

"그럼 뭐 하냐? 류준혁은 그냥 친구라면서?"

힐끔 쳐다보며 묻는 상희의 의미심장한 질문에 혜서는 대답 대신 희미한 미소를 지었다.

"내가 보기엔 이 캠퍼스에 두 사람만큼 잘 어울리는 커플도 없는 것 같지만 둘 다 그건 아니라고 하니, 뭐."

혜서는 문득 상희와 나란히 걷던 걸음을 멈췄다. 계단을 지나 학교 정문으로 향하는 언덕 아래쪽에 낯익은 인영이 보였기 때문이다.

"어라? 저기……"

혜서의 시선을 따라 고개를 돌린 상희가 팔을 들어 손가락으로 그쪽 방향을 가리켰다. 군살 없이 날렵한 체격에 훤칠하게 키가 큰 탓에 어디서건 한눈에 띄는 준혁과 한 여학생이 마주 보고 서 있었다. 같은 학교에 다니기 때문에 원하지 않더라도 종종 마주치게 되는 낯설지 않은 풍경이었다.

"쯧쯧, 쟤는 또 어떤 용감한 부나방이야?"

"……"

고개를 저으며 혀를 차는 상희의 옆에서 혜서는 말없이 두 사람을 주시했다.

"저 봐, 저거. 내가 저럴 줄 알았다니까. 저 부나방이 착각하고 덤

벼들었다가 '앗, 뜨거!' 하고 도망가는 거 맞지?"

굳은 얼굴의 준혁을 뒤로한 채 돌아선 여학생이 빠르게 멀어지고 있었다.

"으이구, 냉혈 왕자 류준혁이 오늘도 한 건 올린 모양이다. 다들 저 보조개에 홀려서 착각들을 하니. 너 같은 애가 남자 친구를 사귀지 않는 것도 이해 불가지만 류준혁이 여자 보기를 돌같이 하는 것도 이해 불가야."

"쟤는 남자, 여자 그런 거에 관심 없대."

"뭐?"

"겉만 제대로 된 인물이지 실은 오징어나 주꾸미보다 나은 것도 없어."

혜서답지 않게 심술이 덕지덕지 붙은 말에 상희가 큭큭 웃음을 터트렸다.

"무지 신랄하게 말한다? 하긴 류준혁을 너보다 더 잘 아는 사람이 어디 있겠냐? 오징어나 주꾸미보다 나은 것이 없다니⋯⋯ 푸훗! 완전 실망이야. 빛 좋은 개살구란 말이잖아. 그래도 저런 인물이 한 여자한테 정착하면 그 여자가 만인의 적이 될지도 모르지. 그런데 다들 그게 네가 아닐까 하는 의심의 눈초리로 보고 있는 건 아니?"

"착각은 자유니까, 난 관심 없어."

"아우, 시크한 매력 덩어리! 암튼 그 만인의 적, 누가 될지 궁금하다, 정말."

마침 고개를 돌려 두 사람을 발견한 준혁이 굳어 있던 얼굴을 부드럽게 이완시키며 미소를 지었다.

"흐어억! 저 보조개 봐라. 완전 살인 보조개라니까. 저러니 여자

애들이 착각을 일으키지."

상희가 혜서에게만 들리도록 작게 속삭였다.

"혜서야, 나 먼저 갈게. 어차피 두 사람이랑 가는 방향도 다르니까."

준혁을 향해서 가볍게 손을 흔들어 아는 척을 한 상희는 혜서가 인사를 건네기도 전에 빠른 걸음으로 멀어졌다.

"휴대폰 꺼져 있더라. 충전하는 거 또 잊었지?"

준혁의 가벼운 타박에 혜서는 가방 속의 휴대폰을 꺼내 들었다. 액정이 까맣게 죽어 있었다.

"어, 그랬나 보네. 그런데 넌 오늘 수업 일찍 끝나지 않았어?"

"수업 끝나고 교수님 좀 도와 드렸어. 조금만 기다리면 너 끝날 시간인 것 같아서 잠시 과방에 있었지."

좀 전에 여학생과 함께 있는 장면을 보지 못했다면 자신을 기다렸다는 그의 말이 참 기뻤을 것이다. 하지만 거절한 것이 분명한 모습임에도 불구하고 마음이 언짢게 가라앉았다. 그리고 그런 혜서의 기분을 준혁은 예리하게 감지했다.

"뭐 안 좋은 일 있어?"

순간순간 변하는 이런 단순한 기분이 아니라 드러내 놓지 못하고 있는 오래된 마음을 알아주면 좋으련만.

"……아니."

"근데 왜 표정이 그래?"

천천히 주차장 쪽으로 움직이며 나란히 걷던 혜서가 불현듯 물었다.

"누구야?"

"응?"

"좀 전에 그 여학생……."

준혁이 그녀 쪽으로 고개를 돌렸다. 질문의 의도를 파악하려는 듯 물끄러미 바라보는 그의 시선에 혜서는 절로 얼굴에 열이 올랐다. 역시 모르는 척하고 지나갔어야 했다. 자존심도 없이 괜한 것을 물었다는 자책감으로 혀를 꽉 물고 싶은 심정이었다.

"별거 아니었어."

그는 더 이상 해 줄 말이 없다는 듯 가볍게 대답을 하곤 시선을 돌렸다.

그 별거 아닌 게 대체 뭔데? 걔가 너 좋다고 해? 사귀자고 했어? 그래서 넌 뭐라고 거절한 거야? 여전히 이성 따위엔 관심 없다고 했니?

묻고 싶은 마음을 누르며 혜서는 고개를 끄덕였다. 대신 생각지 않은 엉뚱한 말을 뱉었다.

"상희가 소개팅하래."

"……좋겠네."

예상 안에 있던 반응이었다. 그런데도 마음은 바람 빠진 풍선처럼 쪼글쪼글해졌다.

"그래서, 하기로 했어?"

"응."

빠르게 나오는 혜서의 대답을 들은 준혁이 그녀를 향해 빙긋 웃었다. 누구나 감탄하는 멋진 미소였지만 혜서는 그 미소가 참, 미웠다.

❈   ❈   ❈

클럽 안은 휘청거리는 젊은 열기로 후끈하게 달아올라 있었다. 높은 천장에 달려 있는 화려한 사이키 조명은 이리저리 어지럽게 빛을 쏘아 대고 귀를 울리는 음악 소리는 거의 소음에 가까워 대화를 나누기 힘들 정도였다.

"여기 장소 섭외, 정우가 한 거지?"

"암튼 저 자식 저거, 뒤늦게 춤바람이 나서는."

"왜? 좋기만 한데. 오늘밤 우리의 젊음을 활활 불태워 보자고!"

장소에 대해 작은 불만을 터뜨리는 목소리와 어차피 이렇게 된 거 즐겨 보자는 목소리가 난무한 가운데 정우가 다가왔다.

"누구냐? 내 욕 하는 사람. 내가 이 장소 물색하느라고 얼마나 힘들었는데."

"어련하시겠어? 고맙다, 친구야! 이런 요란한 곳을 동창회 장소로 결정하느라고 엄청나게 수고했다."

"엄청나게 수고했지, 내가. 밤이면 밤마다 안 가 본 클럽이 없다니까? 하하."

정우는 손에 작은 맥주병을 든 채 친구들의 타박에도 아랑곳하지 않고 커다란 몸을 흔들어 가며 웃었다.

"어이, 준혁아! 너도 여기 괜찮지?"

준혁은 대답 대신 맥주병을 들어 보이며 씩 웃었다. 정우는 만족스런 표정으로 엉덩이를 씰룩이며 현란한 사이키 조명이 쏟아져 내리는 스테이지로 향했다. 나른한 준혁의 시선이 정우의 뒷모습을 좇아 정신없이 흔들리고 있는 스테이지에 닿았다.

"잘 지내냐, 류준혁?"

"그래, 오랜만이다. 김성준."

"여전하구나, 넌."

"뭐가?"

"가만히 앉아만 있어도 여자들 시선 잡아당기는 거 말이야. 네 옆에 있다는 이유만으로 여자들이 쏘아 대는 레이저 때문에 아주 찌릿찌릿한걸!"

"훗!"

준혁은 성준의 손에 들린 맥주병에 제 병을 부딪치며 어깨를 으쓱 올렸다. 당당하고도 자신감 있는 그의 행동에 성준의 입술이 살짝 뒤틀렸다.

"근데 왜 안 보이지?"

"응?"

"혜서 말이야. 같이 안 왔어?"

성준은 고개까지 쭉 빼고 주변을 둘러보았다. 그렇잖아도 오늘 내내 통화가 되지 않던 혜서 생각에 절로 이마가 찌푸려졌다. 충전하는 것을 또 잊은 모양이다. 혹시나 먼저 도착해 있지 않을까 해서 서둘러 왔는데 그녀의 모습은 보이지 않았다.

"둘이 아직이냐?"

성준이 의미심장한 목소리로 물었다. 탐색하는 듯한 그의 눈빛에 준혁이 심드렁한 목소리로 되물었다.

"뭐가?"

"너랑 혜서 말이야, 아직 진도 안 빠진 거야?"

"……"

"고등학생 때야 교감 선생님 눈치 보느라 조심했겠지만 이제 둘 다 성인이잖아. 난 둘이 금방 사귈 거라고 생각했거든. 우리 동창들 중엔 고등학교 졸업하자마자 너희 둘이 제1호 학생 부부가 될 거라고 내기까지 거는 녀석들도 있었어. 그런데 어째 아직도 그 상태인 거야?"

"……혜서랑 나는 그냥 친구야."

준혁이 맥주를 들이켜며 담담하게 대답했다. 대놓고 묻지 않아도 동창들이 성준과 같은 호기심을 갖고 있다는 것을 모르지 않았다. 하지만 이럴 때 내어놓을 수 있는 답은 하나뿐이었다.

"에헤이! 믿을 말을 해라. 그런 녀석이 혜서한테 수작 걸려는 녀석들을 다 아작 내고 다녔냐? 다들 너 무서워서 혜서한테 말도 못 걸겠다고 하더라."

"하도 같잖은 것들이 수작을 거니까 그랬지."

"그럼 너한테 혜서는 그냥 친구일 뿐이라고?"

"……응."

"여자가 아니란 말이지?"

이만하면 입 다물 만도 한데 능청스러운 얼굴로 같은 말을 여러 차례 묻는 성준의 행동에 슬쩍 열이 올랐다. 도대체 뭘 확인하고 싶어서 이러는 건지 짜증스러웠다.

"기저귀 찰 때부터 보던 사이다. 어떻게 여자로 보이겠냐?"

"그럼…… 나한테도 기회는 있다는 거야?"

느물스러운 성준의 농담에 올라오는 짜증을 참으며 내내 느긋하게 굴던 준혁의 눈빛이 일순 차갑게 변했다.

"헛소리 집어치워!"

"어라? 왜? 혜서, 너한테 여자 아니라며?"

술기운 때문인지 용기를 내어 따지듯 묻는 성준에게로 준혁이 슬며서 상체를 기울였다. 그리고 그의 귓가에 낮은 음성으로 속삭였다.

"너도 혜서한테는 같잖은 놈에 속하거든. 내가 그런 녀석들 어떻게 아작 냈는지 모르진 않겠지?"

악다문 이 사이로 흘러나오는 음산하기 그지없는 그의 목소리에 성준은 하얗게 탈색된 얼굴로 실없이 웃었다.

"하하, 노, 농담한 거야, 농담. 넌 웃자고 한 소리에 죽자고 덤비냐? 무섭게……."

재빨리 자리를 털고 일어나 움직이는 성준의 다리가 취한 듯 휘청거렸다.

"성준이 왜 저래?"

어느새 스테이지 순례를 마치고 돌아온 정우가 성준이 떠난 의자에 엉덩이를 걸치며 물었다.

"자식이 쓸데없는 말을 하기에 살짝 쥐어박아 줬지."

"뭐야, 또? 쯧쯧. 말 안 해도 알 것 같다. 혜서 얘기지?"

"……."

"뭐랬기에 그래? 저 자식도 혜서한테 관심을 보이디? 암튼 다들 보는 눈들은 있어서. 그러니까 네가 얼른 '혜서는 내 여자다!' 하고 선언을 해야지. 다른 것들 껄떡대지 않게."

"미친놈."

"미친놈은 너지, 내가 아니고. 내가 몸은 이래도 눈치까지 둔한 건 아니야. 솔직히 혜서 마음은 모르겠지만 네놈 마음은 훤히 알고 있거든. 그런데 왜 헛짓만 하고 있는 거야? 그냥 꽉 붙잡아. 다른 녀석들이 껄떡댈 때마다 그렇게 인상 구기며 위협만 하지 말고 말이야. 나쁘지 않잖아, 너도."

정우는 오래도록 그와 혜서를 봐 왔기에 제법 진지한 질문을 던졌다. 혜서를 바라보는 준혁의 마음을 당사자보다 잘 알고 있다고 자신했다. 모르긴 해도 그가 마음을 터놓는다면 혜서 역시 싫다고 거절하지는 않을 것이다. 연거푸 맥주를 들이켜던 준혁이 한참 만에 무거운 입을 열었다.

"나쁘지 않잖아? 하아……."

별로 마시지도 않았는데 이상하게 취기가 올랐다. 오늘 혜서가 동창회에 오지 않은 것은 다행이었다. 그녀가 있으면 취하고 싶어도 취할 수가 없다. 행여 술김에 실수라도 할까 봐.

"넌 내가 누군가를 좋아한다는 것이 가능하리라 생각해? 그것도 혜서를?"

"당연하지. 그럼 네가 혜서 말고 다른 누구를 좋아하는 것이 가능하리라 생각하는 거야? 어릴 때부터 혜서 한 사람만 바라본 녀석이?"

정우가 아는 한 준혁의 마음은 답답하도록 일편단심이었다. 그래서 누구나 인정할 만큼 화려하고 멋진 인물에도 불구하고 혜서 외의 여자를 가까이에 두지 않았다. 그래 놓고 한다는 말이 참 가관이다 싶었다. 그렇지만 준혁은 그의 말에 동의하지 않는다는 듯 고개를 가로저었다.

"난 어떤 여자도 좋아하지 않아. 어떤 여자도 좋아해선 안 돼. 책임질 수 없는 사랑 따위 하고 싶지 않거든. 너, 우리 아버지가 지금 몇 번째 결혼을 했는지 알아? 우리 어머니가 몇 명째 애인을 사귀고 있는지 알고나 있어?"

준혁이 손바닥을 눈앞에서 쫘악 펼쳤다.

"이 손 하나로는 부족해. 아마 앞으로 열 손가락을 채우고도 모자랄지 몰라. 그런데 나한테 그런 짓을 하라는 거야? 책임감 따위 없이 마음 내키는 대로 만나고 헤어지고…… 결국 버리고……."

"……."

"그러니까 혜서는 절대로 안 돼. 우린 그냥 친구인 게 좋아. 난 아주 오래도록 혜서 곁에 친구로 머물 거야."

자신의 부모처럼 책임감이 없는 사람이 되고 싶지는 않았다. 사랑이란 신기루에 현혹당해 덥석 손에 쥐었다가 그 신기루가 사라지는 순간 등을 돌려 영원히 남이 되어 버릴 수는 없었다. 그러기엔 혜서가 너무나 소중했다.

"별 거지 같은 소리 하고 있네. 그냥 친구인 게 좋아? 오래도록 친구로 머물겠다고? 말이 되는 소리를 해. 막말로 여자랑 남자랑 아무 일 없이 친구로만 쭉 지내는 게 가능하다고 생각하는 거냐? 괜히 네 마음 부정하지 말고 너무 늦기 전에 혜서 잡아, 이 바보 녀석아!"

"넌, 몰라……."

"모르긴 뭘 몰라? 이거 봐. 넌 이게 뭐로 보여?"

정우는 손에 들고 있던 맥주병을 그의 눈앞에서 흔들었다.

"이렇게 술 냄새가 진동하는 맥주를 들이대면서 물이라고 하면 넌 믿겠냐?"

"그런 거랑 달라."

"다르긴 뭐가 달라? 지금 네가 하는 짓이 그런 거야. 맥주를 보고 물이라고 우기는 짓. 이미 여자로 보면서도 친구라고 우기는 짓. 사랑을 하면서도 우정이라고 우기는 짓이란 말이야. 그런다고 네가 지금 혜서한테 느끼는 감정이 사랑이 아닌 게 되냐? 사랑이 우정으로 바뀌기라도 해? 응?"

 정우의 신랄한 공격에도 준혁은 고집스럽게 입을 꾹 다물었다. 그는 무슨 말을 해도 자신의 생각을 바꾸지 않으리라 다짐한 사람처럼 정우의 시선을 외면했다. 답답한 그의 모습에 정우는 울화통이 터졌다.

"에라이! 이 병신 같은 놈아! 아주 혼자서 뻘짓을 해라, 뻘짓을 해! 책임질 수 없는 사랑은 하고 싶지 않아? 그럼 간단하네. 책임지면 될 거 아니야! 눈에 뻔히 보이는데 아니라고 우기기는. 혜서를 그렇게 바라만 보고 있겠다고? 네가 해탈한 성자라도 돼? 그러면 차라리 머리 깎고 절로 들어가든가!"

"……."

"왜 대답을 못해? 네 감정은 네가 제일 잘 알고 있을 거 아니야! 또라이 같은 자식! 너 지금 이러는 거 아주 비겁한 거야. 부모님은 부모님이고 너는 너야! 그걸 잊지 마, 이 못나 터진 녀석아!"

 정우가 두툼한 손으로 준혁의 등짝을 호되게 후려치고 일어섰.

"너는, 몰라……."

 맥주병을 쥔 준혁의 손이 부르르 떨렸다.

 내가, 혜서를 얼마나 욕심내고 있는지. 그래서 얼마나 두려운지…….

 혜서는 빠른 걸음으로 건물을 빠져나왔다. 고막을 통해 들어와 뇌를 부숴 버릴 듯 울리던 음악이 멀어지자 오히려 멍한 기분이 들었다. 가을바람이 부는 거리는 건물 안으로 들어서던 조금 전보다 더 서늘해져 있었다. 그리고 다시 한 번 상처받은 가슴은 더욱 차갑게 식었다.

'기저귀 찰 때부터 보던 사이다. 어떻게 여자로 보이겠냐?'

 단호하던 음성……. 커다란 기둥을 돌아 준혁을 발견하고 그가 앉아 있는 자리로 발을 내디딘 순간 들리던 말. 더 이상 앞으로 나설 수가 없었다. 결국 늦게 도착했던 동창회에 얼굴도 내밀지 못한 채 발길을 돌리고 말았다.
 그래, 나는 너한테 여자가 아니구나…….
 물론 알고 있었다. 그렇지만 밀려드는 무력감에 무거운 어깨가 아래로 축 처졌다. 파랗게 날이 선 칼로 심장을 저미는 것 같은 아릿한 통증. 그는 아무렇지 않게 뱉은 말 한마디로 그녀를 지옥불 속에 던져 놓았다. 그리고 용기를 내 보려 했던 그녀의 마음을 힘도 들이지 않고 주저앉혀 버렸다.
 통제할 수 없는 자신의 마음은 여전히 그를 보고 있는데 어째서 그는 자신을 보아 주지 않을까? 어째서 친구라는 자리에 붙박이로 세워 둔 채 돌아보지 않는 걸까? 여자이고 싶은데, 친구로밖에 보아 주지 않는 그가 새삼 원망스러웠다.
 타박타박.
 바람에 흩날리던 낙엽이 바스락거리며 힘없는 발길에 툭툭 채였다. 길바닥을 뒹구는 낙엽이 마치 내팽개쳐진 자신의 마음처럼 보여 눈시울이 뜨거워졌다. 후두둑. 기어코 그녀의 까만색 구두코 위로 뜨거운 눈물이 떨어져 내렸다.

❋ ❋ ❋

"우와! 언니, 어디 가?"

연서는 보기 드물게 여성스러운 원피스에 가벼운 재킷 차림으로 나서는 혜서를 보며 눈이 휘둥그레졌다.

"고딩이는 알 필요 없어. 넌 도서관 안 가고 왜 집에 있어?"

"우씨! 고딩이도 주말엔 좀 쉬고 싶다, 뭐. 근데 어디 가는 건데, 응?"

"관심 꺼."

"뭐냐? 쳇! 미팅이라도 가나 보지?"

혜서는 연서의 말을 듣는 둥 마는 둥 바쁘게 집을 나섰다. 막 대문을 넘어서는데 휴대폰이 울렸다. 액정에 뜬 이름을 본 순간 당황스러우면서도 반가운 마음에 입술 주위로 아스라한 미소가 번졌다. 하지만 그것도 잠시, 다른 때와 달리 머뭇거리던 그녀는 조금은 무뚝뚝한 목소리로 전화를 받았다.

"응, 나야."

-뭐 해?

"……그냥, 학교에나 좀 가 볼까 하던 중이야."

-이렇게 날씨 좋은 주말에? 그러지 말고 바람이나 쐬러 갈래?

"……어디로?"

어디로 가냐고 묻는 대신 선약이 있어서 안 된다는 말을 해야 했다. 하지만 장소를 묻는 그녀의 목소리는 기대감으로 잔뜩 들뜨고 말았다.

-가 보면 알아. 얼른 나와. 기다리고 있을게.

혜서는 멍하니 끊어진 휴대폰을 내려다보았다.

일 났네…….

살짝 이마를 찡그리긴 했지만 혜서는 망설임 없이 휴대폰 버튼을 눌렀다.

"나야, 상희야. 오늘 약속, 아무래도 안 되겠어. 갑자기 급한 일이 생겨서 말이야. 정말정말 미안해……. 내가 나중에 백배사죄할 테니 네 사촌 오빠한테 잘 말씀드려 줘. 그럼 끊는다."

상희가 공들여 주선한 소개팅은 눈앞에서 이렇게 물 건너간 일이 되고 말았다. 그래도 아쉽다는 생각이 들진 않았다. 지금은 그저 준혁과 단둘이 어딘가로 바람 쐬러 갈 생각에 마냥 기쁠 뿐이었다.

대문 안쪽에서 손거울을 꺼내 다시 한 번 자신의 모습을 점검한 혜서는 잠시 숨을 고른 후 천천히 골목으로 나섰다. 치맛자락을 짓궂게 스치고 지나가는 바람엔 가을 냄새가 짙게 묻어 있었다. 생각보다 낮은 기온에 살짝 어깨가 떨렸다.

또각또각.

걸을 때마다 좁은 골목길을 경쾌하게 울리는 에나멜 구두가 막 오후로 들어서는 가을 햇살에 반사되어 반짝거렸다. 살짝 경사진 골목길을 내려와 골목 끄트머리에 다다르기도 전에 준혁의 모습이 보였다. 그는 고개를 비스듬하게 기울인 채 제 집 문 앞에 세운 차에 어깨를 기대고 서 있었다. 길을 따라 내려오는 혜서를 내내 보고 있었던 듯 허공에서 마주친 두 사람의 시선이 부드럽게 얽혔다.

스트라이프 셔츠를 받쳐 입고 성글게 짜서 빈티지해 보이는 니트 카디건에 청바지를 입은 그는 대충 걸친 듯 목에 긴 스카프를 두르고 있었다. 하지만 그 무심한 모습조차 금방 화보에서 빠져

나온 것처럼 멋져 보였다. 결국 혜서는 홀린 듯 그에게 닿는 시선을 돌릴 수가 없었다. 조금 길게 자란 그의 머리카락은 채 마르지 않은 상태로 바람에 나부끼며 얼굴 주변에 편안하게 흩어져 있었다. 그녀를 향해 싱긋 웃는 그의 볼 한쪽에 깊은 우물이 파였다.

"빨리 나오네?"

아차차! 시간을 좀 더 끌다가 나왔어야 했다. 이건 마치 준비하고 있다가 전화를 받자마자 뛰어나온 모양새가 아닌가. 민망함에 얼굴로 피가 몰렸다.

"학교에 가려고 막 나오던 중이었어."

"그렇게 입고?"

스캔하듯 그녀의 옷차림을 단번에 훑는 그의 예리한 눈빛에 혜서의 등엔 식은땀이 흘렀다. 잘못한 것도 없는데 공연히 심장마저 둥둥 울렸다. 남자 친구 몰래 소개팅에 나가려다 들킨 것처럼 떳떳하지 못한 마음에 오히려 기분이 묘하게 상했다.

흥! 누구는 툭하면 여자들한테 고백받는 모습을 보여 주는데, 뭘!

그녀는 턱에 힘을 주며 되물었다.

"이게 어때서?"

"책도 한 권 없이 달랑 손바닥만 한 핸드백 하나 들고서 말이지?"

여전히 미소를 머금고 있었지만 그는 서늘하게 가라앉은 눈빛으로 가볍게 추궁했다.

"어머머? 학교에 이렇게 입고 가면 안 된다는 법이라도 있어? 다들 이렇게 입고 다니거든!"

준혁은 발끈해서 대답하는 그녀에게 차의 보조석 문을 열어 주며 타라고 고갯짓을 했다.

"그렇게 발끈하는 거 보니 수상한데? 평상시엔 청바지를 주로 입잖아. 그래서 그랬지."

"수상하긴 뭐가? 매일 입고 다니는 청바지가 질려서 그래. 여자는 가끔 변신도 하고 싶은 법이야."

혜서가 고개를 치켜든 채로 차에 오르자 그는 문을 닫아 주며 작게 중얼거렸다.

"……예쁘네."

하지만 그 말은 안타깝게도 문 닫히는 소리에 묻혀 그녀의 귀에까지는 닿지 않았다.

"자, 출발해 볼까?"

운전석에 올라탄 준혁이 차에 시동을 걸고 부드럽게 운전을 시작했다. 동네를 빠져나온 차는 머지않아 고속도로로 진입했다.

"어디 멀리 가는 거야?"

"조금."

꼭 데이트하러 가는 것 같잖아…….

설레는 마음으로 살짝 긴장을 하는 혜서와 달리 운전대를 잡은 채 정면을 주시하고 있는 준혁의 옆모습은 느긋해 보였다.

"걱정 마. 오늘 중에 다녀올 수 있는 곳이니까."

대답을 하는 그의 입꼬리가 슬쩍 위로 솟구쳤다. 가속페달을 밟는지 창밖으로 지나가는 풍경이 점점 빠르게 움직이고 있었다. 운전대를 잡고 있는 그의 손가락이 무음의 박자에 맞춰 가벼운 리듬을 타기 시작했다.

"아직이네……."

혜서가 예상했던 것보다 훨씬 장시간의 거리를 운전해서 달려온 준혁은 차에서 내려 아쉬운 목소리로 중얼거렸다. 하지만 혜서는 하늘을 향해 찌를 듯 서 있는 커다란 키의 가로수들 사이에서 넋을 놓고 말았다. 말로만 듣던 담양의 메타세쿼이아 길은 장관이었다. 길을 사이에 두고 줄을 지어 빼곡하게 서 있는 굵은 나무들은 마치 숲 속 터널 안에 들어온 듯한 착각이 일게 했다.

"침 좀 닦지?"

준혁이 어깨를 툭 치며 건네는 농담에도 혜서는 구경을 하느라 정신이 없었다. 넓은 길엔 관광객들이 제법 많았다. 잠시도 떨어질 수 없다는 듯 손을 맞잡은 연인들도 있었고 아이들을 대동해 나들이 나온 단란한 가족들도 있었다. 바쁘게 돌아가는 도시에서와는 달리 모두들 느긋하게 걸으며 담소를 나누고 더러 사진을 찍는 모습들이 여유롭고 행복해 보였다.

"단풍이 들었을 줄 알았는데 여긴 아직도 온통 초록이네."

가을이 깊어 가는 시기였지만 그의 말처럼 메타세쿼이아 나무는 여전히 싱그러운 초록빛이었다.

"그래도 너무너무 예쁘잖아."

"그렇다면 다행이고."

혜서가 만족스러운 얼굴로 그를 향해 활짝 웃고 있었다. 나뭇가지 사이를 뚫고 들어온 청명한 가을 햇살이 그녀의 환한 미소와 더불어 눈이 부셨다.

"우리도 걷자."

앞장서서 걷는 혜서의 뒤를 따라 준혁도 천천히 발걸음을 옮겼다. 여전히 신기한 듯 이리저리 고개를 돌려 가며 구경하던 혜서가 마주 걸어오던 사람을 미처 피하지 못한 채 부딪치고 말았다.
"앗!"
휘청이며 넘어질 뻔한 혜서의 허리를 단단한 팔이 와서 잡았다.
"죄송합니다."
혜서는 사과를 하는 상대편에게 대답을 해 주지 못했다. 넘어질까 봐 놀란 것은 두 번째 문제. 부지불식간에 등에 와 닿은 탄탄한 가슴과 제 허리에 강하게 둘러진 팔 때문에 정신이 없었다. 가까운 곳에서 귓가를 후끈하게 달구는 준혁의 숨결에 그녀의 심장은 미친 듯이 두근거렸다.
"조심해야지. 괜찮아?"
"어, 응. 괜찮아……."
이내 허리를 놓아준 그의 체온이 멀어지자 아쉬움으로 몸에 오소소 소름이 돋았다.
"암튼 잠시라도 한눈을 팔면 넘어지기 대장이라니까."
"이번엔 내 잘못 아니거든!"
"그래그래, 알았어."
준혁은 민망한 얼굴로 팩 토라지는 혜서를 달래며 팔을 붙잡아 세웠다. 그리고 그녀의 목에 자신의 스카프를 둘러 칭칭 감아 주었다.
"바람이 좀 차다."
"그래도 이렇게 칭칭 감으면 어떡해?"
"감기 드는 것보다는 나으니까 가만히 있어."
혜서의 투정에도 아랑곳없이 스카프를 단단히 감은 준혁이 살며시 그녀의 손을 잡아 왔다.

"내 손 꼭 잡고 걸어. 모처럼 치마도 입었는데 이 많은 사람들 사이에서 넘어지면 무슨 망신이냐?"

"쳇! 안 넘어지면 되잖아, 뭘……."

혜서는 입을 쑥 내밀고 투덜거리면서도 잡힌 손을 빼지는 않았다. 어릴 땐 이렇게 손을 꼭 잡고 골목 구석구석을 누비곤 했었다. 그런데 그의 손을 잡지 못하게 된 것이 언제부터였을까? 사춘기를 겪으며 제일 친한 친구가 동성이 아니라는 사실이 서운하다고 생각했던 적이 있다. 아마 그때쯤이었을 거다. 더 이상 자연스럽게 그의 손을 잡지 못하게 되었던 때가. 그리고 그가 가장 친한 친구면서 동시에 눈부시게 멋진 한 남자로 보이기 시작하던 때가. 그것은 생각지 못한 달콤함과 더불어 알싸한 고통을 수반한 낯선 감정이었다.

기저귀를 찰 때부터 보던 사이인 건 똑같은데 어째서 자신의 눈에만 그가 남자로 보이는 것일까? 어째서 그에게 자신은 여자로 보이지 않는 것일까?

억울하다는 생각에도 불구하고 제 손을 감싸 쥔 단단하고 부드러운 그의 손바닥, 따뜻한 그 감촉에 혜서의 심장은 사르르 녹아내렸다.

한옥 식당의 주변은 크고 작은 항아리들로 빙 둘러싸여 있어 더 멋스러웠다. 혜서는 준혁의 손을 잡은 채 입구에 길게 줄을 서서 기다리는 사람들을 헤치고 들어가서야 그가 이미 자리를 예약해 두었음을 알았다. 넓은 실내는 격자무늬 창호지가 발린 낮은 키의 칸막이로 자리가 나뉘어 있었다. 두 사람이 예약석에 앉자 고운 개량 한복을 입은 사람들의 단정한 손길에 의해 음식들이 빠르게 상 위로 옮겨졌다.
"수제 떡갈비로 유명한 집이야. 공연히 내 몫까지 욕심내지 말고 먹어."
"야아! 내가 언제 먹는 거에 욕심냈다고 그래?"
혜서는 눈을 흘기다 말고 한 상 가득한 음식에 눈이 동그래졌다. 하얀 사기 접시에 정갈하게 담긴 음식들은 양이 많지 않은 대신 다양하고 가짓수가 많았다. 각 접시에 담긴 음식마다 하나씩 맛만 보아도 배가 부를 것 같았다. 각종 생채와 나물, 전, 곱게 색과 모양을 낸 이름 모를 반찬들. 그 모두가 메인 메뉴인 떡갈비가 나오기 전 기본 상차림이었다.
"할매집 갈치 정식이랑은 또 다른 맛일 거야. 너, 생선도 좋아하지만 떡갈비도 좋아하잖아."
"응, 그렇지. 생선이든 떡갈비든 난 다 좋아해. 그런데 용하다, 너. 어떻게 이런 곳을 다 알았니? 메타세쿼이아 길도 그렇고."
"원래 남자들은 멋진 장소와 맛있는 음식점들을 잘 알고 있어야 하는 거야. 남자가 지질하게 어디 갈까? 뭐 먹을까? 여자에게 매번 물어보는 거 아주 실례거든. 너도 그런 놈팡이는 만나지 않는 게 좋아. 그건 여자를 만날 기본이 안 되어 있는 거거든."
"하! 넌 써먹을 일도 없으면서 별걸 다 안다?"
"그건 모르는 일이지."
혜서의 비꼬는 말투에 응수하는 준혁의 표정은 얄밉도록 담담했다. 좀 전까지 혀끝에서 감칠맛이 느껴지던 물김치의 맛이 떫게 변했다.
앞으로 누구를 이런 곳에 데리고 오려는 거야? 그 사람이 나는 아니겠지?

혜서는 미소가 사라진 얼굴로 꾸역꾸역 음식을 입에 넣었다.

"욕심내지 말고 천천히 먹으라니까. 그러다가 체하면 어쩌려고 그래? 배 많이 고팠던 거야?"

그녀는 따뜻한 김이 오르고 있는 숭늉 대접을 앞으로 밀어 주는 준혁을 쳐다보지 않았다. 그래서 자신을 바라보고 있는 그의 눈빛이 그윽하고 깊게 변한 모습을 보지 못했다. 또한 입대 전에 그녀의 손을 잡고 메타세쿼이아 길을 걷고 싶어 오래전부터 인터넷 검색을 하며 끙끙거렸던 그의 고민을 알 길이 없었다.

메타세쿼이아 길이 아름다운 길로 선정되면서 많은 연인들의 데이트 코스가 되었다는 얘길 듣는 순간, 준혁이 제일 먼저 떠올린 것은 혜서의 말간 얼굴이었다. 이성은 혜서를 잡아서는 안 된다고 생각하지만 그녀는 이미 그의 가슴에 깊게 뿌리를 내린 상태. 그 뿌리를 억지로 뜯어내려 한다면 심장이 과연 견뎌 낼 수 있을까? 정우의 말처럼 이미 사랑하면서 사랑하지 않겠다고 몸부림치는 일이 점점 더 버거워졌다. 그는 어디로든 도망쳐야만 했다.

할머니가 돌아가시고 잠시 귀국했던 한주가 미국으로 떠난 후 얼마 지나지 않았을 때였다.

"많이 컸구나."

어릴 적에 헤어져 사진 속에서만 보았던 엄마라는 사람은 그가 보기에도 아름다운 모습이었다. 겨울이라는 계절과 어울리지 않게 살짝 그을린 모습조차 건강하고 예뻐 보였다. 그가 알고 있는 주변 친구들의 일반적인 엄마와는 확연히 다른 외양. 자유분방하면서도 세련되게 잘 차려입은 모습은 아름답고 자유로워 보였지만 푸근해 보이진 않았다. 바람 냄새가 묻어 있는 그녀는 한없이 낯설었다.

"할머니가 돌아가셨다는 얘길 늦게야 전해 들었어. 일 때문에 아프리카 쪽에 가 있었거든. 알았다면 좀 더 일찍 찾아왔을 텐데."

눈물을 흘리지는 않았지만 그녀의 표정은 어둡게 가라앉아 있었다. 그리고 그가 한주를 따라 미국으로 가지 않은 것에 놀라며 함께 프랑스로 가지 않겠냐고 물었다.

"난 아무 곳에도 가지 않아요."

단호한 그의 말에 예쁜 눈을 깜빡이는 것도 잊고 한참을 바라보던 그녀는 그저 조용히 고개를 끄덕였다.

"그래, 강요하진 않을게. 넌 이미…… 다 자라고 말았으니까."

먼 곳에서 날아온 사람 같지 않게 거실을 잠시 둘러본 그녀는 한 점의 미련도 보이지 않은 채 자리를 털고 일어났다. 그런데 그녀의 시선이 마치 무엇에 홀린 듯 장식장 위를 향했다. 자그마한 주물 액자에 담긴 두 개의 사진. 하나는 유일한 가족사진이었고, 또 다른 하나는 고물거리는 아이들이 예뻐 그녀가 직접 찍은 준혁과 혜서의 어릴 적 사진이었다. 그 오래된 사진에 시선이 닿자 잠시 감정을 드러냈던 그녀의 얼굴은 금방 가면을 쓴 것처럼 무표정해졌다.

무슨 생각을 하는 거죠?

추억이 담긴 사진을 바라보며 그녀가 무슨 생각을 할지 궁금했다. 아니, 그것보다 더 궁금한 것이 있었다.

"어머니는 아버지와 왜 결혼하셨습니까?"

갑작스런 질문에 그녀는 물끄러미 그를 바라보았다. 여전히 표정은 없었지만 눈동자가 잠시 흔들렸다.

"우리는 서로에게 첫사랑이었단다. 결혼은, 사랑했기 때문에 했지."

"그런데 왜 헤어진 겁니까?"

바로 대답을 내놓지 못하는 그녀의 입술이 바르르 떨렸다.

"어머니도 첫사랑과의 결혼이 잘못된 선택이었다고 생각하십니까? 첫사랑과 결혼해서 불행해졌다고 생각하세요? 그래서 아름다웠어야 할 추억조차 전부 망가졌다고, 그렇게 생각하세요?"

다른 대답을 듣고 싶었다. 아버지와는 뭔가 다른 대답을 내놓기를 바랐다. 그녀는 폭풍처럼 몰아치는 그의 질문에 상처받은 듯 슬픈 표정을 지으며 입을 열었다.

"분명한 건, 결혼을 한 것이 내 인생의 가장 큰 실수였다는 거란다."

절망적인 답이었다. 준혁은 허탈함에 고개를 숙였다. 발을 디디고 있는 바닥이 가라앉는 느낌이었다.

"하지만 너를 낳은 것까지 후회하는 건 아니야."

거짓말! 그렇게 버리고 떠났으면서 후회하지 않는다고?

분노로 차오르는 그의 마음을 모른 채 그녀는 변명처럼 긴 말을 덧붙였다.

"네가 태어난 것은 정말로 경이로운 일이었지. 너를 내 손으로 키우지 못한 것은…… 어쩔 수 없는 일이었단다. 난 너무 어렸고 아이를 돌보기에는 모든 것이 지나치게 미숙했어. 그리고 한 남자의 아내와 한 아이의 엄마로만 살기에는 욕심이 많았지. 이렇게 이기적인 엄마라서 정말 미안하구나. 이제부터라도 내가 두고두고 갚을게. 약속하마."

그날 이후 그녀가 정기적으로 입금해 주던 돈의 액수가 더 커졌다. 그렇게 미국에서, 또 프랑스에서 보내 주는 돈으로 통장의 잔고는 점점 늘어났다. 하지만 반대로 그의 마음은 점점 더 추워졌다. 돈이 자식에 대한 관심과 애정을 대신할 수 있다고 믿는 것일까? 그가 바란 것은 그것이 아니었다. 얼어붙은 그의 마음은 무엇으로도 보상받을 길이 없었다.

술에 취한 밤이면 어린 그를 붙잡고 친구와 결혼하면 가슴이 아프다고 누누이 강조하던 부친. 그리고 첫사랑과의 결혼이 인생 최대의 실수라 말하던 모친.

그 두 사람이 말하는 사랑이 전부가 아님을 모르는 것은 아니다. 두 사람은 사랑을 했고 결혼에 실패했다. 모든 이의 사랑이 같은 결론을 내지는 않겠지. 하지만 자신은 두 사람의 자식이었다. 사랑보다는 제 자신의 욕심이 더 소중했던 이기적인 한 남자와 한 여자의 피를 동시에 이어받은 생명체. 몸속에 흐르는 피가 어느 날 그 힘을 발휘해 한없이 이기적인 또 하나의 괴물을 만들어 낼지도 모른다고 생각하면 소름이 돋았다. 그 괴물은 모습을 드러내는 순간 자신과 혜서에게 동시에 상처를 입힐 것이다.

준혁은 자신을 향해 환하게 웃는 혜서가 좋았다. 너무너무 좋았다. 미치도록 좋았다. 그녀가 곁에서 언제나 자신을 향해 그렇게 웃어 주길 바랐다. 행여 자신으로 인해 슬퍼지는 일이 없도록 그 웃음을 온전하게 지켜 주고 싶었다. 생살을 베어 내는 것처럼 고통스러울지라도 온 힘을 다해 지켜 주고 싶을 만큼, 그렇게 혜서를 사랑하고 있다.

사랑…… 한다…….

이토록 사랑하는 여자를 불행하게 만들고 싶지 않았다. 상처 주고 싶지 않았다. 먼 훗날, 잘못된 선택이었노라 후회하게 만들고 싶지 않았다. 그렇기에 그녀를 자신 안에 가둘 수 없었다.

※ ※ ※

타다다닥.
골목길을 뛰어내려 오는 발소리가 급했다. 준혁은 굳이 눈으로 확인하지 않아도 그것이 누구의 발소리인지 알 수 있었다.
저러다 빙판에 미끄러지면 어쩌려고…….
후우, 깊게 내쉬는 한숨이 입술 사이를 비집고 나와 골목길의 조용한 어둠을 흔들었다. 흩어진 숨결 사이로 불쑥 혜서의 얼굴이 나타났다.
"뭐야, 너?"
대뜸 소리를 지르는 그녀. 발갛게 상기된 얼굴과 성난 눈초리지만 오롯이 자신을 향해 흔들리는 새까만 동공이 아름답다. 준혁은 그녀를 향해 움찔거리려는 손에 힘을 주었다.
"정말이야?"
"선생님께 들었어?"
"너…….
혜서는 말을 하다말고 입을 꽉 다물었다. 두 손을 꼭 모아 쥔 채 입술을 잘근잘근 씹는 모습을 보니 정말 화가 난 모양이다. 이번엔 얼마 동안의 절교를 선언할까? 아무래도 하루 이틀로 끝나지는 않을 것이다. 아니, 절교 선언과 상관없이 이제 한동안은 저 고운 얼굴을 볼 수 없을 것이다. 생각만으로 날카로운 얼음송곳이 깊숙하게 파고드는 것처럼 벌써부터 감당하기 힘든 고통을 호소하는 심장…….

"적어도 나한테는 미리 얘기해 줘야 하는 거 아니야?"

"미안. 네가 너무 서운해할까 봐."

"내가 서운해할까 봐 말을 하지 않았다고?"

자신이 생각해도 말도 안 되는 변명이다. 그동안 무슨 일이든 늘 혜서와 공유해 왔다. 그런데 입대를 하게 되었다는 말은 도무지 입이 떨어지지 않았다. 그러다가 덜컥 기다려 달라는 엉뚱한 소리를 입 밖으로 내게 될까 봐 겁이 났다. 자꾸만 커지는 마음을 주체힐 수 없어 군대로 도망가는 주세에…….

"그럼 오늘은 누구랑 술 마신 거야?"

"정우랑. 입대 위로주를 산다기에."

별거 아닌 것처럼 순순히 하는 대답에 혜서의 얼굴이 서늘하게 굳었다.

"그러니까, 정우도 아는 것을 나는 이제야 알게 되었단 말이지? 그것도 네가 아니라 우리 아빠한테 들어서?"

"……."

혜서는 그의 염려처럼 절교를 선언하지는 않았다. 대신 커다란 눈을 투명한 눈물로 채웠다. 눈물만큼이나 원망이 가득한 그녀의 눈빛에 덜컹, 심장이 내려앉았다.

"에이, 뭐 대단한 일이라고 그렇게 서운해하냐? 못 갈 데 가는 것도 아니잖아. 신체 건강한 남자라면 다들 가는 군대에 가는 건데 뭘 그래? 딱 이 년만 있으면……."

일부러 실없는 웃음을 지으며 너스레를 떠는 순간이었다. 와락, 혜서가 품 안으로 뛰어들었다. 쿵쿵 뛰는 그의 가슴에 폭 잠기듯 머리를 기댄 그녀. 준혁은 멀뚱히 선 채 힘껏 주먹 쥔 양손을 제 허벽지 옆에 꽉 붙였다.

 골목길을 훑으며 불어 대던 차가운 바람이 순식간에 잠잠해졌다. 숨소리마저 들리지 않을 만큼 고요해진 거리. 혜서는 심장이 터질 것처럼 뛰고 있는 그의 가슴으로 좀 더 강하게 기대어 왔다. 덕분에 당황스러울 정도로 두 몸이 깊게 밀착되었다. 겨울에 어울리지 않게 그녀에게선 은은한 봄꽃 향기가 풍겼다. 폐 깊숙하게 파고드는 그녀의 내음. 청아하면서도 성숙한 여자의 향기. 애써 다잡은 마음은 흐트러지고 정신은 몽롱해졌다.

"차혜서…… 나, 남자다."

"……"

"곧 입대를 앞두고 있어."

"……"

"게다가 지금, 취한 상태야."

"……"

"바보야, 무슨 소린지 몰라? 지금 너, 이거 아주 위험한 행동이란 소리야."

 준혁이 낮게 가라앉은 목소리로 경고했다. 하지만 그의 경고에도 혜서는 꼼짝하지 않았다. 아니, 오히려 그의 허리를 감은 팔에 더욱 힘을 주었다. 그녀의 향기가 좀 더 짙어졌다. 혈액을 타고 흐르던 알코올 기운이 온몸을 사납게 휘감았다. 덕분에 아무렇지 않은 척 버티기 힘들 만큼 어지러웠다.

 아…… 이래서 술을 마시면 안 되는 것이었는데!

 준혁은 불현듯 몸을 틀어 혜서의 어깨를 꽉 움켜쥐었다. 그리고 재빠르게 그녀를 대문 쪽으로 밀어붙였다.

"흑!"

혜서는 작은 비명을 질렀다. 꽝꽝 얼어붙은 철제 대문의 한기가 두 툼한 옷감을 뚫고 후끈하게 데워진 등에 닿았다. 촉촉하게 젖은 그녀의 눈이 갑작스런 준혁의 행동에 놀라 커다래졌다. 코끝이 닿을 만큼 가깝게 얼굴을 들이민 눈동자가 그의 말처럼 위험하게 빛나고 있었다. 그 위험한 눈길이 그녀의 코 아래, 입술로 미끄러지듯 내려왔다. 고개를 약간 기울인 채로 그의 얼굴이 조금 더 다가오자 혜서는 두 눈을 질끈 감았다. 그가 뱉어 내는 거친 숨결이 하얗게 부서져 얼굴 위로 흩어졌다. 그래도 그녀는 고집스럽게 고개를 돌리지 않고 버텼다. 도톰하고 붉은 그녀의 입술이 긴장으로 움찔거렸다.

차혜서…….

꼭 감겨 있는 긴 속눈썹. 그리고 그녀의 붉은 입술. 입…… 술……. 다시 한 번 훔치고 싶을 만큼 치명적인 유혹이었다. 그녀의 존재 자체가 그에겐 위험하기 짝이 없는 핵폭탄급의 유혹. 하지만 준혁 은 입을 맞추는 대신 살짝 고개를 틀어 그녀의 귓가에 속삭였다.

"우리 집은 비어 있고, 난 지금 저 안으로 널 끌고 들어갈 수도 있어."

그러니까 도망가! 당장!

악다문 입술 사이로 음산하게 흘러나오는 그의 음성에 꼭 감겨 있던 혜서의 눈꺼풀이 파르르 떨렸다. 그녀는 천천히 두 눈을 뜬 채 자신을 노려보는 새까만 눈동자를 마주 보았다. 그리고 그녀 자신조차 믿을 수 없는 말을 뱉었다.

"끌고 들어갈 필요 없어. 내가, 기꺼이 따라 들어갈 테니까."

혜서의 도발적인 말에 그녀의 어깨를 움켜쥔 손에 잔뜩 힘이 들어갔다.

이 바보가 지금 무슨 소리를 하는 거야!

그녀는 어깨가 아픈지 살짝 얼굴을 찡그렸다. 하지만 찌를 듯 강렬한 그의 눈빛을 피하거나 밀어내지 않았다.

"……너, 그게 무슨 뜻인 줄 알고 하는 말이야?"

"……."

"어렸을 때처럼 둘이 앉아서 소꿉놀이를 하자는 얘기가 아니야!"

"알아."

단호한 그녀의 대답에 충격을 받은 준혁이 딱딱하게 얼굴을 굳힌 채 입을 다물었다.

"그래, 알아. 안다구! 너 남자야! 입대를 앞두고 있지! 취하기도 했어! 지금 네가 원하는 것이 소꿉놀이가 아니라는 것도 알아! 그리고 그걸 다 알고 있으면서도 난!"

혜서의 까만 눈망울이 흔들림 없이 그를 바라보았다. 그리고 다시 입술이 열렸다.

"……널 원해."

혜서는 더 이상 말을 계속할 수 없었다. 준혁의 거친 손길이 그녀를 어두컴컴한 대문 안으로 이끌었기 때문이다. 그는 가뿐하게 끌려 들어온 그녀를 강하게 끌어안아 품에 가뒀다. 그리고 탈 것처럼 뜨거운 입술을 겹쳤다. 뺏기고 싶지 않은 다디단 사탕을 욕심내듯 그녀의 숨결을 훔쳤다. 입술 안쪽 여린 살이 얼얼하도록 강하게 휘저었다. 뺏고 또 빼앗아도 부족한 그녀의 입술. 그녀의 숨결. 가녀린 팔로 자신의 허리를 꼭 감은 채 힘겹게 쫓아오는 혜서의 서툰 입맞춤에 심장이 터질 것처럼 화끈거렸다.

제4장

사랑 비우기

그녀,
차혜서

 이마 위에 땀이 송골송골 맺혔다. 혜서는 손등으로 땀을 닦으며 올라왔던 길을 천천히 되짚어 내려갔다. 여름의 해는 길었고 그녀는 벌써 몇 시간째 무더위와 싸워 가며 골목길을 오르내리고 있었다. 무겁고 습한 바람이 그녀를 더 지치게 만들었다.

 그녀는 고개를 쭉 빼고 거리를 내려다보다가도 저만치 사람의 발걸음 소리가 들리면 바짝 긴장을 한 채 어깨를 움츠렸다. 그리고 모습을 드러낸 이가 기다리던 사람이 아니라는 것을 확인하면 안도의 한숨을 폭 내쉬곤 했다. 보고파 기다리면서도 정작 마주치는 것은 두려운 마음.

 이게 무슨 바보 같은 짓일까?

 준혁이 휴가를 나왔다는 얘기에 하루 종일 아무것도 할 수가 없었다. 입대하는 날에도 갑작스러운 몸살을 핑계로 얼굴을 보지 못했고 첫 휴가를 나왔을 때는 시험 기간과 맞물리는 바람에 도서관에 틀어박혀 있느라 그를 만날 수 없었다.

'준혁이 학교에 왔던데? 근데 좀 이상했어. 너 도서관에 있다고 얘기했더니 그냥 고개만 끄덕이고 말더라. 너희 둘, 싸웠니?'

도서관으로 찾아온 상희가 전하는 말에도 설마 하는 마음이었다. 멍청하게도 시험공부를 방해하지 않기 위한 배려인가 생각했다. 하지만 첫 휴가 기간 동안 정말로 그녀를 만나지 않고 귀대해 버린 사실을 알게 되었을 때 그가 자신이 뱉은 말을 지키고 있는 사실을 깨달았다. 그는 확실하게 그녀를 피하고 있었던 거다.
그러니까, 그게 농담이 아니었단 거지?
혜서는 어느새 어둑해진 골목길을 초조한 마음으로 오르내렸다. 이번 휴가도 오늘이 마지막 날이었다. 오늘 만나지 못한다면 언제 나올지도 모르는 다음 휴가까지 기다려야 했다. 그녀는 아무렇지 않은 얼굴로 면회를 갈 정도로 뻔뻔하진 못하니까. 하지만 아무래도 오늘 역시 그를 만나기는 틀린 모양이다. 오늘뿐이 아니라 다음 휴가 때도, 또 그다음 휴가 때도……. 이런 날이 계속 되리란 슬픈 예감에 불안감이 증폭되었다.
나도 너 따위 보고 싶지 않아!
지나친 불안감은 원망을 불러일으켰다. 그녀는 여전히 어둠에 싸여 있는 그의 집을 노려보다 거칠게 발걸음을 돌렸다.
나도 절대로 얼굴 보여 주지 않을 거야!

준혁은 혜서네 집 맞은편, 길게 이어진 담벼락에 지친 몸을 기댔다. 공연한 약속을 만들어 시간을 보내면서 자제하고 자제했지만 결국은 또 이곳에 오고 말았다. 그의 마음처럼 그의 발도 이렇게 쉽게 배신을 했다.

그의 허리엔 세상에서 가장 탄성 좋은 고무줄이 묶여 있는 모양이다. 그 고무줄의 끝을 단단히 틀어쥐고 있는 사람은 차혜서. 절대로 놓지 말라고 그녀의 손에 고무줄의 끝을 맡긴 사람은 류준혁. 그렇게 그녀에게 고무줄을 맡긴 채 죽어라 날려도 방심하는 사이에 훌쩍 제자리로 끌려오듯 그의 마음도 몸도 이곳을, 아니 그녀를 벗어날 수가 없다.

그의 시선이 닿은 곳은 2층 그녀의 방 창문. 오늘도 늦은 밤까지 유일하게 불이 켜져 있는 곳이었다.

뭐 하느라고 아직 안 자는 거니? 잠이 부족하면 다음 날 힘들어하면서…….

혜서는 얼굴이 하얀 편이라 피곤할 때면 다크서클이 유독 도드라졌다. 그녀의 얼굴에서 다크서클을 발견한 날이면 판다 곰이라고 놀리다가 등짝을 얻어맞거나 정강이를 발로 채이곤 했다.

'이렇게 예쁜 판다 봤어?'

뻔뻔하게 말하면서도 얼굴을 붉히며 심술이 난 듯 뾰로통하게 튀어나오던 그녀의 다홍빛 입술. 자신의 숨결과 뜨겁게 얽히던 그 고운 입술이 그리워 가슴이 새까맣게 타들어 가는 하루하루를 견디고 있다.

혜서야, 시간이 너무 느리게 움직여. 널 빨리 보고 싶은데…….

그녀를 만난다고 해도 그날처럼 뜨겁게 입을 맞추는 일은 다시 일어나지 않을 것이다. 그건 둘 사이에 다시 일어나선 안 되는 일이니까. 그러기 위해 지금 이렇게 벌을 받고 있는 중이 아닌가.

그런데 이상해, 혜서야. 왜 네 방을 올려다보고 있는 동안엔 시간이 이렇게 빨리 흐르는 걸까? 어제도, 오늘도 말이야.

밤이 깊어 혜서 방의 불이 꺼지고 난 뒤로도 그는 그 자리에서 떠날 줄을 몰랐다. 다시 동쪽 하늘에서 붉은 해가 떠올라 새벽의 어둠을 밀어낼 때까지.

＊ ＊ ＊

짙은 회색 구름으로 뒤덮인 하늘이 무거워 보였다. 마치 지난 2년 동안 내내 흐리고 무거웠던 혜서의 마음처럼.

"혜서야! 너 정말 너무하는 거 아니야?"

"미안하다, 친구야. 하지만 대학 졸업을 앞두고 소개팅은 좀……."

언제나처럼 핑계를 대는 혜서를 향해 상희가 고함을 빽 질렀다.

"뭐 어때? 소개팅이 맘에 안 들면 맞선으로 생각하든가!"

"야아! 그건 좀 오버다, 얘. 그리고 곧 멀리 떠날 사람 소개시켜 주는 건 상대에게도 넘 실례지."

"워킹 홀리데이 비자로 가는 거잖아. 그래 봤자 일 년인데, 뭐."

"일 년이 짧은 시간이야? 난 일 년이나 널 못 볼 생각에 벌써부터 눈이 짓무르는데?"

"입에 침이나 발라, 이것아! 그러니까 내가 진작 좀 만나 보라고 했잖아. 이 답답아! 인물도 능력도 절대로 빠지지 않는 사람이란 말이야, 울 사촌 오빠. 아까워서 정말 남 주긴 싫은데. 아우, 답답해! 내가 너랑 울 사촌 오빠 이어 주려고 벌써 몇 년째 애쓰고 있는 줄이나 알아? 약속만 하면 번번이 펑크 내더니 결국 이렇게 졸업을 하게 되었잖아. 게다가 넌 훌쩍 캐나다로 간다고 하고."

혜서는 진심으로 울상을 짓는 상희를 보며 난처해지고 말았다. 하지만 인물도 능력도 절대로 빠지지 않는다는 그녀의 사촌 오빠에게는 작은 관심조차 생기지 않았다. 소개팅을 하려고 처음 나섰던 그날, 준혁에 의해 약속이 어그러지지 않았다면 지금쯤 두 사람은 잘 만나고 있을지도 모르겠다. 하지만 일어나지 않은 일에 대해 아쉬운 마음은 없었다. 이러니 상희로부터 모태 솔로란 소리를 들으며 구박을 받는 거겠지.

"암튼 너, 캐나다에서 멋진 유학생이나 한 명 업어 와! 아니면 할리우드 배우 뺨치게 잘생긴 노란 머리에 파란 눈인 남자를 잡아 오든가! 그렇지 않으면 나중에라도 꼭 울 사촌 오빠랑 만나 봐야 해. 알았지?"

"그래, 알았어."

혜서의 고분고분한 대답이 만족스러웠는지 상희의 표정이 누그러졌다.

"근데 뭘 그렇게 서두르는 거야? 졸업식도 하기 전에 출국할 거라며?"

"그러게. 일정이 그렇게 잡혀서 말이야……."

말끝을 흐리는 혜서에게 상희의 날카로운 질문이 날아들었다.

"언제 제대야?"

어깨를 움찔하는 그녀를 보며 상희가 혀를 끌끌 찼다.

"암튼 맘에 안 들어, 너."

"……미안."

"그 자식은 더 맘에 안 들고."

"……."

"너처럼 우월한 미모의 여자 친구를 옆에 두고도 이성에 관심 없다는 헛소리나 지껄이는 인간, 네 말처럼 오징어나 주꾸미보다도 못한 거 맞아. 그러니까 공연히 애태우지 말고 다른 사람 만나 보라니까! 꼭 우리 사촌 오빠가 아니라도 말이야! 응?"

속절없이 애만 태우는 일, 그녀야말로 정말 그만두고 싶었다. 그런데 그게 말처럼 쉽지 않았다. 내 맘을 내 맘대로 하지 못하는 답답함. 차라리 그날 밤, 그따위 무모한 용기를 내지 않았더라면 마음을 다잡기가 쉬웠을 텐데…….

하지만 이미 일어난 일이다. 후회해도 아무런 소용이 없었다. 무모한 용기를 냈던 대가는 그녀에게 치명적인 상처만을 남겼다. 2년이나 지난 지금도 그녀는 그날의 일이 여전히 아팠다. 마침 잔뜩 찌푸리고 있던 흐린 하늘에서 나풀거리며 흰 눈이 떨어지기 시작했다.

"어, 눈이다!"

대답을 피한 채 눈발이 서서히 굵어지기 시작한 하늘을 올려다보는 혜서의 눈빛이 애써 눈을 반기는 목소리완 달리 어둡게 가라앉았다.

"이제 오니?"

벌써 현관문과 집안의 창문을 모두 열어젖히고 청소를 시작한 경옥이 대문을 넘는 혜서를 보자 반색을 했다.

"엄마도, 참. 나랑 같이 시작하지 왜 혼자서 하고 있어요?"

"상희 만난다니까 늦을 줄 알았지. 크게 할 일은 없는 것 같아. 그래도 가끔씩 청소를 해 두었더니 먼지만 좀 내려앉았을 뿐이지 말끔하네."

준혁이 군대에 가 있는 동안 혜서의 부모님은 가끔씩 그의 집에 들러 수도나 보일러, 전기 시설 등에 문제가 생긴 곳은 없는지 살펴 왔다. 그리고 경옥과 혜서는 사람이 살지 않는 집이라고 그냥 두지 않고 정기적으로 환기를 시키고 청소를 했다. 오늘은 조만간 제대해서 돌아올 준혁을 맞이하기 위해 다른 날보다 좀 더 신경을 써서 청소하는 손길이 바빴다.

마른 걸레로 장식장을 닦던 혜서는 불현듯 눈에 들어온 사진 액자를 들여다보았다. 두 볼에 젖살이 통통하게 올라 있는 사랑스러운 두 아기의 모습이 찍힌 사진이었다. 막 잠에서 깬 듯 하품을 하고 있는 아이와 그 곁에 보조개를 드러내며 웃고 있는 비슷한 또래의 아이. 하품을 하느라 커다란 눈에 눈물이 맺힌 아이는 그녀였고, 그 옆의 아이는 준혁이었다.

이 사진을 찍은 사람이 준혁의 모친이라는 얘기는 들었지만 너무 어릴 때의 일이라 그녀의 기억에는 남아 있지 않았다. 돌도 되기 전의 그녀와 준혁. 저 앙증맞은 옷 속엔 둘 다 기저귀를 차고 있을 것이다. 그의 말처럼 기저귀를 찰 때부터 알던 사이가 아니라 각자 모친들의 뱃속에 있던 시절부터 알던 사이니, 두 사람은 이렇게 친구로 지낼 운명이었을지도 모르겠다.

친구…….

날카로운 것이 가슴 한복판을 확 할퀴고 지나간 듯 심장이 따끔거렸다. 문득 청소하던 손길을 멈추고 자신을 바라보는 엄마의 눈길이 느껴졌다. 혜서는 저도 모르게 튀어나오려던 한숨을 삼키며 얼른 또 다른 사진 액자로 눈을 돌렸다.

"정말 미인이신 것 같아……."

"준혁이 엄마? 암, 미인이었지. 여고생 때도 얼마나 눈에 띄던지. 얼굴 예쁜 사람이 재주도 정말 많고. 준혁이 아빠 인물도 남다르잖니. 두 사람이 함께 나서면 골목이 다 훤해졌단다."

혜서와 함께 찍힌 사진과는 달리 환하게 웃고 있는 젊은 부부 사이에 다소 뚱한 모습으로 앉아 있는 준혁의 돌 사진. 사진 속의 부부는 곧 헤어짐을 앞둔 사람들 같지 않게 행복한 모습이었다.

"이렇게 행복해 보이는데 왜 헤어진 건지 모르겠어요."

"글쎄다. 재주가 많았던 것이 원인이었을지도 모르고. 또 너무 어린 나이에 결혼을 했던 것이 문제였을지도 모르지."

"그래도 사랑해서 한 결혼이었을 거 아니에요? 억지로 한 결혼이 아니었는데 아이까지 낳고 헤어지다니 너무 무책임해."

"혜서야, 사람 일은 함부로 말하는 게 아니야. 엄마도 혼자 남은 준혁이를 생각하면 두 사람의 행동이 무책임한 건 아닌가, 가끔 나무라는 마음이 들기도 했어. 하지만 그 헤어짐으로 가장 힘들었을 사람들은 바로 당사자가 아니었겠니? 엄마 기억으로 두 사람 다 나이에 비해 그리 가벼운 사람들은 아니었어. 쉽게 내린 결정은 아니었을 거야."

안쓰러운 표정으로 가족사진을 바라보던 경옥이 몸을 재게 놀려 열어 놓았던 창문들을 닫기 시작했다.

"엄마, 사람들 말처럼 첫사랑은 이루어지기 힘든 걸까? 그래서 준혁이 부모님도 헤어지고 만 걸까? 엄마 생각은 어때요?"

사진 속 뚱한 표정의 아기를 물끄러미 바라보던 혜서가 문득 물었다.

"첫사랑은 대체로 철이 없을 때 하는 사랑이잖니. 그래서 설익은 사랑을 하게 되는 거고. 그러다 보니 아무래도 끝까지 그 마음을 유지하기가 쉽지 않은 거겠지. 다소 무책임하고 충동적일 수도 있고. 어차피 결혼 생활이라는 것이 사랑 하나만 가지고는 해결되지 않는 문제점들도 있어. 결혼이란 현실은 핑크빛만은 아니거든."

"하지만 엄마랑 아빠는 잘 살고 계시잖아요."

"호호, 그렇게 봐 주니 고맙다. 하지만 네가 본 것이 다는 아니야. 네 아빠, 자상하고 멋진 사람이지. 이해심도 많고. 그렇긴 해도 좀 답답할 정도로 보수적인 면이 있잖니. 감정 표현도 소극적이고 말이야. 내가 이런 흉 봤다고 이르면 안 되는 거 알지?"

"에이, 엄마는……. 내가 얼마나 입이 무거운데."

"호호, 알지. 음…… 그런데 이런 소소한 불만이 아빠라고 없겠니? 아마 네 아빠는 나보다 더 많은 것을 참고 있을 거야. 그러니 우리가 별다른 큰소리 없이 살고 있는 건 두 사람의 부단한 노력 때문이라고 할 수 있지."

"그렇구나……."

평상시 잉꼬부부로만 보이던 엄마 아빠 사이에도 크고 작은 불만과 갈등이 존재했다는 말은 다소 놀라웠다. 상대가 완벽한 사람이기에 사랑하는 것이 아니라 부족한 부분을 서로 채워 주고 배려해 줌으로써 진정한 사랑을 완성해 가는 부모님의 모습이 뿌듯하고 자랑스러웠다.

"그런데 우리 혜서가 웬일로 그런 걸 다 묻고……? 너 혹시……."

호기심이 깃든 경옥의 눈초리에 혜서는 액자를 제자리에 올려놓으며 손사래를 쳤다.

"에이, 엄마는 또 무슨 소리 하려고. 나 곧 캐나다 갈 사람이에요. 내가 그새 남자친구라도 만들었을까 봐?"

"아니야? 좋다 말았구나. 아니, 다들 눈들이 삔 거 아니니? 우리 딸처럼 예쁜 아가씨를 이렇게 홀로 방치하는 거 보면. 그래도 캐나다 가서 엉뚱한 놈 사귀면 안 돼. 알았지?"

"후후, 상희는 거기 가서 노란 머리에 파란 눈 남자라도 잡아 오라고 했는데."

"어머, 애! 외국인 사위는 절대로 사절이야!"

혜서는 펄쩍 뛰는 엄마의 모습에 까르르 웃음을 터트렸다.

"뭐야, 엄마. 대뜸 사위라니. 너무 앞서 나가고 계시네요."

"그런가? 아무래도 그건 좀 오버지?"

경옥은 웃고 있는 딸을 바라보며 잔잔한 미소를 머금었다. 그리고 조용하고 나긋한 목소리로 말을 이었다.

"혜서야, 이왕 말이 나와서 하는 말인데 사랑은 말이다, 그게 첫사랑이든 아니든 쉽지 않기는 마찬가지야."

"……."

"다 자기 하기 나름이란 말이지. 첫사랑을 평생토록 끝까지 지키는 사람도 있고 그렇지 않은 사람도 있어. 어느 쪽이 옳거나 그른 것이 아니란다. 각자에게 주어진 상황과 선택의 문제일 뿐. 첫사랑은 이루어지기 힘들다는 말, 사람들이 흔히 하는 그런 말에 휘둘려 공연한 틀 속에 갇힐 필요는 없다는 얘기야."

"엄마……."

고요하지만 심중을 꿰뚫고 있는 듯한 엄마의 눈빛에 가슴이 철렁했다. 뭔가 눈치를 채신 것은 아닐까? 살짝 경직되는 혜서의 얼굴을 보며 경옥은 따스하게 웃어 주었다.

"사랑뿐이 아니라 세상을 사는 모든 일이 다 그래. 노력도 해 보지 않고 도망치는 건 비겁한 일이거든. 네가 내 귀한 딸인 건 맞지만 난 넘어질까 무서워 문 안에 가둬 두고만 싶진 않았단다. 차라리 넘어졌을 때 손을 내밀어 주거나 스스로 일어나라고 응원하는 쪽을 택했지. 그래서 아빠의 반대도 무릅쓰고 이번 캐나다행을 허락한 거 알지? 모든 선택은 네 몫이고 그 결과 역시 네 책임인 거야. 엄만 그냥 그 얘기를 하고 싶었어. 비록 잠시이긴 하지만 엄마 품 떠나서도 강하게 살다가 오라고."

"우리 엄마, 너무 멋지다. 이렇게 훌륭한 멘토가 엄마라니 난 정말 운이 좋은 거 같아. 고마워요, 엄마."

혜서가 두 팔로 경옥을 꼭 끌어안았다. 엄마의 한없는 신뢰와 사랑, 그리고 말없는 배려에 가슴이 벅차올랐다. 이렇게 듬뿍 사랑해 주고 응원을 해 주는 사람이 있으니 행여 넘어지고 무너지더라도 다시 일어설 수 있으리라.

※ ※ ※

"넌 좋아해."

길고 긴 입맞춤이 끝났을 때 혜서는 떨리는 목소리로 고백을 했다. 몸속 깊숙한 곳에서부터 파문처럼 번지기 시작한 은근한 흥분과 뜨거운 감동의 회오리가 그녀의 온몸을 칭칭 휘감았다. 그와 하나인 듯 숨결을 나누는 동안 너무나 행복했다. 세상을 다 갖기라도 한 것처럼 가슴이 꽉 차고 뿌듯해졌다.

그녀는 터질 것만 같은 이 감정을 더 이상은 숨길 수 없었다. 그래서 누르고 눌러 참고 있던 마음을 오롯이 드러냈다. 그가 손을 잡고 이끈다면 어디로든 쫓아갈 수 있을 것 같았다. 숨이 막힐 것같이 뜨거웠던 키스를 나눈 후라 더욱 용기를 낼 수 있었다. 눈앞에 보이던 그의 목울대가 위아래로 크게 움직였다.

"차혜서…… 친구끼리 그런 말, 반칙이지."

그것이 그녀의 고백에 대한 그의 첫 반응이었다. 차가운 얼음물 속에 머리를 거꾸로 처박힌 것 같은 엄청난 충격이 그녀를 뒤덮었다. 뜨겁게 달아올랐던 피가 한순간에 싸늘히 식었다. 그의 목소리는 마치 학생의 잘못을 지적하고 훈계하는 선생님처럼 부드럽고도 단호했다. 아무리 눈을 크게 떠도 달빛을 등지고 선 그의 눈빛을 읽을 수가 없었다.

네 눈동자를 보여 줘! 대체 어떤 눈으로 나를 보는 거야? 지금 하는 그 말, 거짓말인 거지?

"……널, 사랑해."

예상치 못한 그의 반응에도 다시 한 번 고백하는 혜서의 턱이 덜덜 떨렸다. 하지만 떨어지지 않는 입술을 열고 저만치 도망가는 용기를 간신히 붙잡았다. 겨우 입을 열긴 했지만 온몸은 이미 지나친 충격과 긴장으로 꽝꽝 얼어 뻣뻣하게 굳은 채였다. 그래도 그를 향한 마음만큼은 주체할 수 없이 뜨거웠기에 마지막까지 힘을 내었다. 연이은 고백을 외면할

리 없다고 생각했다. 그런데…….

"미안하다. 친구끼리 이런 짓 하지 말았어야 했는데. 내가 술이 좀 과했나 봐. 실수였어."

실수였어. 실수였어…….

실수였다는 그의 말이 어지러운 귓가에 뱅뱅 맴돌았다. 하늘 아래 처음으로 내어놓은 그녀의 붉은 마음을 잔인하게 난도질했다. 까마득한 절망감은 그녀를 산 채로 지옥의 불길 속에 던져 버렸다.

"이번엔 정말 큰 실수를 하고 말았어. 그러니까 네가 절교 선언하기 전에 내가 먼저 자진 납세할게."

"……."

"이 년. 아마 그 정도의 시간이 흐르면 너도 정신을 차릴 수 있을 거고, 나도…… 너한테 이런 행동을 한 거 충분히 반성할 수 있을 거야. 우리, 빨리 제자리를 찾자."

제자리? 그가 말하는 제자리란 어디일까? 평행한 두 줄을 그어 놓고 나는 이쪽에, 그는 저쪽에……. 그렇게 영영 닿을 수 없이 마주 본 채 그리움만 해야 하는 자리?

더 들을 말은 없었다. 더 듣고 싶지도 않았다. 이보다 더 확실한 거절이 어디 있을까. 혜서는 그의 가슴을 휙 밀치고 대문 밖으로 뛰쳐나왔다. 그리고 골목길을 단숨에 뛰어 집으로 향했다. 심장이 녹아내릴 정도로 뜨거웠던 키스를 스스로 반성해야 할 행동이라고 폄하하는 그의 말이 치욕스러워 견딜 수가 없었다. 침혹하게 거절당한 마음이 갈기갈기 찢어져 넝마처럼 너덜거렸다.

"이 년이야, 혜서야! 딱 이 년 동안만 절교야!"

등 뒤에서 바람을 타고 그의 외침이 들렸다. 절교를 선언하는 그의 목소리가 비참하고 절박하게 들렸던 것은 아마 착각이었을 것이다. 그때는 거절당했다는 충격으로 정신이 없어 어떤 반박도 하지 못하고 돌아섰다. 하지만 설마 그가 진짜로 2년이나 자신을 찾지 않고 버티리란 생각은 하지 못했다.

진공 상태로 부웅 올라갔다가 떨어지는 것 같은 언짢은 느낌. 혜서는 미간을 찌푸리며 지난 2년간 끊임없이 자신을 괴롭히고 있는 어느 날 밤의 기억으로부터 빠져나왔다. 식은땀으로 흠뻑 젖은 등이 축축했다.
그래, 실수였어.
그녀는 옆 좌석의 승객이 이상하게 쳐다보거나 말거나 고개를 주억거리며 입술을 깨물었다. 그는 그날 밤의 입맞춤을 실수라고 했지만 혜서는 제 마음을 보이고 만 것을 실수라고 생각했다.
어차피 입대는 예정된 수순이었다. 그것이 뭐 그리 충격적인 일이었을까. 하지만 매일 보던 얼굴을 2년이나 볼 수 없을 거란 생각에 애가 달아 자신도 모르게 감정을 드러내고 말았다. 뜨거웠던 입맞춤이 그녀로 하여금 단단하게 숨겨 두었던 마음의 빗장을 여는 열쇠가 되었다. 게다가 위험한 눈빛을 번뜩이며 건네던 그의 협박이 오히려 제 마음을 오롯이 드러낼 수 있는 용기를 주었다. 첫 키스를 했을 때 무참한 말로 마음을 짓밟았던 그를 기억하면서도 행여나 이번엔 자신의 마음을 받아 주지 않을까 착각했던 실수가 너무 컸다.
그의 말대로 2년 동안 두 사람은 자연스럽게 절교 상태를 유지할 수 있었다. 얼굴을 보지 않기 위해 크게 애쓸 필요는 없었다. 그는 그 시간 동안 군대라는 안전한 곳에 있었으니까. 단지 간혹 나오는 휴가 기간만 피한다면 그는 안전했다.

다소 유치해 보이긴 하지만 절교 선언은 상대방의 자그마한 실수나 잘못을 용서해 주기 위한 수단으로 사용되던 그들 둘만의 친밀한 장난 같은 것이었다. 그런데 그것을 고백에 대한 벌로 사용하다니. 그가 자신을 상대로 이렇게 잔인하게 휘두를 줄은 몰랐다.

기체가 빠른 속도로 하강하는 것이 느껴졌다.

기이이잉.

발바닥이 간지러워질 정도로 진동하던 기체가 쭉 뻗은 활주로에 커다란 바퀴를 내렸다. 드디어 캐나다란 낯선 땅에 도착했다. 이렇게 그녀는 준혁이 일방적으로 선언했던 절교의 기간이 지났음에도 여전히 마음을 정리하지 못해 도망치고 말았다.

노력도 해 보지 않고 도망치는 것은 비겁한 일이라는 엄마의 말에 진심으로 동의한다. 하지만 이미 용기를 냈다가 거부당한 그녀로선 겁이 났다. 여전히 자신을 친구로만 바라보는 그를 상대로 멀쩡한 척 연극을 할 수 없었다. 그렇게 자신을 속일 수 없었다. 사랑한다고 고백을 했다가 단칼에 차였던 남자를 다시 친구로 받아들이기 위해 그녀에겐 아직 시간이 좀 더 필요했다.

겨울 우기가 시작된 캐나다의 하늘은 짙은 회색빛이었고 추적추적 비가 내리고 있었다.

* * *

마지막 손님이 나가고 한숨 돌릴 수 있는 브레이크 타임이 시작되었다.

「자, 얼른 청소 끝내고 달콤한 티타임을 갖도록 합시다!」

홀 매니저의 말에 혜서는 뭉친 어깨를 반대편 손으로 콩콩 치며 잠시 스트레칭을 했다. 아직 일이 익숙하지 않은 탓에 온몸의 근육들이 비명을 질러 댔다.

「혜서, 힘들어?」

그녀와 함께 2층 홀을 담당하고 있는 리안이 물었다. 그는 가게 직원 중 매니저와 함께 유일한 캐나다인이었다. 신비로울 정도로 선명한 녹색 눈동자가 매력적인 그는 꽤나 친절한 스물두 살의 청년이었다. 그리고 배낭 하나 매고 세계 곳곳을 여행 다니며 사는 것이 꿈이라고 말하는 자유로운 영혼의 소유자였다.

「괜찮아. 곧 익숙해지겠지.」

그들이 일하는 곳은 밴프 다운타운에 있는 가장 커다란 한국 식당이었다. 주방을 맡고 있는 사장 부부는 한국인 이민자였다. 직원 대부분이 워킹 홀리데이 비자를 갖고 들어온 한국 학생들이었고 혜서 역시 그들 중 하나였다.

「무리하지 마. 혜서는 지나치게 열심히 일하는 거 같아.」

「후후, 알았어. 걱정해 줘서 고마워, 리안.」

청소를 끝내고 리안의 재촉에 1층으로 향했다. 주방으로 이어지는 홀 안쪽엔 직원들의 티타임을 위한 소박한 장소가 있었다. 그곳에서 매니저인 루시가 향 좋은 커피를 내리는 중이었다.

「자, 여기.」

루시는 늦게 합류한 혜서와 리안에게 살집이 통통한 손으로 김이 모락모락 나는 커피 잔을 건넸다.

「고마워요.」

두 손으로 커피 잔을 감싸 쥔 그녀는 새까만 색의 액체를 들여다봤다. 진한 커피 향이 후각을 강하게 자극했다. 하지만 맛은 기대만큼 좋지 않다는 걸 이미 알고 있었다. 상희가 싸구려 입맛이라고 놀리거나 말거나 그녀는 일회용 봉지 커피가 제일 맛있었다. 한국을 떠나온 지 얼마 되지 않았지만 벌써부터 그리웠다. 달달한 일회용 커피도, 또…… 지워도 지워지지 않아 결국 그녀를 이곳까지 떠나오게 만든 한 사람의 얼굴도.

혜서는 커피 잔을 손에 쥔 채 담소를 나누는 직원들의 모습을 둘러보았다. 단연 인기 만점인 리안은 직원들에게 둘러싸인 채 유쾌한 웃음을 터트리고 있었다.

「죄송합니다, 손님. 지금은 브레이크 타임입니다.」

문이 열리는 종소리에 매니저인 루시가 정중한 태도로 나섰다. 직원들과 함께 혜서의 시선도 문 쪽을 향했다. 그런데 그곳에 있어서는 안 될 사람의 모습이 보였다.

보기 좋게 벌어진 어깨에 두툼한 패딩 코트를 입었지만 짧은 머리가 추워 보이는 남자가.

기억보다 훨씬 날카로워진 턱 선에 지치고 피곤해 보이는 표정이어도 여전히 멋진 얼굴의 남자가.

아무리 노력해도 지워지지 않고 오히려 눈병이 나도록 너무나 그리웠던 그 남자가.

"혜서야……."

자신의 이름을 부르는 그의 목소리에 커피 잔을 쥔 그녀의 손이 파르르 떨렸다.

하얀색 셔츠에 검정 치마와 검정 카디건을 입은 혜서는 탁자를 사이에 두고 앉은 그를 외면한 채 커다란 창문 너머로 흰 눈이 허리까지 덮인 거대한 산자락을 응시했다. 갑작스레 나타난 그에게 어떤 표정을 지어야 할지 몰라 혼란스러웠다.
 이렇게 얼굴을 보는 것은 정말 오랜만이었다. 그를 만나서 기쁜 건지 놀란 건지 모르겠지만 앞에 앉은 그에게까지 들릴까 봐 걱정스러울 만큼 심장이 쿵쿵 울렸다. 가게에 들어선 준혁을 보았을 때부터 하얗게 탈색된 머릿속은 그가 이곳까지 온 이유를 가늠하느라 분주했다.
 혹시 2년의 시간이 너를 변화시킨 거니?
 그녀는 설레는 기대감을 감추며 주문한 커피가 나왔을 때도 고개를 돌리지 않았다.
 "유니폼이야? 재미없게 생겼네."
 준혁의 말에 혜서가 시선을 정면으로 돌렸다. 제대를 한 지 얼마 되지 않아서인지 아직 덜 자라서 짧은 머리도 그에겐 잘 어울려 보였다. 하지만 유니폼 품평이나 하려고 이 먼 곳까지 날아오진 않았을 것이다.
 "말도 참 멋없이 한다. 근데 좀 놀랍네. 네가 지금 여기 있다는 게."
 가슴 앞으로 팔짱을 끼며 건네는 그녀의 목소리가 조금 까칠하고 뾰족했다. 전보다 살이 좀 빠지긴 했지만 그녀는 여전히 예뻤다. 아니, 훨씬 더 여성스럽고 아름다워진 모습이었다.

"그래? 나도 놀라워. 네가 지금 여기 있다는 게. 너, 왜 여기 있는 거야?"

혜서는 특유의 느물거리는 말투로 자신의 말을 받아치는 준혁을 까만 눈동자로 응시했다.

"누가 물어볼 말을!"

빽 소리를 지른 혜서가 감정이 읽히지 않는 어둑한 눈으로 자신을 빤히 쳐다보는 그에게 다그치듯 물었다.

"대체 무슨 내답을 원하는 거야? 난 취업 전에 어학연수가 필요했고 그래서 워킹 홀리데이 비자로 캐나다에 온 거야. 그걸 몰라서 묻는 거니?"

"너야말로 잊은 거야? 우리가 약속했던 절교 기간은 이 년이었어."

상체를 앞으로 숙이며 다가온 준혁이 음산하게 들릴 정도로 낮은 목소리로 되뇌었다.

"이 년이었다고, 차혜서."

그의 눈썹 한쪽이 사납게 올라갔다. 공연히 죄를 지은 것 같은 마음에 심장이 덜컹거렸다.

"그, 그래서?"

"제대를 하고 나면 당연히 널 볼 수 있을 줄 알았어. 그런데 네가 없는 거야. 나한테는 어디로 간다는 말도 없이 말이지."

"그걸 내가 왜 너에게 보고해야 하는 건데?"

혜서가 그의 눈을 똑바로 응시한 채 삐딱하게 물었다.

"우리가 무슨 사이라고 그런 걸 일일이 알려야 하는 거야? 애인 사이도 아니잖아!"

"가장 아끼고 사랑하는……."

준혁의 입에서 나오는 말에 혜서의 커다란 눈이 동그래졌다. 일순 두 사람 사이에 숨소리조차 들리지 않는 정적이 흘렀다. 그 팽팽한 정적을 깨고 준혁이 천천히 말을 이었다.

"……친구 사이잖아."

친구, 사이…….

탁자 위에 좀 더 싸늘한 정적이 내려앉았다. 다시 한 번 확고한 그의 마음을 알게 된 혜서의 심장이 반으로 쩍 갈라졌다. 갈라진 틈새로 보이지 않는 피가 울컥울컥 쏟아져 내렸다. 그렇게 혹시나 하며 고개를 내밀던 기대감이 와르르 무너졌다. 역시 그는 2년 전과 달라지지 않았다. 그런데도 어째서 여기까지 온 걸까?

"설마 그 말을 하려고 이 먼 곳까지 온 거야? 혹시라도 내 마음이 여전하면 다시 한 번 거절하기 위해?"

준혁은 입술을 부르르 떨며 묻는 혜서의 얼굴을 눈도 깜빡이지 않고 빤히 쳐다보았다. 그리고 뭔가 할 말이 있는 듯 입술을 달싹였다. 하지만 결국 그의 입에선 아무런 말도 나오지 않았다. 그런 그를 노려보는 혜서의 눈에서 파란 불똥이 뚝뚝 떨어져 내렸다.

"어째서 그런 수고를 하는지 모르겠다. 난. 너무 친절한 거 아니야? 거절을 위해 여기까지 오다니. 만약 내 마음이 변하지 않았고 그것이 부담스럽다면 그냥 안 보면 되는 거 아니야?"

"함부로 말하지 마! 안 보면 되다니, 그게 쉬워?"

"누가 쉽대?"

그게 쉬우면 내가 여기까지 도망치듯 왔겠니?

비난하는 듯한 준혁의 말투에 혜서가 발끈했다.

"이해가 안 돼, 난. 굳이 여기까지 와서 이러는 이유가 대체 뭐야?"

"친구니까."

"……."

"네 마음을 받아들일 수는 없지만 그렇다고 해도 친구인 널 잃고 싶지는 않으니까."

지독하도록 직설적이고 솔직한 그의 대답에 혜서는 숨이 턱 막혔다. 친구를 잃지 않기 위해 여기까지 오다니. 정말 대단한 류준혁이다. 여자인 차혜서는 싫지만 친구인 차혜서는 그에게 꽤나 소중하고 괜찮은 존재인 모양이다. 이게 다행인 걸까?

"몰랐는데 정말 집요하구나, 너란 사람……. 좀, 무섭다."

"……."

"걱정하지 말고 돌아가. 혹시라도 남은 미련이 있다면 여기 있는 일 년 동안 다 비우고 돌아갈 테니까."

"혜서야……."

"그런데 나, 하나만 물어볼게. 한 사람은 고백을 했고 한 사람은 그것을 거절했어. 그런데도 두 사람이 친구 관계를 계속 유지할 수 있을까? 아무렇지 않게 얼굴 보며 살 수 있을까? 그게 가능하다고 생각해?"

"물론 가능해."

"정말?"

"우리 사이에선, 너와 나 사이에선 가능해."

준혁은 단단한 눈빛으로 단호하게 대답했다. 그에 비해 혜서는 자신 없는 얼굴로 어깨를 올렸다가 내렸다. 준혁에게 고백을 할 때엔 혹시라도 거절을 당할 경우 그와 친구 사이를 계속 유지할 수 있을지 없을지에 대해 생각할 겨를이 없었다. 만약 거기까지 계산을 했다면 그날 걷잡을 수 없이 소용돌이치는 감정에 휩싸여 고백할 용기를 낼 수 있었을까? 하지만 일은 이미 벌어졌고 2년이 지난 지금도 수습에 애를 먹고 있는 중이다.

"넌 그렇구나. 그런데 나는 솔직히…… 잘 모르겠어. 그게 정말로 가능한 일인지."

"혜서야!"

"하지만 노력은 해 볼게. 말했듯이 일 년 동안 다 비우도록 노력할 거야. 그래도 안 된다면 난…… 너를 다시 보지 않을 거야."

혜서는 충격을 받은 얼굴로 백짓장처럼 창백하게 질려 가는 준혁을 둔 채 자리에서 일어섰다. 브레이크 타임이 끝나 가고 있었다.

* * *

혜서가 일하는 식당에서 그리 멀지 않은 곳엔 지어진 지 100년이 훨씬 지난 유명한 호텔이 있었다. 중세 유럽의 성을 연상시키는 고풍스러운 외관의 호텔은 그 자체가 대표적인 관광 명소였다. 하지만 준혁은 그런 것과 상관없이 단지 마을에서 가깝다는 이유로 그곳을 숙소로 정했다.

그는 이른 아침, 커다란 창문을 넘어 거침없이 들어오는 햇살에 무거운 눈꺼풀을 들어 올렸다. 지난 밤 늦은 시간까지 잠들지 못하고 뒤척이다 간신히 잠을 청한 탓에 몹시 피곤했다. 하지만 그런 피곤함은 창문 앞에 선 순간 저만치 물러나고 말았다. 보우 강이 흐르고 있는 창밖으로 저 멀리 층을 이루듯 겹겹이 이어진 설산의 풍경이 눈과 마음을 단번에 사로잡았기 때문이다.

"하아……."

한숨 같은 감탄이 절로 튀어나왔다. 긴 시간을 비행해 캐나다에 도착했던 어제는 오로지 혜서를 만나야 한다는 생각으로 가득해서 보이지 않던 자연의 모습이 하나둘 눈에 들어왔다. 윗옷을 입고 있지 않은 맨몸이라는 사실도 망각한 채 창문을 열었다. 그러자 답답한 가슴이 뻥 뚫어질 만큼 차가운 아침 공기가 사납게 달려들어 피부를 따끔하게 휘감았다.

끝없이 이어진 산자락만큼이나 거대한 흰 구름들이 산의 꼭대기에 걸려 있는 모습도 멋졌지만 호텔 아래쪽으로 동화 속의 나라처럼 작고 아기자기한 마을이 한눈에 들어오는 것도 눈을 즐겁게 했다. 저토록 가까운 곳에, 어느 아늑한 지붕 아래에 혜서가 아직 지친 몸으로 잠들어 있으리라 생각하니 절로 미소가 피어오르고 심장이 찌르르 울렸다.

너, 거기 있는 거니?

그는 보일 턱이 없는 그녀의 모습을 찾을 기세로 몸을 쭉 빼고 아직 아침의 고즈넉한 고요함에 잠긴 마을을 내려다보았다. 제대만 하면 스스로 묶어 두었던 금제를 풀고 혜서를 만날 수 있을 거라 믿었다. 그러다 집에 돌아와서야 그녀가 캐나다로 떠난 사실을 알았다. 혜서의 소식을 전하던 연서는 그가 아무것도 모르고 있다는 사실에 오히려 당황하는 듯했다. 그 길로 부랴부랴 여권을 만들어 이곳으로 오기까지 얼마나 불안했는지 모른다. 상처를 준 주제에 혜서가 자신을 버리고 영영 떠난 것은 아닌지 두려웠다. 그녀의 인생으로부터 완전하게 밀려날 리 없다는 허무맹랑한 믿음을 갖고 있으면서도 그녀의 모습을 두 눈으로 확인할 때까지 편안한 숨 한번 제대로 쉴 수 없었다. 그리고 마침내 식당으로 찾아가 그녀의 모습을 확인하고서야 비로소 살 것 같았다.

그런데도 가장 아끼고 사랑하는 '친구' 사이라고?

자신이 생각해도 참 멍청한 말을 내뱉고 말았다. 그저 너무나 보고 싶어서 왔다고, 어서 달려와 너를 만나지 않고는 죽을 것만 같았다고 솔직하게 말하지 못했다. 그럴 수 없었다. 출국 전, 미국에 있는 부친과 통화를 하지 않았다면 뭔가 달라졌을까? 제대를 축하한다며 전화를 걸어온 부친의 목소리는 숨길 수 없는 허탈감이 느껴졌고 게다가 취한 상태였다.

'준혁아, 미국에 올래? 이제 나랑 함께 사는 건 어때? 우리 부자도 남들처럼 살아 봐야지.'

뜬금없는 말을 듣는 순간 빠르게 덮쳐 오는 기시감으로 등골이 오싹했다. 그리고 곧 그 불안함의 이유를 확인했다. 아슬아슬하게 이어 오던 그의 세 번째 결혼 생활이 결국 파경을 맞게 되었다는 소식이었다.

'나랑 사는 게 외롭다더라. 말도 안 되는 소리! 내가 얼마나 잘 대해 줬는데? 그따위 거 다 쓸데없는 변명이야! 사랑? 모든 걸 다 줬는데도 내내 그 지겨운 사랑 타령이라니……. 난 이제 여자라면 정말 신물이 나

는구나.'

 피가 얼어붙는 기분이었다. 그가 알기로 부친의 두 번째 결혼도 비슷한 이유로 파경을 맞았다. 함께 살지 않아 자세히 알 수는 없어도 그는 견디기 힘들 만큼 아내를 외롭게 만드는 사내인 것이 틀림없었다.

 첫사랑인 자신의 모친과 결혼했을 때에도 견디기 힘들 만큼 아내를 외롭게 만들었을까? 매번 사랑을 이유로 결혼하고 그 책임을 끝까지 다하지 못하는 남자……. 실망스러웠다. 그건 한 사람에게 정착하지 못하는 모친 역시 다르지 않았다. 그런 두 사람이 자신을 세상에 있게 한 부모라는 사실을 받아들여야 하는 것이 고통스러웠다.

 사회적으로 크게 성공하진 못했어도 부모 중 한 사람만이라도 평범한 사람들처럼 사랑하는 사람과 살며 가정을 단단하게 지키는 모습을 보고 싶었다. 그래서 자신 역시 사랑하는 사람에게 손 내밀 만큼 자신감을 얻을 수 있기를 바랐다. 그런 평범함조차 과한 욕심이었던 걸까? 그는 그렇게 부친의 세 번째 파경 소식에 산산이 부서진 마음으로 비행기에 오르고 말았다.

 나는, 그렇게 살고 싶진 않아.

 사랑한다는 이유로 곁에 붙잡아 두고 상처 입혀 떠나보내는 일은 애초에 만들고 싶지 않았다. 그 누구도, 어떤 여자도 사랑 때문에 울리는 일은 없어야 했다.

 그게 혜서 너라면, 그건 더 안 되는 일이지…….

 그래서 결국 이 먼 곳까지 와서도 그녀에게 솔직하게 마음을 고백할 수 없었다. 그것이 비록 비겁한 행동이라고 해도 온전하게 사랑하는 법을 배우지 못한 그로서는 그 외의 방법을 생각할 마음의 여유 따윈 없었다.

 준혁은 오늘도 밴프 국립공원을 구석구석 여러 차례 돌고난 후 혜서가 일하는 식당을 찾았다. 며칠째 반복하고 있는 일이지만 그녀는 그를 손님으로만 취급할 뿐 차갑게 외면하고 있었다. 끈덕지게 좇는 그의 시선을 모른 체하면서도 잠시 고개를 돌릴 때면 그녀의 시선이 자신에게 닿는 것을 느낄 수 있었다. 차가운 척 냉정하게 굴어도 결국 모질게 대하지 못하는 그녀의 마음을 알기에 한없이 미안하면서도 행복했다.
 그는 직원 유니폼을 단정하게 차려입은 모습으로 일을 하는 그녀의 모습을 차곡차곡 눈에 담았다. 손님들에게 미소 짓는 친절한 웃음을, 트레이를 들고 부지런히 탁자 사이를 누비는 날렵한 움직임을, 어쩌다 흘러내리는 머리카락을 귀 뒤로 넘기곤 재빨리 실핀을 꽂아 정리하는 단정한 손길을. 마음 같아선 1년 내내 그녀 곁에 머무르고 싶지만 그건 지나친 욕심이었다.
 "이따 일 끝날 시간에 다시 올게. 잠시 시간 좀 내줘."
 혜서는 다른 날과 달리 식당을 나서며 건네는 그의 말을 끝까지 무시하지 못했다.
 "……내일 아침 비행기로 돌아갈 거야."
 돌아간다는 말을 남기고 식당을 나서는 준혁의 뒷모습에 그녀의 눈동자가 심하게 흔들렸다.

일을 끝낸 혜서가 식당 문을 열고 나섰을 때 준혁이 기다리고 있었다.
"고생했어. 많이 피곤하니?"
시무룩한 표정의 혜서는 대답 대신 살짝 고개를 가로저었다.
"그럼 좀 걸을까?"
준혁의 제의에 혜서는 그와 어깨를 나란히 한 채 걷기 시작했다. 거리는 고풍스런 건물에서 뿜어져 나오는 조명들로 환상적이면서도 신비한 느낌을 자아내고 있었다. 불편함이 느껴질 만큼 애매한 침묵 사이로 두 사람의 발소리가 이어졌다. 동화적 분위기가 물씬 풍기는 기념품 상점 앞을 지나면서 혜서가 다소 퉁명스런 목소리로 질문을 던졌다.
"혼자서 뭐 하며 시간 보냈어?"
"그냥 여기저기 다녔어. 폭포도 보고 호수도 구경하고……그중에서도 산은 원 없이 본 것 같네."
마을을 빙 둘러싼 로키산맥 덕분에 어느 골목을 누비고 지나다 녀도 웅장한 설산과 마주치곤 했다.
"흥, 팔자 좋네. 누군 팔이 빠지게 일하고 있던 시간에."
"그러네. 미안……."
"뭐, 미안할 것까지야 없지. 나야 일하러 온 사람이고 넌……."
혜서는 애써 가볍게 이어가던 말을 끊고 입술을 살짝 깨물었다. 공연한 화제를 입에 올려 내일 떠난다는 사람과 언짢은 상태로 헤어지고 싶진 않았다. 원망스러운 마음에 식당에 온 그를 계속 외면했지만 사실은 그것이 더 힘들었다. 그를 위해서가 아니라 스스로 편해지기 위해 마음을 풀고 싶었다. 다시 가라앉으려는 분위기를 바꾸기 위해 그녀는 한 톤 높은 목소리로 물었다.

"혹시 여기 맥주는 마셔 봤어?"

"맥주?"

"아직 못 마셔 봤구나? 로키의 빙하수로 만들었다는 맥주가 있어. 이곳에서만 맛볼 수 있는 맥주지. 어때, 한잔할까?"

"좋지."

오랜만에 의견의 일치를 본 두 사람은 서로를 마주 보며 싱거운 미소를 주고받았다. 그러자 분위기가 한결 누그러졌다. 멀지 않은 곳에 있어 별다른 고민 없이 들어선 바는 다양한 인종의 관광객들로 붐비고 있었다. 고즈넉했던 밖의 분위기와 달리 약간은 소란한 실내가 나쁘지 않았다. 무슨 말이든 꺼내서 불편한 침묵에서 벗어나려 애쓰지 않아도 된다는 사실에 혜서는 남아 있던 긴장감을 완전히 내려놓았다. 운이 좋게도 밖을 내다볼 수 있는 창문 앞에 자리가 났다. 창밖엔 흰 눈을 하얀 모자처럼 머리에 이고 있는 로키 산맥의 일부가 어둠 속에서도 웅장한 존재감을 드러내고 있었다.

바에 들어온 후 혜서는 말없이 맥주 캔을 비웠고 준혁은 그런 그녀를 가만히 바라보았다. 허공에서 부딪치는 두 사람의 시선이 어색하게 엉켰다가 풀리기를 반복했다. 그렇지만 두 사람은 말없는 시선만 주고받을 뿐 좀처럼 입을 열지 못했다.

혜서의 앞에 빈 캔이 늘어 가는 것을 바라보던 준혁의 시선이 문득 그녀의 어깨를 지나 뒷좌석에 닿았다. 그녀의 등 뒤쪽에 거의 겹치듯 나란히 붙어 앉아 있는 연인의 모습이 눈에 들어왔기 때문이다. 남자의 단단한 어깨에 머리를 기대고 있는 여자의 표정이 한없이 편안하고 행복해 보였다.

타인의 시선에 아랑곳하지 않고 서로의 팔을 더듬는 손길. 살짝 살짝 닿았다가 떨어지는 가벼운 입맞춤. 온전하게 상대방에게만 고정되어 있는 눈동자.
 준혁은 서로를 사랑스러운 표정으로 바라보고 있는 두 사람에게서 좀처럼 눈을 떼지 못했다. 그의 시선을 따라 고개를 돌린 혜서도 그 모습을 보곤 코를 찡긋거리며 눈을 흘겼다.
 "뭐냐? 그렇게 부러워하는 눈빛으로."
 "보기 좋잖아, 두 사람 모습이."
 "치이, 그런 말 잘도 한다. 갑자기 이성에 관심이라도 생겨? 품에 굴러들어 가겠다는 복덩이도 차 버린 주제에……."
 뼈 있는 혜서의 말에 준혁은 시선을 내리며 마른세수를 했다. 단단히 심술이 났다는 걸 보여 주려는 듯 뾰로통하게 내민 입술을 보니 죄책감이 심장을 찔렀다.
 "……미안."
 "아, 됐어! 받아 주지도 않을 거면서 입에 발린 미안하다는 말 따위. 그런 말 하지 말고 그냥 술이나 마시자."
 혜서는 다시 가라앉으려는 분위기에 몸서리를 치며 맥주를 들이켰다. 어차피 여기까지 와서도 친구 운운하는 준혁의 마음을 돌린다는 것은 불가능했다. 받아 주지 않는 사람에게 자신 혼자만의 감정을 들이밀며 상대방을 피곤하게 만들고 싶진 않았다. 감정을 구걸하다니. 그렇게까지 비참해지는 것은 싫었다. 아직 정리되지 않은 혼자만의 마음은 캐나다에 있는 동안 서서히 비우면 그뿐이다. 그러기 위해 떠나온 거니까.
 그러니까 그렇게 애틋한 눈길로 바라보지 말란 말이야. 자꾸 착각하게 하지 말란 말이야…….

시선을 내려 준혁 대신 탁자 모서리를 원망스레 노려보는 혜서의 눈동자에 말간 눈물이 고였다.

준혁은 자신의 등 뒤에 업힌 채 축 늘어져 자꾸만 아래로 미끄러져 내려가는 혜서를 조심스럽게 추어올렸다.
"괜찮아?"
"으음……."
제 주량을 넘어서도록 맥주를 마시는 그녀를 말리지 못한 건 자신의 실수였다. 하지만 그렁그렁 눈물 맺힌 눈으로 애써 미소 지으며 '치어스'를 외치는 그녀의 모습에 꼼짝도 할 수 없었다. 결국 혜서는 마지막 캔을 손에 꼭 쥔 채 쓰러지듯 테이블에 엎어져 잠이 들고 말았다.
"춥지 않아?"
"……."
잠이 들었는지 대답 대신 쌕쌕거리는 숨소리가 귀 가까이에서 들렸다. 걸을 때마다 그녀가 뱉는 뜨거운 숨결이 목덜미를 간지럽게 달궜다. 게다가 등을 통해 느껴지는 말캉거리는 여체에 긴장한 몸이 절로 달아올랐다.
"혜서야, 너 정말…… 후우."
혜서가 그의 넓은 등을 베개로 착각했는지 자꾸만 얼굴을 비벼댔다. 그 바람에 뻣뻣하게 굳어 잠시 걸음을 멈추었던 준혁이 다시 움직이기 시작했다. 그녀를 두고 떠날 시간이 가까워지고 있다는 생각에 점점 느려지는 걸음. 타박타박 걷는 발소리가 낮게 울려 퍼졌다.

"나 없을 때 술 많이 마시지 마. 이기지도 못하면서."

"……."

"그런데 왜 이렇게 말랐어? 너무 가볍잖아."

"……."

"잘 먹어야지. 타지에서 아프기라도 하면 어쩌려고 그래?"

"……."

"나, 원망 많이 했어?"

"……."

"많이 밉지? 그래서 캐나다까지 온 거야?"

"……."

"……미안해."

"……."

"미안하다."

잠든 그녀에게 미안하다고 말하는 목소리가 조용하고 어두운 거리에 무겁게 내려앉았다. 차마 사랑까지 입에 담지 못하고 굳게 닫힌 그의 입술 사이로 긴 한숨이 새어 나왔다.

청결하고 쾌적해 보이긴 했지만 작은 침대 하나만 달랑 놓여 있는 방은 상당히 작은 편이었다. 잠결에 묻는 대로 알려 준 혜서의 말을 따라 간신히 찾아온 숙소 앞에서 그녀를 업은 채 열쇠를 찾느라 한바탕 실랑이를 벌인 준혁도 마침내 지치고 말았다. 그래도 침대에 그녀를 눕히는 손길은 한없이 조심스러웠다.

"으음……."

준혁은 완전히 곯아떨어진 혜서를 반듯하게 눕히고 침대에 걸터앉아 잠든 그녀의 모습을 내려다보며 깊은 숨을 몰아쉬었다. 그리 밝지 않은 조명 아래, 작은 얼굴에 그늘을 만들고 있는 긴 속눈썹과 한 번쯤 손에 쥐어 보고 싶은 코, 발그레하게 열이 올라 있는 두 뺨과 뜨거운 숨을 뱉고 있는 붉은 입술. 모두가 다 욕심날 만큼 유혹적이었다. 그는 손가락으로 그녀의 뺨과 입술을 스치듯 가볍게 어루만졌다. 그 작은 접촉만으로 심장에 불길이 이는 것 같았다.

"후우……."

준혁은 나쁜 짓이라도 할 새라 얼른 손을 거두고 혜서 곁에 풀썩 누웠다. 그리고 이마 위로 팔을 올린 채 두근거리는 심장이 가라앉기를 기다렸다. 하지만 그가 평정심을 찾기도 전에 알코올 향과 뒤섞인 체향이 훌쩍 가까워졌다. 잠결에 뒤척이던 혜서가 온기를 찾아 그에게 바짝 몸을 붙인 채 그의 가슴을 덮치듯 팔 하나를 올려놓았던 것이다. 갑작스러운 접촉에 바짝 긴장한 그와 달리 혜서는 기분 좋은 꿈을 꾸고 있는 듯 미소까지 띤 얼굴로 깊은 잠에 빠져 있었다.

자신의 가슴을 가로질러 놓여 있는 그녀의 팔을 잡아 내리던 준혁은 슬며시 그녀의 손에 깍지를 끼었다. 그리고 잠든 혜서의 목덜미 아래로 팔을 밀어 넣었다. 팔베개가 익숙하지 않은 듯 몸을 살짝 뒤채던 그녀는 자연스럽게 그에게 기대며 안겨 왔다. 따뜻하고 말랑한 몸이 감겨 오자 빠르게 두근거리던 심장이 이젠 걷잡을 수 없이 달리기 시작했다. 그는 숨을 죽인 채 제 팔을 베고 누운 혜서의 얼굴을 물끄러미 바라보았다.

더할 나위 없이 사랑스럽고, 미칠 것처럼 욕심나는 사람…….

준혁은 마치 최면에 걸린 사람처럼 천천히 윗몸을 일으켜 위에서 혜서를 굽어보았다. 그리고 불가사의한 힘에 이끌리듯 스르르 몸을 숙여 그녀의 입술 위에 자신의 입술을 포갰다. 젤리처럼 말랑거리면서도 따뜻한 입술 위에 놓인 그의 입술이 바르르 떨렸다. 준혁은 옅은 숨조차 뱉지 못하고 멈춘 채 간질거리는 그녀의 입술을 느꼈다. 그러다 조심스럽게 입술을 떼며 숙이고 있던 몸을 일으키려는 순간이었다. 깊게 잠들었던, 아니 싶게 잠들었으리라 여겼던 혜서가 갑자기 눈을 떴다. 그러곤 잠이 덜 깬 듯 몽롱한 눈동자로 그를 올려다보았다. 코끝이 맞닿을 만큼 가까운 거리에서 마주친 두 눈동자가 정지된 화면처럼 얼어붙었다. 두 사람은 눈을 깜박이는 것도 잊은 채 서로의 얼굴을 바라보았다.

숨이 막힐 것 같은 정적을 깨고 먼저 움직인 사람은 혜서였다. 그녀는 두 팔로 준혁의 목을 단단히 감싸 안으며 멀어지려는 그의 입술을 머금었다. 그리고 촉촉하게 젖은 혀로 그의 마른 입술을 적셨다. 그러자 방어하듯 꾹 닫혀 있던 그의 입술이 열렸다. 준혁은 그녀의 얼굴을 감싸 쥐고 자신의 입술을 희롱하던 작은 혀를 제 입안으로 강하고 날렵하게 낚아챘다. 그리고 숨 돌릴 여유도 주지 않은 채 거칠게 입술을 탐했다.

그의 열정적인 화답에 혜서는 정신이 아득해지는 느낌이었다. 마치 오랫동안 참고 있던 그리움을 토해 내듯 두 사람은 미친 듯이 서로의 입술을 욕심냈다. 서로의 숨을 탐하고 탐했다. 가지고 또 가졌다. 그렇게 키스는 좀처럼 끝나지 않았다. 호흡이 가빠질 때쯤 간신히 떨어진 입술이 다시 맞닿았다 떨어지기를 여러 번.

혜서는 몸 위에서 느껴지던 무게감이 훌쩍 멀어지자 얼른 그의 팔을 붙잡았다.

"미……."

"미안하단 말 하지 마!"

"……."

"실수란 말도 하지 마!"

준혁의 팔을 잡은 채로 고개를 외로 틀어 그를 외면한 혜서가 비참한 목소리로 소리쳤다.

"아무 말도 하지 마!"

뜨거운 입맞춤 후에 또다시 사과 따위를 받는 일은 사양하고 싶었다. 금방이라도 울음을 터뜨릴 것처럼 앙다문 입술이 바들바들 떨렸다. 준혁은 그런 그녀를 안타까운 눈빛으로 바라보다 가만히 끌어안았다.

"흐윽……."

혜서는 결국 따뜻한 그의 품에 안긴 채 참았던 울음을 터뜨리고 말았다. 그와의 키스는 그녀에게 매번 상처를 남겼다. 그렇지만 아이러니하게도 입을 맞추는 동안엔 그와 강한 교감을 느꼈다. 슬픈 건 그것이 단지 혼자만의 착각이라는 사실이었다.

"가야 해?"

긴 울음 끝에 코맹맹이 소리로 묻는 그녀의 물음에 준혁은 낮은 한숨을 토했다. 눈을 맞추고 빤히 쳐다보며 묻는 모습이 어린 시절, 가끔 고집부리며 뭔가를 졸라 대던 모습과 겹쳐 보여 심장이 울렁거렸다.

지금도 그때처럼 어린 두 사람이라면 얼마나 좋을까? 그럼 뭐든 네가 원하는 대로 하겠다고 할 텐데.

그는 여전히 품에 안겨 있는 그녀의 머리와 등을 다정하게 어루만졌다.

"내일 아침 비행기야."

"……."

"누워. 잠든 거 보고 갈게."

말을 하면시도 준혁은 혜서를 품에서 밀어내지 못했다. 대신 그는 그녀를 안은 채 침대에 함께 누웠다. 자신이 하는 대로 가만히 몸을 맡기는 그녀 때문에 온몸이 다 저린 느낌이었다. 그는 세상에서 가장 소중한 보물을 품듯 강한 두 팔로 그녀를 따뜻하게 감싸 안았다.

혜서는 서슴없이 내어주는 준혁의 팔을 베고 누워 두 눈을 꼭 감았다. 그에게 안겨 있으니 한없이 편안하고 안심이 되었다. 동시에 얼어붙었던 심장이 풀어져 몽글몽글해지는 것을 느꼈다. 그렇지만 행여 잠이 들면 그가 가 버릴까 봐 잠들 수 없었다. 그래도 안타까운 시간은 어김없이 흘렀다.

혜서 곁에 미동 없이 누워 있던 준혁은 아직 어둠이 걷히지 않은 새벽길을 나서기 위해 천천히 몸을 일으켰다. 등을 보이며 멀어지는 온기를 따라 일어난 혜서가 손을 내밀어 그의 옷자락을 잡았다.

"잠든 줄 알았어."

"돌아서지 마!"

혜서는 자신 쪽으로 돌아서려는 준혁을 막았다. 그리고 잡고 있던 옷자락을 더욱 꽉 움켜쥐며 그의 등에 이마를 기댔다. 긴장한 그의 등이 딱딱해졌다.

"옷, 놔 줘. 가야 해, 혜서야."

낮은 목소리로 놔 달라고 말하는 그의 말을 무시한 채 혜서가 떨리는 목소리로 물었다.

"나, 정말 안 돼?"

갑작스런 그녀의 물음에 놀란 듯 준혁이 후읍, 숨을 멈추었다. 하지만 끝내 그녀가 원하는 대답을 내놓진 않았다. 길어지는 침묵이 의미하는 바를 받아들인 듯 혜서가 차분한 목소리로 다시 입을 열었다.

"나는 참 바본가 봐. 아직 마음이 그대로야. 시간이 이렇게 지났는데도 왜 마음이 그대로일까? 네가 아니라고 하는데도 나는 왜 여전히 네가, 이렇게 좋은 걸까? 내가 이렇게 꼭 잡으면 잡을 수 있을 것 같은 착각이 드는 걸까?"

준혁은 그녀를 향해 돌아서고 싶은 마음을 누르며 눈을 질끈 감았다.

"있지, 식당에 네가 나타났을 때 아주 조금 기대했어. 심장이 뛰더라고, 어리석게도."

"……."

"그런데 역시 아니었구나. 내가 착각한 거야. 혼자서 꿈을 꾼 거야……. 그렇지?"

묵묵부답인 그가 원망스러웠다. 술기운이 무모한 용기를 준 걸까? 포기할 만한데도 끝내 다시 묻게 된다.

"다시 한 번 생각해 보면 안 돼?"

"……미안하다."

결국 그의 입에서 나온 것은 실망스러운 대답. 더 이상 그녀가 할 수 있는 것은 없었다. 혜서가 그의 등에 기대고 있던 이마를 떨어뜨리며 잡고 있던 옷자락을 천천히 손에서 놓았다.

"아, 창피해. 내가 미쳤나 봐, 정말. 친구만 하자는 사람한테 이렇게 구질구질하게 굴기나 하고. 자존심도 없이……. 알았어. 내가, 미안해."

"……."

"부탁이야. 돌아보지 말고 가, 얼른. 지금 한 얘기는 잊어 줘. 너무 창피하다."

"혜서야……."

"나는 좀 자야겠어. 자고 싶어……. 조심해서 잘 가."

혜서는 자신의 부탁대로 등을 보이고 있는 준혁을 외면한 채 이불을 뒤집어쓰고 누워 눈을 꼭 감았다. 역시 무모한 일이었다. 뭘 믿고 다시 용기를 낸 건지 한심스러워 미칠 것만 같았다.

"……가서, 기다릴게."

꽉 잠긴 준혁의 목소리.

"그래."

잠시 후 무거운 발소리가 멀어지고 문이 열렸다가 닫히는 소리가 들렸다.

간 거니? 나 두고 또 가 버린 거니?

돌아오는 대답은 없이 홀로 남겨진 공간엔 숨 막히는 침묵이 내려앉았다.

"흐윽."

몸을 둥글게 말고 누운 이불 밖으로 숨죽인 흐느낌이 새어 나왔다. 좀 전까지 따뜻하게 안아 주던 온기가 온데간데없이 사라진 침대는 이미 차갑게 식어 버렸다. 그런데도 뜨거운 눈물은 하염없이 얼굴을 적셨다. 서러운 울음소리는 동쪽 하늘이 푸르스름하게 밝아 올 무렵까지 멈추지 않았다.

제5장

혜서의 선택

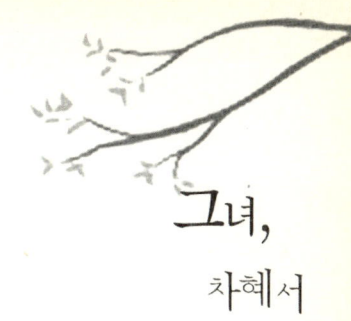

그녀, 차혜서

혜서가 막 숙소의 문을 닫고 돌아설 때였다. 마치 기다리고 있었던 듯 리안이 다가오며 반갑게 손을 흔들었다.
「오늘 밴쿠버에 함께 가자, 혜서. 내가 안내해 줄게.」
「아니. 난 오늘 계획이 따로 있어.」
휴일마다 벌써 몇 번째 거절인지 모르겠다. 그래도 혜서는 미안한 마음으로 질질 끌려가는 대신 확실한 거절을 택했다. 아직 이곳에 머물러야 할 날이 남아 있는데 그의 은근한 데이트 신청을 받아들였다가 더 골치 아픈 일에 휘말리는 건 사양하고 싶었다. 아마 상희가 이 일을 알게 되면 멋진 연하남과 사귈 기회를 차 버렸다고 거친 타박을 받게 될 것이다.
「오늘도 혼자서 어디로 가는지 말 안 해 줄 거야?」
혜서는 대답 대신 미소를 건넸다. 알려 주는 것이 어려운 건 아니었지만 행여 관심을 보이며 따라붙기라도 한다면 그건 해결하기 힘든 문제가 될 테니까.
「어쩔 수 없지.」
아쉬움이 가득한 얼굴이었지만 리안은 어깨를 으쓱하고 말았다.
「혜서, 운동화 끈이 풀렸어.」
돌아서려던 리안이 그녀의 신발을 내려다보며 말했다.
「잘 묶어야지. 밟고 넘어지면 크게 다칠 수도 있어.」
그는 장난스럽게 한쪽 눈을 찡긋 감아 윙크하고 손을 흔들며 멀어졌다. 혼자 남은 혜서는 고개를 숙이고 끈이 풀려 있는 자신의 운동화를 물끄러미 내려다보았다. 손끝이 여물지 않은 탓인지 그녀가 묶은 매듭은 유독 잘 풀렸다. 그래서 간혹 준혁의 도움을 받곤 했다. 망설임 없이 그녀 앞에 무릎을 꿇고 끈을 묶어 주곤 하던 사람.
이까짓 게 뭐라고!
별것도 아닌 일에서 불현듯 자신의 존재를 드러내는 그가 미웠다. 혜서는 거칠게 주저앉아 풀려 있는 끈을 손으로 쥐고 힘주어 단단히 고쳐 매기 시작했다. 그런데 아무리 다시 묶어도 마음에 차지 않았다. 풀었다가 다시 묶고, 또 풀었다가 다시 묶고……. 또 다시 풀고 있는 손가락이 파르르 떨렸다. 문득 눈앞이 뿌옇게 변했다. 끈을 쥐고 있는 하얀 손등 위로 투명한 눈물이 뚝 떨어졌다.

혜서는 부지런히 놀리던 발걸음을 멈추고 청록색의 고운 물빛으로 반짝이고 있는 루이스 호수 앞에 섰다. 호수를 바라보고 있자니 세계적으로 유명한 뉴에이지 피아니스트가 이 호수를 모티

브로 작곡했다던 피아노곡의 음률이 귓가에 잔잔하게 흐르는 것만 같았다. 그 피아니스트 역시 루이스 호수의 아름다움에 진심으로 반했던 모양이다.

빽빽한 침엽수림의 산이 호수 양쪽으로 병풍처럼 펼쳐져 있고 건너편엔 눈과 얼음으로 뒤덮인 빅토리아 산이 우뚝 솟아 있었다.

"하아……."

매번 보면서도 그 아름답고 장엄한 모습에 절로 감탄이 쏟아졌다. 저 깊은 산속 어딘가에는 문명과 타협하긴 사양힌 근엄한 표정이 이누이트족 사내가 긴 흑발을 양 갈래로 땋아 내리고 이마를 가로지른 띠에 커다란 깃털을 꽂은 채 여전히 하늘과 자연만을 숭배하며 살고 있을지도 모르겠다.

먼 곳을 응시하는 그녀의 시선 안에 다 담을 수 없는 거대한 자연. 그 앞에 서면 인간은 말할 수 없이 나약하고 작은 존재임을 깨닫게 된다. 그녀는 캐나다 곳곳에 잘 보존되어 있는 수많은 자연경관을 마다하고 휴일마다 이곳을 찾았다.

푸른 하늘과 흰 구름 아래에 끝도 없이 이어진 로키산맥은 수많은 전설만큼이나 묵직한 만년설을 머리에 이고 있었다. 가끔은 저 눈이 과연 언제쯤 다 녹으려나, 쓸데없는 생각을 하기도 했지만 대체로 호수를 바라보는 그녀의 마음은 무념무상. 마음을, 생각을, 그리움을 덜어 내기 위해 온 길이기에 그저 텅 비우기 위해 노력했다. 노력하기로 약속했으니까.

한참을 그렇게 서 있던 혜서는 호숫가를 따라 나 있는 산책로를 걸었다. 운이 좋은 날엔 멀리서 들려오는 원주민의 파이프 연주를 감상할 수도 있었다.

타박타박.

잘 다져진 흙길을 걷는 자신의 발걸음 소리에 귀를 기울이며 걷고 있을 때였다. 왼편으로 호수를 끼고 걷던 길 앞쪽에 유모차를 밀고 가는 남녀의 모습이 눈에 들어왔다. 부부로 보이는 그들은 눈에 띌 만큼 훤칠한 키에 세련되고 군더더기가 없는 뒷모습이었다. 수많은 관광객들 중 하나라 그냥 스쳐 지날 수도 있었지만 시선이 머문 이유는 들려오는 말소리가 반가운 한국어였기 때문이다. 문제는 그것이 다정한 대화가 아니라는 점이었다.

"……이러지 마."

"당신이야말로 이러지 마!"

무게감이 느껴지는 완고한 남자의 음성에 비해 여자의 음성은 높고 날카로워 비명처럼 들렸다. 유모차의 손잡이를 잡고 걷던 남자가 막 몸을 돌리는 여자의 팔을 낚아챘다. 하지만 여자는 화가 난 듯 그 손길을 세차게 뿌리쳤다. 그리고 성난 걸음으로 남자와 유모차로부터 멀어졌다.

"정현아!"

남자의 거친 외침에도 여자는 발걸음을 멈추지 않았다. 그러는 사이 유모차와 혜서 사이의 간격이 점차 줄어들었다.

낯선 땅에서 한국 사람들의 다툼을 목격하게 되다니 난처한 기분이었다. 차라리 얼른 지나쳐야겠다는 생각으로 걸음을 빨리하는 순간이었다. 그 자리에 멈추어 서 있던 남자가 멀어지는 여자를 잡기 위해 유모차를 급하게 밀고 앞서 나가기 시작했다. 그때 유모차 아래로 뭔가 하얀 물건이 툭 떨어졌다. 앙증맞도록 작고 귀여운 아이의 털신 한 짝이었다. 남자가 미처 알아채기 전에 어정쩡하게 그 뒤를 따르던 혜서가 허리를 굽혀 그것을 주워 들었다.

"으앙!"

빠른 움직임에 놀란 탓인지 잠잠하던 유모차에서 아이의 울음소리가 터져 나왔다. 혜서로부터 멀어지던 남자가 유모차를 세웠다. 남자는 저만치 멀어지는 여자의 뒷모습에서 시선을 돌리고 아이를 안아 들었다.

"이런, 우리 준혁이 깼어?"

준혁이?

여전히 묵직하지만 한결 부드러워진 남자의 음성이 아이를 향해 준혁이라 불렀다. 주운 물건을 전해 주기 위해 유모차 가까이 다가서던 혜서는 우뚝 발걸음을 멈추고 말았다. 불현듯 접하게 된 그리운 이름 하나에 비우느라 애썼던 노력이 한순간에 무너졌다. 그 이름과 함께 머릿속을 파고드는 수많은 생각의 파도 속에 마음이 흔들렸다. 장시간 산과 호수를 바라보며 간신히 잔잔하게 유지했던 마음에 거센 풍랑이 일었다. 역시, 오늘도 실패였다.

아이를 품에 안고 달래던 남자가 자신의 뒤에 서너 걸음쯤 떨어진 채 멀뚱하게 서 있는 그녀 쪽으로 고개를 돌렸다. 남자의 시선이 그녀가 들고 있는 아이의 하얀 털신에 닿았다. 그리고 혜서의 시선은 아이의 움푹 팬 볼우물에 닿았다. 어느새 울음을 멈춘 아이가 눈물이 그렁한 눈으로 그녀를 향해 천진하게 웃고 있었다.

※　　※　　※

가게 문이 열리며 유모차를 앞세운 남자가 안으로 들어섰다. 오늘도 남자는 아이와 단둘이었다. 가게에 손님으로 온 그들과 다시 마주쳤을 땐 아이의 엄마까지 세 사람이 왔었는데 어느 날부터 여자의 모습이 보이지 않았다. 그리고 시간이 갈수록 남자는 살이 내리고 턱이 뾰족해졌다. 점잖고 근엄했던 인상의 남자는 차갑고 날카로운 인상으로 변해 갔다.

"준혁이 안녕?"

혜서가 유모차 앞에 허리를 굽히고 눈을 맞추며 인사를 건넸다. 그러자 꼬마 준혁이 유모차가 들썩일 정도로 신 나서 몸부림을 쳤다. 몇 달에 거쳐 제법 낯이 익었다고 반가운 모양이었다. 볼우물을 드러내며 까르르 웃는 아이가 예뻐 절로 미소가 지어졌.

2층 홀을 담당했을 때는 몰랐는데 1층을 담당하게 되면서부터 꼬마 준혁의 가족이 이 가게의 단골손님인 것을 알게 되었다.

'뭘 하는 사람인 줄은 모르겠지만 꽤 재력가인 건 확실해. 캔모어에 있는 호텔 스위트룸에 몇 달 동안 장기 투숙하고 있는 것도 그렇지만 아내가 무슨 모델이라고 하던걸. 난 그런 쪽엔 영 관심이 없어서 모르겠는데 인물이 벌써 좀 남다르잖아? 그런 여자를 아내로 맞은 사람이니 어련하겠어?'

다른 손님들에게도 친절했지만 그들에게 좀 더 친절하고 깍듯이 대하는 루시가 서비스에 신경 많이 써 달라는 주문을 하며 알려 준 정보였다. 아무리 재력가라고 해도 그렇지, 나이도 젊고 건장한 체격의 소유자가 아무 일도 하지 않고 유유자적 놀고 있다니. 루이스 호숫가에서 처음 마주쳤을 때보다 호감도가 떨어졌다.

"그거, 제 아이 신발 같은데……."

"아, 네, 바닥에 떨어졌기에."

아이에게 시선을 고정한 채 멍하니 서 있던 그녀에게 말을 먼저 건넨 사람은 그였다.

"감사합니다."

"아니에요. 그런데 아이 이름이 준혁인가 봐요."

"……."

"실례했습니다. 좀 전에 그렇게 부르시기에……. 아, 실은 제가 알고 있는 사람과 이름이 같아서 말이에요. 아이 웃는 모습이 정말 예쁘네요."

아이의 이름을 입에 담자 돌연 경계하는 눈빛으로 변한 그의 앞에서 혜서는 다소 허둥거렸다. 외국에선 한국에서처럼 남의 아이에게 함부로 관심을 보이거나 손을 대면 안 된다는 걸 알고 있었지만 같은 한국 사람인데 지나치게 경계하는 것은 아닌가 싶어 살짝 언짢아지기도 했다.

"이제 겨우 돌이 지났습니다. 이 녀석, 웃는 모습이 예쁘긴 하지만 실은 엄청 울보라 아이 엄마나 저나 아주 애를 먹고 있지요."

"아, 네……."

허튼소리는 하지 않을 것처럼 빈틈없이 생긴 것과는 다르게 아이에 대한 무한 애정을 드러낸 얼굴로 서글서글하게 말하는 그의 모습에 경계의 빛은 사라지고 없었다. 감사하다는 말과 함께 신발을 건네받은 그는 유모차에 아이를 앉히고 능숙하게 신을 신겼다. 움직이는 방향이 같았기에 두 사람은 다소 어색한 상태로 함께 길을 걸어야 했다. 서로가 그다지 편한 대화를 나눌 만한 상대가 아니라서 걷는 내내 입을 꾹 다문 그들은 산책길이 끝나는 지점에서 가벼운 인사를 건네고 헤어진 것이 전부였다.

그 이후 가게에서 다시 만나게 되었지만 그저 손님과 식당 직원으로서였다. 그러니 그에게 무슨 호감을 느낀다거나 관심을 갖는 것 자체가 우스운 일이었다. 사실 혜서는 그가 아니라 아이에게 관심을 느꼈다. 준혁과 이름도 같은 데다 깊은 볼우물마저 닮은 아이. 자신을 보며 방싯방싯 웃어 주는 아이를 보면 가물어 쩍쩍 갈라진 가슴이 몽글몽글해지는 것 같았다. 몇 개월이 지나는 동안 부쩍 자란 아이는 이제 유모차에서 내려 주면 가게 안을 아장아장 걸어 다니곤 했다.

"준혁이가 제법 잘 걸어 다녀요."

서빙을 위해 그의 테이블에 다가선 혜서가 신기하단 표정으로 말을 건넸다. 답이 돌아오리라 기대하지 않았는데 남자는 빙그레 웃으며 입을 열었다.

"걷다 뿐입니까? 이젠 호텔 로비가 좁다고 뛰어다니는데 아주 말썽쟁이예요."

아이에 대한 얘기를 할 때면 경계심을 누그러뜨리는 그의 모습은 여느 아빠들과 다르지 않은 듯했다. 아이는 바쁜 시간이 지나 한산해진 가게의 빈 테이블 사이를 관찰하듯 살피며 천천히 걷는 중이었다. 그런 아이에게 시선을 고정한 그의 근엄한 얼굴엔 다정한 미소가 가득했다.

"앞으로 준혁이를 보지 못할 걸 생각하니 아쉬워요."

"어디, 가십니까?"

"네, 곧 한국으로 돌아가요."

"그렇군요."

역시나 그녀의 예감대로 남자의 반응은 간결하고 담담했다. 사실 통성명조차 하지 않은 그였으니 자신의 귀국 소식을 전할 이유는 없었다. 아이와 다시 가게를 찾았을 때 자신의 모습이 보이지 않는다 하여 궁금해하지도 않을 사람이었다. 하지만 저 귀여운 아이는 어쩌면 한동안 그녀를 기억해 줄지도 모르겠다.

혜서는 어쩐지 오래도록 잊힐 것 같지 않은 아이의 모습을 부지런히 눈에 담았다. 이제 꼬마 준혁이 아닌 '친구' 준혁을 만나야 할 날이 다가오고 있었다.

❄ ❄ ❄

골목길을 걸어 올라가는 여자의 뒷모습에 심장이 뛰었다.

빵, 빠아아앙!

준혁은 급한 마음에 동네가 울릴 정도로 경적을 울렸다. 흠칫 놀란 여자가 어깨를 움츠리며 고개를 획 돌렸다. 바람에 나부끼는 긴 머리도, 굵은 털실로 짠 민트색 니트와 청바지도, 굽이 높지 않은 부츠도 모두 그녀 같았는데 돌아보는 얼굴은 그녀가 아니었다.

"오빠!"

자신을 향해 요란하게 경적을 울린 차를 확인한 연서가 빠른 걸음으로 다가왔다. 해사하게 웃는 얼굴이 닮은 그 모습을 보면서도 실망감을 숨기기 힘들었다.

"경적 소리에 아빠까지 쫓아 나오겠네. 무슨 일이야, 오빠? 골목에서 매너 없이."

"앞에 하도 아름다운 아가씨가 걸어가기에 놀라서 나도 모르게……."

"어머머! 뭐야, 그런 실없는 농담을 다 하고? 설마 나인 줄 모르고 작업 거느라 그런 건 아니지?"

차에서 내려 잠금 버튼을 누른 준혁이 장난기 어린 눈으로 노려보는 연서의 머리를 살짝 쥐어박듯 쓰다듬었다.

"그 옷, 혜서 거 아니야?"

"아아, 이 옷? 맞아, 언니 옷."

연서는 별일 아니라는 투로 어깨를 으쓱했다. 그녀는 한참 멋을 부리고 싶은 22살의 대학생이었다. 하지만 워낙 알뜰한 엄마가 새 옷 사 주는 것에 인색해서 언니의 장롱에 손을 대는 재미가 쏠쏠했다. 자매들이라면 으레 옷 정도는 함께 입는 것이 다반사라는 것을 잘 알지 못하는 준혁은 살짝 얼굴을 굳혔다.

"근데 그렇게 네가 막 입고 다녀도 돼?"

"뭐 어때? 주인한테 버려진 옷이나 마찬가진데."

"……."

"으아! 언니가 아니라 오빠 무서워서 옷에 손대면 안 되겠네. 뭘 그리 못마땅한 표정이야? 얌전하게 입고 도로 잘 넣어 둘 거야. 언니는 알아도 뭐라고 안 했을 걸? 아끼는 옷이면 캐나다에 가져갔겠지."

여성스러운 곡선을 가진 혜서에게 잘 어울렸던 니트였다. 예쁘다고 말해 준 적은 없지만 자꾸만 눈길이 가서 다른 녀석들이 훔쳐보기라도 할까 봐 전전긍긍했던 기억이 떠올라 쓴웃음이 났다.

"참, 오빠, 혜서 언니 이 주일만 있으면 돌아오는 거 알고 있지? 세월 정말 빠르지 뭐야, 벌써 일 년이 훌쩍 가 버렸네."

1년이 훌쩍 가 버렸다고?

준혁은 마지못해 고개를 끄덕였다. 그에겐 질리도록 가지 않던 시간이었다. 군대에 있었던 2년의 시간보다 훨씬 더디 가던 시간. 제대를 하면 만날 수 있으리란 기대를 무너뜨리고 혜서는 훌쩍 캐나다로 달아나 버렸다. 놀란 마음에 허둥지둥 그곳까지 날아갔지만 결국 보고 싶었단 말 한마디 하지 못했다. 오히려 애써 용기를 내어 다시 한 번 자신을 붙잡던 혜서에게 상처만 주었다. 문 밖으로 새어 나오던 작은 흐느낌 소리에 발이 떨어지지 않아 결국 비행기를 놓치고 한참 동안 문 앞을 지켰다. 그런데도 혜서에게 나 역시 너와 같은 마음이라고 고백하지 못했다.

비겁한 새끼!

한국으로 돌아온 이후로 공항으로 향하다가 차를 돌려야 했던 수많은 날들. 하지만 스스로 선택한 고통이니 감내해야 했다.

'널 좋아해.'

입대 소식에 놀라 달려온 그녀의 갑작스런 고백에 얼마나 가슴이 떨리던지. 간신히 눌러놓았던 마음 한 자락이 드러나며 감당할 수 없는 뜨거운 욕망에 무릎을 꿇을 뻔했던 위험한 순간이었다. 그녀를 향해 나날이 커지는 마음이 두려워 급하게 입대를 결정했다는 것조차 잠시 잊을 뻔했었다. 그런데 좋아한다는 말에 정신이 번쩍 들었다. 멀리 도망가던 이성을 가까스로 잡아챘다. 하지만 그녀는 다시 한 번 그의 심장을 무섭게 저격했다.

'……널, 사랑해.'

연이은 고백에 심장이 팽팽하게 조였다. 그녀 역시 자신과 같은 마음이라는 것이 말할 수 없이 기뻤다. 동시에 미칠 것 같은 두려움이 엄습했다. 그토록 염려하던 수순을 밟게 되는 것은 아닌가 더럭 겁이 났다. 그래서 마음을 꽁꽁 숨기는 것을 택했다. 그토록 뜨거웠던 입맞춤을 술에 취해 저지른 실수라고 변명하며 그녀를 밀어내기에 급급했다.

하얀 달빛 아래 드러난 그녀의 눈동자에 자신이 새겨 넣은 상처가 선명하게 보였다. 그렇게 상처를 준 주제에 캐나다까지 쫓아가서도 결국 울리고 돌아왔다. 상처 주기 싫어서, 울리기 싫어서 밀어냈던 마음인데 오히려 그로 인해 그녀를 더 아프게 한 것은 아닐까? 내겐 사랑하는 사람을 아프게 하는 재주밖에 없는 것일까? 차라리 뚝 떨어져 만나지 않고 사는 것이 그녀를 위하는 일일지도 모르겠다는 생각이 들기도 하지만 그럴 순 없었다. 그녀를 보지 않고 사는 삶이라니, 상상하기조차 싫었다.

그래, 결국 난 이렇게 이기적인 인간이었던 거야……

소름 끼치는 이기심에 자괴감을 느끼면서도 준혁은 다가오는 그녀와의 만남이 기다려졌다. 그녀를 만나기까지 남은 2주일이란 기간이 무서우리만치 지루하고 길 것 같았다. 동시에 그녀가 가지고 돌아올 대답이 말할 수 없이 두려웠다.

※　　※　　※

바람 한 점 불지 않는 날씨였다. 푸른 하늘은 높았고 에메랄드 빛 호수는 더없이 잔잔했다. 볼에 닿는 차가운 공기와는 달리 머리 위를 비추는 태양빛은 어느 날보다 강렬했다.

그 눈부신 태양 아래, 혜서는 평상시보다 훨씬 긴 시간 동안 루이스 호수를 바라보았다. 이 아름다운 호수를 언제 다시 볼 수 있을지 알 수 없어 발길이 떨어지지 않는 건 아니었다. 열심히 비우고도 돌아서면 여전히 다 비우지 못한 마음을 깨닫고는 다음에 다시 와서 비우리라 다짐하곤 했다. 그녀의 발길이 이곳으로 향했던 1년 내내 그랬다. 하지만 이번엔 그럴 수 없었다.

내일이면 그녀는 이 아름다운 곳을 떠나야 했다. 그러니 오늘, 바로 이 시간에 마음을 완전히 비워야만 했다. 그러지 않는다면 그를 다시 보지 않으리라 결심했으니까. 생각만으로도 쿵쿵 울리던 심장은 사형선고를 받은 사형수처럼 하얗게 갈라졌다.

호수에 시선을 고정한 채 서 있는 혜서의 귀에 작은 소음이 들렸다. 무의식적으로 고개를 돌린 그녀의 눈에 활짝 웃는 천진한 얼굴로 자신을 향해 다다다 달려오고 있는 꼬마 준혁의 모습이 보였다. 그녀는 뒤뚱거리며 달려오는 모습이 위태로워 보여 얼른 무릎을 굽히고 아이의 어깨를 손으로 감쌌다.

"준혁아……."

실은 아이의 이름을 부를 때마다 혀가 간지러운 경련을 일으켰다. 움푹 팬 보조개마저 꼭 닮은 아이의 얼굴을 바라볼 때마다 그녀의 눈동자는 아이 너머 먼 곳을 보곤 했다. 그리움은 머릿속, 마음속, 그리고 혀와 눈동자를 포함해 온몸 구석구석 그렇게 아로새겨져 있다.

대체 나는 그동안 무엇을 버리고 있었던 것일까?

"뿌우우……."

아직 정확한 언어를 구사하지 못하는 아이는 입을 쭉 내밀고 알아들을 수 없는 말을 웅얼거렸다. 그리고 얼굴을 마주한 채 눈을 맞추고 있는 그녀를 빤히 바라보다가 불쑥 작은 손을 올렸다.

"어!"

아이의 고사리 손이 그녀의 볼에 닿았다. 아이의 손이 닿고서야 제 볼이 흠뻑 젖은 상태라는 것을 깨달았다. 흉하게도 자신도 모르는 새 청승맞은 눈물을 줄줄 흘리고 있었나 보다.

"이런……."

당혹스러움에 고개를 살짝 돌리고 얼른 눈물을 닦았다. 눈을 동그랗게 뜬 준혁이 외로 튼 그녀의 얼굴을 따라 고개를 한쪽으로 기울였다. 얼굴 숨기기 놀이를 하는 것으로 알았는지 고집스럽게 쫓아오는 아이의 시선에 그녀는 그만 손바닥 안에 얼굴을 묻고 말았다.

"준혁아."

묵직한 음성이 아이를 불렀다. 당연하게 아이와 동행했을 남자의 존재를 잠시 잊고 있었다. 당황한 혜서는 얼른 눈물 자국을 지우며 몸을 일으켰다. 얼굴에 남아 있을 눈물의 흔적을 들키고 싶지 않은 마음에 푹 숙인 고개를 들 수 없었다. 저벅저벅 자신에게 다가오는 발소리에 도망가고 싶을 만큼 창피했다.

"괜찮아요?"

남자는 그녀의 다리에 매미처럼 붙어 있는 준혁을 떼어 번쩍 안아 올리곤 그렇게 물었다. 걱정이 묻어 있는 자상한 음성이었다. 그는 아이에 대한 사소한 대화 외에 사적인 말은 잘 건네지 않는 사람이었다. 혜서는 그에게 괜찮다고 대답하고 싶었다. 그런데 의지할 사람 하나 없는 외로운 이국에서 기대하지 않았던 사람에게 듣게 된 자상한 물음에 울컥 목이 메어 말이 나오지 않았다.

"괜찮……."

간신히 입 밖으로 끌어낸 목소리가 흉하게 갈라져 나왔다. 그나마 짧은 대답조차 울먹임에 섞여 마무리도 하지 못했다. 한 번 터진 눈물은 걷잡을 수 없이 흘렀다. 괜찮냐는 물음에 갑작스레 울음을 터뜨리고 말다니 꼭 바보가 된 기분이었다. 더 이상은 미룰 수 없는 일을 마무리 지어야 한다는 압박감에 많이 예민해지고 울적했던 모양이다. 남자가 많이 난처해할 거라는 생각을 하면서도 도무지 멈추지 않는 눈물 때문에 곤혹스러웠다.

그동안 보았던 그라면 이런 상황에서 조용히 자리를 떠야 옳았다. 한데 그는 입을 꾹 다문 채 그녀 옆에 나란히 섰다. 그리고 그녀가 바라보고 있던 호수를 우묵하게 깊은 눈으로 응시했다. 버둥대던 준혁은 그의 품에 안긴 채 잠잠해졌다.

"무슨 일이 있습니까?"

남자는 햇빛을 받아 반짝이고 있는 호수에 시선을 둔 채 물었다. 호기심이 배제되어 있는 담백한 물음이었다.

"……슬퍼서요."

남자에게 질문을 받긴 했지만 꼭 대답할 필요는 없었다. 그런데도 혜서는 푹 젖어서 꽉 잠긴 음성으로 입을 열었다. 어쩌면 이 남자와 다시 만날 일 따위 없을 거란 생각이 그녀의 감정을 조금 느슨하게 만들었는지도 모르겠다.

어떤 치부를 드러낸다고 해도, 또는 어떤 비밀을 털어놓는다고 해도 그를 다시 만나지 않는 한 얼굴 붉힐 일은 없을 것 아닌가. 그러니 대나무 숲을 향해 '임금님 귀는 당나귀 귀!'라고 외치던 동화 속의 신하처럼 아무에게도 말하지 못했던 감정을 솔직하게 쏟아 내고 싶었던 걸지도.

"이곳에 꼭 버리고 가야만 할 마음이 있어서, 너무 슬퍼요."

그녀가 덧붙인 말에 한참 동안 미동 없이 서 있던 남자가 다시 물었다.

"버리고 싶지 않은 겁니까?"

"……."

숨이 턱 막히는 기분이었다. 자신조차 외면한 채 꽁꽁 숨겨 두었던 감정의 밑바닥을 보인 불편함. 그랬다. 버려야만 하는데 버려지지 않아서, 버리고 싶지 않아서 이토록 힘이 든 거였다. 남자는 혜서의 그런 불편함을 모르는 듯 묵직하고 단호한 어조로 입을 열었다.

"그래도 꼭 버려야 한다면 일말의 미련도 남기지 말고 완전하게 버리는 것이 좋아요."

"……."

"더는, 슬프지 않도록."

천천히 고개를 돌린 남자의 시선이 옆얼굴에 닿았다. 물끄러미 자신을 바라보는 그의 시선에 얼굴이 화끈거렸다.

당신은 나에 대해 아무것도 모르잖아요!

하지만 때로 풀기 난해한 문제의 답은 엉뚱한 곳에서 찾아지기도 하는 법이다. 두렵도록 진지한 그의 조언에 혜서는 작게 고개를 끄덕였다.

그래, 더는 슬프지 않도록. 그렇게 버리는 거야…….

믿을 수 없을 만큼 차분하게 마음이 가라앉았다. 혜서는 다시 호수 쪽으로 고개를 돌린 남자와 오래도록 그곳에 서 있었다.

※　※　※

"어, 언니다! 언니이! 여기야, 여기!"

입구를 막 빠져나오자 양 손을 높이 올리고 요란하게 흔드는 연서의 모습이 제일 먼저 눈에 들어왔다. 연서 뒤에 나란히 선 채 고개를 쭉 빼고 있는 엄마와 아빠의 모습도 차례차례 보였다.

"연서야!"

마치 이산가족 상봉하듯 복잡한 입국장 앞에서 서로를 꼭 끌어안은 자매의 등을 경옥이 따뜻한 손으로 어루만졌다.

"엄마아……."

"잘 다녀왔니, 우리 딸?"

"네, 저 잘 다녀왔어요."

뭉클해진 마음으로 인사를 하는 혜서의 눈에 눈물이 그렁했다.

"으아, 언니! 촌스럽게 공항에서 울려는 거 아니지?"

연서가 기겁을 하며 가방이 실린 카트를 밀고 앞장섰다.

"혜서야, 어디, 우리 딸 나도 좀 안아 보자."

연서가 저만치 먼저 가거나 말거나 혜서는 동만의 품에 포옥 안겼다.

"아빠……."

"애썼다."

캐나다행을 못마땅해하면서도 말없이 허락했던 부친이었다. 그는 애썼다는 말 한 마디로 타지에 딸을 보내 놓고 1년 동안 졸이던 마음을 편하게 내려놓는 듯했다.

"자, 얼른 집에 가자. 우리 딸 너무 말라서 엄마가 맛난 것 좀 많이 먹여야겠어."

경옥의 재촉에 다들 주차장으로 향했다. 그녀의 팔짱을 끼고 걸으며 혜서는 슬쩍 주변을 둘러보았다. 어쩌면 준혁이 공항에 나오지 않을까 조금쯤 기대를 했었다. 하지만 그의 모습은 보이지 않았다. 제법 마음을 단단히 갈무리한 모양이다. 다행이라는 마음도, 서운한 마음도 들지 않는 것을 보면. 어쨌든 확실한 것은 그를 마주할 시간이 멀지 않았다는 점이다.

촤르륵.

책상 옆으로 나있는 창에 커튼을 젖히고 창문을 열자 서늘한 바람이 밀고 들어왔다. 챙, 소리가 날 것 같은 캐나다의 공기와는 달랐지만 익숙하고 정감이 느껴지는 바람이었다. 뉘엿뉘엿 해가 지고 있는 하늘 끝에 오렌지빛 석양이 불타고 있었다.

"아름답다……."

예전엔 늘 보던 하늘이라 별다른 감흥이 없었는데 타지에 있다가 돌아온 탓인지 모든 것이 다 반가웠다. 혜서는 천천히 몸을 돌려 침대를 바라봤다. 잔잔한 꽃무늬가 프린트되어 있는 도톰한 차렵이불이 잘 정리되어 있었다. 가지런하게 책이 꽂혀 있는 책장과 책상 위도 말끔했다. 모든 것이 떠나기 전 그대로였다.

침대 위에 걸터앉아 손으로 이불 위를 쓰다듬던 그녀는 주저하던 마음을 다잡고 휴대폰을 집어 들었다. 그런데 막 버튼을 터치

하려는 순간 벨이 울렸다. 흠칫 놀란 그녀는 손바닥으로 왼쪽 가슴을 지그시 눌렀다.

[베프 상희]

 액정에 드러난 글자를 보자 피식 웃음이 나왔다. 상희의 급한 성격을 말해 주듯 벨도 급하게 울리고 있었다.
 "응, 상희야."
 -꺄악! 혜서야!
 난데없는 비명 소리에 놀라 휴대폰을 잠시 귀에서 떨어뜨려야 했다.
 -지금 너랑 나랑 같은 하늘 아래 있는 거 맞지? 돌아온 거 맞지?
 "후후, 그래, 맞아. 지금 집이야."
 -야아! 그럼 얼른 이 언니한테 무사 귀환했음을 보고해야지! 꼭 내가 먼저 전화하게 만드니?
 "그렇잖아도 곧 하려고 했어. 성질 급한 네가 못 기다리고 먼저 한 게 문제지."
 -아우, 정말. 이 급한 성격은 어디 좀 팔아먹을 데 없을까? 아주 헐값에 넘기고 싶은데 말이야.
 "그러게 말이다. 그래도 느긋한 건 내 친구 상희가 아니지."
 -그건 그래. 하하, 그나저나 우리 만나야지!
 당장이라도 나오라고 할 기세인 상희와의 만남을 주말로 미루고 통화를 마쳤다. 혜서는 다시 잠잠해진 휴대폰을 손에 쥐고 호흡을 가다듬었다. 길을 잃은 손가락이 버튼 주변을 헤맬 때 연서가 방문을 열었다.

"언니! 엄마가 저녁 준비 다 됐다고 내려오래."

"어, 그래."

혜서는 들고 있던 휴대폰을 책상 위에 올려놓으며 식은땀이 흥건한 손바닥을 셔츠 자락에 문질렀다. 바짝 마른 입술 사이로 옅은 한숨이 쏟아졌다. 어차피 하루쯤 늦어진다고 달라질 것도 없지 않은가.

"식탁 다리에 금 가지 않았나 살펴야 하는 거 아닌가 몰라."

경옥이 혜서를 위해 식탁 가득 차린 음식에 연서가 혀를 내둘렀다.

"원, 애도. 엄한 소리 하지 말고 어서 수저라도 좀 놔. 혜서도 얼른 앉고."

"암튼 울 엄마는 너무 언니만 편애하는 경향이 있다니까."

연서는 연신 투덜거리면서도 수저를 놓고 혜서를 위해 따뜻한 물을 챙겼다.

"연서야, 너한테는 아빠가 있잖니. 하하. 꽃게 무침은 널 위해 아빠가 엄마한테 부탁한 거다. 그러니 우리 연서 많이 먹으렴."

"어머, 울 아빠 최고! 아빠도 많이 드세요오."

애교 가득한 연서의 콧소리에 식탁 주변이 더욱 밝아졌다.

"준혁이도 와서 같이 먹자고 할 걸 그랬네. 지금이라도 연서가 얼른 전화 좀 해 봐."

"아이, 참! 엄마는 그새 잊었나 보네. 준혁 오빠 엠티 갔잖아요. 날짜가 겹쳐서 공항에도 함께 가지 못해 죄송하다는 얘기 같이 들었으면서."

 엠티……. 그랬구나.

 괜찮은 척 스스로를 속이고 있었던 걸까? 아무렇지 않은 줄 알았는데 준혁이 엠티에 갔다는 얘길 듣자 어쩐지 궁금했던 숙제가 하나 풀린 것처럼 마음이 한결 가벼워졌다.

 "어머, 내 정신 좀 봐. 요새 내가 이런다니까. 암튼 별걸 다 깜박해."

 경옥이 계면쩍은 표정으로 웃으며 혜서와 눈을 맞췄다. 어째서인지 엄마의 눈빛이 자신의 얼굴을 살피는 느낌이 들어 혜서는 슬며시 식탁 위로 어색한 시선을 내렸다.

 "언니는 알고 있었을 텐데요, 뭘. 오빠가 어련히 알아서 전화했으려고. 그러니까 공항에서도 준혁 오빠 왜 안 나왔냐고 묻지 않았잖아요. 맞지, 언니?"

 혜서는 부정도 긍정도 하지 않은 채 수저 하나 가득 밥을 퍼서 입에 넣었다. 마음을 다 비우고 돌아와 남은 것이 아무것도 없다고 믿었던 머릿속이 다시 뒤죽박죽으로 헝클어졌다.

※　　※　　※

 준혁은 집에 배낭만 던져두고 바로 뛰어나왔다. 숨을 헐떡이며 도착한 혜서네 집 대문이 오늘따라 유독 크고 무거워 보였다. 초인종까지 손을 올렸다가 내리길 수십 번. 꼭 뭐 마려운 강아지처럼 전전긍긍하면서도 쉽게 누를 수가 없었다. 일부러 그녀와의 재회를 하루 미룬 사람 같지 않게 마음이 급했다.

굳이 가지 않아도 되는 엠티에 갔던 것은 어떤 얼굴로 혜서를 봐야 할지 혼란스러웠기 때문이다. 아니, 그녀가 가지고 돌아올 답이 두려웠기 때문이다. 그것이 어떤 답이든.

마음을 다 비우고 온전한 '친구'가 되어서 돌아왔다면 더 이상 그녀가 자신을 사랑하지 않는다는 것일 테고, 행여 마음을 비우지 못하고 돌아왔다면 그녀 말처럼 다시는 자신을 보려 하지 않을 지도 모른다. 그로서는 두 가지 답이 다 두려웠다. 어쩌다 이런 딜레마에 빠지고 말았는지. 답의 선택은 그녀에게 맡겨 놓고 정작 자신은 어떤 것이 정답인지 몰라 안개 속을 헤매는 중이었다. 그런 생각을 하다 보니 호흡이 가빠지고 가슴은 답답해졌다. 하지만 그렇다고 해서 이렇게 계속 피할 수는 없었다. 그녀가 가지고 왔을 답이 두렵기는 했지만 그것보다는 보고픈 마음이 훨씬 더 컸기 때문이다.

준혁의 손이 여전히 초인종 주변을 배회할 때 벌컥 문이 열렸다. 놀란 그는 초인종 위에 손을 올린 채 그대로 굳어 버렸다. 그리고 열린 문 앞에 선 혜서도 갑작스런 그와의 만남에 놀라 눈이 동그래졌다.

"……왔니?"

잠깐의 침묵 후에 혜서가 먼저 입을 열었다. 마치 어제도 봤던 사람을 맞이하듯 여유 있고 예사로운 표정이었다. 그녀는 캐나다에서 그의 옷자락을 붙잡은 채 울던 모습을 상상할 수 없을 만큼 전혀 다른 모습이었다.

반면 입을 꾹 다문 준혁은 눈도 깜박이지 않고 그녀를 응시했다. 그를 마주 보던 혜서의 입술 끝이 양쪽으로 팽팽하게 당겨졌다.

그녀는 그를 향해 햇살처럼 환하게 웃었다. 너무나 그리웠던 얼굴. 그리웠던 미소. 하지만 자신을 바라보는 그녀의 눈동자는 잔잔하기 그지없었다.

"오랜만이야, 준혁아. 보고 싶었어."

쿵, 심장이 떨어졌다. 그녀가 선택한 답지가 선명하게 보였다. 그녀는 그의 온전한 '친구'가 되어 돌아온 것이다.

쩡, 쩌어엉!

고요히 마주 보고 있던 거울이 날아온 돌멩이에 맞아 쫙쫙 금이 가고 깨지는 것 같은 착각이 일었다. 환한 햇살 속에 서 있는 그녀의 모습이 수백 개의 빛으로 갈라지고 쪼개지는 모습을 보고 있는 것 같은 어지럽고 충격적인 느낌. 그리고 마침내 손으로 잡을 수 없는 환영처럼 눈앞에서 스르르 사라지는 그녀의 모습······. 머리에 이고 있는 하늘이 팽이처럼 빙글 돌았다.

파사삭. 그의 마음이 무너졌다. 그제야 그는 그녀가 선택한 답지가 결코 자신이 원했던 답지가 아님을 깨달았다.

"엠티 갔다가 오자마자 피곤하지 않아?"

혜서의 말에 준혁은 고개를 가로저었다. 한눈에도 지친 듯 창백한 얼굴을 하고 있으면서 산책길에 동행하겠다고 고집을 피우는 그를 말리지 않았다. '친구' 사이에 지나친 거절은 자칫 어색함만 더하게 될 테니까.

"아무리 동네 뒷산이라고는 해도 혼자는 위험해. 아직 해도 짧잖아."

"나야 네가 동행해 주면 심심하지 않아서 좋지."

나란히 걷는 두 사람의 발소리가 뒤섞였다. 저벅저벅 흙길을 밟는 소리가 제법 크게 들리는 것은 둘 사이에 길게 이어지고 있는 침묵 때문일 것이다.

준혁은 아직 시차 적응이 덜 된 그녀보다 훨씬 피곤해 보였다. 보고 싶었다는 말에도 그저 고개를 한 번 끄덕이는 그를 보며 혜서는 허탈한 웃음을 삼켰다. 그리웠던 사람도, 보고팠던 사람도 혼자뿐이었구나 하는 생각에 씁쓸했다. 고백을 받아 주진 않아도 친구의 자리는 허락해 준 그에게 고마워해야 하는 걸까? 입술에 경련이 일어날 만큼 아침 내내 미소 짓는 연습을 했다. 덕분에 그를 마주 보고 자연스럽게 웃을 수 있었으니 성공적인 재회라고 할 만하다.

산을 오르는 길은 한산했다. 겨울 끝자락이라 춥기도 했지만 산에 오르기엔 애매한 시간인 탓이 컸다. 문득 그가 물었다.

"전엔 산에 오르는 거 별로 안 좋아 했잖아?"

"응. 근데 집에 가만히 앉아 있으려니 좀이 쑤셔서 말이야. 밴프에 있을 때는 틈나는 대로 걸어 다녔거든. 산책이 몸에 배었달까? 하하, 실은…… 도망 나온 거야."

나란히 걷던 준혁 쪽을 바라보며 혜서가 장난스런 미소를 지었다.

"뭐?"

"후후, 우리 엄마 말이야. 내가 굶다가 온 줄 아시는지 끊임없이 뭔가를 먹으라고 내놓으시는 거야. 밥 먹고 돌아서면 과일이랑 간식이 나오고 그걸 먹다 보면 어느새 다시 밥 먹을 시간이 되더라고. 엄마가 주시는 대로 계속 먹다가는 영양 과다 섭취로 굴러다니게 될지도 몰라. 그래서 산책 좀 다녀온다고 하고 도망 나왔지."

갑자기 걸음을 멈춘 준혁이 예전처럼 종알종알 얘기를 풀어내는 혜서의 팔을 잡아 세웠다. 의아한 얼굴로 멈춘 그녀의 앞에 작은 돌멩이가 있었다. 그는 발부리로 돌멩이를 툭 차서 한쪽으로 치웠다. 얘기하는 데 정신이 팔려 있던 그녀였기에 그가 세우지 않았다면 십중팔구 돌을 밟고 넘어졌을 것이다.

"너, 좀 말랐어. 많이 먹어도 돼."

아무런 일도 없었다는 듯 혜서의 팔을 놓으며 그는 천천히 발을 옮겼다. 제 손에 잡혔던 그녀의 팔이 가늘어 가슴이 먹먹해졌다. 자신과의 일이 아니었다면 공연히 타지에 나가 고생을 하지는 않았을 거란 생각에 마음이 무거웠다.

"엠티는 어디로 갔었어?"

혜서가 먼저 걷기 시작한 그의 옆으로 따라붙으며 밝은 목소리로 물었다.

"동해."

"바다 보고 온 거야?"

"응."

"나도 바다 보고 싶다. 파도가 막 출렁거리는 바다. 발이 쑥쑥 빠지는 하얀 모래밭을 걷기도 하고 말이야."

"아직은 추워."

"응. 그렇겠지? 근데 성수기 때는 가고 싶지 않아. 피서 즐긴다고 우르르 몰려온 사람들이 버린 쓰레기로 모래밭이 엉망이잖아. 담배꽁초에, 빈 깡통에, 깨진 유리까지."

말을 하다 보니 잊고 있던 기억 하나가 문득 떠올랐다. 중학교 3

학년 여름 방학 때였다. 유난히 더웠던 여름, 사람들로 몸살을 앓고 있는 바닷가 피서 행렬에 동참을 했다. 언제나처럼 준혁도 함께였다. 조개껍데기를 모으느라 정신이 없는 연서를 두고 준혁과 장난을 치다가 모래에 깊숙이 박혀 있던 깨진 유리 조각을 밟고 말았다. 따끔한 느낌에 발을 들었는데 하얀 발에서 붉은 피가 뚝뚝 떨어졌다.

'혜서야!'

다친 자신보다 더 얼굴이 하얗게 질린 준혁이 막무가내로 그녀를 들쳐 업고 간이 보건소로 뛰었다. 그때 그의 등에 업혀 팔을 목에 둘렀을 때 이상하게 마음이 든든했다. 발에선 알싸한 통증이 느껴졌지만 그리 아프지 않았다.

'자상한 오빠를 두었구나.'

치료가 끝난 후 붕대를 감으며 보건의가 말했다. 그는 치료를 받는 내내 그녀 곁을 떠나지 않고 자리를 지키고 있던 준혁을 오빠로 오해했던 모양이다. 아빠가 연서로부터 얘기를 전해 듣고 달려올 때까지 준혁은 그녀보다 더 아픈 표정으로 하얀 붕대가 감겨 있는 발을 내려다보았다.
그런 아이였어, 넌.
그녀에게 생긴 작은 상처조차 더 아파하던 그가 세상에서 가장 큰 상처를 주었다. 발끝에 걸리는 작은 돌멩이조차 치워 주는 그가 가슴에 가장 무거운 바윗돌을 얹어 주었다. 슬며시 걸음을 늦춘 혜서는 앞서 가는 준혁의 넓은 등을 바라보았다. 깊고 푸르던 루이스 호수에 모조리 쏟아 내 버렸던 마음이 부메랑처럼 되돌아온 모양이다. 사내답고 듬직한 그의 뒷모습에 또다시 심장이 울렁거렸다.

제6장

드러나는 진심

그녀,
차혜서

준혁은 만지작거리던 휴대폰을 침대 위로 툭 던져 버렸다. 하지만 머지않아 다시 손에 쥐고 만지작거리기를 반복했다. 먼저 걸지도 못하면서 행여 그녀가 전화를 하지 않을까, 문자라도 보내지 않을까, 들었다 놨다 하며 안절부절못했다. 결국 아무것도 하지 못한 그는 침대 위로 털썩 누워 버렸다.

캐나다에서 돌아온 그녀와 만나 함께 뒷산에 올랐던 날로부터 일주일째 되는 날이다. 그날 이후 오늘까지 그녀를 만날 수가 없었다. 돌아오기만 하면 예전처럼 매일매일 그녀의 웃는 얼굴을 볼 수 있을 줄 알았다. 전화기를 붙잡고 이런저런 수다를 떠는 그녀의 맑은 목소리를 들을 수 있을 줄 알았다. 전처럼 함께 도서관이나 서점에 다니고 단내가 폴폴 풍기는 팝콘을 들고서 영화를 볼 수 있을 줄 알았다.

그런데 현실은 달랐다. 그녀의 모습은커녕 목소리도 들을 수가 없었다. 아무 때나 불쑥 자신의 집에 찾아오곤 했던 그녀가 발길을 뚝 끊은 것처럼 그 역시 예전처럼 아무렇지 않게 그녀의 집 대문을 두드릴 수 없었다. 서로의 집 대문을 넘는 일이 이렇게 어려운 일이라는 것을 예전엔 미처 알지 못했다. 그녀는 친구로 돌아온 것이 맞는데 두 사람을 둘러싼 모든 것이 묘하게 비틀어져 어긋나 있었다.

그가 원했던 친구 사이는 이런 게 아니었다. 이렇게 어색해져서 전화를 하지도, 만나지도 못하는 사이라니. 이렇게 될 바에야 굳이 그녀를 '친구'라는 가장 안전한 자리에 놓아둘 필요가 있었을까? 그동안 절대로 변하지 않을 가장 안전한 자리라고 생각되었던 그곳이 이토록 멀게 느껴지는 자리가 될 줄은 정말 몰랐다.

'오랜만이야, 준혁아. 보고 싶었어.'

햇살처럼 환하게 웃으며 건네던 인사.

보고 싶다는 그 말이 이젠 그녀가 사랑을 고백하던 '남자' 류준혁이 아니라 그가 그토록 강하게 요구했던 '친구' 준혁에게 하는 말이라는 사실이 이토록 가슴 아플 줄이야! 이렇게나 자신을 초조하게 만들 줄이야!

그녀는 그가 원하는 대로 온전한 친구의 자리로 돌아왔는데 어째서 이렇게 목이 타고 가슴이 답답한지 알 수가 없었다. 숨기고 가린다고, 아니라고 부정한다고, 이미 그녀를 친구가 아닌 한 여자로 보고 있는 자신의 마음 앞에 결백을 주장할 수는 없었다.

스스로 밀어내 놓고 이제 와 잡을 수도 없는 마음. 또한 잡아서도 안 되는 사람. 하지만 그와 그녀를 둘러싼 모든 것이 이미 엉킨 실타래처럼 엉망이 되고 말았다. 그녀를 잡지 못했던 그날을 가슴 뜯으며 후회할 만큼.

이제 나는…… 어떻게 해야 하는 걸까?

달빛을 받으며 일렁이던 눈빛은 사라지고 담담하고 말간 눈으로 자신을 바라보던 혜서의 모습이 머리에서 떠나질 않았다. 그녀는 아마 다시는 전처럼 뜨거운 눈으로 바라봐 주지 않을 것이다. 기대감이 완전히 사라져 버린 그녀의 눈은 잔잔한 호수 같았다. 아름답지만 모든 기대를 거둬 버린 건조한 눈동자. 하지만 그 깊은 눈동자 안에 자신을 향한 티끌만 한 애정은 남겨 두지 않았을까? 이제 그것에라도 기대어 보고 싶은 마음이 들었다.

한심하다, 정말…….

이토록 이기적인 생각을 하고 있는 자신이 너무 한심해서 마구 때려 주고 싶었다. 1년 전에 캐나다로 쫓겨갔을 때만 해도 그녀의 마음은 자신에게 있었다. 용기 내어 다시 한 번 마음을 보이던 그녀를 외면하다니 어리석었다. 그때라도 정신을 차리고 잡았어야 했다. 그렇게 두고 오는 것이 아니었다. 그래 놓고 이제 와 이렇게 후회하다니. 놓치고 나서야 비로소 자신이 손에 쥐었던 것이 얼마나 소중한 것이었던가를 깨닫는 멍청이가 있다더니 그게 바로 자신일 줄이야.

이미 너무 늦은 걸까?

❋   ❋   ❋

집을 나와 골목길을 내려갈 때였다. 준혁의 집 앞에 다다르기 전에 덜컹, 하는 소리와 함께 대문이 열리며 두 사람의 인영이 나타났다. 혜서는 공연한 긴장감으로 심장이 툭 떨어졌다.

무수히 오르내리던 골목길에서 그와 마주치는 일이야 다반사였다. 학교에 다닐 때는 일부러 시간을 맞춘 것도 아닌데 골목길을 내려오다 보면 대문을 열고 집을 나서는 그와 만나지곤 했다. 엄마를 따라 시장에 나서는 길에도 마주치고, 심부름을 가는 길에도 마주쳤다. 그런 자연스러운 만남 외에도 때로는 일부러 고개를 쭉 빼고 기다린 적도 많았다. 만나면 언제나 반가웠고 편안한 그였다. 하지만 지금은 그에게 다가서는 짧은 순간의 걸음걸이마저 신경 쓰일 만큼 어색하고 불편했다.

혜서를 발견한 준혁이 다가서는 그녀를 빤히 쳐다보다가 먼저 눈인사를 건넸다. 자신을 바라보는 그의 눈빛이 유달리 강하다고 느껴지는 것은 공연히 긴장을 하고 만 불편한 마음 탓일 것이다. 이런 어색함이 싫어 그와 마주치는 우연이 없기를 바라며 집을 나섰건만 아무 소용이 없었다. 그를 다시 만난 이후 열흘 만의 마주침이었다.

시차 적응이 덜 된 탓인지 낮 동안 쏟아지는 잠은 밤의 불면증으로 이어졌다. 사실 그것이 과연 시차 적응이 덜 된 탓인지는 확신할 수 없었다. 어쨌든 밤과 낮을 바꿔 살면서도 혜서는 굳이 정상적인 패턴을 잡으려고 애쓰지 않았다. 조금은 그렇게 나사 빠진 사람처럼 살고 싶었다. 그러다 보니 집 밖으로 외출하는 일도 없어 지난 열흘 동안 우연이라도 그와 마주칠 일은 생기지 않았다.

아직은 그를 '친구'로서만 볼 수 없어 은연중에 피하고 있는 것일지도 모르겠다. 그녀는 여전히 앓고 있는 중이었다. 또한 그를 피하는 자신을 합리화시키는 중이었다. 한 사람으로 가득했던 마음을 비우긴 했으나 오랫동안 차 있던 자리를 비우고 나니 그 빈 자리가 허전해 이러는 거라고, 비움 후의 후유증 같은 거라고.

자신을 바라보는 준혁의 우묵한 시선에 얼굴이 따갑다고 느끼는 순간 그의 옆에 서 있던 남자도 혜서의 존재를 알아챘다.

"이야, 혜서야!"

남자는 가까이 다가선 그녀를 다짜고짜 품에 안았다.

"윽! 정우야."

"반갑다, 정말."

그녀를 두둠한 팔 안에 가둔 정우가 몸을 좌우로 흔들어 대는 통에 중심을 잃은 그녀의 몸도 같이 이리저리 기우뚱거렸다.

"그만 좀 하지그래."

준혁이 좀처럼 혜서를 놓아주지 않는 정우의 뒷덜미를 잡아당겼다. 정우는 눈초리가 사나워진 그를 못 본 척하며 혜서를 향해 벙싯 웃었다.

"원래 오랜만에 만나면 이렇게 인사하는 거라고. 아메리칸 스타일 몰라? 왜, 너는 이렇게 인사 못했냐?"

"시끄러워."

"아, 자식이 꼭 나한테만 까칠하게 굴어. 어쨌든 오랜만이다."

"그래, 오랜만이네. 잘 지냈어?"

"나야 국방의 의무를 수행하며 잘 지냈지."

"군대에서 다이어트도 시켜 주나 보네. 보기 좋은데?"

군복 차림의 그는 예전에 비해 많이 날렵해져 있었다. 군살은 빠지고 대신 적당한 근육이 붙은 건장한 체격은 제법 멋져 보였다.

"그러냐? 이젠 네 눈에도 준혁이보다 내가 훨씬 멋있어 보이는 거야? 으핫핫!"

"하하, 그, 글쎄……."

"말 더듬기는. 빈말이라도 그렇다는 대답을 못하지. 암튼 이렇게 만났는데 같이 밥이나 먹으러 가자. 나, 말년 휴가 나왔는데 어제 준혁이네 집에서 밤새 놀다가 여태 같이 잤거든. 이 자식 집에 술 말곤 먹을 만한 게 하나도 없네. 지금 저녁이나 사 먹자 하고 나가던 참이야. 내친김에 술을 한잔 더 해도 좋고."

일주일에 두어 번씩 오던 선이 엄마가 도우미를 그만둔 이후로 그는 사람을 부르지 않았다. 청소야 어찌어찌 하고 살겠으나 끼니는 어떻게 해결하는 건지 모르겠다. 공연한 걱정에 이마가 찌푸려졌다.

"어디 나가던 길 아니었어?"

"응. 상희와 약속 있어서 나가던 길이야."

대답을 하면서도 그녀의 시선은 준혁의 얼굴을 피해 정우의 주변만 빙빙 맴돌았다.

"그럼 얼른 가. 정우 너는 나랑 밥 먹으면 되지 왜 혜서한테 들러붙느라 난리야?"

"오랜만에 만났으니까 그렇지."

"있지, 정우야, 우리는 내일 만나자. 내가 밥 살게."

"곤란한데. 내일은 나도 선약이 있거든. 모레는 귀대하는 날이고. 근데 약속한 사람이 여자 친구지?"

"응, 대학 동창."

"둘이서 만나는 거야?"

"응."

혜서는 유독 꼬치꼬치 묻는 정우의 질문에 성실하게 대답했다. 그런 그녀를 물끄러미 바라보는 준혁의 얼굴은 어떤 생각을 하고 있는지 도무지 표정을 읽을 수가 없었다.

"에이, 그럼 함께 만나도 되겠네. 친구의 친구면 다 친구 먹는 거야. 뭐 어렵다고. 자, 가자."

정우는 군대에서 살은 빠시고 넉살은 늘어난 모양이었다. 혜서가 곤란한 표정을 짓거나 말거나 그녀의 팔꿈치를 잡고는 어서 가자고 막무가내로 재촉을 했다. 그런데 정작 이해할 수 없는 사람은 준혁이었다. 정우를 비롯해 누구도 그녀를 귀찮게 하는 사람을 그냥 두지 않던 그였다. 그런데 다소 무례하게 구는 정우의 행동에도 그는 여전히 얼굴에 아무런 감정도 드러내지 않은 채 불난 집 구경하듯 뒷짐을 지고 방관했다. 결국 정우의 어이없는 테러를 막지 못한 혜서는 끌려가듯 약속 장소로 향해야 했다.

치이이익.

하얗게 연기가 오르는 불판 위에서 돼지 껍데기 익는 소리가 제법 맛나게 들렸다. 둥근 탁자에 둘러앉은 네 사람은 아까부터 말이 없었다. 정우는 껍데기가 익기 무섭게 흡입하느라 바빴고 나머지 세 사람은 각자 다른 표정으로 그의 모습을 구경 중이었다.

"아니, 남 먹는 걸 뭘 그렇게 쳐다보냐?"

"돼지 껍데기 그렇게 많이 먹으면 피부에 돼지 털 나는 건 아닌가 봤어요, 왜요!"

"크크크, 호기심이 대단한 사람이네. 그럼 나중에 확인해 보든가."

느물거리는 그의 말에 결국 상희가 들고 있던 젓가락을 탁자에 탁, 소리가 나게 내려놓았다.

"아, 정말. 짜증 지대로네. 이봐요, 이 돼지 껍데깃값, 그쪽이 낼 거예요?"

"에이, 무슨 그런 농담을. 난 군발이, 얘는 학생, 또 한 사람은 무직자. 그럼 답이 딱 나오는데 뭘 물으시나? 여기 한 달에 한 번씩 따박따박 월급 받고 있는 신성한 직장인은 그쪽 한 사람뿐인데."

"정말 웃기는 사람 아니야? 아니, 그 월급 당신이 줘요? 당신이 주냐고! 추우나 더우나 열라 뛰어다니는 개고생을 마다않고 땀 흘려 번 돈인데 그걸 탐내나? 갑작스럽게 쫓아 나와서 저녁을 해결했으면 됐지, 양심도 없어, 정말. 어떻게 눈치코치 없이 이차까지 쫓아올 생각을 해? 민폐도 정도가 있지."

정우의 뻔뻔한 반응에 성질을 이기지 못한 상희의 말도 신랄해졌다.

"어라, 당신? 내가 비주얼이 조금 되긴 하지만 첫 만남에 이렇게 들이대는 거 무지 실례인 거 같은데?"

"첫 만남은 무슨 첫 만남! 우리가 무슨 소개팅이라도 했어요? 비주얼? 드, 들이대? 아니, 이 사람이 누굴 눈뜬장님으로 보나. 아우, 혈압이야! 아저씨! 여기 소주 한 병 추가요!"

만나기로 했던 지난 주말의 약속은 상희가 갑작스레 출장을 가는 바람에 깨지고 말았다. 오늘은 출장을 다녀온 후에도 일이 바빴던 탓에 약속을 일주일이나 뒤로 미뤄 간신히 만나게 된 날이었다. 그런데 혜서가 생각지도 못한 사람들을 대동하고 나타난 것이다. 겉만 번지르르할 뿐 오징어나 주꾸미보다 못하다는 류준혁과 처음 보는 먹보 곰탱이를.

그녀의 계획은 혜서와 둘이 간단한 저녁을 먹고 분위기 좋은 와인 바에 가서 끝없는 수다로 재회의 기쁨을 나누는 것이었다. 그런데 난데없이 나타나 느끼하다고 투덜거리면서도 스파게티를 한입에 쓸어 넣고 2차를 자기 마음대로 돼지 껍데깃집으로 정한 저 인간의 탈을 쓴 먹보 곰탱이가 모든 것을 망치고 있었다.

내 기필코 저 인간의 뻔뻔한 피부를 뚫고 나오는 돼지 털의 존재를 확인하고 말리라!

상희는 이를 북북 갈며 군복 차림의 정우에게 핀잔을 주었다.

"아무리 군인이라도 그렇지, 친구들 만나는 자리까지 군복을 입고 오는 건 그렇지 않나? 그런 주제에 비주얼은 무슨, 흥!"

"현재 군인의 신분임을 한순간도 망각하지 않기 위해서지. 그래서 반짝이는 비주얼은 살짝 포기. 캬아, 너무 멋지지 않아? 그런 의미에서 한 잔!"

정우는 잔을 들어 상희 앞에 놓인 잔에 부딪치며 히죽 웃었다.

"이건 무슨 말도 안 되는 나르시스트 흉내? 댁 같은 사람이 고따위로 말한다고 나르시스가 와서 펑펑 울다 가겠네, 무슨 착각을 그리 대단하게 하시는지. 근데 왜 은근 슬쩍 말을 놓는 거예요?"

"다 같은 동갑내기끼리 말 놓는 거야, 뭐. 허락까지 받아야 하나? 그쪽은 혜서 친구, 나도 혜서 친구. 그러니까 우리도 친구. 오케이?"

"아주 두 번 만났다가는 절친 하자고 하겠네."

"우와, 역시 보이는 것만큼이나 적극적인 여자야. 벌써부터 애프터 신청? 그런데 미안해서 어쩌나? 제대하려면 아직 백 일이나 남아 있는데."

정우의 능청스런 말에 결국 상희가 발끈했다.

"누구를 어디 끌어다 붙이는 거야? 착각도 유분수지. 그쪽은 절대 내 타입 아니거든, 흥."

말싸움이라면 상희를 이길 사람이 없을 거라고 생각했는데 아무래도 정우가 그녀의 천적인 모양이다. 툭툭 건드리며 제대로 약을 올리고 있었다.

"상희야, 정우가 농담하는 거야. 맘 넓은 내 친구가 왜 이러실까? 비행기 타고 오면서 태평양을 내려다보며 네 생각 했잖아. 우리 상희 마음처럼 넓은 바다라고. 자, 한 잔 시원하게 들이켜."

행여 상희가 발딱 일어나 나가기라도 할까 걱정스러운 혜서가 그녀의 잔에 얼른 소주를 따라 주었다.

"아우, 기지배! 하는 족족 옳은 소리뿐이지. 암튼 우리 순진무구한 혜서가 어찌 저리도 격이 안 맞는 인간하고 친구가 되었는지 모르겠네."

상희가 단숨에 비운 소주잔을 내려놓았다. 그녀는 잔을 내려놓으면서 정우와 눈이 마주치자 팩 소리가 나도록 고개를 돌리며 외면했다. 그러자 정우가 빙긋 웃으며 소주병을 들었다.

"뭘 모르네. 혜서는 순진한 게 아니라 순수한 거지."

"순진이나 순수나."

"자, 봐, 그렇게 빈 잔은 순진. 그리고……."

또르르.

정우에 의해 맑은 소주가 그녀의 잔에 채워졌다.

"이렇게 가득 차도 속이 투명하게 들여다보이는 건 순수. 그 차이점을 모른다면 그쪽이야말로 순수한 혜서랑 격이 맞지 않는 거지."

텅텅 비어서 맑은 건 순진, 반면에 가득 차 있음에도 맑은 건 순수라는 얘기다. 제법이었다.

"……뭐, 식탐만 가득한 완전 곰탱이는 아닌가 보네."

의외의 말을 하는 정우의 모습에 새치름한 표정을 짓고 있던 상희가 입술을 삐죽이며 잔을 들어 내밀었나. 그 잔에 기꺼이 제 잔을 부딪친 정우의 웃음이 조금 더 짙어졌다.

몇 순배의 술잔이 돌면서 편안해진 자리에 취기까지 더하자 분위기가 한결 부드러워졌다. 너 나 할 것 없이 다들 눈빛도 표정도 나른하게 풀린 상태였다.

오가는 대화를 들으며 조용히 술잔을 기울이던 준혁의 시선이 홀짝홀짝 술을 축내고 있는 혜서의 얼굴에 닿았다. 발그레하게 홍조 띤 얼굴로 상희의 말에 고개를 끄덕이기도 하고 정우의 농담에 소리 내어 웃기도 하는 그녀. 피곤한지 가끔씩 손등으로 눈을 부비면서도 입가엔 미소가 머물러 있었다. 자꾸만 손을 움찔거리게 만드는 미소가.

"근데 혜서야, 너 캐나다에 가서 아무런 소득도 없이 온 거 맞지?"
"응? 무슨 소득?"
"내가 멋진 유학생을 잡아 오든가 할리우드 배우 뺨치게 잘생긴 외국인 업어 오라고 했냐, 안 했냐?"

혜서는 대답 없이 싱긋 웃으며 손에 들고 있던 잔을 냉큼 비웠다.

"쯔쯧. 저 봐라, 저거. 결국 빈손으로 왔다 이거지? 그럼, 어쩔 수 없네. 내가 당장 울 사촌 오빠랑 만날 수 있게 날을 잡을게."

상희에 말에 혜서는 어리둥절해졌다. 사촌 오빠라니. 외모도 능력도 출중하다고 입에 침이 마르도록 자랑하던 그녀의 사촌 오빠는 이미 6개월 전에 결혼을 했다. 전화로 그 소식을 전하며 아깝다고 목소리를 높이던 일을 기억하는데 또 다른 사촌 오빠를 말하는 걸까?

"작년에 사시에 패스하고 큰 로펌에서 일하다가 이번에 독립하거든."

어, 그럼 그 사촌 오빠가 맞는데. 술을 급하게 마신다 했더니 상희가 아무래도 취한 모양이었다.

"상희야, 그 오빠는……."

입을 열려는 혜서의 허벅지를 탁자 아래에서 상희가 꽉 꼬집었다. 그러면서 흘끔 준혁의 표정을 살폈다. 아직 아무런 표정 변화가 없는 그의 얼굴을.

"자꾸 싫다고 거절하지 말라니까. 나는 네가 꼭 내 사촌 올케가 되면 좋겠어. 너 정도면 까다로운 우리 고모도 완전 찬성하실 거야. 그러니까 잔소리 말고 나오라고 할 때 예쁘게 차려입고 나와."

그때 잔을 탁 내려놓은 정우가 마음에 들지 않는다는 표정으로 상희를 삐딱하게 쳐다보았다.

"무슨 소리? 혜서한테는 준혁이가 있는데!"

정우의 한마디에 테이블 위로 짧은 정적이 내려앉았다. 호기심 어린 상희의 눈동자가 준혁의 얼굴로 또르르 굴렀다.

"얘네 둘이 그냥 친구 사이잖아. 두 사람이랑 같이 어릴 때부터 친구였다며 아직 그것도 몰랐어?"

"친구? 친구 좋아하네."

정우가 코웃음을 치며 이죽거렸다. 좀 전까지 멀쩡하던 얼굴이 벌겋게 달아오른 것을 보면 갑작스레 취기가 오른 모양이다. 하지만 나른하던 눈빛은 제법 날카로운 빛을 띠고 있었다.

"정우야."

준혁이 낮은 음성으로 그를 불렀다. 하지만 술이 과하게 들어간 정우의 귀엔 경고조의 목소리가 들리지 않는 모양이었다.

"나, 얘네 둘이랑 어릴 때부터 친구인 거 맞아! 근데 혜서는 준혁이를 그냥 친구로 보는지 몰라도 이 자식은 아니거든!"

"원정우!"

사람을 주눅 들게 만드는 준혁의 강한 눈빛이 정우의 얼굴에 닿았다.

"취한 거 같다. 실수하지 말고 그만 일어나자."

"실수? 그거 지금 저쪽에서 하는 거거든. 혜서한테 남자를 소개시켜 준다잖아, 네가 있는데."

뜬금없이 사촌 오빠의 얘기를 꺼낸 상희의 의도가 뭔지는 모르겠지만 지금 혜서는 정우의 말에 혼란스러웠다. 마치 열어서는 안 될 판도라의 상자를 앞에 두고 있는 듯 심장이 벌렁거렸다.

"뭐야, 정우야. 너 아무래도 많이 취한 모양이다."

정우는 두근거리는 심장을 누르며 애써 어색한 웃음을 짓는 혜서를 바라보았다. 그의 입술이 비스듬히 비틀어졌다.

"정말 이해가 안 되네. 너, 진짜로 아무것도 모르는 거야? 이 자식 마음을 정말로 모르는 거냐고!"

"그만하랬다, 원정우! 당장 일어나!"

준혁은 당장이라도 정우의 멱살을 잡고 일으킬 태세였다. 그런 그를 혜서가 말렸다.

"잠깐, 준혁아, 나 아무래도 정우한테 들어야 할 말이 있는 거 같아. 함께 있기 불편하면 너 먼저 가."

그와 정우를 번갈아 보는 그녀의 까만 눈동자가 단단해졌다.

"술 취해 쓸데없는 소리 지껄이는 걸 뭐하러?"

"그래, 나 취했다, 취했어. 그래서 취중 진담도 못하는 녀석 대신 취중 폭로라도 하려고 한다, 왜!"

정우가 준혁의 손을 홱 뿌리쳤다.

"이 자식이 정말!"

자신도 모르게 주먹을 불끈 쥐었지만 정우를 상대로 휘두를 순 없었다. 그렇다고 무슨 폭탄을 터뜨릴지 알 수 없는 녀석을 여기에 둔 채 혼자 나갈 수도 없는 준혁은 다시 자리에 털썩 주저앉았다. 하지만 계속 쓸데없는 소릴 지껄인다면 완력으로라도 제압할 생각이었다. 그러나 그가 막기 전에 정우의 입이 빠르게 움직였다.

"저 자식 항상 너를 친구라고 하지만 실은 애인처럼 챙기고 행동하는 거 못 느꼈어?"

"그건 우리가 워낙 어렸을 때부터 같이 자란 친구니까……."

정우는 혜서의 변명 아닌 변명을 비웃었다.

"개뿔, 친구 같은 소리하고 있네. 잘 생각해 봐, 저 자식이 너한테 했던 행동들을."

나한테 했던 행동……

머릿속이 어지러웠다. 혜서는 미간을 찌푸린 채 그와의 지난 시간을 더듬었다. 그렇게 특별한 것은 없었다. 어린 시절에는 늘 함께 있었기에 가족이나 마찬가지였다. 잘 놀다가도 잘 다투었으며 간혹 토라지기도 했다. 물론 팩 토라진 그녀의 화를 풀어 주는 것은 언제나 그였다. 누구도 만만하게 대하지 못하는 그에게 제멋대로 구는 유일한 사람은 혜서뿐이었다.

그녀에게 짓궂은 장난을 거는 그였지만 실은 언제나 오빠처럼 그녀를 챙겼다. 식당에서 함께 밥을 먹을 때의 메뉴는 되도록 입맛이 까다로운 그녀의 신택에 맡겼고 스테이크를 먹을 땐 툭하면 나이프를 떨어뜨리는 그녀를 위해 종종 고기를 썰어 주었다. 함께 길을 걸을 땐 자연스럽게 도로 가에 섰고, 한 우산을 쓰고 걷고 나면 비가 한 방울도 튀지 않은 그녀에 비해 그의 한쪽 어깨는 항상 흠뻑 젖어 있곤 했다. 분명 여러모로 배려를 받긴 했지만 그것으로 그의 마음을 넘겨짚을 수는 없었다.

"너, 이상형이 책을 많이 읽는 남자라며. 이 자식, 그 소리 들은 순간부터 하루도 책을 손에서 놓지 않더라. 피가 펄펄 끓어서 맹수처럼 뛰어다녀야 할 사춘기 때도 운동 끝나고 나면 땀으로 흠뻑 젖은 손에 책을 쥐더라고."

언젠가 영화를 보다가 책을 읽고 있는 영화배우의 클로즈업된 옆모습에 열광을 한 적이 있었다. 스크린 하나 가득 책에 집중하고 있는 남자의 지적인 얼굴과 책을 든 매끈하고 긴 손가락과 의자에 깊숙하게 몸을 묻고 앉은 모습이 멋지다고 감탄을 했었다.

'난 저렇게 책 많이 읽는 사람이 좋더라. 딱 정했어. 저 사람이 내 이상형이야, 내 이상형.'

서점을 자주 들르게 되었던 것이 그때부터였던가? 한 번 운동을 시작하면 몇 시간이고 지치지 않고 뛰던 준혁이 운동 시간을 줄이고 학교 도서관이나 동네 서점에 자주 가는 모습을 보면서도 예사롭게 생각했다. 그런데 그게 자신의 한마디 때문이었다고? 설마…….

"괜한 허튼소리 그만하고 이제 일어나, 원정우."

뭔가 다시 입을 열려고 하는 정우의 팔을 잡고 준혁이 그를 번쩍 일으켜 세웠다. 정우가 몸을 뒤챘지만 잡힌 팔을 빼는 데는 실패했다. 하지만 그는 준혁에게 끌려 나가면서도 가게가 울리도록 소리를 질렀다.

"이 자식이 잘나 빠진 외모에도 불구하고 왜 아직 여자 친구 하나 사귀지 않는 줄 알아? 좋다고 달려드는 여자들을 왜 돌멩이 쳐다보듯 하는 줄 아느냐고! 그게 다 너 때문이야!"

"그만 좀 해!"

"싫어, 이 자식아! 술김에 다 불어 버릴 거야! 내가 너, 내 앞에서 질질 짜지 말라고 했잖아!"

"시끄러워!"

"야, 차혜서! 이 자식은 말이야 오래전부터……."

가게 밖으로 완전하게 끌려 나갈 때까지 정우는 끊임없이 소리를 질러 댔다.

"흐아…… 이게 대체 무슨 소리야? 저 곰탱이가 지금 무슨 폭탄을 던지고 간 거냐?"

중얼거리는 상희의 목소리가 얼이 빠진 혜서의 귀엔 하나도 들리지 않았다. 믿을 수가 없었다. 한 번도 아니고 두 번이나 자신의 고백을 밀어내던 그였다. 그러니까 지금 정우가 지껄인 말은 다 쓸데없는 말인 거다.

"그러니까, 뭐야? 이성에 관심 없다는 말은 다 헛소리란 말인 거지? 류준혁도 실은 차혜서를 좋아하고 있었다, 이거잖아."

"……그럴 리가 없어."

"너, 정말 몰랐던 거야? 어, 혜서야! 어디 가?"

멍하니 앉아 그럴 리가 없다고 중얼거리던 혜서가 갑자기 일어나 뛰어나갔다. 그녀를 붙잡으려고 따라 일어났던 상희는 다시 자리에 털썩 주저앉았다. 그리고 앞에 놓여 있는 제 잔을 단숨에 비운 후 어깨를 부르르 떨었다.

"아우, 써. 내가 저럴 줄 알았지. 류준혁, 이 엉큼한 자식! 어쨌든 오해가 있으면 풀면 그만이고……. 암튼 우리 혜서, 저 좋아하는 남자를 두고 참 멀리도 돌았네……."

"솔직하게 말해, 자식아! 너 속이 다 후련하지?"

"그 입 다물어."

준혁의 손에 의해 가게 밖으로 끌려 나와서도 정우는 좀처럼 입을 다물지 않았다.

"하! 새끼, 곧 죽어도 고맙다는 말은 안 하지. 내가 끙끙 마음만 앓고 있는 너 대신 확 터트려 주니까 고맙지 않아?"

"시끄럽다고 했다."

"괜히 뒤늦게 자존심 챙기려고 하지 마. 어제 너 눈이 벌게져서 우는 거 다 들켰어, 새끼야!"

"……."

준혁은 간신히 잡은 택시 안으로 정우를 구기듯 밀어 넣었다. 뒷좌석에 널브러지듯 앉은 정우가 열린 창문으로 손을 뻗어 준혁의 옷자락을 움켜잡았다.

"잘 생각해! 오늘이 기회일 수 있어! 너무 소중해서 잡을 수 없어? 야야, 차라리 손바닥으로 하늘을 가려! 오늘도 술 마시는 척하며 힐끔힐끔 혜서만 바라보고 있더라. 어찌나 애틋하시던지. 그러면서 무슨 지랄이야? 잡아! 못 잡을 거 같으면 차라리 버려! 그게 너를 위해서도, 혜서를 위해서도 좋은 거야! 알아들어?"

준혁은 정우에게 잡힌 옷자락을 거칠게 빼냈다.

잡으라고? 못 잡을 거 같으면 차라리 버리라고?

그의 말처럼 그것이 쉬운 일이었다면 고민할 일도 없었을 것이다. 잡을 수도, 그렇다고 버릴 수도 없는 마음을 어떻게 설명해야 할까? 하지만 만약 잡는 것과 버리는 것, 둘 중에 하나를 선택을 해야 한다면 답은 이미 나와 있었다.

"절대로 못 버려."

택시 안의 정우는 준혁의 말이 마음에 드는 듯 엄지를 들어 올리고 씨익 웃었다. 이내 그를 태운 차가 출발했다. 차 후미의 빨간 등이 작은 점이 되어 보이지 않을 때까지 바라보고 섰던 준혁이 깊게 심호흡을 했다.

"후우……."

다시 한 번 한숨 같은 심호흡을 하고 돌아서자 언제부터 서 있었는지 그를 바라보고 있는 혜서의 모습이 보였다. 흠칫 놀란 그가 그 자리에 멈춘 채 그녀와 마주 섰다. 많은 의문이 담긴 그녀의 까만 눈동자가 그를 숨 막히게 조여 왔다.

"정우가 많이 취했나 봐. 지금 택시 태워 보냈어. 추운데 뭐하러

나온 거야? 들어갈까? 아니면 늦었는데 이제 집에 갈까?"
 갑자기 말이 많아진 준혁을 지그시 응시하던 혜서가 그의 이름을 불렀다.
"류준혁!"
"어? 왜?"
"해명, 해 봐."
 그녀의 한마디가 태산보다 무거웠다.

제7장

때늦은 고백

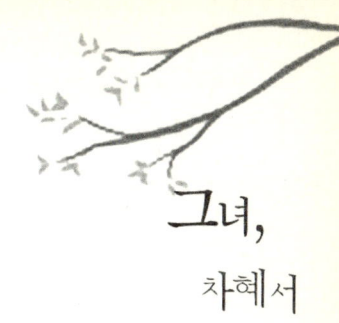

그녀,
차혜서

 조용한 곳으로 가자는 준혁의 말에 가까운 카페 정도일 거라 생각하고 뒤를 따랐다. 그런데 그가 안내한 곳은 강남 한복판의 고층 아파트였다. 아무런 설명 없는 안내에 그녀 역시 아무런 질문을 하지 않고 따랐다. 둘 다 섣부르게 입을 여는 것을 극도로 자제하고 있었다. 두 사람 사이엔 폭풍 전의 고요처럼 불안한 정적이 흘렀다.

 초고속으로 움직이는 엘리베이터는 그들을 순식간에 31층에 올려다 놓았다. 3105호라는 숫자가 적힌 철문 앞에 멈춘 준혁은 거침없이 도어록의 비밀번호를 눌렀다. 조용한 복도에 전자식 터치음이 울려 퍼졌다.

 하늘을 찌를 것같이 높은 이 아파트도, 현기증이 느껴질 정도로 빠르게 움직이는 엘리베이터도, 3105호라는 숫자가 새겨져 있는 철문도, 그리고 이 모든 것 앞에서 자연스러운 준혁의 모습도 모두 낯설었다. 대체 누구의 집이기에 저렇게 당당하게 비밀번호를 누르는 걸까? 의문을 풀 겨를 없이 육중한 현관문이 열렸다.
"들어와."
솟아오르는 의문들로 혜서는 쉽게 발을 내딛지 못하고 머뭇거렸다.
"괜찮아, 들어와."
문을 활짝 열고 선 그는 조용히 그녀를 재촉했다. 혜서는 약간의 두려움을 느끼면서도 호기심을 누르지 못해 안으로 들어섰다. 현관과 중문 사이의 입구가 넓었다. 하지만 닫힌 문 사이의 밀폐된 공간에 그와 단둘이 서 있자니 행여 옷자락이라도 스칠까 긴장이 되었다. 잔뜩 긴장해 허리를 꼿꼿하게 세운 그녀를 지나쳐 준혁이 먼저 중문을 열고 안으로 들어갔다. 그리고 그 몰래 옅은 한숨을 뱉어 내는 그녀 앞에 슬리퍼를 내놓았다. 그의 모든 행동이 이 집의 주인인 양 거리낌이 없었다. 혜서는 그가 내놓은 붉은 계열의 체크무늬 슬리퍼를 신고 중문 안으로 올라섰다.

중문은 좁은 복도로 이어졌다. 조심스런 발걸음으로 복도를 지나자 넓은 거실이 드러났다. 몸을 틀어 정면을 바라보니 흔한 커튼이나 블라인드도 없이 까만 밤하늘이 통째로 보이는 커다란 통창이 눈에 들어왔다. 탁 트인 창문 너머로 한강과 그 주변으로 화려한 불빛을 뿜어내는 고층 빌딩들이 한눈에 보였다. 강을 가로지르는 다리 위엔 자동차 후미의 빨간 등이 꼬리를 물고 있었고 반대편 차선엔 눈부신 전조등이 획획 지나갔다.

혜서는 거실 한가운데 쭈뼛거리고 선 채 살짝 고개를 돌려 사방을 둘러보았다. 이곳이 어디인지 알 수 있을 만한 단서를 찾기 위해. 하지만 좀 독특하다는 생각이 들었을 뿐이다. 일반 가정집의 분위기가 전혀 느껴지지 않았다. 뭔가 사람 냄새가 나지 않는 공간이랄까. 넓은 거실엔 텔레비전 등의 흔한 전자제품이나 소품으로 놓여 있을 법한 가구 따윈 하나도 없었다. 대신 자연스런 질감이 살아 있는 핸디코트로 마감된 벽면마다 다양한 풍경을 찍은 사진들이 크고 작은 액자에 담긴 채 높게 또는 낮게 자리를 잡고 있었다. 마치 교외의 어느 갤러리에 와 있는 듯한 느낌이 들었다.

"이쪽에 앉아."

준혁이 앉으라며 그녀를 안내한 가죽 소파는 흔하지 않은 붉디붉은 색. 키 큰 장정이 누워도 자리가 남을 정도로 커다란 소파였다. 놓인 위치도 남달랐다. 등받이가 벽 쪽으로 배치되어 있는 대신 밖을 내다볼 수 있도록 창가 가까이 놓여 있었다.

"여기가, 어디야?"

소파에 앉는 대신 소파 등받이 위에 손을 얹은 혜서가 물었다. 누구의 집인 줄도 모르고 들어와 누구의 것인지도 모르는 소파에 앉고 싶지는 않았다. 대답을 해 주지 않으면 언제까지라도 그렇게 서 있을 것처럼 고집스런 그녀의 얼굴에 준혁은 조심스럽게 입을 열었다.

"내 집이야."

혜서가 알고 있는 준혁의 집은 골목길로 접어들기 직전의 오래된 주택이다. 자신의 집 앞에서 뛰면 1분이 채 걸리기 전에 당도할 수 있을 만큼 가까운 그 집. 돌아가신 할머니와 살던 그 집. 그가 '내 집'이라고 말할 수 있는 곳이 따로 있을 수도 있다는 생각은 해 본 적이 없었다. 혜서는 불현듯 그가 저만치 낯설게 느껴졌다.

차혜서가 모르는 류준혁이라니. 그는 도대체 얼마나 많은 비밀을 가지고 있는 것일까?

"프랑스에 계신 어머니가 한국에 나오셨을 때 사 두신 아파트야. 세금이나 뭐 그런 관리 문제가 복잡하셨는지 내 명의로 해 두셨더라고. 언제가 될지는 잘 몰라도 혹시 한국에 나오시는 일이 있으면 잠시 머물 곳으로 필요하셨던 것도 같아."

혜서는 다리에 힘이 풀려 소파에 털썩 주저앉았다. 독특한 소파의 색이나 벽면마다 걸린 사진, 그리고 그 사진을 담은 액자의 개성적인 배치가 이제야 이해되었다. 그의 어머니는 평범한 사람이 아닌 예술가니까.

"여긴 생수밖에 없어."

준혁은 큰 걸음으로 멀어졌다가 작은 생수병을 들고 돌아왔다. 이 넓고 멋진 집에 물 컵 하나 구비되어 있지 않은 모양이었다.

"가끔 여기서 머물기도 하는 거니?"

어째서 이런 집이 있다는 것을 숨겼느냐는 질문은 하지 않았다. 그는 자신의 부모에 대한 얘기를 입 밖으로 꺼내는 것을 극도로 꺼렸고 혜서는 그것을 이해했다.

"간혹. 여기랑 가까운 곳에서 술을 많이 마셨을 때는."

혜서는 생수를 마셨다. 차가운 생수는 남아 있는 취기를 몰아내며 갈증을 풀어 주었다. 머리가 좀 맑아지는 느낌이었다. 그동안 아무에게도 말하지 못하고 혼자 고민하면서도 차마 확인하지 못했던 그의 외박에 대한 궁금증이 그 한마디로 단번에 풀렸다.

"이제 얘기해 봐. 나, 들을 준비 됐어."

혜서를 소파에 앉힌 후 준혁은 창에 등을 기대고 바닥에 앉았다. 소파가 창과 가까운 만큼 마주 보는 두 사람의 거리도 가까웠다. 소파 쪽으로 쭉 뻗은 그의 발끝에 슬리퍼가 걸려 있었다. 혜서의 시선이 잠시 그곳에 닿았다가 떨어졌다.

"정우가 한 말이 무슨 뜻이야?"

좀처럼 먼저 입을 열지 않는 그에게 혜서가 다시 한 번 물었다. 취중 폭로를 하겠다며 이치던 정우의 말을 다시 떠올렸지만 혜서는 도통 그의 말이 이해가 되지 않았다. 준혁을 마음에 담음으로써 정말로 힘들었던 사람은 다른 누구도 아닌 그녀였다. 그리고 힘들게 마음을 비운 후에도 그 후유증으로 고통받고 있는 사람 역시 그녀였다. 그런데 정우는 오히려 그녀를 비난하듯 말했다. 아무래도 그가 오해를 하고 있는 것이 틀림없었다.

그렇다고 해도 미심쩍은 느낌을 지우기가 힘들었다. '설마'가 '역시'가 될 일은 일어나지 않겠지만 그래도 '혹시' 하는 마음에 심장이 잔뜩 조였다. 어쩌면 준혁이 자신도 몰랐던 감정을 이제야 깨달았을지도 모르는 일이니까. 그런 기적이 과연 일어날까?

서툰 기대감이 점점 커졌다. 그녀는 두근거리는 마음으로 준혁을 바라보았다. 소파에 앉아서 바라보는 준혁은 검은 밤하늘을 배경으로 그 안에 그려 넣은 멋진 인물화 같았다. 곤혹스러운 표정으로 깊은 고민에 휩싸인 인물.

너를 그토록 힘들게 하는 고민이 대체 뭐야? 혹시 이제라도 네 마음의 소리를 제대로 들은 거니? 내가 제대로 보이는 거니?

마침내 굳게 다물려 있던 그의 입술이 열렸다. 그런데 그는 그녀가 듣기를 원하는 말이 아닌 엉뚱한 얘기를 꺼냈다.

"어릴 때부터 아주 친한 한 남자와 한 여자가 있었어."

준혁의 말에 혜서는 그와 자신을 떠올렸다. 기대감으로 바짝 긴장한 혜서가 눈을 반짝거렸다. 하지만 말을 꺼낸 그는 그녀를 바라보던 시선을 돌려 공허한 눈빛으로 허공을 응시했다. 하려는 말이 쉽지는 않은 듯 조용히 숨을 고르는 그를 보며 혜서는 달싹거리는 입술을 안으로 말았다. 자칫 그를 급하게 몰아세우게 될까 봐 조심스러웠다.

"두 사람은 가장 친한 친구였고 또 가장 사랑하는 연인이 되었대. 그래서 결혼했고 결국 아이를 낳았지."

이어지는 준혁의 말을 이해하지 못한 혜서는 고개를 갸우뚱했다.

"그런데 두 사람의 결혼 생활은 행복하지 않았어. 아이를 키우기엔 둘 다 너무 어렸고 각자 자신의 꿈을 위해 배우고 싶은 것도, 하고 싶은 것도 많았지. 펼칠 수 없는 열망에 갈증을 느낀 두 사람은 반목을 일삼다가 서로 비난하고 상처를 주기 시작했어. 그리고 결혼 생활은 엉망이 되어 갔지. 그들은 더 넓은 세상으로 날아가고 싶은 갈망 때문에 고통스러워진 거야. 두 사람은 결국 이별을 결심했어. 아주 남이 되어 버리기로. 그때 그들에게 아이는 아무 때고 버려도 되는 짐짝 정도밖에 되지 않았던 거야."

혜서는 비로소 그의 이야기 속 인물이 누구인지 알아챘다.

"그렇게 버려진 아이가 나야."

"네가 왜 버려져? 너한테는 할머니가 있었잖아."

안타까운 마음에 혜서가 재빨리 위로의 말을 건넸지만 준혁은 그저 쓰게 웃었다.

"그래. 물론 할머니가 계셨지. 돌아가시는 날까지도 나를 걱정하던 가여운 분이. 하지만 그렇다고 해서 부모에게 버림받았다는 사실이 달라지는 건 아니야. 난 버림받은 게 맞아."

그의 눈동자 속에 오랫동안 숨겨 두었던 상처가 고스란히 모습을 드러냈다. 너무나 쓸쓸하고 허전해서 춥고 아파 보이는 눈동자였다. 혜서는 그의 아픈 눈동자를 보는 것만으로도 코끝이 시큰하고 눈시울이 뜨거워졌다. 허락한나면 그를 꽉 끌어안고서 위로해 주고 싶었다. 동시에 이런 얘길 꺼낸 그의 의도가 이해되지 않았다. 극도로 꺼리던 부모님에 관한 얘기를 갑작스레 꺼내는 이유가 대체 무엇일까? 기대감에 밀려 저만치 물러났던 불안감이 몸집을 부풀려 다시 밀려들었다.

"어쨌든 가장 친한 친구였던 두 사람은 이혼을 하면서 남보다 못한 사람이 되어 서로에게 등을 돌렸어. 남편은 아내를 잃고 아내는 남편을 잃은 거지. 하지만 그 두 사람을 정말로 힘들게 했던 것은 그것이 아니었어. 세상에서 가장 든든하게 의지하고 있던 친구를 잃은 일. 그것이 가장 견디기 힘들었대."

'친구를 사랑하는 게 아니었어. 그건 정말 잘못된 일이었어. 사랑하지 않았다면, 결혼하지 않았다면, 헤어지지 않았을 거야. 오래오래 보고 살았을 거야. 지금도 그녀는…… 날 이해해 주는 가장 좋은 친구로 내 옆에 있었을 거야.'

준혁은 아직도 선명하게 기억하고 있었다. 술에 취해 어린 그를 붙들고 가슴을 쿵쿵 치며 중얼거리던 부친의 슬픈 눈을. 그리움과 후회로 가득하던 한 남자의 외로운 눈동자를.

이후 부친은 한 여자에게 정착하지 못한 채 결혼과 이혼을 반복하고 있었다. 그의 화려한 여성 편력 뒤에는 어쩌면 아무리 채워도 채울 수 없는 외로움이란 녀석이 도사리고 있을지도 모르겠다.

"친구를 잃는 일이 얼마나 힘든 건지 아버지를 통해 알게 됐어. 그래서 아주 오래전부터 결심했지. 난 아버지처럼 살지는 않을 거라고. 친구를 사랑하는 일 따위 결코 없을 거라고. 아니, 책임질 수 없는 사랑 같은 거 절대로 하지 않을 거라고!"

혜서는 무릎 위에 놓았던 제 두 손을 꼭 맞잡았다. 몰랐다, 그의 마음속에 그런 생각이 들어 있는 줄은. 오래전부터 그런 결심을 했었다니 아무리 노력하더라도 결국 자신은 그의 앞에서 여자일 수 없었던 것이다. 이제 서툰 기대감은 완전히 물러가고 그 자리를 슬픈 체념이 채웠다.

절대로 열리지 않을 거대한 철문 앞에 서서 제발 열어 달라고 매달린 꼴이었다. 친구를 사랑하는 일 따위 결코 없을 거라고 이미 오래전부터 결심을 했다니. 자신의 고백이 그를 얼마나 곤란하고 곤혹스럽게 했을까? 지금도 공연한 기대감으로 그를 힘들게 하고 말았다. 꼴이 더 우스워졌다.

혜서는 행여 자신의 눈 속에 남아 있을 기대감의 흔적을 깨끗하게 거두어들였다. 그를 향한 마음이 아무리 절절하다 해도 그로부터 돌아올 대답은 거절뿐이었음을 다시 한 번 확인한 슬픈 순간. 이미 바닥을 기고 있는 기분이 더할 수 없이 처참해졌다.

"그렇게 결심을 했는데……."

준혁은 어둑하게 가라앉은 눈동자로 혜서를 바라보았다. 그녀의 둥근 이마를, 짙고 단정한 눈썹을, 살며시 아래로 내리고 있어 눈 밑에 아련한 그림자를 만들고 있는 긴 속눈썹과 고운 눈매를, 오뚝한 코와 창백한 뺨을, 탐스런 입술을. 붓으로 그림을 그리듯 찬찬히 눈으로 훑었다.

"어느 날부터인가 의도하지 않았는데도 자꾸 한 사람을 보고 있는 거야. 왜 이러지? 이상한데? 그러면서도 자꾸만 눈길이 가는 것을 막을 수가 없는 거지. 보고 또 보고, 보고 있지 않을 땐 생각하고……. 그렇게 보다 보니 한 번쯤 만지고 싶고, 안아 보고 싶고, 입 맞추고 싶고……. 그러다가 그 사람 곁에 다른 놈이 얼쩡대는 것을 보면 심장이 터질 것처럼 화가 나고 밉고……."

"……"

"그게, 너야."

혜서가 내리고 있던 눈을 반짝 치켜뜨며 훅, 숨을 들이켰다. 놀라움으로 심장이 두방망이질 쳤다. 그도 그녀를 보며 자신과 비슷한 감정을 느꼈다는 말이, 질투를 했었다는 말이 믿어지지 않았다. 언제나 혼자서만 애를 끓이고 혼자서만 하는 질투인 줄 알았는데…….

"언젠가부터 너를 보면 손끝부터 뜨거워져. 그렇게 시작된 열기가 온몸을 휘감아 견딜 수 없이 혼란스러워지고 결국엔 불같은 욕정이 일고 말아. 친구에게 욕정을 느끼다니. 짐승이 된 것 같아서 괴로웠어. 그런데 너만 보면 욕심이 나는 거야. 이게 뭘까? 왜 자꾸 이런 감정이 드는 걸까? 이러면 안 되는데! 다른 사람도 아니고 너를! 차혜서를 말이야!"

불쑥 다가온 준혁이 혜서의 양팔을 꽉 움켜쥐었다. 활활 타오르는 그의 뜨거운 눈동자 속에 놀란 표정을 감추지 못한 그녀의 얼굴이 보였다.

"하필이면 너를, 사랑하게 된 거야……."

혜서의 동공이 크게 확장되었다. 너무나 갑작스런 사랑 고백이었다. 하지만 그리 달콤하지 않은, 아니 깊은 원망마저 느껴지는 그의 고백에 혜서는 혼란스러웠다. 그의 입에서 나온 말은 사랑 고백이 분명했다. 그런데 그는 마치 화를 내는 것 같았다. 그녀를 사랑하게 된 것이 그에겐 저토록 화가 나는 일이란 걸까? 원하지 않았는데 사랑하게 되었다는 걸까?

혜서도 불쑥 화가 치솟았다. 하지만 분노보다 궁금증이 앞섰다. 사랑함에도 불구하고 매번 모질게 자신을 밀어낸 그 이유. 알 것도, 모를 것도 같은 그 이유를 확인해야 했다.

"그런데, 왜?"

대체 왜, 나를 밀어낸 거야? 왜, 나한테 상처를 준 거야? 왜, 사랑하지 않은 척한 거야?

충격에서 벗어나지 못한 혜서의 눈동자엔 의문과 함께 아직 확인하지 않은 답에 대한 분노가 조용하게 차오르기 시작했다. 준혁은 피할 수 없는 그녀의 눈빛에 잡고 있던 팔을 놓고 어깨를 축 늘어뜨렸다.

"나도 내 아버지처럼 될까 봐 두려웠어."

역시 그는 예상했던 답을 내어놓았다. 분노를 느끼기 전에 실망과 허탈감이 먼저 그녀를 덮쳤다. 뜨겁던 심장에 하얀 살얼음이 끼었다.

"우리 부모님은 너와 나처럼 어렸을 때부터 친구로 지내다가 사랑을 하고, 결혼을 하고, 결국엔 헤어졌어! 이젠 친구도 뭣도 아닌 관계가 되어 버렸어! 그렇게 지금은 얼굴도 보지 못하고 살고 있단 말이야!"

준혁은 괴로운 표정을 숨기지 못한 채 거칠게 내뱉었다. 결국 모든 것이 분명해졌다. 그가 그토록 꺼리던 부모님에 대한 이야기를 꺼낸 이유가. 그리고 사랑한다고 고백했던 자신을 잔인하게 밀어낸 이유가.

"그러니까, 넌 어렸을 때부터 친구로 지낸 우리도 네 부모님과 같은 전철을 밟을 거라고 생각했던 거야? 단지 친한 친구에서 마음이 발전했다는 이유 때문에?"

다시 한 번 확인하는 혜서의 물음을 준혁은 부정하지 않았다. 그를 바라보는 혜서의 얼굴이 얼음처럼 굳었다. 온몸을 돌고 있던 피도 싸늘하게 식어 버렸다.

자신이 그토록 많은 날을 고통 속에 괴로워하며 울어야 했던 것이, 아무리 노력해도 비워지지 않는 마음을 비우려 몸부림쳐야 했던 것이, 그래서 결국 친구로라도 그의 곁에 남겠다고 힘들게 결정해야 했던 그 모든 것이 불확실한 미래를 두려워한 그의 기우 때문이었다니! 억울했다!

하얀 살얼음으로 뒤덮인 심장 속으로 송곳 같은 얼음이 파고들었다. 갑작스레 시작된 오한에 몸이 휘청거렸다. 혜서는 턱을 덜덜 떨면서도 다시 물었다.

"결국 우리는 쭉 같은 마음으로 서로를 보고 있었고 원하고 있었다는 거잖아. 그런데 넌 네 두려움 때문에 나를 상처 주고 밀어냈다고 얘기하는 거니?"

"혜서야, 난 너를 지키고 싶었어."

대답을 하는 준혁의 눈이 무서울 만큼 애잔하고 진지했다. 검은 동굴 같은 그의 눈동자가 그녀를 단번에 빨아들일 듯 바라보고 있었다.

그런 눈으로 나를 보지 마! 마치 지금 하는 말이 진심인 것처럼 날 흔들지 마!

"나를, 지키고 싶었어?"

그의 어이없는 변명을 코웃음 치듯, 되묻던 혜서가 웃었다. 온기라곤 조금도 느껴지지 않는 싸늘한 미소로 뒤덮인 그녀의 얼굴은 지독하도록 낯설어 보였다.

지키고 싶었다니! 지키고 싶어서 상처를 주었다는 거야?

"무엇으로부터?"

묻는 그녀의 입술 한쪽이 비틀어진 채 올라갔다.

"나로부터! 빌어먹게 이기적인 피를 받고 태어난 나로부터! 아버지에게서도 어머니에게서도 책임감이라곤 쥐뿔도 없는 유전자를 타고난 나로부터 말이야!"

준혁이 흥분한 듯 목소리를 높이다 말고 앉아 있던 자리에서 벌떡 일어났다. 화가 나고 답답해서 가슴이 터질 것 같았다. 자신이 류한주와 전애란의 피를 이어받았다는 사실은 아무리 도망가도 벗어날 수 없는 무거운 굴레였다. 그는 두 손으로 제 머리를 감싸쥔 채 잠시 숨을 몰아쉬었다.

고통스러워하는 그를 보며 비틀어져 올라갔던 혜서의 입술이 다시 제자리를 찾았다. 하지만 그녀의 얼굴은 더욱 차갑게 굳어

만 갔다.

"혜서야, 넌 이해하기 힘들겠지만 난 정말 두려웠어. 사랑이란 걸 했다가 맘이 변하면 어떡해? 우리 부모님처럼 남이 돼서 영영 보지 못하게 되면 어떡하지? 그렇게 서로를 망가뜨리면 어떻게 하느냔 말이야!"

"……"

"그래서 네 마음을 받아들일 수 없었어. 아니, 널 사랑하는 내 마음을 인정할 수 없었어. 계속 친구로 지낸다면 마음이 변해 너와 이별하는 일 따위 없을 거라고 생각했던 거야. 그렇게 내 마음을 숨기고 네 마음을 거절하는 것이 내가 할 수 있는 최선이라고 생각했어."

준혁의 절박한 변명에도 혜서는 하얗게 굳은 얼굴을 풀지 않았다.

"그런데, 왜 지금 네 마음을 털어놓는 거야? 달라진 건 아무것도 없잖아! 넌 여전히 두려워하고 있잖아! 너와 나도 네 부모님처럼 될지 모른다고 생각하고 있잖아!"

너로부터 나를 지키고 싶어서 밀어냈다면서 왜 이제 와서 사랑을 말하는 거야?

"내가, 죽을 것 같았어."

"……"

"네가 없는 시간이 너무 권태로워서 살아 있는 것 같지가 않았어. 숨도 잘 쉬어지지 않더라. 널 거절하고 나도 많이 아프고 괴로웠어. 시간이 흐르면 괜찮아질 거라고 생각했는데 착각이었어. 그저 네가 곁에 돌아오기만 하면 다시 편하게 숨이 쉬어질 거라고 생각했는데. 그런데 그게 아니라는 걸 알게 됐어. 네가 날 전처럼 봐 주지 않는 게 견딜 수 없이 화가 나. 그냥 무덤덤한 친구로만 보는 게 미치도록 괴로워."

화가 나? 미치도록 괴로워? 그래서 이제 와 나를 잡겠다는 거니? 제멋대로 상처 주고 제멋대로 고백하고!

혜서는 두 주먹을 꽉 틀어쥐었다. 미치도록 화가 나는 사람은 그녀였다. 그는 감히 그녀 앞에서 화를 내서도, 미치도록 괴롭다고 투덜거려서도 안 된다. 그 모든 감정은 그가 저지른 일에 대한 결과물이기 때문이다.

끓어오르는 화를 누르고 있자니 머리와 가슴이 터져 버릴 것 같았다. 같은 마음이면서, 자신만큼 오래도록 같은 마음으로 보고 있었으면서, 아닌 척 가면을 쓰고 자신을 대했던 그에게 화가 났다. 끝내 밀어내서 상처를 준 그에게 화가 났다. 그리고 그의 말처럼 친구로 돌아오기 위해 아무것도 모른 채 긴 시간 동안 미친 듯이 노력했던 자신에게 화가 났다. 그런데 이제 와 사랑해서 그랬노라 고백하는 그의 이기심에 더욱 화가 났다. 혜서는 자리에서 벌떡 일어났다.

"혜서야!"

"이거 놔!"

갑작스런 혜서의 행동에 황급히 다가선 준혁이 그녀의 팔을 잡았다. 하지만 그녀는 그의 손을 거칠게 뿌리쳤다.

"넌 이미 나를 거절했어! 내 첫 마음도, 내 첫 키스도 모조리 가져가 놓고 아닌 척 시침 뚝 떼고서 내 마음을 아무렇게나 내동댕이쳤어!"

"널 지키고 싶어서 그랬다니까! 그게 내 최선이었어!"

"그따위 치졸한 변명 하지 마! 정말 어이가 없다. 내 마음을 거절하는 게 최선이었다고? 내가 너한테 나를 지켜 달라고 부탁한 적 있어? 누구 맘대로 나를 지켜? 네 식대로! 네 맘대로!"

혜서의 날 선 비난에 준혁은 아무런 말도 할 수 없었다. 그녀의 말이 다 맞았다. 무슨 말을 해도 전부 이기적인 변명일 뿐이었다.

"그런 식으로 나를 지키는 거 말고 사랑을 지킬 노력은 어째서 하지 않은 거야?"

그녀의 말에 준혁은 둔중한 망치로 뒤통수를 한 대 얻어맞은 기분이 들었다. 그녀에게 상처 입히지 않겠다는 생각과 친구로라도 평생 곁에서 함께하겠다는 생각 외의 것들은 전부 욕심이라 치부했다. 그래서 다른 것들은 전부 간과했다. 자신을 담은 그녀의 마음을 지키는 것도, 그녀를 담은 자신의 마음을 지키는 것도.

"넌 너 자신만을 지키려고 했을 뿐이야! 나보다도, 사랑보다도, 행여나 상처 입을지 모를 네 마음만 지키려고 했을 뿐이라고! 실망스럽다, 류준혁. 넌 결국 나도, 사랑도 지킬 자신이 없었던 거야."

아니, 아니야!

결코 그런 것이 아니라고 해명을 해야 할 텐데 도무지 입이 열리지 않았다.

"적어도 넌 너 자신을 잘 알고 있는 것 같긴 하다. 빌어먹게 이기적이고 책임감이라곤 쥐뿔도 없다는 그 말, 그건 인정할게."

심장을 할퀴는 혜서의 말에 준혁의 얼굴이 고통스럽게 일그러졌다.

"그러니까 나 잡지 마. 넌 나를 붙잡을 자격 없어!"

혜서가 바람을 일으키며 돌아섰다. 주춤하고 섰던 준혁이 어느새 좁은 복도를 지나 중문 밖으로 나서려는 그녀를 뒤에서 감싸 안았다. 그는 자신의 팔 안에 그녀를 단단하게 가두었다. 그의 팔 안에 갇힌 그녀의 여린 몸이 부들부들 떨리고 있었다. 활활 타올라 순식간에 하얀 재만 남을 것 같은 분노. 그리고 붉은 생살을 드러낸 상처가 손에 잡힐 듯 느껴졌다. 그것이 안타까운 준혁은 그녀를 감싸 안은 자신의 팔에 좀 더 힘을 주었다.

"미안해. 혜서야, 미안해……."

"……."

"내가 잘못했어. 내가 어리석었어. 널 영원히 곁에 두고 싶은 욕심이 커서 그랬어. 너무 사랑해서 그랬어."

미안하다고, 사랑한다고 속삭이는 준혁의 절절한 음성에 혜서는 두 눈을 질끈 감았다. 하지만 그녀는 3년 전 사랑을 고백했다가 채였던 그날 밤보다 더 깊은 상처를 받은 상태였다. 캐나다에서 밤새 소중하게 안아 주고 떠난 그의 품이 그리워 울던 그 새벽보다 마음이 더 아팠다. 사랑하지 않기 때문에 밀어낸 것이라면 차라리 용서할 수 있었다. 그런데 사랑하면서도 어이없는 이유로 밀어내고 상처를 주다니, 그건 절대로 용서할 수 없었다.

"혜서야, 난 정말로 널 잃을까 봐 두려워서……."

준혁의 변명이 이어졌다. 하지만 듣고 싶지 않았다. 그의 두려움 때문에 밀려나 울어야 했던, 아파야 했던 긴 시간들. 다시는 돌아오지 않을 그 기나긴 시간들. 그 앞에서 그의 변명은 아무런 힘도 발휘하지 못했다.

혜서는 힘껏 몸을 비틀어 준혁의 품에서 빠져나왔다. 그리고 그와 얼굴을 마주한 채 섰다. 새파랗게 타오르는 그녀의 눈빛이 금방이라도 그를 베어 버릴 것처럼 날카로웠다.

"그러니까 결국 넌 네 두려움을 나에게까지 강요한 거잖아! 아무것도 모르는 나를 상대로 칼을 휘두른 거잖아! 아무렇지 않은 표정으로 상처를 준 거잖아!"

비명 같은 혜서의 고함에 준혁의 얼굴이 창백해졌다.

"그래! 어렸을 때는 그런 게 두려울 수도 있었겠지! 부모님처럼 결혼에 실패하면 어쩌나, 걱정도 됐겠지! 그것까지 이해 못하는 건 아니야. 그런데 내가 너한테 결혼을 하자고 했니? 그냥 좋아한다고, 사랑한다고 말했을 뿐이야!"

"네 마음 알아, 알고 있……."

"알긴 뭘 알아! 고등학교를 갓 졸업했을 때의 네게 이런 얘기를 들었다면 난 널 이해했을지도 몰라. 그런데 우린 이미 스물다섯의 성인이잖아. 그게 뭐가 되었든 스스로 감당할 나이지 부모를 탓할 나이는 아니란 말이야! 부모를 네 비겁한 행동에 대한 핑계로 이용하지 마! 더 추해 보이니까!"

창백해지다 못해 이젠 흙빛이 되어 가는 준혁의 얼굴을 보면서도 혜서의 독설은 계속됐다.

"넌 용기 내어 고백했던 나를 기만했어! 그리고 캐나다까지 쫓아와서도 여전히 솔직하지 못했어! 자존심이고 뭐고 다 내팽개치고 다시 한 번 매달리는 나를 밀어냈잖아! 혼자 두고 떠나 버렸잖아! 뭐든 감당할 수 있는 성인이 되어서도 그렇게 비겁했잖아! 기회를 버린 건 너야! 넌 사랑이란 감정을 감당하는 대신 피하기만 한 거야!"

혜서는 한 번도 본 적 없는 매몰찬 얼굴로 강도 높게 그를 비난했다. 단 한 마디의 변명도 하지 못하게 궁지로 몰아붙였다.

"왜 네 멋대로 내 사랑이 변할 거라 단정 지어? 네가 보기엔 내 사랑이 그렇게 가벼워 보였니? 멋대로 상처 주고 아프게 해도 된다고 생각했던 거야?"

"아니야, 혜서야. 아니야……."

고개를 가로저으며 간신히 부정하는 준혁의 얼굴은 참기 힘든 고통으로 참혹하게 일그러졌다.

"그럼 답은 하나구나……. 넌 나를 믿지 못했던 거야."

혜서는 핏기 없는 얼굴로 쓰게 웃었다. 그에게 신뢰받지 못했다. 평생을 봐 왔던 그였는데……. 언제나 그를 향해 거칠게 뛰던 왼쪽 심장이 소리 없이 잠잠해졌다. 신기할 정도로 차갑게 마음이 식었다. 아무리 버려도 버려지지 않아 그토록 오랫동안 힘들게 하던 사랑이 순식간에 소멸되는 느낌에 소름이 돋을 지경이었다. 이제 사랑이란 붉은 감정은 사라지고 흉한 상처와 아픔만이 남았다. 그녀는 백짓장처럼 하얗게 질린 얼굴로 자신을 응시하는 준혁을 바라보며 차갑고 건조한 목소리로 말을 이었다.

"난 최소한 서로를 신뢰할 수 있는 사람을 사랑하고 싶어. 사랑은 믿음이란 자양분 없이는 불가능하니까. 이미 날 신뢰하지 않았던 너, 그리고 이제 더 이상 너를 신뢰할 수 없게 된 나. 우리 두 사람 사이에 사랑은 없어."

충격을 받은 준혁의 동공이 커다래졌다. 무슨 말이라도 해서 그녀를 붙잡고 싶은 그가 입술을 달싹였지만 혜서가 더 빨랐다.

"난 이제 너에 대한 마음을 깨끗하게 접을게. 아니, 이미 접었어. 네가 원했던 대로야. 좀 봐. 우리 사이엔 이제 아무것도 남지 않았어. 우정? 그거라고 남아 있겠니? 어때, 만족스러워?"

 차분하고 냉정한 목소리였다. 그가 알고 있던 혜서 같지가 않았다. 이런 모습은 너무 낯설었다. 준혁은 그녀가 던진 말을 믿을 수가 없어 석상처럼 굳어 버렸다. 그녀는 지금 사랑뿐 아니라 우정마저 부정하고 있었다. 그는 마치 영화 속의 슬로우 비디오를 보는 느낌으로 그녀가 자신으로부터 몸을 돌려 문을 나서는 모습을 바라만 보았다. 온몸이 밧줄로 꽁꽁 묶이기라도 한 듯 전혀 움직일 수가 없었다.

 쿵, 문이 닫히는 소리가 들리는 순간 그의 무릎이 푹 꺾였다. 그는 바닥에 털썩 주저앉은 채 혜서가 사라진 문을 하염없이 바라보았다. 행여나 다시 열릴까, 행여나 돌아올까……. 하지만 아무리 기다려도 한 번 닫힌 문은 다시 열리지 않았다. 굳게 닫힌 혜서의 마음처럼.

"안…… 돼. 안 돼!"

 이대로 혜서를 보낼 수 없었다. 이제야 겨우 접을 수 없는 자신의 마음을 깨달았는데, 이제야 겨우 진심을 내보였는데!

"혜서야!"

 퍼뜩 정신을 차린 준혁이 문을 박차고 나갔다. 다리가 풀려 휘청거리는 걸음으로 복도로 나갔지만 혜서의 모습이 보이지 않았다.

"안 돼, 이럴 순 없어……."

 이렇게 허망하게 놓칠 순 없었다. 그는 부들부들 떨리는 손으로 엘리베이터 버튼을 눌렀다. 그러자 그 자리에 멈추어 있던 엘리베이터의 문이 열렸다. 그리고 부서진 인형처럼 엘리베이터 바닥에 주저앉아 있는 혜서의 모습이 보였다. 감히 반박을 할 수 없을 만큼 어리석었던 그의 행동을 조목조목 따지던 그녀였다. 그런데 그토록 차갑고 냉정하게 돌아서 나가던 모습은 온데간데없었다. 벽에 머리를 기대고 앉아 있는 그녀의 얼굴은 넋이 나간 듯 창백했다. 허공을 향해 눈을 뜨고 있지만 초점이 없었다.

"……혜서야."

엘리베이터에 올라타고도 버튼 누르는 것도 잊을 만큼 그녀는 정신이 없었던 모양이다. 예상치 못한 혜서의 모습이 너무 충격적이라 준혁은 풀썩 무릎을 꺾고 그녀 앞에 주저앉았다. 그의 등 뒤로 스르르 문이 닫히자 사각의 공간에 둘만 남았다.

"흐으……."

혜서의 입술 사이로 흐느낌 같은 신음 소리가 흘러나왔다. 초점 잃은 눈동자에 서서히 눈물이 차오르고 있었다. 그 모습에 준혁의 심장이 쿵 내려앉았다.

"흐으으……."

아프도록 투명한 눈물이 혜서의 볼을 타고 주르륵 흘러내렸다. 다급한 준혁은 무릎걸음으로 그녀에게 기어갔다. 그녀가 자신의 눈앞에서 하얀 먼지처럼 부서져 사라져 버릴 것 같아 왈칵 두려움이 앞섰다.

"혜서야."

그는 다시 한 번 이름을 부르며 두 팔로 조심스럽게 혜서를 감싸 안았다. 불덩이처럼 뜨거운 그녀의 몸을 가슴에 품자 심장이 수천 개의 조각으로 쪼개지는 것 같았다.

내가, 내가 대체 너한테 무슨 짓을 저지른 거니?

자신이 얼마나 커다란 잘못을 했는지, 얼마나 큰 상처를 줬는지, 얼마나 이기적이었는지, 소리 내어 울지도 못하고 부서질 것처럼 떨고 있는 혜서를 품에 안는 순간 확실하게 깨달았다.

"미, 미안해. 미안해, 혜서야."

준혁의 품에 안긴 그녀의 몸이 세찬 바람을 맞고 있는 여린 나뭇잎처럼 위태롭게 떨렸다.

"잘못했어……."

아팠다. 자신의 이기심으로 인해 상처받은 그녀의 마음이, 그 아픈 마음이 선명하게 느껴졌다. 자신이 준 상처가 이토록 큰 줄은 몰랐다. 이렇게까지 힘들어할 줄 몰랐다. 이렇게 엉망으로 무너져 주저앉으리라 생각하지 못했다.

지키고 싶었던 거였는데. 널, 지켜 주고 싶었던 건데…….

오히려 상처 주고 말았다. 이래 놓고 뒤늦은 사랑 고백이라니, 이보다 더 멍청하고 어리석을 수는 없을 것이다. 그럼에도 불구하고 그녀를 놓을 수는 없었다.

"사랑해, 혜서야."

"싫…… 어."

"혜서야!"

"싫어, 싫어!"

혜서가 자신을 안고 있는 준혁의 가슴을 강하게 밀어내며 소리쳤다. 그를 거부했다. 내내 그가 그랬던 것처럼 매몰차게 그를 부정했다.

미안해, 혜서야. 그래도 난 너를 놓을 수가 없어.

준혁은 혜서가 아무리 밀어내도 놓아주지 않았다. 싫다고 비명을 지르며 몸부림치는 그녀를 목숨 줄이라도 되는 것처럼 품에 감싸 안았다. 울부짖는 그녀를 부둥켜안은 채 그도 속으로 뜨거운 눈물을 흘렸다.

제8장

늦은 후회

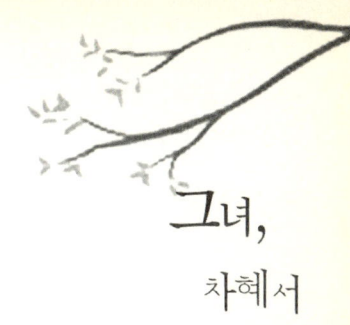

그녀,
차혜서

"혹시 무슨 일이 있었던 거니?"
핼쑥한 준혁의 얼굴을 살피며 경옥이 물었다.
"좀 다퉜어요."
"너희들도, 참. 아니, 다 큰 녀석들이 무슨 일로 다퉜기에……."
"죄송합니다."
"왜, 저 고집쟁이가 무슨 고집 피우든? 그래도 네가 좀 봐주지 그랬어. 워낙 믿으니까 너한테나 그러는 건데."
"아니에요."
"아니긴. 너희 둘, 내가 하루 이틀 봐? 안 봐도 다 알지. 아무튼 올라가 봐라. 며칠째 먹지도 않고 저렇게 잠만 자고 있단다."
"네."
"준혁아."

"네?"

"……아니다. 얼른 올라가 봐."

경옥은 2층으로 향하는 준혁을 걱정스러운 눈으로 바라보았다. 무슨 일인지 며칠 동안 침대에서 일어나지도 못하고 앓고 있는 딸의 입술 사이에서 하염없이 흘러나오던 이름. 누구나 앓고 지나가는 젊은 시절의 열병을 내 딸 역시 겪는 것이겠거니. 하지만 그것이 너무 길거나 깊지 않기를…….

달칵.

노크 소리에도 반응이 없어 조심스럽게 문을 열었다. 경옥의 말대로 혜서는 자고 있었다. 핏기라곤 하나도 없는 파리한 얼굴에 가슴이 무너지는 기분이었다. 준혁은 잠든 그녀의 얼굴을 물끄러미 내려다보았다. 그 역시 지난 며칠 동안 열병을 앓듯 먹지도, 자지도 못했다.

'싫어, 싫어!'

자신을 밀어내며 절규하듯 비명을 지르던 혜서의 모습이 수시로 떠올라 괴로웠다. 어리석고 비겁했던 자신의 선택으로 인해 엉뚱하게도 혜서를 고통스럽게 만들었다. 사랑하는 사람의 마음을 헤아리지 못하고 얼치기같이 자신의 감정에만 빠져서 허우적댄 결과가 이랬다. 상처를 줄까 봐 겁이 났고 상처를 받게 될까 봐 두려웠다. 그런데 결국엔 둘 다 상처투성이가 되고 말았다. 모두 자신의 잘못이었다.

"미안하다……."

준혁은 깊게 잠든 혜서의 얼굴을 바라보며 미안하다고 반복해서 속삭였다. 그리고 이젠 아니라고 부정하는 그녀의 마음을 잡을 기회가 있기를 간절히 바랐다.

"사랑해."

혜서의 창백한 볼에 조심스럽게 입을 맞추는 준혁의 입술이 뜨거웠다.

어떤 정신으로 집에 도착했는지 기억이 선명하지 않았다. 그저 어느 순간 준혁의 품에 안겨 울고 있는 것을 깨닫고 그를 밀어내며 소리를 지르다가 울기를 반복했던 것 같다. 집으로 오는 길에 탈진해 휘청거리는 자신을 잡아 주려는 준혁의 손길을 여러 번 뿌리쳤던 기억도 떠올랐다.

뿌리치면 쫓아와 잡고, 또 뿌리치면 쫓아와 잡아 주던 손. 그래도 끝까지 매몰차게 밀어냈던 기억. 안개가 뿌연 숲길을 헤매듯 힘들게 집으로 돌아와 내내 뒤를 쫓아오던 그를 무시한 채 코앞에서 문을 쾅 닫았던 기억도 아스라이 떠올랐다. 방까지는 어찌어찌 들어왔는데 침대에 쓰러지듯 누운 후로 일어날 수가 없었다. 혜서는 그렇게 며칠 동안 끙끙 앓았다. 펄펄 끓는 이마 위로 서늘한 손이 얹어졌다.

"엄마……."

"그래, 혜서야. 이제 정신이 좀 드니?"

경옥의 걱정스런 목소리에도 좀처럼 눈을 뜨기 힘들었다.

"……네."

혜서는 두통으로 인해 무거운 눈꺼풀을 간신히 끌어 올리며 대답했다.
"다행이네. 하지만 아직 열이 남아 있어."
속상해서 혀를 차는 경옥의 얼굴에 안쓰러움이 가득했다.
"이제 정신 차렸으니 엄마가 얼른 죽 가져올게."
"나, 아무것도 못 먹을 것 같은데……."
"약 먹으려면 뭐라도 먹어야지. 빈속에 어떻게 약을 먹니? 조금만 기다려. 데우기만 하면 되니까."

죽은커녕 물도 넘기지 못할 것 같지만 방을 나서는 경옥을 만류하지 못했다. 그럴 기운이 없기도 했고 조용히 자신의 행적을 돌아보고 싶기도 했기 때문이다. 하지만 그녀는 이내 포기했다. 아무리 기억을 더듬어 봐도 뿌연 안개처럼 불투명한 장면들이 좀처럼 제 모습을 보여 주지 않았다. 그저 다시 떠오르는 것은 금방이라도 쓰러질 듯 백짓장처럼 하얗게 질린 채 서 있던 준혁의 모습이었다.

그를 생각하니 심장이 아릿해졌다. 날카로운 가시가 박힌 듯 씁쓸거렸다.

'난 너를 지키고 싶었어.'
'너를, 사랑하게 된 거야…….'
'미안해. 혜서야, 미안해…….'

뒤엉킨 머릿속에 그가 했던 말들이 두서없이 떠올랐다. 그의 곤혹스러워하던 얼굴도, 괴로워하던 얼굴도, 그녀의 날 선 비난에 금방이라도 무너져 내릴 듯 상처받은 얼굴도 함께 떠올랐다. 오랜 시간 이어졌을 그의 고민과 자신만큼 힘들었을 그의 아픔이 느껴졌다. 그래서 이제 그에 대해 무감하고 싶은데, 무감해야 하는데도 그것조차 마음대로 되지 않았다.

오랜 믿음을 무너뜨린 건 그였다. 그런데 왜 또 자신이 이토록 아프고 힘들어야 한단 말인가. 아픈 것도, 힘든 것도 전부 그의 몫이어야 했다. 더 이상은 류준혁이란 비겁한 남자 때문에 아프고 싶지 않았다. 고민하고 싶지 않았다. 그에 관한 건 아무것도 생각하고 싶지 않았다. 아플 만큼 아팠고 힘들 만큼 힘들었다. 바닥까지 떨어졌다가 간신히 다시 올라왔다. 그러니 전부 지우고만 싶었다. 하지만 그는 제멋대로 떠올라 자꾸만 머릿속을, 마음속을 휘저었다. 이렇게 멋대로 자신을 휘저어도 용서해 줄 마음은 없었다. 용서를 하기엔 그는 그녀에게 너무 긴 시간, 커다란 잘못을 저질렀다.

아무리 나를 흔들어 봐! 그래도 용서하지 않을 거야!

그녀는 이불을 끌어 올려 얼굴 위로 푹 뒤집어썼다.

"한숨 자고 일어나니 좀 괜찮아?"
"네, 엄마. 괜찮아요."

약을 먹고 다시 까무룩 잠이 들었던 모양이다. 몸 여기저기가 맞은 것처럼 욱신거리긴 했지만 두통은 훨씬 가라앉았다. 창문을 다 가리지 못한 커튼 사이로 보이는 하늘이 어느새 다시 어둑해져 있었다. 혜서는 이불을 걷으며 몸을 일으켰다.

"그냥 누워 있지 왜 일어나?"

"너무 누워 있었더니 허리가 아파요."

"그래? 그래도 침대 밖으로 나오지 말고 그냥 앉아서 쉬어. 너 일어났으니 엄만 잠깐 나갔다가 와야겠다."

침대 헤드와 혜서의 허리 사이에 쿠션을 넣어 주며 경옥이 말했다.

"어두워졌는데 어디요?"

"준혁이 주려고 반찬 좀 만들었어. 아까 너 자고 있을 때 다녀갔는데 어디가 아픈지 얼굴이 아주 까칠하더구나."

"준혁이가 왔었어요?"

"그래. 너 잔다고 그냥 얼굴만 보고 갔어. 둘이 다퉜다며?"

"……."

"괜히 준혁이한테 고약하게 군 거 아니야? 그렇잖아도 너 앓는 거 보면서 준혁이도 아픈 거 아닌가 걱정했어. 예전부터 너희 둘 꼭 같이 아팠었잖니. 돌봐 줄 사람도 없는데 아프면 그것만큼 외롭고 서러운 것도 없지."

경옥이 방을 나서자 간신히 담담한 표정을 유지하고 있던 혜서의 얼굴이 어두워졌다. 그녀는 결국 이불을 걷고 침대 밖으로 몸을 일으켰다.

"아……."

혜서는 눈앞이 빙글 도는 현기증에 휘청거리며 침대 끝에 주저앉았다. 등에는 식은땀이 솟았다. 그래도 다시 눕는 대신 다리에 힘을 주고 천천히 일어섰다. 하지만 막상 방을 나서려니 상처 입어 옹졸해진 마음이 발길을 붙잡았다. 그렇다고 도로 눕지도 못한 그녀는 한참을 문 앞에서 서성거렸다. 같은 자리를 맴도는 그녀의 마음은 이미 문을 지나 방을 나선 지 오래였다.

설마…….

아닐 거라 생각하면서도 불안했다. 경옥의 말처럼 이상하게도 어릴 때부터 둘 중 한 사람이 아프면 나머지 한 사람도 병이 나곤 했다. 신경 쓰고 싶지 않지만 그녀는 결국 방을 나서 아래층으로 향했다.

"왜 내려와?"

"좀 답답해서요."

혜서는 대답을 하며 경옥의 손에 들린 가방을 확인했다.

"그거 준혁이한테 가져다줄 반찬이에요?"

"그래. 왜? 네가 바람 쐴 겸 다녀올래?"

혜서가 대답을 하지 않고 머뭇거리자 경옥이 그녀의 손에 떠넘기듯 가방을 넘겼다.

"밖에 좀 쌀쌀하니까 숄 두르고 다녀와."

"……네."

현관을 나서는 혜서의 뒷모습에 경옥은 짧은 한숨을 내쉬었다.

엄마의 말처럼 바람이 찼다. 옷 속까지 파고드는 바람을 막기 위해 혜서는 숄 끄트머리를 두 손으로 잘 여며 쥐었다. 골목길을 내려오며 보니 준혁의 집엔 여전히 불이 켜지지 않은 상태였다. 미간이 절로 찌푸려졌다. 그는 밤새 불을 켜고 잘 정도로 어두운 것을 싫어했다 아니, 싫어하는 것보다는 두려워했다. 어둠 속에 누우면 어김없이 악몽을 꾼다고 했었다. 그런데 불도 켜지 않고 있다니. 집에 없는 걸까? 초인종을 눌러도 묵묵부답이었다.

혜서는 굳게 닫힌 대문 앞에서 잠시 서성이다가 몸을 돌렸다. 느린 걸음으로 자신의 집 앞까지 왔다가 다시 발길을 돌려 내려갔다. 등에 식은땀이 흐를 때까지 그렇게 오르내리기를 수차례 반복했다. 혹시라도 외출한 그가 무사하게 집으로 들어오는 모습을 확인할 생각은 없었다. 그래야 할 이유도 없었다. 그런데도 쉽게 걸음이 멈추질 않았다.

그의 집과 자신의 집을 잇는 골목길을 오르내리다 보니 본의 아니게 수많은 기억들이 떠올라 아련해졌다. 덥거나 춥거나 사계절 내내 그와 손을 잡고 뛰어다니던 어린 시절의 추억이 내디딘 발걸음마다 휘장이 걷히듯 하나씩 모습을 드러냈다.

그와 첫 키스를 나누었던 곳도 이 골목, 그의 집 앞이었고, 첫 키스와는 비교도 되지 않을 만큼 위험스럽고 뜨거웠던 두 번째 키스도 같은 장소였다. 무모한 용기를 내어 고백을 하고 무참하게 거절당한 채 상처받았던 곳 역시 이 길과 닿아 있는 장소. 아장아장 걷던 어린 시절로부터 시작해 어리바리한 모습으로 함께 초등학교에 입학해서 매일 등하교를 같이 하며 거닐던 길. 그렇게 두 사람은 사춘기 시절을 보냈고 성장하여 어른이 되었다.

그들의 모든 성장 과정을 말없이 지켜보고 있었을 골목길. 그리하여 기쁨, 그리움, 설렘, 사랑, 질투, 아픔, 온갖 다양한 감정들이 곳곳에 배어 있는 골목길. 이젠 이 길의 끝에 서 있는 한 여자와 한 남자. 여자는 이대로 등 돌린 채 다른 곳을 향해 가고 싶었다. 그런데 이 골목 구석구석에 켜켜이 쌓인 추억들이 너무 많아 그녀의 발목을 꼭 붙잡고 놓아주지 않았다.

오도 가도 못하고 골목 한가운데 멈춰 선 혜서의 얼굴이 깊은 고민으로 초췌했다.

※　※　※

준혁은 소파에 깊숙하게 몸을 묻은 채 빌딩 사이로 서서히 움직이는 태양을 바라보았다. 붉은 태양을 배경으로 활기 가득한 도시는 숨차도록 열심히 달리고 있었다. 강을 가로질러 길게 뻗은 다리 위로 오고 가는 자동차의 행렬은 하루 종일 끝이 없었고 쉴 새 없이 지나치는 전철 역시 수많은 무명씨(無名氏)들을 태운 채 다음 역을 향해 바삐 달렸다.

사람도, 차도, 거대한 숲을 이룬 건물들조차 숨 가쁘게 바빠 보였다. 하지만 그건 투명한 유리창 바깥쪽의 세상일 뿐, 안쪽에 갇힌 그에겐 종일 무겁고 적막한 침묵만이 존재했다. 길고 긴 시간 동안 말간 유리를 뜨겁게 파고들던 태양이 스르르 다시 몸을 움직였다.

준혁은 붉은 오렌지빛으로 물든 석양이 빽빽하게 늘어선 빌딩을 스치고 한강 너머로 사라지는 것을 지켜보았다. 완전하게 모습을 감추기 전의 태양은 세상과의 이별을 슬퍼하듯 하늘을 온통 핏빛으로 불태웠다.

'난 이제 너에 대한 마음을 깨끗하게 접을게. 아니, 이미 접었어.'
'우리 사이엔 이제 아무것도 남지 않았어. 우정? 그거라고 남아 있겠니?'

대지 아래로 슬프게 가라앉으며 태양이 그에게 외쳤다. 동시에 깜깜한 암흑이 찾아왔다. 태양을 잃는다면 하늘은 빛을 잃는 것이다. 그리고 혜서를 잃는다면 그는 세상을 잃는 것이다.

"혜서야!"

소파에서 벌떡 일어난 준혁이 암흑뿐인 하늘을 향해 손을 뻗으며 외쳤다. 하지만 잡히는 것은 아무것도 없었다. 그의 손은 허공에서 몇 번 허우적대다가 힘을 잃고 아래로 떨어졌다.

어디서부터 잘못된 것일까? 그저 그녀를 놓치지 않기 위해, 영원히 함께하기 위해 몸부림쳤을 뿐이다. 최선을 다했을 뿐이다. 그런데 사랑을 버리고 우정을 선택했던 결과가 너무나 참혹했다.

"윽!"

심장이 쩍 갈라지는 통증을 견디지 못한 그가 왼쪽 가슴을 움켜쥐었다. 소파 위로 털썩 주저앉은 그의 발밑, 평평한 바닥이 부르르 진동하듯 흔들렸다. 마치 파도처럼 출렁거리던 바닥에서 검은 안개가 피어오르기 시작했다. 준혁은 두 눈을 부릅뜨고 정체불명의 그것을 바라보았다. 할머니가 돌아가신 후 어둠 속에 홀로 있을 때면 그를 괴롭히던 공포가 다시 찾아온 것이다. 집 안을 환하게 밝히고 있는 전등 불빛은 다른 날과 달리 무용지물이었다.

검은 안개는 빙글빙글 돌며 허공중에 블랙홀 같은 원을 만들었고 그 원 안에서 무언가 불쑥 모습을 드러냈다. 검은 머리를 사방으로 풀어 헤치고 입가엔 잔인한 미소를 머금은 붉은 눈의 악마였다. 좀 더 사악해지고 좀 더 괴기스러워진 모습이 소름 끼치게 두려웠다. 갈퀴 같은 손에 긴 손톱을 세운 악마는 끼끼끼, 쉰 목소리로 비웃으며 그를 조롱했다. 그리고 순식간에 손을 움직여 긴 손톱을 그의 심장 깊숙이 찔러 넣었다.

"아악!"

끔찍스러운 아픔에 숨조차 쉴 수 없었다. 악마는 귀밑까지 찢어진 입술 안에 뾰족한 이를 드러내며 웃음을 멈추지 않았다. 그의 심장을 틀어쥔 악마가 손에 힘을 주었다. 더는 견딜 수 없는 통증에 비명조차 지를 수 없었다. 순간 악마의 붉은 눈이 번득였다. 그리고 만족한 듯 다시 한 번 끼끼끼, 쉰 목소리로 웃으며 그에게서 한 발 물러났다. 악마의 손엔 무언가가 들려 있었다. 준혁이 눈을 가늘게 뜨고 그것을 확인했다. 그것은 붉은 피를 뚝뚝 흘리고 있는 심장이었다.

헉!

그는 천천히 고개를 내렸다. 그의 눈에 뻥 뚫어진 자신의 왼쪽 가슴이 보였다. 다시 고개를 들어 악마가 쥐고 있는 제 심장을 응시했다. 제게서 떨어져 나가서도 벌떡벌떡 뛰던 심장은 점차 힘을 잃으며 움직임을 멈추고 있었다.

"돌려줘!"

준혁이 외쳤다. 하지만 악마는 고개를 내저으며 그의 눈앞에서 더욱 세게 심장을 틀어쥐었다. 그의 심장이 아프다고 소리 없는 비명을 질렀다. 하지만 그는 아무것도 할 수가 없었다.

생명의 원천인 심장이, 그에게서 뜯겨져 나갔다. 그는 모든 힘을 잃었다. 더 이상 숨도 쉴 수 없었다. 소파에 앉은 채 그의 몸은 천천히 한쪽으로 기울어졌다. 기울어지는 시선을 따라 여전히 자신을 비웃고 있는 악마의 모습도 함께 기울어졌다. 끼끼끼, 기분 나쁜 웃음소리가 멀어져 갔다. 그리고 뿌옇게 흐려지는 시야. 완전한 어둠이 그를 덮쳤다.

❋   ❋   ❋

 아무리 잠을 청해도 소용이 없었다. 일찌감치 누워 이리저리 뒤척거리던 혜서는 결국 잠을 포기했다.
 쿵쿵쿵.
 이상하게 심장이 두근거렸다. 스멀스멀 밀려오는 불안감이 그녀를 온통 뒤흔들어 놓았다. 그녀는 머리맡에 놓인 스탠드를 켜고 시간을 확인했다. 취침 시간이 이른 편인 부모님은 깊이 잠들어 있을 시간이었다. 잠시 고민을 하던 그녀는 모로 누워 몸을 둥글게 말았다. 하지만 결국 5분도 되지 않아 스프링이 튕기듯 일어나 침대 아래로 내려섰다. 급하게 외투를 꺼내 입고 아래층으로 내려오는 발걸음이 조심스러웠다.
 문소리가 나지 않도록 집을 빠져나온 그녀는 어둠 속을 달려 준혁의 집으로 향했다. 빛 하나 새어 나오지 않고 여전히 어둠에 잠긴 집은 그저 거대한 무생물처럼 보였다. 그녀는 아래쪽 큰길까지 단숨에 내달렸다. 무엇 때문인지 알 수 없지만 그저 마음이 급했다. 불안감이 점점 커지고 있었다. 열이 다시 오르는 탓인지 몸이 무거웠다. 그래도 그녀는 달렸다. 입술 사이로 새어 나온 하얀 입김이 허공중에 흩어졌다. 오래지 않아 택시에 몸을 실은 그녀는 지친 숨을 몰아쉬었다.

 3105호.

문 앞에 선 혜서는 철문에 이마를 콩 박았다. 며칠 전 이 문을 나설 때만해도 다시 이곳에 오리라 생각하지 못했다. 그때 그녀는 류준혁이란 남자를 다시는 만나지 않으리란 마음뿐이었다. 그런데 결국 그는 단 며칠 만에 그녀를 이곳까지 불러들였다.
 정말 나쁜 녀석이야, 너!
 혜서는 초인종을 눌렀다. 반응이 없었다. 연속해서 두 번을 눌러도 안에선 아무런 기척이 느껴지지 않았다. 심장이 더 빠르게 뛰기 시작했다. 그녀는 몸을 돌리는 대신 도어록의 터치 패드를 노려보았다. 당연히 비밀번호는 모른다. 하지만 잠시 고민을 하던 그녀는 이 아파트를 그의 어머니가 사 주셨다던 말을 기억해 냈다.
 아니라도 어쩔 수 없지만…….
 번호가 틀려서 삑삑 경고음이 울릴 것을 각오하며 버튼을 누르기 시작했다. 하지만 현관문은 단 한 번의 시도로 그녀의 방문을 허락했다. 다행히도 비밀번호는 그의 생년월일 숫자였다. 현관 안으로 들어선 혜서는 아무런 소리가 들리지 않는 거실 안쪽에 귀를 기울였다. 지나치도록 조용했다. 급하게 신을 벗은 혜서가 거실 안으로 뛰어들어 갔다.

 사방을 다 둘러봐도 온통 암흑 천지였다. 눈을 감고 있는 건지 뜨고 있는 건지조차 구분이 되지 않을 지경이었다. 세상에 이토록 완벽한 어둠이 존재하다니 믿기 어려웠다. 그 어둠 속에서 붉은 눈의 악마가 다시 불쑥 튀어나오진 않을까 두려웠다. 그때 그를 둘러싼 어둠과는 어울리지 않는 향기가 코끝을 자극했다. 언뜻 아릿한 봄꽃 내음 같기도 한 아련하도록 그립고 익숙한 향기. 그 향기가 그의 심장을 두근거리게 했다.

 심장?

 이제 자신에겐 두근거릴 심장이 없었다. 그러니 지금 쿵쿵거리는 거친 박동 소리는 심장이 내는 소리일 리가 없다. 그는 어둠 속에 갇혀 좌절했다. 결코 이 어둠을 벗어날 수 없을 것이다. 스스로 걸어 들어온 어둠 속이니.

 혜서야……

 그녀가 없는 곳은 그에겐 어디나 암흑일 뿐이다. 그녀가 영영 손을 놓는다면 그는 이 암흑 속에 영원히 갇히고 말 것이다. 울컥 목이 메었다. 감은 건지 뜬 건지 모르겠는 눈에서 주르륵 눈물이 흘렀다. 자신이 선 상태인지 앉은 상태인지도 몰랐는데 아마 누운 상태였나 보다. 눈물이 눈꼬리를 타고 흘러 귓바퀴를 적셨다. 그때 부드러운 무언가가 그의 눈꼬리에 닿았다. 짐짓 흐르는 눈물을 닦아 주려는 듯 조심스럽게 더듬는 손길…… 직감적으로 알았다.

 혜서다!

 준혁은 눈을 번쩍 떴다.

 있었다! 눈앞에 그녀가 있었다!

 그를 둘러싸고 있던 암흑은 순식간에 저만치 밀려나고 환한 빛 속에 살짝 미간을 찌푸린 혜서의 모습이 보였다. 그녀를 확인한 준혁은 소파에 누웠던 몸을 일으켜 앉으며 자신의 얼굴에서 멀어지는 그녀의 손목을 낚아채듯 잡았다.

 "앗!"

 갑작스럽게 눈을 뜬 준혁 때문에 놀라 뒤로 물러나던 혜서는 그에게 손목을 잡힌 채 눈을 동그랗게 떴다. 보고 있으면서도 믿을 수가 없었다. 그녀가 자신의 앞에 있다니. 그는 잡힌 손목을 비틀어 빼려는 그녀를 힘껏 끌어안았다. 따뜻했다. 따뜻…… 했다.

"혜……"

준혁은 차마 그녀의 이름을 다 부르지도 못하고 입을 앙다물었다. 자칫 입을 열었다가는 울음소리가 밖으로 터져 나올 것 같았다.

아아…… 그녀가 다시 돌아오다니……. 꿈만 같았다.

혜서는 눈치를 살피듯 자신의 얼굴을 빤히 응시하는 준혁을 노려보았다. 까만 눈은 움푹 꺼지고 뺨은 홀쭉했다. 며칠 사이에 까칠해진 안색을 보는 마음이 좋지 않았다.

"손 좀 놔."

그녀의 말에 준혁은 오히려 잡고 있던 손에 힘을 주었다. 자신을 꼭 끌어안고 버티는 그의 품에선 간신히 벗어났지만 잡힌 손까지 빼기엔 역부족이었다. 결국 그녀는 손 하나를 그에게 맡긴 채 한숨을 쉬고 말았다.

거실에 들어섰을 때 처음엔 집이 빈 줄 알았다. 그러다 등받이 때문에 시야가 가려진 소파 쪽에서 들리는 이상한 소리에 다가가니 준혁이 소파 위에 누워 있었다. 잠이 들었나 했지만 그는 왼쪽 가슴을 움켜쥔 채 끙끙 앓는 중이었다. 하얗게 마른 입술 사이로 고통스런 신음이 새어 나왔다. 나쁜 꿈을 꾸는 모양이라고 생각하면서도 그에게 다가갔다. 그때 그의 눈꼬리를 타고 또르르 눈물이 흘러내렸다. 그것을 본 순간 가슴이 철렁 내려앉았다. 그리고 자신도 모르게 손을 올려 그의 눈물을 닦아 주었다. 하지만 그것이 용서의 의미는 아니었다.

"혹시라도 착각하지 마. 내가 온 것에 큰 의미를 부여하지 말란 말이야."

혜서의 말에 준혁은 깊게 가라앉은 눈으로 그녀를 뚫어지게 바라만 보았다. 아무런 말도 하지 않으니 무슨 생각을 하고 있는 건지 도통 알 수가 없었다.

"다녀갔다는 말, 들었어. 엄마가 너 얼굴 까칠해 보였다고……."
"걱정했니?"

쉰 음성으로 묻는 그의 말에 혜서는 대답 대신 시선을 아래로 내렸다. 걱정했던 마음을 들키고 싶지 않았다. 그런데 준혁이 집요하게 다시 물었다.

"나 혼자 앓고 있을까 봐, 걱정이 된 거지?"
"……."
"그래서 온 거 아니야?"
"웃긴다, 너! 걱정은 누가? 쓸데없는 말 하지 마!"

준혁이 이곳까지 한달음에 달려온 자신의 마음을 대번에 짚어내자 혜서가 소리를 빽 질렀다. 공연히 얼굴이 발갛게 달아올랐다.

"고마워."
"글쎄, 아니라니까!"
"그래도 고마워."
"……."
"이유가 뭐든 다시 와 줘서 고마워."

준혁이 그녀를 향해 아스라한 미소를 지었다. 금방이라도 눈물을 쏟아 낼 것처럼 촉촉한 눈을 하고 파르르 떨리는 입꼬리를 잡아당기며, 그렇게 웃었다. 오늘따라 움푹 팬 그의 보조개마저도 측은해 보였다. 그 얼굴을 마냥 바라보고 있다가는 그에게서 영영 헤어 나올 수 없는 최면에 걸릴 것만 같았다.
"나 갈게."
혜서는 앉았던 자리에서 벌떡 일어났다. 이미 접은 마음이었다. 약한 모습을 보이는 그에게 공연히 흔들리고 싶지 않았다. 당황한 그가 그녀의 손을 잡은 채 따라 일어섰다. 왜 가려고 하냐는 듯 의문을 담아 바라보는 준혁의 눈동자가 불안하게 흔들렸다.
"가야 해?"
"당연한 거 아니야? 내가 그럼 여기서 너랑 밤을 새워야 해?"
혜서는 자정이 다 된 시간에 달려온 사람치고는 뻔뻔스러워 보일 정도로 당당하게 받아쳤다.
"혜서야…… 미안해, 용서해 줘."
준혁은 듣는 사람이 숙연해질 정도로 진지한 목소리로 사과했다. 그녀가 받아 주지 않는다면 수십 번, 수백 번이라도 반복해서 빌 기세였다.
"내가 네 사과를 받아 주면 어떻게 되는 거니?"
"……"
"그럼 너와 내 사이가 어떻게 되는 거야? 그렇게 미안하다고 하니까 사과는 받아 주고 싶은데 그러면 그동안 네가 나한테 저지른 잘못까지 전부 이해하고 용서해야 하는 거니?"
"혜서야……"

"미우니까 자꾸 내 이름 부르지 마!"

그녀의 고함에 준혁이 입을 꾹 다물었다. 하지만 간절한 빛을 담고 그녀를 바라보는 눈동자는 돌리지 않았다.

"너랑 친구도 하기 싫었어. 친구로 지냈던 기억도 모두 잊고 싶었어. 그런데 너 때문에 내 지난 추억까지 전부 부정할 수는 없다는 걸 알았어. 그러니까 그냥 친구는 하자."

골목길을 무수히 오르내리며 고민한 끝에 내린 결정이었다. 하지만 준혁은 그녀의 말을 단칼에 잘랐다.

"그런데 혜서야. 나는…… 안 돼."

"뭐?"

"이제 너랑 친구만 할 수는 없어. 그게 불가능하다는 걸 깨달았어."

냉랭하던 혜서의 눈에 파란 불꽃이 점화되었다.

"왜 뭐든 네 멋대로야?"

"알아, 뻔뻔하다는 거."

"그래! 너 정말 뻔뻔한 녀석이야!"

"맞아, 뻔뻔해. 그래도 어쩔 수 없어. 너를, 사랑하니까."

울컥 눈물이 날 것 같았다. 얼마나 듣고 싶은 말이었는데……. 하지만 혜서는 약해지려는 마음을 다잡았다.

"웃기지 마! 맘대로 밀어내더니 이젠 사랑한다고? 어떡하지? 그렇게 기다리던 사랑을 고백받았는데 나는 하나도 기쁘지가 않아. 오히려 모욕적이야! 어떻게 나를 이렇게 비참하게 만들 수 있어? 신뢰받지 못하는 사람으로부터 받는 사랑 고백이라니……. 그걸 어떻게 믿으라는 거야? 노력도 해 보지 않고 멋대로 포기했으면서! 넌 비겁한 패배자야! 그러니 사랑할 자격 없어!"

준혁은 분노에 찬 목소리로 소리를 지르는 혜서를 끌어안았다. 이대로 그녀를 놓칠 수는 없었다. 그의 음성은 그녀를 잡고 싶은 마음만큼 더욱 간절해졌다.

"너 없인 살 수 없어……."

너는 내 심장이야!

"아니, 넌 살 수 있어."

"혜서야, 제발……."

"어리광 피우지 마! 넌 그런 말 할 자격 없어. 이미 기회를 잃은 거야! 너 스스로 내던져 버렸잖아!"

"……."

"놔, 이거!"

"혜서야! 윽!"

갑작스레 팔을 물어 버린 혜서 때문에 준혁이 그녀를 놓치고 말았다. 간신히 풀려난 혜서가 그를 사납게 노려보았다.

"분명히 말하지만 난 이제 아니야. 너 사랑하지 않아. 네가 원했던 일이잖아."

"다시 돌아오게 할 수 있어. 노력할게."

"노력해도 소용없어. 내 마음이 이미 끝났으니까! 그리고 난 네가 말하는 사랑, 믿을 수 없어. 또다시 무슨 핑계를 대며 밀어낼지 모르잖아."

"절대로 그런 일 없어."

준혁이 한 발 다가서자 혜서가 한 발 물러났다.

"아니, 그 말도 믿지 못해."

"기다릴 거야. 네가 나를 믿어 줄 때까지. 다시 나에게 돌아올 때까지."

"쓸데없는 일이야. 공연히 기운 빼지 마."

"아니야! 몇 년이 걸려도 상관없어. 나, 내치지만 마. 오고 싶지 않다면 그 자리에 있어. 내가 갈게. 내가 갈 테니까. 응?"

단호하면서도 간절한 준혁의 말에도 혜서는 완강히 고개를 가로저었다.

"네가 원하는 만큼 벌받을게. 그러니까 충분히 벌줬다고 생각되었을 때 용서해 줘. 부탁해."

"평생토록 용서하지 못하면?"

"그럼 평생토록 네 곁에서 벌받을게."

"……."

"사랑해, 혜서야."

혜서는 끝내 고개를 돌려 외면했다. 그렇지만 더 이상 밀어내지도 않았다.

"평생토록 벌을 받든 말든 네 맘대로 해. 지금 너랑 이 얘기로 실랑이 벌이는 게 무슨 의미가 있나 싶다. 내가 할 말은 다 했어. 지치면 알아서 물러나겠지."

"지치지 않을 거야, 절대로."

준혁은 이제 자신 앞에 힘들고 긴 전쟁이 시작되었음을 알았다. 하지만 물러날 수 없었다. 늦게 깨달은 벌이니 뭐든 달게 받아야 했다.

* * *

-여보세요? 준혁이니? 무슨 일 있어?

한주는 막 잠에서 깬 듯 쉰 음성이었다. 준혁이 먼저 전화를 건 것이 처음이라 좀 놀란 모양이었다.

"저는 아버지랑 다릅니다."

-뭐?

인사도 생략하고 다짜고짜 내뱉는 준혁의 말에 수화기 너머의 한주는 당황스러워했다.

"저는 친구도 사랑도 추억도 진부 포기하지 않을 겁니다."

-그게 갑자기 무슨…….

"그건 아버지의 실패지 저의 실패는 아니니까요."

-…….

"그걸 늦게 깨달았어요. 너무…… 늦었어요."

-준혁아?

"그래도 포기하지 않을 겁니다. 포기할 수 없습니다."

준혁은 결연한 의지가 담긴 단호한 목소리로 다짐했다. 그리고 덧붙였다.

"이 말씀을 드리고 싶었습니다. 추억을 안식처로 남기기 위해 사랑을 포기해야 한다는 아버지의 생각, 틀리셨습니다."

수화기를 쥐고 있는 준혁의 손등 위로 굵은 힘줄이 불끈 솟아올랐다.

제9장

친구처럼 연인처럼

그녀,
차혜서

 조용한 클래식 음악이 흐르고 있는 평일 오전의 호텔 커피숍은 한산했다. 바쁜 시간이 아닌지라 잠시 짬을 낼 수 있었던 혜서는 맞은편에 앉은 상희의 배에 눈길을 주었다. 원피스 스타일의 임부복을 입은 그녀의 배가 소담하게 부풀어 있었다.
"배가 제법 나왔네."
"그러게. 요샌 하루가 다르게 나오고 있어. 먹는 것도 엄청 당기고."
"좋지, 뭐. 입덧하느라 한동안 고생했잖아."
"쳇! 뭐냐, 이게. 매번 나만 고생이고. 정우 그 인간은 매일 수영장이랑 헬스클럽 다니면서 갑바 자랑을 어찌나 하시는지."
 상희가 볼멘 목소리로 입을 삐죽거렸다. 그러면서도 손은 바쁘게 움직여 달콤한 케이크를 입으로 실어 날랐다.

"오호, 갑바 자랑할 정도야?"

"자랑할 정도는 뭘! 내가 보기엔 그저 그런데도 수영장에만 다녀오면 윗옷을 홀랑 벗고 졸졸 쫓아다니며 한번 만져 보라고 난리다, 난리야."

혜서는 상희에게 들이대는 정우의 모습이 생각나 웃고 말았다. 푸근한 몸매의 정우가 제대 이후 본격적인 연애를 하면서부터 몸 관리에 부쩍 신경을 쓰기 시작했다. 수영, 헬스, 원 푸드 다이어트 등 지극 정성으로 노력을 하더니 끝내 눈 높은 상희의 마음을 흔드는 데 성공, 결혼까지 이르렀다. 천적으로 보이던 두 사람은 의외로 찰떡궁합이었다. 덕분에 상희는 첫째 출산에 이어 벌써 둘째 아이까지 임신 중이다. 스물일곱에 결혼해서 어느새 결혼 4년 차에 이른 그들은 여전히 자그마한 일로 토닥거렸지만 실은 은근 닭살 커플로 더 유명했다.

"정우 요새는 안 바빠?"

예전부터 게임을 그렇게 좋아하던 그는 지금 유명한 게임 회사에 입사해 프로그램 개발자로 근무하고 있었다.

"응. 얼마 전에 새로운 프로젝트 하나 끝냈거든. 한동안 폐인 몰골이더니 요즘 휴가 받아 쉬고 있잖아."

"그럼 같이 있어야지 왜 나왔어?"

"오늘 나 도망 나온 거야. 하도 껌처럼 들러붙어서 귀찮게 해 가지고. 그 인간은 전생에 내가 씹다 버린 껌이었던 게 분명해."

"또 시작이군. 여기 내 직장인 것만 잊지 말아 줘."

"내가 천하의 차 대리 얼굴에 먹칠할까 봐? 이 호텔 사람들이 다 너만 쳐다보고 있냐? 내가 보기엔 시커먼 근무복 입은 사람들은 다 똑같아 보이는데 뭘. 있잖아, 너 만나러 나오기 직전엔 경찰까지 부를 뻔했다니까."

갑자기 낮아진 목소리에 혜서도 같이 긴장을 했다.

"경찰? 왜?"

"우리 집에 변태 있다고 신고하려고. 임신한 마누라 옷 갈아입는 걸 어찌나 뜨거운 눈으로 쳐다보는지. 큭큭."

"아주, 처녀 앞에서 못하는 말이 없다, 이 아줌마야!"

혜서가 상희의 손등을 툭 쳤다.

"왜? 서른한 살 노처녀 가슴에 불 일어나? 막 몸이 화끈 달아올라? 응? 내가 그 불 좀 끄게 누구 소개 시켜 줘?"

한동안 잠잠하더니 상희가 또 누굴 들이밀려는 모양이었다.

서른한 살……. 어느새 그런 나이가 되었나?

문득 의식하지 못하던 제 나이를 깨닫고 깜짝 놀라기는 했지만 혜서는 짐짓 아무렇지 않은 척 커피 잔을 들어올렸다.

"암튼 뭘 믿고 저렇게 느긋한지 모르겠다. 고운 시절을 그냥 보낸 것도 억울한데 이제라도 불타는 연애 한번 해 봐야 할 것 아니야."

"때가 되면 하겠지."

"참 느긋한 소리도 다 한다. 때가 지나도 한참 지났으니 망정이지. 하여튼 내가 답답해서 미쳐. 류준혁은 도대체 뭐 하고 있는 거야?"

뜬금없이 준혁을 입에 올리며 벌컥 화를 내는 상희에게 아무런 대꾸도 하지 않았다. 누군가를 만나 보라며 들이미는 것을 사양할 때마다 마지막엔 항상 준혁이 화제의 인물로 올라 잘근잘근 씹

히곤 했다.

"무늬만 번지르르 하고 여자 마음 잡는 일엔 우리 신랑보다도 무능력한 인간이 저기 오네."

상희의 말을 들으며 그녀의 시선을 좇자 근무복을 입은 준혁이 다가오고 있었다. 키가 훤칠한 그는 단조로운 검정색 근무복을 입은 모습조차 나무랄 데 없이 훌륭하고 매끈해 보였다.

"오랜만이다."

준혁이 혜서의 옆자리에 앉으며 상희에게 인사를 건넸다.

"그러게. 얼굴이 반지르르한 것이 넌 잘 지내는 거 같네."

상희의 뾰족한 인사에도 그는 그저 씨익 웃는 것으로 대신했다. 혜서와의 사이에서 일어난 일을 대충이나마 알게 된 이후 그녀는 준혁만 보면 눈에 쌍심지를 켰다.

"근무 시간에 여긴 왜 와서 앉아?"

"바늘 가는 데 실 좇아온 거지."

"쯧쯧. 언제까지 좇아만 다닐 거야? 넌 왜 그렇게 생긴 것 같지 않게 무능한 거니? 직장까지 같은 곳으로 입사를 했으면 이젠 뭔가 결실이 있어야 할 거 아니야? 계속 그렇게 실속 없이 좇아다니기만 하다간 다른 사람이 혜서 확 잡아갈지도 몰라."

"내가 두 눈 시퍼렇게 뜨고 있는데 설마 그런 일이 일어나려고?"

능청스러운 준혁의 대답에 상희가 코웃음을 쳤다.

"자신만만한 척하기는. 그래서 그동안 아무런 진전이 없는 거냐? 내가 결코 네 편은 아니지만 하도 답답해서 하는 말이야. 안 되면 발이라도 걸어서 확 넘어뜨리든가. 주어진 환경을 잘 활용해 보란 말이야. 얼마나 좋니? 직장이 룸 천지인 호텔이잖아. 직원은 이용하면 안 된다는 법이라도 있어?"

"야아! 이상희!"

당황한 혜서의 얼굴이 확 붉어졌다.

"이거 봐, 이거. 얼굴 붉히는 거 보니 정말로 아직 아무 일도 없었던 거 맞네. 죽으면 썩을 몸, 아끼는 거냐?"

"애 엄마 되더니 말이 상당히 하드해졌다?"

준혁의 말에 상희는 뻔뻔한 얼굴로 어깨를 으쓱했다.

"이 정도 가지고 무슨 하드?"

"히하, 졌나, 졌어. 그런데 우리 혜서, 내가 발 걸어 넘어뜨린다고 스리슬쩍 넘어가는 여자가 아니라서 말이야."

"배부른 소리 하고 있네. 힘으로 눌러 버리면 넘어가겠지 별수 있어? 아무튼 겉만 번지르르하지 진짜 실속은 우리 남편이 최고인 거 같다."

"이 와중에 넌 그런 소리 하고 싶니?"

능청스럽게 말을 주고받는 두 사람을 보던 혜서가 상희에게 눈을 흘겼다.

"얘기들 나눠. 난 그만 가 볼게. 혜서에게 밉보이면 안 되는 처지라서 말이지."

"어련하려고. 그래, 그럼 가 봐."

"응. 정우한테 안부나 전해 줘. 난 가서 대리님이 자리 비운 티 나지 않게 대신 잘하고 있을게."

준혁은 불쑥 나타나 자리에 앉을 때처럼 훌쩍 일어나 커피숍을 나섰다. 그의 뒷모습을 바라보던 상희가 또 혀를 찼다.

"인물이 아깝다, 아까워. 방법을 알려 줘도 써먹질 못하네. 속이 좋은 건지 바본지 가끔 헷갈린다니까. 천하의 냉혈 왕자가 차혜서만 바라보는 일편단심 민들레일 줄 누가 알았겠어? 으이구, 복도 많은 년. 저런 남자가 몇 년이나 구애를 해도 콧방귀나 뀌고. 그런데 이제 용서해 줘도 되는 거 아니야?"

"……."

"죽을죄를 지은 것도 아니고, 너도 준혁이 싫은 거 아니잖아. 솔직히 마음이 있으니까 옆에 붙여 두는 거겠지. 뭐야, 설마 복수혈전인거야? 전에 너 힘들게 한 거 때문에 아직도 마음이 돌아서지 않아? 그래도 이건 좀 너무하지. 받아 주지도 않을 거면서 놔주지도 않다니. 준혁이 잘못이 크긴 하지만 너무 오래 벌주는 거 같아. 내 친구긴 하지만 너 생각보다 정말 무서운 년이야."

혜서는 대답 없이 커피 잔을 들었다. 어느새 커피가 다 식어 있었다. 잠시 옆에 머물다가 간 자리에 익숙한 그의 체향이 옅게 감돌았다. 문득 심장 한 귀퉁이가 아릿해졌다.

"절대 용서도 안 되고 이 남자는 내 남자가 아니다 싶으면 이제 그만 놔줘. 그게 뭐냐? 서로 발목만 잡고서 속 터지게."

"발목 잡고 있는 거 아니야."

"아니긴 뭐가 아니야? 그 아니라는 말도 참 오랫동안 듣게 한다. 그러면 남자 소개시켜 준다고 할 때마다 거절하는 이유는 뭔데? 준혁이 마음을 받아 주지도 않으면서 다른 남자도 만나지 않고. 정말로 처녀로 늙어 죽을 생각인 거야? 도대체 무슨 생각인지 알 수가 없다니까."

상희는 잊은 듯하다가도 가끔씩 이렇게 생각지 못할 때 마음을 툭 건드려 혜서를 흔들어 놓곤 했다. 그 답을 그녀 역시 알지 못한다. 준혁은 마음을 털어놓은 이후로 끊임없이 그녀의 주변을 맴돌며 애정을 숨기지 않았다. 하지만 그녀는 그때마다 우리는 친구일 뿐이라고 응수하고 있다, 예전에 그가 그랬던 것처럼. 그러면 그는 그녀의 마음을 존중한다며 한발 물러나 기다렸다. 그러다 또 기회가 생기면 다시 사랑을 고백했다. 끊임없는 도돌이표. 그렇게 두 사람은 닿지 않은 평행선을 달리고 있었다.

어쩌면 복수혈전이냐는 상희의 말이 맞는지도 모르겠다. 친구라 이름하에 옆에 두고 더 다가서지도 또는 밀어지지도 못하게 그를 붙잡은 채 고문을 하고 있는 것일지도. 그렇게 지난 일에 대해 오랜 시간 복수를 하는 것은 아닐까? 그리고 그는 그녀의 이기적인 마음을 알면서도 사랑한다는 죄로 떠나지도, 붙잡지도 못하고 눈치만 보고 있는 것은 아닐까?

사랑을 말했던 사람은 이젠 우정만 남았다고 하고, 우정만을 주장했던 사람은 이젠 끊임없이 사랑을 외치고 있다. 이렇게 한 사람은 사랑이라 말하고, 한 사람은 우정이라 말하는 두 사람의 관계를 무엇으로 정의해야 하는 건지, 또 앞으로 어느 방향으로 흘러가게 될지 그녀도 알 수 없긴 마찬가지였다.

혜서는 불처럼 일어나는 상념을 지우듯 고개를 가로저었다.

"나는 좋은 사람 만나면 연애도 하고 결혼도 할 거야."

"행여나! 그래서 소개시켜 주는 사람마다 두 번 이상을 만나지 않는 거니?"

"내 타입이 아니었다니까 그러네."

"믿을 말을 해라. 이제 희웅 아빠가 너한테 누구 소개시키는 짓 하지 말래. 준혁이 마음 다칠까 봐 걱정이 이만저만이 아니야. 물론 네 걱정도 많이 해. 공연히 고집부리다가 좋은 녀석 놓치면 어떻게 하냐고."

혜서는 자신의 표정을 살피는 상희의 시선에 자칫 혼란스러워지려는 감정을 지운 채 담담한 미소를 보였다.

"괜히 웃기는. 하여간 너희 두 사람만 보면 난 어지러워."

"왜?"

"같은 자리에서만 벌써 몇 년째 뱅뱅 맴도니까."

무심한 듯 날카로운 상희의 말이 틀리지 않았다. 어느새 두 사람의 관계는 습관처럼 제자리를 맴돌고 있었다. 섣불리 어느 방향으로도 나아가지 못하고 정체되어 있는 관계. 물론 그 이유는 자신에게 있을 것이다. 자신만을 향해 돌진하는 준혁을 받아 주지 못하는 마음 이면엔 아직 치유되지 않은 상처를 부둥켜안고 있는 겁쟁이가 있기 때문이다.

"솔직히 그게 뭐냐? 입으로만 애인이 아니라고 하지, 너희 둘이 하는 짓은 완전 연인이 따로 없잖아. 직장까지 같은 곳에 다니면서 시간 나면 같이 밥 먹고, 영화 보고, 쇼핑하고……. 징그럽게도 붙어 다니잖아. 나랑 정우가 연애할 때랑 똑같은 패턴이야. 그러면서 친구는 무슨! 둘 다 바보야? 사귀면서도 사귀고 있다는 자각을 못하게. 이제 적당히 마음을 인정해. 정말 괜한 고집 부리다 좋은 시절 다 보내고 중늙은이가 되기 전에."

"……."

"아우, 몰라! 이젠 싱싱한 이십 대도 아니고 삼십 대로 접어든 마당에 둘이 알아서 하겠지."

상희는 가방을 챙겨 들고 분연히 일어났다.

"벌써 가게?"

"가야지. 친구 직장에 찾아와 일 방해하는 것도 이 정도면 됐고, 희웅이가 찾을 때도 됐어. 명색이 애 엄마잖아. 밖에 오래 나와 있지도 못해."

"나 오늘 오전 조라서 두 시면 퇴근하는데."

"됐어. 두 시면 아직 멀었잖아. 다음에 월차인 날 만나서 종일 수다나 떨지, 뭐."

"그래, 그럼. 가서 정우랑도 알콩달콩 놀아 줘."

"놀아 주긴 뭘 놀아 줘? 귀찮게 하면 바로 이단 옆차기로 날려 주겠어!"

"배는 불러서 잘하는 짓이다."

"네가 안 겪어 봐서 몰라서 그래. 어찌나 들러붙는지 정말 귀찮아 죽겠다니까. 아니, 내가 그렇게 좋은가?"

"아우, 정말. 듣는 내가 다 질리려고 한다."

"크크크."

이런저런 얘기를 나누며 커피숍 입구를 지나 호텔 로비를 지날 때였다. 회전문을 지나 갑작스럽게 로비로 뛰어든 사내아이가 앞도 보지 않고 두 사람에게로 돌진을 해 왔다. 그 모습을 먼저 발견한 혜서가 행여 임산부인 상희와 부딪칠까 봐 한발 먼저 앞으로 나서며 아이와 충돌을 하고 말았다.

"앗!"

혜서는 제 몸에 부딪쳐 온 아이를 감싸 안으며 주저앉았다. 각오한 바였지만 충격이 작지 않았다. 카펫이 깔린 바닥에 부딪친 무릎도 화끈거렸고 아이를 감싸면서 부딪친 가슴도 얼얼했다.

"어머, 얘! 혜서야! 괜찮아?"

"응, 난 괜찮아. 꼬마야, 넌 괜찮니?"

혜서는 바닥에 주저앉은 상태에서 아이의 팔을 잡고 물었다. 그녀의 물음에 아이는 잡혔던 팔을 거칠게 빼며 입을 꼭 다문 채 반항적으로 빛나는 눈을 깜빡거렸다. 뭔가 불만인 듯 잔뜩 부은 얼굴은 아이 같지 않게 어두워 보였다. 하지만 아이의 또렷한 이목구비는 눈에 띌 정도로 예쁘장한 편이었다.

"꼬마야! 이런 곳에선 그렇게 마구 뛰는 게 아니야. 그리고 잘못했으면 얼른 죄송하다고 사과를 해야지."

내 아이건 남의 아이건 공공질서를 어지럽히거나 버릇없이 구는 걸 두고 보지 못하는 상희가 아이를 나무랐다. 아이의 커다란 눈에 긴장감이 감돌았다. 그리고 꾹 다문 입술은 더욱 단단하게 굳어졌다.

"어머, 이 녀석 좀 보게. 아주 고집이 보통이 아니게 생겼네. 꼬마야! 사과 안 할 거야? 말할 줄 몰라?"

상희의 다그침에 아이의 얼굴이 발갛게 달아오르기 시작했다. 아이가 상희로부터 몸을 틀어 혜서를 마주 보았다. 커다란 눈에 눈물이 그렁그렁 차오르고 있었다.

"상희야, 됐어. 실수할 수도 있지, 뭐. 아직 아이잖아."

주저앉았던 자리에서 몸을 일으킨 혜서가 아이를 감싸듯 제 품으로 당기며 상희를 향해 얼른 머리를 가로저었다.

"어린애일수록 버릇을 잘 가르쳐야지."

아이의 눈에 눈물이 맺힌 걸 보지 못한 상희의 입에서 기나긴 교육철학이 이어질까 봐 혜서가 얼른 그녀의 등을 떠밀었다.

"암튼 넌 더 늦기 전에 가는 게 좋겠다. 얼른 가서 희웅이 챙겨. 난 이 꼬마 신사 좀 챙겨야 할 것 같으니까."

"알았다, 알았어. 호텔이 제 직장이라고 직업의식은. 그럼 난 갈게."

상희를 보낸 혜서는 허리를 굽혀 아이와 눈높이를 맞추었다. 그리고 눈물 맺힌 눈에 힘을 주고 있는 아이를 향해 방긋 웃어 주었다.

"혼자 온 건 아니지? 엄마는 어디 계시니?"

"……으아아앙!"

그녀의 물음에 입술을 실룩거리면서도 고집스레 눈물을 참던 아이가 갑자기 울음을 터뜨렸다.

"어머, 애……."

난처해진 혜서는 얼떨결에 아이를 품에 끌어안았다. 아이가 작은 얼굴을 그녀의 가슴에 묻고 더욱 서럽게 울기 시작했다. 맞닿은 가슴에서 팔딱거리는 작고 여린 심장의 떨림이 느껴졌다. 그녀는 자신에게 매달린 채 우는 아이의 등을 손으로 다정하게 쓸어 주었다. 그러자 아이가 그녀의 목에 덥석 팔을 둘렀다.

"우리 꼬마 신사가 많이 놀란 모양이네. 괜찮아, 울지 마."

혜서는 조용조용 달래는 말을 귓가에 속삭이며 아이를 안은 채 좀처럼 나타나지 않는 보호자를 찾기 위해 로비 입구 쪽을 살폈다. 그때 급하게 회전문을 지나 들어서는 한 남자가 눈에 들어왔다.

"준혁아!"

어딘지 낯설지 않은 남자의 입에서 나오는 외침이 자신의 품에 안겨 있는 아이를 향한 것임을 깨달은 혜서가 굽히고 있던 허리를 세우려고 할 때였다. 울음소리가 더 커진 아이가 절대로 떨어지지 않겠다는 듯 그녀의 목에 두른 팔에 더욱 힘을 주며 매달렸다. 긴 코트를 입은 장신의 남자가 성큼성큼 걸어 두 사람 곁으로 다가왔다. 대롱대롱 매달린 아이를 안은 채 그를 바라보는 혜서의 눈동자가 점점 커다래졌다.

혜서는 간신히 잠든 아이의 이마에 흐트러진 머리카락을 조심스럽게 넘겨 주었다. 버릇인 듯 쑥 내민 입술 사이로 푸우우, 작은 숨소리가 새어 나왔다. 스위트룸의 커다란 침대 속에 파묻히듯 누운 아이의 얼굴이 어쩐지 애잔해서 발걸음이 쉽게 돌려지지 않았다. 그녀는 침대 옆에 잠시 서 있다가 행여 울음 끝에 간신히 잠든 아이가 깨기라도 할까 봐 살금살금 뒷걸음질을 치며 뒤로 물러났다.

로비에서 아빠가 안으려고 해도 가지 않고 막무가내로 혜서에게 매달리던 아이는 그녀가 품에서 떼어 놓으려고 하자 몸서리를 치며 더욱 울음소리를 높였다. 혜서도 자신의 품으로 파고드는 아이를 억지로 뗄 수 없어서 마냥 안아 줄 수밖에 없었다. 아이가 아빠를 거부하는 난처한 상황이었다. 결국 아이를 자신에게 달라고 하는 남자의 말에 오지랖이 넓게도 조금 더 안고 달래겠다며 나서고 말았다. 그런 죄로 그녀는 아이를 안은 채 차갑게 굳은 얼굴로 체크인을 하고 룸으로 올라가는 남자의 뒤를 따를 수밖에 없었다. 다행히 룸으로 올라오는 도중에 잠이 들었는지 그녀의 목에 둘렸던 아이의 팔이 힘없이 아래로 떨어졌다. 룸으로 따라 들어가기 전, 남자에게 아이를 그냥 넘길까 잠시 고민을 했지만 그녀는 직접 침대에 눕히는 것을 선택했다. 혹시라도 중간에 깰까 봐 걱정스러운 마음도 있었지만 오래전의 인연이 그녀로 하여금 다소 과잉 친절을 베풀게 했다.

아이를 한참 동안 안고 있느라 근육이 뭉쳐 어깨가 뻐근했다. 침대에서 물러선 그녀는 반대편 주먹으로 어깨를 살살 두드리며 몸을 돌렸다. 언제부터인지 남자가 문가에 선 채 그녀를 주시하고 있었다. 남자의 예리한 눈빛과 공중에서 부딪힌 혜서의 눈동자가 당황스러움으로 살짝 흔들렸다.

"수고가 많았습니다. 큰 실례를 했군요."

그녀가 나올 수 있도록 문가에서 비켜서며 남자가 깍듯하게 인사를 건넸다. 울림이 더 깊어진 목소리였다.

"아닙니다."

혜서도 직원으로서의 예의에 어긋나지 않을 만큼 적당한 톤으로 정중하게 대답했다. 문을 지나 응접실로 나오니 방 건너편, 복도로 이어지는 문이 반쯤 열려 있는 것이 보였다. 살짝 긴장했던 마음이 절로 누그러졌다. 남자는 그녀가 기억하고 있었던 것 이상으로 매너가 좋은 사람이 분명했다.

"차혜서 씨? 이 호텔에서 근무를 하고 계셨군요."

혜서는 남자의 시선이 자신의 가슴 언저리 금색의 이름표에 닿았다가 떨어지는 것을 보았다. 더불어 그도 역시 자신을 기억하고 있음을 깨달았다. 그녀를 바라보는 남자의 얼굴이 한결 부드러워져 있었다.

"이렇게 다시 뵙게 될 줄 몰랐네요."

혜서가 미소 띤 얼굴로 인사를 건넸다. 마주 보는 남자의 입술 끝이 살짝 올라갔다.

"반갑습니다, 차혜서 씨. 우리, 제대로 인사하죠. 난 민태후라고 합니다."

혜서는 고요하고 차분한 남자의 눈동자를 바라보며 그가 악수를 위해 내민 손을 가볍게 맞잡았다. 크고 단단한 손이 그녀의 손끝을 살짝 잡았다가 놓아주었다. 오래전 캐나다에서 만났던 남자의 이름을 오늘에서야 알게 되었다.

* * *

"차 대리님, 저 먼저 퇴근해요."
"그래요, 주희 씨. 내일 봐요."

마지막까지 남아 있던 직원이 나가자 분주했던 라커룸 안이 조용해졌다. 옷을 갈아입은 혜서는 거울 앞에 서서 위로 말아 올렸던 머리를 천천히 풀어 내렸다. 오늘따라 머리를 단단하게 말아 올렸던 탓에 당겨진 머리 밑이 화끈거렸다. 손끝으로 가볍게 마사지를 한 그녀는 머리카락을 하나로 모아 아래로 느슨하게 내려 묶었다. 거울에 비친 얼굴이 다소 창백해 보였다. 그녀는 굽이 높은 구두를 벗고 편안한 플랫 슈즈로 갈아 신은 뒤 라커룸의 문을 열었다.

"이제 나와?"
"아우, 깜짝이야."
"놀란 척하기는. 한두 번도 아니고 매번 그러는 건 무슨 콘셉트야?"

라커룸 문 옆에 한쪽 어깨를 기대고 비스듬하게 섰던 준혁이 놀리듯 물었다. 그의 말처럼 라커룸의 문을 열고 나설 때 기다리고 있던 그와 맞닥뜨린 일이 한두 번이 아닌데 매번 놀라는 자신이 한심스럽기도 했다.

"너야말로 왜 매번 여자 라커룸 앞에 서 있는 거야? 항의 들어오면 어쩌려고."

"항의? 라커룸 안을 기웃거린 것도 아니고 그냥 서 있기만 했는데, 뭘. 다들 아무렇지 않게 인사만 잘하고 지나가더라. 너만 유난을 떠는 거야."

혜서는 지친 다리를 움직였다. 그의 말이 그리 틀리진 않기에 반박하지 않았다. 류준혁이라면 눈에서 하트를 발사하는 여직원들이 라커룸 앞에서 마주친 그에게 불만을 표할 리가 없었다. 예나 지금이나 여자들에게 인기 만점인 그였다. 단지 누구도 그에게 쉽게 접근하지 못하는 것은 그가 짝사랑하는 혜서에게 몇 년째 끊임없이 구애하고 있다는 소문이 났기 때문이다. 물론 그 소문 덕분에 그녀에게 관심을 보이면서도 적극적으로 다가오는 남자 역시 아무도 없었다. 준혁은 영악하게도 그런 식으로 그녀 주변에 제대로 바리케이드를 쳐 놓았다.

"몇 시 영화라고 했지?"

"세 시 사십 분. 점심 먹고 들어가려면 좀 서둘러야 해."

"팝콘은 내가 살 테니까 점심은 네가 사."

"신경 쓰지 마. 데이트 비용은 내가 알아서 할게."

"또 쓸데없는 소리한다. 데이트는 무슨? 그냥 친구끼리 영화 보는 거야. 그러니까 더치페이해."

"적당히 좀 넘어가자. 대리 월급이 나보다 많다고 자랑하려는 거 아니면."
"월급이 많은 것도 사실이고, 데이트가 아닌 것도 확실하게 하자고."
"아무리 그래도 난 데이트라고 생각해."

기름을 칠한 듯 유들유들하게 말하면서도 끝내 고집을 부리는 준혁을 혜서가 얄밉다는 듯 흘겨보았다. 그러자 준혁이 장난기 어린 미소를 지으며 그녀의 어깨를 자연스럽게 한 팔로 감쌌다. 은근슬쩍 시도하는 스킨십에 혜서는 팔꿈치로 그의 옆구리를 가차 없이 공격했다.

"윽!"
"분명히 데이트 아니라고 했다."

갑작스런 옆구리 공격에 발을 멈춘 준혁을 뒤에 두고 혜서가 먼저 회전문을 통과했다. 호텔을 나서니 투명한 가을 햇살이 분주한 오후의 거리를 비추고 있었다.

스크린에서는 오해로 인해 이별을 했던 남녀 주인공이 감동의 재회를 하는 중이었다. 잔잔하게 깔리던 음악은 이 장면이 클라이맥스임을 알리듯 볼륨이 점점 높아지며 감정을 고조시켰.

혜서도 팝콘을 들고 있던 손에 힘을 주며 영화에 빠져들었다. 그때 절정을 치닫는 음악 사이로 고로롱거리는 이질적인 소리가 들려왔다. 슬며시 고개를 돌린 혜서의 눈에 의자에 깊숙하게 몸을 묻은 채 눈을 감고 있는 준혁의 얼굴이 보였다. 그는 오늘도 어김없이 영화 중간에 잠이 들어 버렸다.

저렇게 잠이나 잘 거면서 왜 영화는 같이 보자고 하는지.

속으로 혀를 찼지만 그녀 역시 준혁이 저렇게 잠들 걸 알면서도 매번 영화 보자는 제의를 거절하지 않았다. 스크린에서 뿜어져 나오는 다채로운 빛에 따라 그의 얼굴 위로 다양한 음영이 새겨졌다가 지워지길 반복했다. 그를 바라보는 혜서의 미간에 작은 세로줄이 그어졌다.

호텔의 특성상 근무가 삼교대로 이루어지기 때문에 항상 같은 시간에 근무를 하는 것은 아니었다. 하지만 2주마다 새로 조를 짜는 부지배인의 배려로 두 사람은 같은 근무 조에 속할 때가 많았다. 그래서 아침 6시에 출근해서 오후 2시에 퇴근하는 오전 근무 조일 때 이렇게 함께 영화를 보러 오곤 했다. 혜서의 취향에 따라 잔잔한 로맨스 영화를 주로 봤는데 그때마다 준혁은 오늘처럼 중간에 잠드는 경우가 많았다.

혜서는 이제 스크린이 아니라 준혁의 얼굴에 본격적으로 시선을 고정시켰다. 그동안의 전적으로 보면 그는 엔딩 스크롤이 올라갈 때까지 잠에서 깨지 않을 것이다. 맘껏 그의 얼굴을 볼 수 있는 좋은 기회인 것이다.

대학을 졸업한 그가 자신을 따라 호텔에 입사했을 땐 많이 놀랐다. 딱히 어떤 직업을 갖겠다고 구체적인 얘기를 한 적은 없었지만 호텔리어 류준혁의 모습은 한 번도 상상해 본 적 없었기 때문이다.

'차혜서 씨와는 친한 친구 사이입니다. 그리고 제가 사랑하는 사람이기도 합니다. 이 호텔은 애인 따라 강남 가는 마음으로 차혜서 씨를 따라

입사했습니다. 그렇지만 호텔에 누가 되지 않을 만큼 책임감 있고 성실하게 일할 테니 잘 부탁드립니다.'

준혁은 입사 첫날, 예약부 직원이 모두 모인 자리에서 이렇게 핵폭탄 급의 자기소개를 했다. 눈에 띄는 외모 탓에 여직원들로부터 관심을 한 몸에 받는 그가 혜서와 애인 사이라는 소문은 순식간에 호텔 전체로 퍼지고 말았다. 그녀가 아무리 부정해도 소용이 없었다. 이젠 그녀도 지쳐서 될 대로 되라 하는 심정이었다. 어쨌든 실과 바늘처럼 준혁과 그녀는 직원들 사이에서 늘 묶여 있는 한 쌍으로 통했다.

혜서는 사실 그와 이렇게 지내는 것이 불편하진 않았다. 일련의 사건 이후로 그녀는 준혁을 냉정하게 대했지만, 그는 지치지 않고 그녀에게 다가왔다. 파랗게 날이 서 있던 혜서의 신경은 다행히 시간이 흐르며 조금씩 누그러졌다. 그렇게 두 사람 사이는 점차 안정감을 되찾으며 예전처럼 편안해졌다.

두 사람은 사랑에 관한 부분에서만 어긋났을 뿐 취미나 가치관이 비슷하니 말이 잘 통해서 여가 시간을 함께하기엔 최고의 파트너였다. 상희의 말처럼 그들은 퇴근 후에 함께 영화를 보거나 미술관을 찾았고, 필요한 물건이 있으면 함께 쇼핑을 할 뿐만 아니라 동창회 등의 모임에도 자연스럽게 함께 참석하는 등 연인들이 하는 행동을 그대로 하고 있었다. 그렇게 두 사람은 서로의 생활에 조용히 스며든 상태였다.

지금 우리 관계는 대체 어떤 거니?

혜서는 친구인지 연인인지 경계가 모호해진 두 사람의 관계가 혼란스러웠다. 준혁은 한결같이 사랑한다고 말하며 마음을 표현하지만 그녀는 좀처럼 그의 마음을 받아 줄 수 없었다. 긴 시간이 흐르는 동안 변하지 않는 그의 마음을 보며 조금씩 신뢰가 되살아났다. 하지만 아직도 심장 깊은 속에 숨어 있는 일말의 원망과 불안감이 완전히 사라지진 않았다. 게다가 자꾸 밀어내다 보니 그것이 습관이 되어 버리기도 했다. 어쩌다 보니 이젠 자신이 덫에 걸린 느낌이 들었다.

꼭 감겨 있던 준혁의 눈썹이 움찔거렸다. 헤서는 얼른 고개를 돌려 스크린을 응시했다. 빠르게 올라가는 엔딩 스크롤이 화면을 가득 채우고 있었다.

❈ ❈ ❈

"내내 기다리셨는데 방금 잠이 드셨습니다."

김 실장의 말에 태후는 살짝 고개를 끄덕였다. 카랑카랑한 목소리로 호통을 치곤했던 모친은 앙상하게 여윈 모습으로 잠들어 있었다. 건강이 좋지 않다는 얘기는 계속 전해 듣고 있었지만 자신을 불러들이려고 수를 쓰는 것이라 생각했다. 그런데 막상 와 보니 상황이 좋지 않았다. 이런 식이라면 잠시 있다가 돌아가려는 계획에 차질이 생길 듯했다. 또한 모친의 건강 역시 걱정스러웠다. 오랫동안 반목하고 있는 사이라 해도 일찍 아버지를 잃은 자신에겐 한 분밖에 없는 어머니가 아닌가. 김 실장을 돌아보는 그의 미간이 좁아졌다.

"제가 해야 하는 일이 뭡니까?"

"일단 상무이사로 발령이 날 겁니다. 대표님이 이렇게 누워 계시니 호텔에 밀린 일이 많습니다. 우선 급한 일부터 서류를 검토하시고……."

"직함은 필요 없습니다. 어머니가 입원해 계시는 동안 대리 자격으로 일을 보도록 하죠."

"공연한 고집 피우지 말고 김 실장 말대로 해라."

건조하고 까칠한 목소리가 끼어들었다. 태후의 모친이자 호텔 '더 블루 캐슬'의 서진희 대표는 언제 잠에서 깼는지 형형한 눈빛으로 아들을 응시했다. 몇 년 만의 재회이건만 마주 보는 두 사람 사이에는 반가움이 아니라 싸늘한 냉기가 감돌았다.

"저는 어머니가 퇴원하시면 바로 출국할 겁니다. 그러니 쓸데없이 자리 만들어 붙잡을 생각은 하지 마십시오."

"뭐야? 이 호텔이 앞으로 누구 것이 될 건데 그렇게 무책임한 말을 하는 게냐? 그동안의 방황으로도 모자란단 말이야?"

"호텔은 어머니 것이죠. 괜히 저한테 책임 떠넘기려고 하지 마세요. 저는 호텔에 일조한 바 없으니 욕심도 내지 않겠습니다."

"이, 이런 망할 녀석! 그래서 내 몫인 호텔을 버리고 이혼한 전처 뒤나 계속 쫓아다니겠다는 얘기야?"

"정현이에 대해서는 어머니와 얘기하고 싶지 않습니다."

서늘하던 태후의 얼굴이 얼음장처럼 더욱 차갑게 굳었다.

"이혼을 선택한 건 그 아이야! 너와 아이를 포기한 건 그 아이란 말이다!"

"그렇게 만든 사람이 어머니잖습니까!"

"너는 예나 지금이나 늘 모든 것을 내 책임이라고만 하는구나!

그래서 아이를 데리고 계속 떠돌이 생활을 하겠다는 게야? 귀국했으면서 집으로 들어오지도 않고 손님처럼 호텔에 머문다지? 너는 여자만 안중에 있고 아이는 생각지 않는 게로구나!"

"제 아이는 제가 책임집니다!"

"책임? 그래서 준혁이가 지금 그 지경이 된 거니? 소아 우울증이라니! 그런데도 아이를 데리고 호텔 생활을 하겠다는 게야? 쿠, 쿨럭쿨럭!"

"대표님 지금 흥분하시면 안 됩니다!"

점점 목소리가 높아지는 두 사람의 대화를 난처한 얼굴의 김 실장이 말렸다. 태후도 모친의 입에서 거친 기침 소리가 터져 나오자 수많은 원망의 말을 삼키며 입을 다물었다. 어느새 준혁의 상태까지 알고 있는 것을 보니 여전히 자신을 향한 레이더망을 가동 중인 모양이었다. 그렇다는 것은 유럽에서 활동하고 있는 정현의 일까지도 모두 알고 있다는 뜻이었다. 하긴 이제는 달리 애를 쓰지 않아도 인터넷 검색만으로도 그녀의 활동 상황을 알 수 있을 터였다.

"김 실장의 말대로 일단 상무이사로 부임하거라. 제대로 된 자리가 있어야 일을 하는 것도 수월한 게야. 피곤하구나⋯⋯. 자세한 얘기는 김 실장과 의논하도록 해."

태후는 더 이상 다른 말은 듣지 않겠다는 듯 눈을 감아 버리는 모친을 두고 김 실장과 병실 밖으로 나왔다. 머릿속이 복잡했다. 모친 앞에서는 호텔에 대해 일말의 관심도 없는 듯 말했지만 태어나면서부터 '더 블루 캐슬'은 네가 책임져야 하는 거라는 말을 듣고 자라 온 그였다. 그러니 어찌 아무런 감정이 없겠는가. 모친만큼이나 애정을 갖고 있기에 귀국하자마자 바로 호텔에 머물며 돌아가는 상황을 둘러보고 있는 중이었다. 다만 그 호텔을 물려받아야 하는 자신의 위치 때문에 사랑하는 사람을 힘들게 하고 이렇게 떨어져 있어야 하는 것이 괴로울 뿐이었다.
"믿을 만한 사람으로 보모를 구해 주세요."
"서초동으로 들어가시면 따로 사람을 구하지 않으셔도 될 텐데요."
"서초동으로는 들어가지 않을 겁니다. 아이가 잠시라도 저와 떨어지는 걸 몹시 불안해해요. 지금으로선 일보다도 아이가 우선입니다. 일을 시작하더라도 아이를 가까운 곳에 둘 생각입니다."
"그런 것은 직원들이 보기에 모양새가 좋지 않을 것 같습니다만."
"김 실장님, 이건 부탁이 아닙니다. 다시 한 번 얘기하지만 전 지금 일보다도 아이가 우선입니다. 사무실은 제가 머물고 있는 룸과 가까운 곳이면 좋겠군요. 아예 스위트룸의 응접실을 사무실로 개조할 수는 없는지 알아봐 주십시오. 아무튼 전 일을 할 때도 아이를 되도록 곁에 둘 생각입니다. 그게 제 조건입니다."
 자신의 위치를 아무리 외면하고 살았어도 그는 역시 군림하는 것이 몸에 배어 있는 사람이었다. 거부할 수 없는 단호한 태후의 목소리에 김 실장은 살짝 고개를 숙였다.
"알겠습니다. 그럼 출근은 언제부터……."
"다음 주부터 하도록 하죠. 그때까지는 호텔에 함구해 주십시오. 직원들이 미리부터 이런저런 눈치를 보는 것도 싫고 아이와 함께하는 시간을 방해받는 것도 반갑지 않으니까요."

"네. 출근하시는 데 차질 없도록 준비하겠습니다."

태후는 모친이 잠들어 있는 병실 안쪽에 주었던 시선을 거두고 몸을 돌렸다.

"어머머, 귀여워라. 대리님, 이 왕자님은 누구예요?"

준혁은 아이답지 않게 눈을 아래로 내려뜬 채 옆에 앉은 혜서의 옷자락을 더 꽉 움켜쥐었다. 사무실을 오가는 직원들이 자신에게 보이는 관심이 못마땅한 듯 긱은 어깨늘 잔뜩 움츠린 채였다.

"응. 고객이 잠시 부탁을 해서."

"웃으면 굉장히 예쁠 것 같은데, 표정이 엄청 시크한데요?"

주희의 말에 혜서는 좀처럼 웃지 않는 아이를 걱정스레 바라보았다. 비록 아장아장 걸을 때 보고 이렇게 다시 만나게 된 아이지만 방긋방긋 잘 웃던 모습은 어디로 가고 아이답지 않게 그늘진 표정에 마음이 쓰였다.

"웬 꼬맹이야?"

"류 주임님, 이 아이 이름이 준혁이래요."

마침 사무실로 들어오던 준혁의 질문에 주희가 냉큼 대답했다.

"준혁이?"

그의 눈썹 한쪽이 비죽하니 올라갔다.

"네. 신기하게도 류 주임님하고 이름이 똑같아요. 고객이 차 대리님께 잠시 봐 달라고 부탁을 한 모양이에요."

한 마디라도 준혁과 말을 섞고 싶은 주희가 나서서 부지런히 대답을 건넸다. 하지만 그는 그녀가 그러거나 말거나 혜서와 아이에게만 시선을 고정했다. 돌아오는 반응이 없자 머쓱해진 주희는 서류철을 들고 슬쩍 사무실을 나섰다.

"어떤 고객이 직원한테 아이까지 부탁해? 네가 보모도 아니고. 뭐야, VIP 고객이라도 돼?"

"뭐, 그런 셈이지."

"그래? 어이, 꼬맹이. 만나서 반갑다. 준혁이라는 이름이 원래 미남들이 갖는 이름이거든. 역시 너도 인물이 제법인데?"

 준혁이 친근하게 말을 붙이며 머리를 쓰다듬자 몸을 혜서 쪽으로 기울인 아이가 그의 손을 신경질적으로 툭 밀쳤다.

"어라! 욘석 성깔 있네? 어디……."

 장난기가 발동한 준혁이 아이의 머리를 마구 헝클어뜨렸다. 그러자 아이가 고개를 가로저어 그의 손길을 피하며 혜서의 품으로 깊이 파고들었다.

"그러지 마. 네가 애니? 공연히 아이는 울리려고 해?"

"에이, 뭘 그런 걸로 울어? 사내 녀석이. 어라, 이 녀석 진짜 우는데?"

 혜서에게 안긴 채 준혁을 노려보는 아이의 눈에 눈물이 그렁하게 맺혀 있었다.

"이 녀석, 울보 아냐?"

"나 울보 아니야!"

 벌겋게 얼굴이 상기된 아이가 깜짝 놀랄 정도로 큰 목소리로 외쳤다.

"어? 말은 할 줄 아는 모양이네? 그런데 다 큰 녀석이 그렇게 숙녀 가슴으로 파고들면 안 되지. 시집도 가지 않은 처녀 가슴에 얼굴을 막 들이밀면 되겠냐?"

"얘가 지금 무슨 헛소리야?"

혜서가 눈을 흘기며 준혁의 등짝을 때렸다.

"아야야! 왜 나를 때리고 그래? 이 녀석이 네 옷을 콧물범벅으로 만들어 놓을까 봐 걱정돼서 그러는 건데."

"암튼 시끄러워! 준혁아, 우린 나가자. 누나가 아이스크림 사 줄게."

"누나는 무슨! 아줌마라고 해, 아줌마. 근데 나도 아이스크림 하나만 사 주라."

"먹고 싶으면 네가 사 먹든가!"

"나도 준혁이잖아."

"다 커서 징그러운 준혁이 말고 귀염둥이 준혁이만 사 줄 거야."

"아, 정말! 치사하게."

아이는 혜서의 손을 잡고 나가면서도 화난 표정으로 준혁을 노려보았다. 그런 아이를 향해 준혁이 한쪽 눈을 찡긋 감아 윙크를 했다. 그러자 입술을 쑥 내민 아이가 쌩하니 고개를 돌려 외면했다. 사무실을 나서는 두 사람의 뒤로 준혁의 유쾌한 웃음소리가 멀어졌다.

"맛있어?"

혜서가 초콜릿 맛 아이스크림을 먹는 아이의 입술 주변에 묻은 갈색 얼룩을 닦아 주며 물었다. 커다란 눈을 동그랗게 뜬 준혁이 고개를 아래위로 끄덕였다. 의자를 나란히 붙여 앉은 탓에 몸을 틀어 아이를 바라보는 그녀의 얼굴에 잔잔한 미소가 감돌았다.

"준혁이 정말 멋지게 컸구나. 아기 때도 예뻤는데. 준혁이는 누나 생각 안 나지?"

"네."

"그렇구나. 좀 서운한걸? 누나는 준혁이 아장아장 걷던 모습도, 예쁘게 웃던 모습도 모두 기억하고 있는데."

혜서는 아이의 머리를 다정하게 쓰다듬었다. 도망치듯 캐나다로 떠날 때의 마음과 그곳에서의 외로웠던 한 해, 그리고 돌아와서 알게 된 사실에 받았던 충격이 머릿속에 파노라마처럼 지나갔다. 이럴 때면 심장 깊숙한 곳에 눌러두었던 상처가 고스란히 떠올라 조금이라도 열리려던 마음이 다시 딱딱하게 굳어지고 만다. 몇 년째 반복되고 있는 감정이었다. 준혁이 구애를 하는 동안 그녀 역시 이렇게 속에서 소리 없는 전쟁을 치르고 있었다.

"아빠한테 누나 얘기 들었어요."

"응? 그랬어?"

"네. 준혁이한테 친절했던 예쁜 누나라고. 그러니까 누나는 믿을 수 있는 사람이래요."

"후후, 그랬구나."

믿을 수 있는 사람이라니. 뜬금없이 몇 시간 동안 아이를 부탁하던 태후의 모습이 생각나 웃고 말았다. 아이와 함께 갈 수 없는 곳에 외출을 해야 했던지 조심스럽고 정중하게 부탁하던 모습. 행여 아이가 거부감을 느낄까 봐 미리 자신에 대해 좋은 얘기를 해놓은 모양이었다. 다소 냉철한 인상의 그답게 꽤나 치밀한 성격이라는 생각이 들었다.

"그럼 우리 엄마도 알아요?"

"엄마?"

아이는 잔뜩 기대하는 눈동자로 고개를 끄덕였다. 늘 커다랗고 짙은 색의 선글라스를 쓰고 있던 아이 엄마의 얼굴은 사실 잘 떠오르지 않았다. 그저 아이 엄마답지 않게 날씬한 몸매에 상당한 미인이고 매력적이었다는 기억뿐이다. 우연하게 마주치게 되었던 태후와 달리 이야기를 나눠 본 적도 없었다. 그녀는 아이를 데리고 남편과 함께 식당에 왔을 때도 거의 말을 하지 않는 조용한 사람이었다. 하지만 자신을 바라보는 아이의 반짝이는 눈동자를 보자, 모른다고 대답할 수가 없었다. 그래서 그저 자신이 아는 한도 내에서 아이의 기대에 부응하기로 했다.

"준혁이 엄마, 정말 미인이시잖아. 준혁이가 엄마 닮아서 이렇게 예쁜 건데."

혜서가 손가락으로 아이의 콧등을 장난스럽게 톡 건드렸다. 아이의 얼굴이 순식간에 환하게 밝아졌다.

"네, 우리 엄마 예뻐요. 정말정말 예뻐요. 매일 예쁜 옷도 많이 입고 사진도 많이 찍어요. 사람들이 막 박수도 쳐 주고……."

보조개가 움푹 팬 얼굴로 눈을 반짝이며 아이가 신이 나서 재잘거릴 때였다.

"준혁아!"

호텔 로비를 지나던 태후가 커피숍에 앉아 있는 두 사람을 발견하고 다가왔다. 그가 가까이 다가오는 것을 본 혜서가 자리에서 일어났다. 하지만 좀 전까지 밝게 웃던 준혁은 언제 웃었냐는 듯 그를 못 본 척 의면히머 아이스크림에서 눈을 떼지 않았다.

"준혁이 아이스크림 먹고 있었구나. 누나랑 잘 있었어?"
"얌전하게 잘 있었어요. 일은 잘 보고 오셨어요?"

대답을 하지 않는 아이를 대신해 혜서가 입을 열었다.
"네, 감사합니다."
"그럼 저는 이만 가 볼게요."
혜서는 태후를 향해 살짝 고개를 숙였다. 그런데 준혁이 그녀의 치맛자락을 잡고 놓지 않았다. 아이는 커다란 눈동자를 일렁이며 고집스러운 표정으로 그녀를 올려다보았다.
"일이 바쁜 시간이 아니라면 커피 한잔하고 가시죠."
태후의 제의 때문이 아니라 자신을 응시하는 아이의 표정 때문에 도로 자리에 앉을 수밖에 없었다. 그냥 몸을 돌려 가 버리면 금방이라도 울음을 터뜨릴 것 같은 상처받은 표정에 마음이 흔들렸다. 이상하게도 자신을 바라보는 아이의 얼굴에 자꾸 기시감이 느껴졌다. 묘한 일이었다.
"준혁이가 저한테 화가 좀 나 있어요."
태후는 두 사람의 맞은편에 앉으며 그녀의 옷자락을 잡고 있는 준혁의 작은 손을 응시했다. 엄마에게 가는 줄 알고 긴 비행시간을 견딘 아이에게 공항에 도착해서야 엄마에게 가지 않는다는 사실을 밝혔다. 그때부터 아이는 당장 엄마에게 가자고 떼를 쓰는 대신 어떤 말에도 대답을 하지 않고 입을 꾹 다문 채 침묵으로 항의를 하는 중이었다.
"그랬군요. 이렇게 멋진 꼬마 신사가 무슨 일로 아빠에게 화가 났을까?"
혜서가 다정하게 준혁의 정수리를 쓰다듬는 순간이었다.
"아빠, 미워!"
아이가 앞에 앉은 태후를 노려보며 사납게 외쳤다. 어린아이의 얼굴이 분노로 벌겋게 달아올라 있었다. 난데없는 상황에 혜서는 아이의 정수리 위에 얹은 손을 치우지도 못하고 얼어 버렸다.
"엄마 만나러 간다고 해 놓고! 거짓말쟁이! 흐어어어엉!"
준혁의 갑작스러운 비난에 당황한 태후의 얼굴이 하얗게 굳었다. 혜서는 차마 그의 얼굴을 바라볼 수 없었다. 대신 서럽게 울음을 터뜨리며 자신의 품으로 파고드는 아이를 꼬옥 안아 주었다.

"번번이 폐를 끼치게 되는군요."
잠든 아이를 눕히고 나왔을 때 태후가 다소 지친 얼굴로 사과를 했다.
"아니에요. 그런데……."
준혁이 왜 저렇게 자주 울음을 터뜨리고 아이답지 않게 얼굴이 어두운 거냐고 묻고 싶었다. 하지만 아무래도 지나친 참견이 될 것 같아 중간에 입을 다물었다. 그런 혜서의 얼굴을 물끄러미 바라보던 태후는 어렵게 말문을 열었다.
"이미 느꼈겠지만 아이가 조금 불안정한 상태입니다. 의사 말이 저 작은 가슴에 화가 가득 찬 상태라고 하더군요. 약간의 분리불안 증세도 있고. 제가 곁에 없으면 불안증이 심해지죠. 그러면서도 저한테 화가 나 있는 상태라 맘 놓고 매달리지도 못하는, 아이로서도 이러지도 저러지도 못하는 그런 상태입니다."
"아, 네……."
완전하게 이해가 되진 않았지만 혜서는 고개를 끄덕였다. 어쨌든 꼬마 준혁이 지금 마음을 앓고 있는 상태라는 말이었다. 어쩌면 아이 엄마의 부재가 그 원인일지도 모른다는 생각이 머리를 스쳤다. 하지만 그녀가 관여할 문제는 아니었다.

"곧 차혜서 씨에게 도움을 요청할 일이 생길 것 같습니다."

"네, 언제든지 말씀하세요."

호텔 고객으로서 도움을 요청한다면 당연히 최선을 다해 돕는 것이 직원의 의무였다. 그런 의미로 혜서는 최대한 친절하고 성실하게 대답했다. 그녀의 깍듯한 대답에 태후는 옅은 미소를 지었다.

"그럼 잘 부탁합니다."

"아, 네."

그녀는 무엇을 부탁할지에 대해선 말을 아끼는 그에게 얼떨결에 대답을 하고 말았다.

"왜 거기서 나오는 거야?"

스위트룸의 문을 닫고 돌아서던 혜서는 가슴 앞에 팔짱을 낀 채 자신을 바라보고 있는 준혁의 모습에 괜스레 놀랐다.

"너야말로 거기 서서 뭐 해?"

"룸 메이드도 아니고, 예약부 직원이 손님방까지 드나들 일이 뭐야?"

"아우, 조용히 좀 해."

혜서가 준혁의 팔을 잡아끌고 비상계단으로 움직였다. 순순히 따라오던 준혁은 비상구의 문이 닫히자 잡혔던 팔을 빼고 반대로 그녀의 가는 팔을 꽉 움켜쥐었다. 서늘하고 어두컴컴한 공간에 그의 낮은 음성이 음산하게 울려 퍼졌다.

"그 남자, 아는 사람이야?"

금방 돌아오지 않는 혜서를 찾아 어슬렁어슬렁 커피숍으로 움직였다가 아이를 안은 혜서가 낯선 남자를 따라 스위트룸으로 향하는 모습을 보게 되었다. 묘하게 긴장이 되며 등줄기로 식은땀이 흘렀다. 아빠로 보이는 건장한 남자를 대신해 여리여리한 혜서가 아이를 안고 움직이는 것도 이상했지만 그 모습이 스스럼없어 보이는 것은 더 이상했다. 또한 주변에 아이 엄마로 보이는 여자가 없다는 것도 몹시 거슬렸다. 그나마 이성을 잃은 채 룸 안으로 뛰어들지 않은 이유는 다행히 복도로 향하는 문이 꼭 닫히지 않고 반쯤 열려 있었기 때문이다.
"이 팔 좀 놓고 얘기해. 아파."
"원래 알고 있던 사람이냐고!"
"그래, 알던 사람이야! 그게 왜? 이 팔 좀 놓고……."
"어떻게?"
 자신의 생활 반경을 혜서가 빤히 알고 있듯이 그녀의 생활 반경도 거의 알고 있는 그였다. 그렇기 때문에 그녀가 알고 지내는 사람을 자신이 전혀 모른다는 것은 이해할 수 없는 일이었다. 그런데 아이도 오늘 처음 봤듯이 남자도 그에겐 낯설기만 했다. 아무리 기억을 더듬어도 자신이 모르는 사람임에 틀림없었다. 그녀를 집요하게 응시하는 그의 눈빛이 사납게 번득였다.
"……캐나다에 있을 때 일하던 가게에 단골손님이었어."
 혜서의 대답에 준혁은 그녀의 팔을 잡고 있던 손을 힘없이 놓았다. 캐나다라니. 그 한 마디 말에 피할 수 없는 죄책감이 밀려들었다. 못난 짓을 되풀이하던 당시를 떠올리자면 그로선 입이 있어도 할 말이 없었다.

"대체 무슨 생각을 한 거야?"

혜서는 그에게 잡혔던 팔을 손으로 문지르며 눈을 흘겼다.

"그냥…… 룸까지 드나들다니, 네가 생전 안 하던 짓을 하니까."

"엉뚱하긴. 얼른 비켜. 둘 다 사무실을 비웠으니 공연히 말 듣겠다."

혜서가 먼저 비상구 문을 열고 복도로 나섰다. 그녀의 뒤를 따르는 준혁의 얼굴은 여전히 파리했다. 긴 시간 후회를 하고 또 해도 되돌릴 수 없는 과거의 잘못이 여전히 그를 괴롭혔다. 꿈속에선 수없이 과거의 시간으로 되돌아갔다.

첫 키스를 나누던 날로, 입대를 앞두고 그녀에게 고백을 받았던 날로, 그녀를 놓칠까 두려워 캐나다까지 쫓아갔던 날로, 밤새 욕심을 지우며 그녀를 안고 누웠던 날로.

그렇게 자신에게 왔던 기회를 다시 잡기 위해 열심히 되돌아갔다. 하지만 현실에선 시간을 되돌리는 일이 불가능했다. 대신 더 이상 후회하지 않을 현재를 만들기 위해 혜서 옆에서 열심히 벌을 받고 있는 중이다. 그 끝이 언제가 될지도 모르는 상태로.

하지만 얼마든지 기다릴 수 있어. 언제까지든 벌받을 수 있어. 네가 다시 돌아오기만 한다면.

준혁은 다시 한 번 다짐하며 주먹을 꽉 움켜쥐었다. 혜서 곁에 맴돌며 끊임없이 사랑한다고 외치고 있었지만 돌아오는 것은 아직 공허한 메아리뿐이었다. 정말로 마음을 닫은 건지 불쑥불쑥 사랑이란 말을 입에 담을 때마다 그녀는 코웃음을 치며 무시하곤 했다. 진지하게 받아들이지 않고 외면했다. 가끔은 이러다 자신이 지치기를 기다리는 건 아닐까 의심스러울 정도였다.

그래도 지치는 일은 없을 거다. 아무리 오래 걸려도 기다리겠다고 약속했으니까. 친구도 사랑도 추억도 전부 놓치지 않겠다고 다짐했으니까. 하지만 한 번 잃은 신뢰를 회복하는 것이 이렇게 힘든 일이라는 것을 그는 뼈에 사무치게 깨닫고 있었다.

혜서는 사무실을 향해 급한 발걸음으로 움직이면서도 좀처럼 가라앉지 않는 심장박동에 애를 먹었다. 행여 쿵쾅거리는 심장소리를 뒤에서 쫓아오는 준혁에게 들키기라도 할까 봐 그보다 앞서 걷느라 발걸음을 빨리했다. 자신을 향해 위험히게 번득이는 그의 눈빛을 보며 심장이 알 수 없는 희열로 가득 차올랐다. 평소 담담함을 유지하던 그의 눈에 일렁이던 감정과 마주하자 자신도 모르게 그를 향해 손을 뻗을 뻔했다. 유치한 질투를 보이는 모습이 이렇게 기쁘다니 어딘가 덜떨어진 것이 틀림없다. 하지만 예전 일이 떠오르면 문득문득 미워지는 건 여전했다. 앞으로도 언제까지 이런 마음일지 자신도 알 수 없었다. 이렇게 확신 없는 상태로 그를 받아들이는 것은 불가능했다.

그래도 이젠 그를 그만 사면해야 되는 거 아닐까?

그런 생각을 해 보지만 역시 쉬운 일은 아니었다.

그랬다가 또 다른 핑계로 도망가는 그를 보게 된다면? 그렇게 다시 상처받는다면?

가슴이 쿵쾅거리며 뛰면 뒤에 일어날 일은 생각하지 않고 계산 없이 움직이던 예전의 순수함을 잃고 말았다. 이제는 마음이 시키는 대로 움직일 용기가 생기지 않았다. 한 번 새겨진 상처는 그녀에게도 이렇게 큰 트라우마를 남겼다. 다가오면 다가오는 것만큼 믿어 주고 마음을 열어 주어야 하는데 이미 마음에 생긴 방어막이 그것을 방해했다. 그러니 온전히 품을 수도 없고, 밀어낼 수도 없었다. 아직은 시간이 더 필요한 걸까?
 사랑, 정말 어렵다…….

제10장

질투

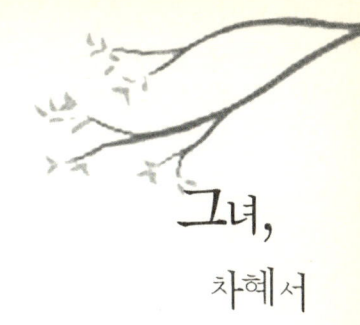

그녀,
차혜서

 이런저런 소문만 무성했던 호텔 대표의 외아들이 갑작스럽게 상무이사가 되어 출근한다는 소식에 아침부터 호텔이 들썩거렸다.
"대표님 건강이 좋지 않다고 하더니 급하게 후계자를 불러들인 모양이에요."
"응, 그런가 보네."
"그동안 외국에 나가 있었다고 하더라구요. 그 후계자가 대표님이 반대하는 결혼을 했다가 이혼했다는 얘기도 아세요?"
"그래? 난 들은 적 없는데."
"한참 지난 얘기이긴 해요. 결혼 기간이 짧아서 소문이 크게 나진 않았어도 재벌들 가십에 관심 있는 사람들은 다 아는 얘기인 모양이에요. 어쨌든 이혼하는 과정에서 대표님하고 사이가 더 나

빠졌대요. 그래서 한국에 들어오지 않고 몇 년째 외국으로만 떠돌았다고들 수군거리더라구요."

"그렇구나."

심드렁한 혜서의 반응에도 주희는 열심히 재잘거렸다.

"진짜 쇼킹한 얘기는 따로 있어요. 이건 정말정말 아는 사람이 몇 안 되는 얘기거든요. 실은 이혼한 전 부인이 유명한 모델이래요. 왜, 있잖아요. 얼마 전 파리하고 뉴욕 컬렉션에 메인으로 섰다던 한국인 모델, 캘리. 뒤늦게 뜬 핫한 모델이죠. 그렇게 멋진 여자랑 얼마 살지 못하고 이혼을 했으니 쉽게 포기가 됐겠어요? 암튼 어떤 분일지 굉장히 궁금해요."

주희 자신이 가십에 관심이 많은 사람이었기에 재벌가의 숨겨진 일화부터 연예인들의 사랑 이야기까지 여기저기서 주워듣는 소문들이 많았다. 그녀는 딱히 확인되지 않은 이야기를 듣고 와서 마치 자기일인 양 흥분하며 떠들고는 했다. 아직 20대 초반의 젊은 아가씨이다 보니 에너지가 넘치는 모양이었다. 하지만 혜서는 재벌가의 결혼이나 이혼, 또는 유명하다고는 해도 별로 관심이 없는 모델의 얘기에 그다지 흥미가 느껴지지 않았다. 그저 누가 경영하든 호텔 일이 잘 돌아가기만 하면 그뿐이라고 생각했다. 자기 자리에 앉아서 업무를 보고 있는 준혁도 주희의 얘기에 별 관심이 없는지 고개도 들지 않고 있었다.

"차 대리, 나 좀 봅시다."

사무실 문을 열고 들어선 서규일 총지배인이 간밤의 예약 상황을 체크하고 있던 혜서를 호출했다. 반백의 머리에 늘 인자한 미소를 머금고 있는 그의 옆에는 냉철한 표정의 김 실장이 함께 있었다. 호기심 어린 직원들의 시선이 세 사람에게로 쏠렸다. 준혁도 고개를 쭉 빼고 그들을 응시했다.

"이쪽이 차혜서 대리입니다. 차 대리, 이 분은 비서실의 김 실장님이네."

"네, 안녕하세요."

김 실장은 수시로 호텔을 순시하던 서 대표 곁에 항상 자리를 지키던 사람이라 호텔 직원이라면 누구나 알고 있는 유명 인사였다.

"반갑습니다, 차혜서 대리. 호텔 근무 육 년 차라구요?"

"네. 그렇습니다."

혜서는 체크하듯 꼼꼼한 눈빛으로 바라보는 김 실장과 마주 선 채 총지배인을 향해 의문의 시선을 보냈다. 비서실장을 대동하고 나타난 지배인이 사무실의 많은 직원들 중에서 뜬금없이 자신을 그에게 소개하니 어리둥절한 기분이었다.

"인사 기록 카드를 보니 고과 점수가 상당히 높은 편이더군요. 그래서 대리 승진도 빠르게 하고."

"차 대리는 다른 직원들에게 모범이 되는 성실한 직원입니다."

"그렇군요."

총지배인이 덧붙인 칭찬에 김 실장은 가볍게 고개를 끄덕였다.

"그런데…… 그동안 사무 부서로의 이동을 두 번이나 제안했는데 거절했더군요. 혹시 특별한 이유가 있습니까?"

혜서는 자신도 모르게 준혁 쪽으로 돌아가려는 시선을 붙잡았다. 처음 호텔에 입사했을 때는 프런트에서 일을 했다. 그러다가 예약부로 옮긴 지 얼마 되지 않아 사무 부서로 이동할 수 있는 기회가 왔었다. 오전, 오후, 밤 근무조로 나뉘어 교대로 돌아가는 것이 아니라 일반 직장인들처럼 아침 9시에 출근을 해서 저녁 6시에 퇴근할 수 있다는 점은 객실 부서보다 연봉이 높다는 이유와 더불어 사무 부서의 매력적인 조건이었다. 그렇다 보니 객실 부서에서 일하고 있는 많은 직원들이 경력을 쌓은 후 사무 부서로 이동하기를 희망한다고 해도 과언이 아니었다.

아마 그때 준혁이 그녀를 따라 호텔에 입사하지 않았다면 그녀 역시 별다른 고민 없이 바로 사무 부서로 옮겼을 것이다. 하지만 같은 예약부에 근무하게 된 그를 두고 자리를 옮길 수는 없었다. 같은 이유로 2년 전에도 좋은 기회를 놓치고 말았다. 지금까지 아무에게도 말하지 않고 함구한 탓에 그녀에게 그런 기회가 있었다는 사실을 같은 예약부 직원들은 물론 준혁도 모르고 있었다.

"아니요, 특별한 이유는 없습니다."

"그래요? 그럼 사무 부서에서 근무하지 못할 이유는 없는 거로군요."

"네, 그렇습니다."

뒤통수에 준혁의 뜨거운 시선이 느껴졌다. 하지만 그가 보고 있기 때문에 더욱 다른 대답을 내놓을 수는 없었다.

"차혜서 씨, 오늘 비서실로 발령이 있을 겁니다."

"네?"

난데없는 얘기에 어안이 벙벙했다. 객실 부서에서 사무 부서로의 트랜스퍼는 정식 인사 철이 아니라 해도 수시로 있는 일이지만 당일에 갑작스럽게 인사 이동 통보를 받는 경우는 그동안 본 적이 없었다.

"오전 중으로 맡았던 일을 마무리하는 걸로 하고 우선은 상무이사님을 뵈러 가야 하니까 저와 함께 가시죠."

이제 와서 싫다는 말을 할 수도 없는 혜서는 그녀만큼이나 놀란 직원들의 시선을 뒤로한 채 사무실을 나섰다.

"어서 와요, 차혜서 대리."

혜서는 기다리고 있었다는 듯 반갑게 인사를 건네는 태후를 바라보며 멍한 표정을 지었다. 상무이사님을 만나러 가자던 김 실장은 그녀를 20층의 스위트룸으로 안내했다. 사무실이 아니라 스위트룸이라니. 그것도 그녀에게 낯설지 않은 2001호. 그런데 방 넘버가 적힌 아래에 '상무이사실'이라는 금빛 팻말이 달려 있었다. 더 놀라운 일은 그저 어린 준혁의 아빠로만, 스위트룸에 묶고 있는 고객으로만 알던 민태후라는 사람이 오늘 정식으로 부임한 상무이사라는 사실이었다.

"놀란 모양이로군요. 미리 말하지 않았던 점은 미안합니다. 나도 내가 상무이사로 발령받게 되었다는 사실을 안 지 얼마 되지 않았거든요."

"……."

혜서는 여전히 아무 말도 하지 못하고 선 채 지난번에 왔을 때와는 달라진 응접실을 곁눈으로 살폈다. 햇살이 쏟아져 들어오는 창가에 커다란 마호가니 책상이 놓여 있었다. 책상 위에 '상무이사 민태후'라고 적힌 크리스탈 재질로 된 명패가 보였다. 그 옆으로 일반 크기의 책상이 하나 더 있었다. 책상 두 개로 그런대로 사무실의 모양새를 갖춘 모습이었다.

노트북이 놓여 있는 마호가니 책상 위엔 제법 두툼한 서류들이

쌓여 있었고 그녀가 오기 전까지 서류를 보고 있었는지 감색 정장 바지에 하얀 색 와이셔츠 차림의 그는 소매를 둘둘 말아 걷어 올린 상태였다. 그저 젠틀해 보이기만 하던 남자였는데 일에 몰두해 헝클어진 듯한 모습에서 강한 열정이 느껴졌다.
"지난번에 내가 말했었죠? 곧 차혜서 씨에게 도움을 요청할 일이 생길 것 같다고. 그때 기꺼이 부탁을 들어준다고 하지 않았나요?"
"아, 네……."
"부탁합니다. 나에겐 지금 여러모로 유능한 비서가 필요해요. 그래서 그 자리에 차혜서 씨를 추천했습니다."
이 상황을 이해하기 힘든 그녀는 어렵게 입을 열었다.
"저…… 죄송하지만 저는 비서 일에 대한 경험이 없을뿐더러 그다지 유능하다고도 말씀드릴 순 없는데……."
태후의 눈짓에 김 실장이 응접실 밖으로 자리를 비켜 주었다. 두 사람만 남자, 그는 경직되었던 어깨에 힘을 푼 채 허심탄회하게 말을 이었다.
"상황을 솔직하게 얘기하죠. 지금 저 방 안에는 준혁이가 보모와 함께 있어요. 병원에 계신 어머니를 대신해서 제가 당분간 호텔 일을 맡아서 하게 됐습니다. 문제는…… 이미 알다시피 잠시라도 아이를 떨어뜨려 놓을 수 없는 상태라는 겁니다. 일을 하면서도 수시로 아이를 챙겨야 하죠. 그래서 아이를 데리고 있기 위해 사무실도 부득이하게 이렇게 스위트룸을 임시로 개조해서 사용하기로 한 겁니다. 더 큰 문제는 아이가 낯선 사람을 좋아하지 않는다는 거예요. 보모도 거부를 해서 이틀 동안 아주 애를 먹고 있는 중입니다. 그런데 준혁이가 이상할 정도로 차혜서 씨에게는 거부감이 없더군요. 그러니 도와주세요. 지금 내게 유능한 비서란 나와 준혁이의 상황을 이해하고 또 아이가 낯설어하지 않는 사람입니다."

"……."

"부탁합니다, 차혜서 씨."

그녀는 호텔에서 근무하는 일개 직원일 뿐이다. 상무이사가 부탁을 하고 말고를 떠나 위에서 부서를 이동하라고 하면 이동해야 하는 것이 맞았다. 그런데 이렇게 정중하게 부탁까지 하니 거절하기가 곤란했다. 게다가 아이의 불안정한 상태를 알고 있다는 이유로 그녀는 고개를 끄덕일 수밖에 없었다.

그러고 보니 주희로부터 남 일처럼 전해 듣던 얘기들이 차례대로 떠올랐다. 반대하는 결혼을 했다가 이혼을 하고 몇 년 동안 외국을 떠돌았다는 얘기. 그리고 그의 전처였다는 캘리라는 모델. 자신의 엄마가 예쁜 옷을 많이 입고, 사진을 찍고, 사람들에게 박수를 받는다던 아이의 말. 캐나다에서 봤던 멋진 아이 엄마의 모습을 다시 한 번 떠올렸다.

그녀가 캘리일까?

얼굴은 기억이 나지 않아도 뭔가 일반인과는 다른 느낌이 나던 어린 준혁의 엄마. 그리고 지금 마음을 앓고 있는 아이. 어딘지 고독한 무게감이 느껴지는 태후도, 어린 준혁도 모두 안쓰러웠다.

"최선을 다하겠습니다."

살짝 고개를 숙이며 하는 혜서의 대답에 태후는 안심한 듯 옅은 미소를 지었다.

"차 대리님! 상무이사님 뵙고 오셨어요?"

"응."

"정말로 얼마 전부터 스위트룸에 묵고 있던 고객이 맞아요?"

주희는 대답을 회피한 채 책상 위의 서류를 차분하게 정리하기 시작하는 혜서를 보면서 눈을 동그랗게 떴다.

"어머머, 세상에! 그러면 고객인 척 신분을 숨기고 우리 호텔을 감시했다는 거네요? 직원들이 어떻게 일하나 한 사람씩 살핀 거 아니에요?"

"첩보 영화 찍어? 뭘 감시해?"

"아니에요, 대리님. 아무래도 제 생각이 맞아요. 그러다가 성실하게 일하는 우리 차 대리님을 딱 찍은 거죠. 그러니까 출근하자마자 차 대리님을 비서로 낙점한 거 아니겠어요? 지난번에 꼬맹이 맡겼던 그 손님 맞죠? 그 준혁이라는 아이 아빠. 어쩐지 이상하다고 생각했어요. 고객이 직원에게 아이를 맡기는 경우가 어디 흔해요?"

"글쎄······."

"맞다니까요? 아이도 왠지 좀 남다른 느낌이었어요. 꼬맹이가 아주 도도하고 시크했잖아요. 그러면서도 뭔가 모르게 기품이 느껴지고. 역시 배경이 빵빵하니 아이도 남달랐던 거예요."

"나 좀 잠깐 보자."

준혁이 계속해서 이어지는 주희의 호들갑스러운 수다를 끊고 혜서를 사무실 밖으로 끌고 나왔다.

"상무이사 비서로 가기로 결정한 거야?"

"위에서 내려온 지시잖아. 밥줄 끊기지 않으려면 가야지."

어쩐지 다그치는 듯한 그의 물음에 혜서는 별일 아니라는 투로 대답했다.

"전엔 사무 부서로 이동하라는 제안을 거절했었다며. 이번에도 거절하면 되잖아."

"그때는 그냥 제안이었고 이번에는 다르지. 이미 발령이 난 걸 무슨 수로 거절해? 그리고 딱히 거절할 이유도 없고."

그녀의 대답이 마음에 들지 않는 듯 준혁이 한쪽 눈썹을 찡그렸다. 그의 목소리가 한결 퉁명스러워졌다.

"알고 있었어?"

"뭘?"

"그 남자, 그 꼬맹이 아빠가 상무이사로 올 거라는 거."

"알긴 내가 그런 걸 어떻게 알아?"

준혁은 심중을 꿰뚫기라도 할 것처럼 한껏 예리한 눈빛으로 그녀를 응시했다. 그런 그의 시선을 혜서는 투명한 눈으로 마주 보았다. 자신을 향해 감정을 드러내는 그의 눈빛에 마음이 흔들렸다. 너무 짙푸른 색이라 바닥이 보이지 않는 바다처럼 깊고 깊은 그의 마음속에 휘몰아치고 있는 소용돌이가 보이는 것만 같았다.

"뭣 때문에 이렇게 흥분해? 내가 다른 호텔로 옮겨 가는 것도 아닌데."

비록 말은 그렇게 했지만 이제부터는 같은 호텔에 근무한다고 해도 서로의 생활 반경이 많이 달라질 것이다. 준혁은 그 사실에 긴장하는 것 같았지만 혜서는 그에게서 한 발 물러난 상태로 두 사람의 관계에 대해 생각할 시간이 주어졌다는 사실을 긍정적으로 받아들이기로 했다. 너무 붙어 있다 보니 다람쥐 쳇바퀴 돌듯

하던 두 사람의 관계가 이번 기회에 조금 달라질 수도 있지 않을까? 혜서는 그에게서 조금 떨어져 마지막으로 자신의 마음을 좀 더 자세히 들여다보고 싶었다.

❊　　❊　　❊

 가끔씩 울리는 전화벨 소리. 사라락 서류 넘어가는 소리. 업무에 관해서, 또는 사적으로 도란도란 이야기를 나누는 소리. 체중이 실린 의자의 삐걱대는 소리⋯⋯. 온갖 잡다한 소음들로 넘쳐나고 있지만 준혁에겐 사무실이 텅 빈 것처럼 느껴졌다. 혜서 한 사람이 빠져나간 자리는 그에게 너무나 크기만 했다. 책상 앞에 붙박이로 앉아 있지만 종일 일이 손에 잡히지 않아 연달아 실수를 하고 있었다.
 "류 주임, 오늘 왜 이래? 그렇잖아도 갑자기 팀원 한 사람이 빠져나가서 정신없어 죽겠는데 말이야. 카페인이 부족한 거야? 그럼 커피 한 잔 마시면서 정신 좀 차리지. 자자, 빈자리는 금방 충원해 준다고 했으니까 다들 힘 좀 내자고."
 결국 매니저에게 타박을 받은 그는 슬며시 사무실을 빠져나왔다. 발걸음이 절로 움직여 20층으로 향했다. '상무이사실'이라는 새로운 팻말이 걸린 스위트룸 앞에 서서 전과 달리 꼭 닫혀 있는 문을 바라보는 그의 눈동자가 파도처럼 거세게 일렁거렸다. 이상하게 심장이 뛰고 불안했다. 아직 혜서로부터 용서받지 못한 상태기에 완벽하게 만족할 순 없어도 나름대로 평화로웠던 그의 일상이 묘하게 비틀어지고 있는 느낌이 아주 불쾌했다.

민태후 상무이사.

낙하산을 타고 갑작스레 내려온 인사이기에 그 능력을 알 순 없어도 거대한 호텔의 후계자인 것은 확실한 남자. 아이가 있다고는 하지만 현재는 싱글인 남자. 외모나 재력으로 봤을 때 다분히 매력적인 사내임에는 틀림없었다.

혜서의 곁에 그런 남자가 있다고 생각하니 밤에도 잠이 오지 않았다. 게다가 그는 자신이 알지 못하는 시간 동안 낯선 타지에서 어떤 식으로든 그녀와 인연을 맺은 사이가 아닌가. 그녀의 바른 성정을 알고 있기에 쉽게 흔들릴 거라 생각하지는 않지만 그래도 안심이 되지 않았다. 혜서의 곁을 지키는 긴 시간 동안 민태후처럼 커다란 위협이 느껴지는 사람을 만난 적은 없었다. 준혁의 미간이 잔뜩 찌푸려졌다.

"류 주임, 자네가 여긴 무슨 일인가?"

결재 서류를 손에 든 총지배인 서규일은 막 문을 닫고 돌아서다 복도에 멀뚱하니 서 있는 그를 발견했다.

"상무이사실에 볼일이 있는 건가?"

"아닙니다. 그냥…… 지나던 길이었습니다."

'원조 스마일맨'답게 인자한 미소를 짓고 있지만 많은 직원들을 노련하게 총괄하는 능력이 뛰어난 서규일의 눈빛이 예리하게 빛났다.

"그래, 그럼 함께 내려갈까?"

"네."

두 사람은 긴 복도를 지나 엘리베이터에 앞에 섰다. 화려한 오리엔탈 문양이 새겨진 금색의 문을 응시하던 서규일이 먼저 입을 열었다.

"조만간 홍보과에 T/O가 나는데……. 어떤가? 이번엔 움직여 보는 것이. 대리 달 때가 되었지? 홍보과로 가서 대리로 승진하는 것도 좋을 것 같은데."

준혁이 고개를 틀어 그를 바라보았다. 옅은 웃음을 띤 총지배인의 얼굴이 오늘따라 부처님 얼굴처럼 자비로워 보였다.

"이번에도 싫다고 하면 두 번 다시 이런 제안은 하지 않을 걸세. 세 번씩 거절당하는 건 나도 싫거든."

"아, 아닙니다. 가겠습니다."

"그래? 그거 다행이로군. 난 또 자네가 객실 부서에 뼈를 묻을 생각인가 했지. 하하하."

그를 바라보는 준혁의 얼굴에 화색이 돌았다.

"암튼 이상한 친구들이야. 자네나 차 대리 모두. 능력을 인정받고도 다들 선호하는 사무 부서로의 이동을 몇 번씩 거절하다니. 애인 따라 강남 가는 마음으로 입사했다고 하더니 이번에도 그런 건가? 참 재미있는 친구로군. 하하."

유쾌한 그의 웃음소리에 보조개가 움푹 패도록 미소를 띤 준혁의 얼굴이 벌겋게 상기되었다.

[6시 퇴근이지? 1층 커피숍에서 기다릴게.]

일찌감치 혜서에게 문자를 보내 놓았지만 답문이 오지 않았다. 아마도 새로운 일에 적응을 하느라 정신이 없는 모양이었다. 어쩜 정시에 퇴근을 하는 것이 힘든 상황일지도 모르겠다. 그러니 차분하게 기다리자 생각하면서도 로비 쪽에서 인기척이 날 때마다 목을 쭉 빼고 바라보게 된다. 하지만 번번이 기다리던 이가 아니라는 것만 확인하는 중이었다.

해가 짧아진 탓에 밖은 어느새 완전히 어두워졌고 호텔 안의 조명등은 더욱 화려하고 환하게 불을 밝혔다. 준혁은 퇴근 시간인 2시를 넘기고도 사무실에 남아 긴 시간을 보냈다. 그러고도 1시간이 넘게 커피숍에 앉아 쓰린 속에 여러 잔의 커피를 연거푸 쏟아부었다. 기다림에 지친 탓인지 피곤한 눈이 점점 뻑뻑해지고 있었다.

다시 한 번 잠잠한 휴대폰을 확인한 그는 결국 자리에서 일어났다. 애써 누르고 있었지만 갑작스레 밀려드는 조급한 마음에 로비를 단숨에 가로질러 엘리베이터 앞에 섰다. 여러 대의 엘리베이터 중 막 1층을 향해 내려오는 엘리베이터의 버튼을 누르고 뒤로 물러서자마자 문이 열렸다. 그리고 안에 타고 있는 사람들의 모습이 눈에 들어왔다.

준혁은 문이 열린 엘리베이터 안에 나란히 선 세 사람을 차례대로 훑어보았다. 스마트해 보이면서도 동시에 진중함이 엿보이는 장신의 사내와 혜서. 그리고 혜서의 손을 꼭 잡고 있는 사내아이. 마치 단란한 가족처럼 보이는 그들의 모습에 등줄기가 뻣뻣하게 긴장되고 심장은 쿵 떨어져 내렸다.

"……혜서야."

"퇴근, 안 했어?"

생각지 못한 시간에 그와 마주친 것이 당황스러운 혜서가 어리둥절한 얼굴로 물었다. 준혁은 세 사람이 내릴 것 같지 않자 머뭇거림 없이 엘리베이터에 올라탔다. 그리고 혜서와 이야기를 나누는 자신을 조용한 눈으로 응시하는 태후에게 마지못해 고개를 숙였다. 정식으로 인사를 나눈 일은 없지만 그녀 곁에 선 남자가 직장 상사인 것을 알면서 멀뚱하니 있을 순 없었기 때문이다.

준혁은 고개를 숙이면서도 눈동자를 태후에게 고정시키고 움직이지 않았다. 상대가 자칫 도발적으로 느낄 수도 있겠지만 이상한 자격지심에 먼저 눈을 피하고 싶지는 않았다. 그제야 공중에서 얽히는 두 사람의 시선을 의식한 혜서가 태후에게 준혁을 소개했다.

"이사님, 이쪽은 예약부의 류준혁 주임입니다."

"……그렇군요. 반갑습니다. 민태후라고 합니다."

태후는 악수를 위해 내민 손을 강하게 맞잡는 사내의 얼굴을 유심히 살폈다. 그에게서 짙은 수컷의 향기가 났다. 겉으로는 깍듯하게 예의를 차리고 있지만 마치 제 사람을 지키려는 맹수처럼 잔뜩 긴장한 채 몸을 도사리는 느낌. 그렇잖아도 그의 이름이 '준혁'이라는 말에 문득 머리를 스치는 것이 있었는데 자신에게 뾰족한 적의를 숨기지 못하는 것을 보니 어떤 확신이 들었다.

준혁은 자신의 손을 놓으며 입가에 엷은 미소를 머금는 태후의 여유로운 태도에 저도 모르게 얼굴이 딱딱하게 굳었다. 그는 예상했던 것보다 훨씬 괜찮아 보이는 사내였다. 커다란 키와 당당한 체격에 남자답게 생긴 외모도 멋졌지만 지위가 있어서 그런지 사람을 압도하는 카리스마도 위험할 만큼 인상적이었다. 긴장한 머릿속에서 계속 경종이 울렸다. 그러는 사이 엘리베이터는 주차장으로 연결된 지하 5층에 멈추었다. 문이 열리고 세 사람이 내리자 준혁도 자연스럽게 따라 내렸다.

"지금, 퇴근하는 거야?"

"응, 실은 지금 저녁 먹으러 가는 건데……."

혜서의 대답에 준혁의 얼굴이 더욱 눈에 띄게 굳었다.

"······같이?"

태후와 아이의 얼굴을 번갈아 바라보며 직설적으로 묻는 그의 물음에 혜서가 난처한 표정을 지었다. 그 와중에도 아이는 그녀의 손을 꼭 잡고 있었다. 앞에 있는 직장 상사를 의식하지 않고 서로에게 편하게 말을 놓는 두 사람의 친근한 모습은 한눈에도 평범한 직장 동료로만 보이지는 않았다. 그들을 바라보던 태후가 갑작스러운 제안을 했다.

"생각보다 일이 늦게 끝난 것이 미안해서 제가 저녁을 사기로 했습니다. 괜찮으시다면 류 주임도 함께 가죠. 보니까 두 분이 친한 사이인 것 같은데."

"아닙니다, 이사님. 오늘은 그냥 가야 할 것 같아요. 친구가 기다리고 있다는 걸 몰랐거든요."

혜서의 입에서 나오는 '친구'라는 단어가 오늘따라 유난히 거슬렸다. 그동안은 그러려니 생각하고 넘어갔지만 지금은 뾰족한 얼음송곳이 심장을 쿡쿡 찔러 대는 것처럼 따끔거렸다. 전엔 미처 몰랐었는데 자신이 혜서를 친구라는 범주에 애써 가두려 했을 때 그녀 역시 이렇게 아팠겠구나, 상처받았겠구나 싶어 다시금 밀려드는 죄책감으로 마음이 쓰렸다.

"하지만······."

태후가 거절하는 혜서를 만류하기 전에 아이가 먼저 잡고 있던 그녀의 손을 잡아당겼다. 혜서가 돌아보니 아이가 커다란 눈으로 그녀를 뚫어지게 올려다보고 있었다. 그녀의 얼굴에 난처함이 스쳤다.

"아, 참, 준혁이……."

보모인 박 여사로부터 아이가 밥을 도통 먹지 않는다는 얘기를 듣고 걱정하는 태후에게 맛있는 갈치 정식집을 알고 있다는 얘기를 꺼낸 사람은 혜서였다. 마침 아이가 생선을 좋아한다며 그곳으로 안내해 달라는 태후의 부탁에 함께 나선 길이었다.

"맛있는 생선 구이를 먹으러 간다고 잔뜩 기대하고 있는 우리 아이를 위해서도 오늘은 양보를 하지 못하겠군요."

여유 있는 미소를 짓고 있는 태후는 전혀 물러날 기세가 아니었다. 혜서는 보일 듯 말듯 살짝 미간을 찌푸리는 준혁과 자신의 손을 꼭 잡고 도통 놓아줄 기세가 아닌 꼬맹이를 내려다보며 난처한 표정을 지었다. 아이는 그녀가 손을 놓으면 십중팔구 울음이라도 터뜨릴 기세였다.

준혁은 어딘지 느물거리는 태후도, 거머리처럼 혜서를 놓지 않는 꼬맹이도 둘 다 마음에 들지 않았다. 그야말로 전무후무한 막강 라이벌의 등장이었다. 위험천만한 두 사람 사이에 혜서를 두고 갈 순 없었다.

"혹시 할매집에 가려던 거야? 그럼 그냥 함께 가자. 나도 거기가 본 지 오래돼서 가고 싶네. 빈말을 하신 게 아니라면 같이 가겠습니다, 이사님."

입꼬리를 올리고 보조개까지 팬 얼굴로 웃으며 말을 건넸지만 준혁의 눈빛은 경계심으로 싸늘했다.

"빈말이라뇨. 그럼, 다 함께 움직이는 걸로 하죠."

태후 역시 기다렸다는 듯이 냉큼 그의 말을 받아들였다. 그렇게 네 사람은 태후의 차에 함께 올라탔다. 아이와 뒷자리에 앉은 혜서는 자동차 안을 떠도는 묘하게 불편한 공기를 감지했다. 그녀는 운전석에 앉은 태후와 보조석에 앉은 준혁의 뒷모습을 보며 아무도 몰래 옅은 한숨을 내쉬어야 했다.

일반 주택을 개조한 식당 안으로 들어서자 아담한 정원이 나왔다. 식당은 마루가 깔린 거실과 정갈한 방으로 이루어져 있었다.
"어머나! 이게 누구야? 정말 오랜만이네."
대학을 졸업한 이후로 몇 년 만에 온 혜서를 한눈에 알아본 주인아주머니가 반색을 하며 인사를 건넸다.
"안녕하세요, 아줌마? 너무 오랜만에 왔지요?"
"그러게. 이게 대체 몇 년 만이야? 학교 다닐 때는 친구들 몰고 자주 오더니. 그런데 벌써 결혼해서 이렇게 큰 아이가 있는 거야? 결국 둘이 그렇게 되었나 보네. 내 그럴 줄 알았지. 부득부득 친구라고 우기더니. 아이가 아빠랑 꼭 닮았네그래."
여전히 혜서의 손을 꼭 잡고 있는 아이와 준혁을 번갈아 보며 주인아주머니가 반갑게 너스레를 떨었다. 혜서를 뒤따르던 태후는 그녀의 어이없는 말에 미간을 찌푸리며 그녀처럼 아이와 준혁을 번갈아 바라보았다. 자신의 아이를 대체 누구와 닮았다고 하는 것인지, 생각지 못한 불쾌감이 스멀거리며 올라왔다.
"어머, 아니에요. 저 결혼 안 했어요, 아주머니."
당황한 혜서가 벌겋게 달아오른 얼굴로 부인했다.
"네, 아주머니. 제가 열심히 쫓아다니고는 있는데 아직 이 친구 마음을 얻지 못했어요."
준혁의 말에 혜서가 무슨 짓이냐는 눈빛으로 그를 쏘아보았다.

함께 있는 태후가 다 듣고 있다는 생각에 불편했다. 하지만 그는 그녀의 싸한 시선을 외면하며 마루 위로 올라섰다.

"으응? 그래? 내가 이거 처녀, 총각한테 실수를 했네. 난 아이가 워낙 닮아서……. 그나저나 저렇게 멋진 총각이 쫓아다니는데 싫다고 한단 말이야? 적당히 하고 받아 줘. 저런 인물도 드물잖아."

"그렇죠? 아, 여기 자주 와야겠다. 아주머니가 이렇게 밀어주시니 참 좋습니다. 하하."

"그래, 자주 와, 자주. 내가 아주 힘닿는 데까지 응원할 테니까."

"감사합니다, 아주머니. 힘 좀 더 많이 낼 수 있게 갈치정식 맛나게 부탁드립니다."

긴장을 내려놓고 여유를 되찾은 준혁이 환한 표정으로 주문을 했다.

준혁은 밥을 먹는 중간에 연신 아이의 수저 위에 생선살을 발라 올려 주는 혜서를 못마땅한 눈으로 바라보았다. 그녀와 떨어지려고 하지 않는 아이 때문에 그는 태후와 나란히 앉아 상을 사이에 두고 혜서와 아이를 마주 봐야 했다.

"그만하고 식사해요. 아이 때문에 영 밥을 못 먹는 거 같아서 미안하군요."

"아니에요. 그나저나 준혁이가 갈치를 잘 먹어서 정말 다행이네요. 맛있지, 준혁아?"

볼이 빵빵하도록 입이 가득 찬 아이가 커다란 눈을 데구르르 굴리며 고개를 끄덕였다.

"이것도 먹어. 이건 계란찜. 이건 도토리묵인데 다 맛있으니까 천천히 먹자."

 투정 부리지 않고 잘 먹는 아이가 대견스러운 혜서는 여러 반찬을 부지런히 아이의 밥그릇으로 날랐다. 그런 두 사람을 태후가 흐뭇한 눈으로 바라보았다. 아이가 오랜만에 맛나게 식사 하는 모습을 보니 안 먹어도 배가 부른 기분이었다. 상처받은 아이를 잘 보듬으며 따뜻하게 챙겨 주는 혜서를 볼 때마다 한국에 돌아와 그녀를 다시 만난 것이 행운이라는 생각까지 들었다.

"너도 좀 먹지 그래?"

 보다 못한 준혁이 결국 한마디를 하고 말았다. 갈치구이가 있으면 밥을 두 그릇이라도 비울 만큼 잘 먹는 그녀를 알고 있는 탓에 제 밥을 반도 먹지 못하고 아이만 챙기는 모습을 보니 부아가 났다.

 엄마라도 되는 것처럼 저게 뭐야?

 지나쳐 보이는 혜서의 모습도 못마땅했지만 천진스런 표정으로 자꾸만 그녀에게 목을 매는 어린 녀석도 보통 얄미워 보이는 것이 아니었다. 그리고 제 아이를 자신이 챙기지 않고 태연한 모습으로 혜서에게 맡기고 있는 태후도 뻔뻔해 보였다. 아무리 아이가 고집을 부린다지만 저 정도면 방조죄에 속했다. 아이를 돌볼 책임은 분명 부모의 몫이었다. 세상엔 그 책임을 다하지 못하는 사람들이 너무 많았다. 그리고 그 때문에 멍드는 사람은 그 누구도 아닌 아이였다.

 준혁은 제 아빠의 보호 아래 잘 있는 아이를 앞에 두고 하는 자신의 생각이 좀 지나치다는 것을 알았지만 어쩐지 마음이 애잔해졌다. 아이 역시 엄마가 옆에 없다는 것과 이름이 같다는 이유 때문일까? 외로웠던 자신의 어린 시절과 동일시할 필요는 없는데도 공연히 안쓰러운 마음이 들었다.

"이것도 맛있으니까 먹어 봐."

준혁은 자신도 모르게 젓가락을 움직여 아이의 수저 위에 노랗게 부쳐진 전 하나를 통째로 올려 주었다. 종종 이렇게 반찬을 챙겨 주시던 할머니가 떠올랐다. 괜히 가슴이 뭉클해졌다. 그런데 제 수저 위에 얹힌 전을 내려다본 아이의 입술이 앞으로 불쑥 튀어나왔다.

"꼬맹이, 버섯 전 그거 맛있다니까."

제 딴에는 꽤 친절한 말투로 건넨 말이었다. 하지만 그의 말과 동시에 아이는 수저를 비틀어 전을 상 위로 떨어뜨렸다. 그러고는 황당한 표정으로 자신을 쳐다보는 그를 말없이 노려보았다.

아니, 저 자식이!

상을 가운데 두고 아이와 눈싸움을 하듯 시선을 비키지 않는 준혁의 이마에 빠직, 굵은 힘줄이 돋았다. 밥을 먹다 말고 철없는 아이와 유치하게 눈싸움을 벌이는 류준혁이라니. 이 어이없는 상황에 혜서는 태후의 눈치를 보느라 다시 한 번 얼굴이 발갛게 달아오르고 말았다.

"아우, 더워."

운전을 하는 준혁의 옆자리에 앉아서 혜서는 연신 손을 움직여 부채질을 했다.

"가을밤이라 서늘한데 더워? 에어컨 켜?"

"누가 진짜 덥대? 얼굴이 화끈거린다는 거지. 네가 애야? 유치하게 아이 상대로 그게 뭐야?"

식사를 마친 후 태후의 차를 타고 다시 호텔로 돌아왔다. 오는 도중 차 안에서 잠든 아이를 안고 올라가는 태후와는 주차장에서 인사를 나누고 헤어졌다.

"그것도 이사님 앞에서. 창피해 죽을 뻔했잖아."

"이사님 앞이면 뭐! 그 사람 앞에서 잘 보여야 할 일 있어?"

"무슨 말을 그렇게 해? 그럼, 윗사람한테 잘 보여서 나쁠 거 있어?"

공연히 트집을 잡는 준혁의 말에 혜서의 목소리도 뾰족하게 나갔다.

"넌 오늘 퇴근도 안 하고 뭐하러 그 시간까지 호텔에 있었던 거야?"

"내 문자, 정말 못 본 거야?"

"문자?"

그제야 혜서는 가방 안에 무음으로 돌려 두었던 휴대폰을 꺼내 들었다.

"어, 문자 했었구나. 못 봤어. 무음 상태로 두고 잊고 있었네. 그런데 왜 기다린 거야? 무슨 일 있어?"

준혁은 말간 얼굴로 묻는 혜서 때문에 속에서 불이 나는 것 같았다.

무슨 일이 있냐고?

무슨 일이 있을 때만 연락하고 만나는 사이가 아니었다. 그녀가 그 빌어먹을 상무이사의 비서로 가기 전까진 항상 같이 출근하고 같이 퇴근을 했다. 그렇게 하기 위해 부지배인을 따로 만나 그녀와 같은 조로 짜 달라고 은근히 부탁까지 했었다. 그런데 따로따로 출근을 하고 퇴근을 하는 것이 혜서는 아무렇지 않은 모양이었다. 그는 혼자 출근하는 새벽길이, 그리고 혼자 퇴근할 때 만나게 되는 오후의 햇살이 영 어색하기만 한데…….

"정말 이혼했대?"

"뭐?"

"그 이사 말이야, 아이 엄마랑 이혼했다는 말이 사실이야?"

"그것까진 나도 모르지. 그런 소문이 떠돌기는 하지만 사생활인데 확인을 할 수 있는 것도 아니고. 그런데 그건 왜?"

"……."

"이상하네. 너, 남의 일에 관심 갖는 거 재미없어 하잖아."

마침 사거리에서 차가 신호등에 걸리자 준혁은 운전대를 잡은 채 그녀를 향해 고개를 돌렸다. 그리고 한동안 그녀를 빤히 쳐다보다가 물었다.

"왜 그랬어?"

"또 뭘?"

혜서는 자꾸만 뜬금없는 질문을 해 대는 그를 동그랗게 뜬 눈으로 바라보았다.

"두 번이나 사무 부서로 옮길 기회가 있었다며. 그런데 왜 옮기지 않았던 거야?"

"……."

"혜서야."

황급히 시선을 앞으로 돌리는 혜서의 얼굴에 당혹감이 가득했다. 준혁이 그런 그녀의 얼굴을 뚫어지게 바라보았다. 그녀 역시 자신과 같은 이유로 그런 기회를 버렸던 건 아닐까? 하지만 섣부른 기대일 수도 있다는 생각에 조심스러웠다.

"혜서야, 내가 기다리고 있다는 거 잊지 마."

"……넌 지치지도 않니?"

정말로 궁금했다. 그녀가 힘들어했던 시간보다 더 긴 시간을 저렇게 버티고 있으면서 정말로 지치지 않는지, 마음이 변하지 않는지. 밀어내는 그에게 지쳐 놓아 버리려고 했던 자신의 모습을 떠올리자 부끄러운 마음마저 들었다.

"응, 지치지 않아. 나를 기다리게 하는 사람이 너니까 얼마든지 기다릴 수 있어."

이렇게 대단한 인내심을 가지고 있으면서 어째서 사랑을 시작도 하지 않고 포기하려 했을까? 무조건 나를 밀어낼 생각부터 했을까? 그 생각에 혜서는 또 마음이 뾰족해졌다. 진즉에 자신의 마음을 받아들였다면 지금쯤 두 사람의 관계는 크고 작은 일에 흔들리지 않을 만큼 단단해져 있을지도 모를 텐데. 하지만 이제 와 그런 생각은 다 부질없었다.

"보기보다 끈기 있네."

복잡한 마음으로 툭 던지는 혜서의 말에 준혁이 입매를 늘려 웃었다.

"칭찬 고맙다."

"칭찬? 그래, 맘대로 들으셔."

준혁이 훌쩍 다가와 그녀의 볼에 입을 맞췄다.

"사랑해."

기습적으로 볼에 닿았던 입술만큼이나 사랑을 속삭이는 음성이 감미로웠다. 마음이 또 한 번 출렁거렸다.
"……운전이나 해. 파란 불 들어왔어."
흔들리는 마음을 숨기며 냉정하게 구는 혜서의 반응에도 준혁은 미소를 지우지 않은 채 가속 페달을 밟았다.

　　　　　＊　　＊　　＊

"이름이?"
"차혜서 대리입니다."
침대 헤드에 기대앉은 상태에서도 예리한 눈을 빛내고 있는 서 대표 앞에서 혜서는 식은땀을 흘리고 있었다. 한눈에도 병색이 완연한 얼굴이지만 형형한 눈빛과 온몸에서 뿜어져 나오는 기가 얼마나 강한지 마주 보고 서 있기가 힘들 지경이었다. 이 정도 카리스마가 있는 사람이니 여자의 몸으로 '더 블루 캐슬'이라는 대형 호텔을 흔들림 없이 경영할 수 있었을 것이다.
"그래, 상무이사를 돕고 있다지?"
"네. 비서로 근무하고 있습니다."
"음, 가지고 온 서류 좀 건네주지."
"네, 여기 있습니다."
혜서는 그녀에게 서류를 건네고 침대에서 한 발 물러섰다. 조찬 회의에 들어가 있는 태후를 대신해서 병원으로 서류를 가지고 오라는 연락을 받고 온 길이었다. 얼떨결에 직장의 대표이사와 독대를 하려니 절로 긴장이 되었다.
서 대표는 혜서에게서 건네받은 서류를 찬찬히 훑어보았다.

"창립 기념 파티라……."

잘 정리되어 있는 서류만 봐도 처음엔 고사하던 자리에서 어느새 제대로 된 주인 노릇을 하고 있는 아들의 모습을 느낄 수 있었다.

"내가 병실에 누워 있거나 말거나 파티를 열겠단 말이지?"

냉랭한 말투와 달리 서늘한 눈동자엔 신뢰와 만족감이 엿보였다.

"아주 제대로 된 파티를 열 모양이로군. 그런데 차 대리는 호텔에 근무한 시 육 년 차라고?"

"네."

"부모님은?"

"네?"

갑작스러운 질문에 살짝 당황한 혜서가 머뭇거리자 서 대표가 다시 물었다.

"부모님은 어떤 일을 하시는 분이신가?"

"아, 네, 아버지는 고등학교 교장 선생님으로 계시다가 퇴임하셨고 어머니는 평범한 가정주부십니다."

얼른 침착함을 되찾은 그녀의 대답을 듣고도 서 대표의 질문은 아직 끝나지 않았다.

"아직 어려 보이는데 나이가 서른하나인 것이 맞나?"

"네, 맞습니다."

"하긴. 요샌 겉만 보고는 나이를 가늠하기가 힘들더군. 건강도 마찬가지지. 어떤가? 건강도 겉모습만큼이나 괜찮은 편인가?"

이 자리에 어울리지 않는 다소 공격적인 질문들이었다. 혜서는 의아함을 애써 숨기며 그녀의 질문에 가장 적당하다고 생각되는 답을 내놓았다.

"⋯⋯네, 호텔에서 근무하는 데 지장 없을 만큼 건강한 편입니다."

"호텔에서 근무하는 데 지장 없을 만큼이라⋯⋯. 후후, 우문에 현답을 하는군. 내가 너무 사적인 얘기를 많이 물은 모양이지. 혹시 불쾌했나?"

"아닙니다. 하지만 어째서 그런 질문을 하실까 조금 의아하긴 합니다."

혜서는 예의에서 벗어나지 않도록 조심하면서도 당찬 목소리로 말했다. 솔직해 보이는 그녀의 모습에 서 대표의 얼굴이 조금 부드러워졌다.

"제법 영리한 사람인 것 같아 마음에 드네. 아주 좋아. 이번 창립 기념 파티엔 자네가 수고를 좀 해 줘야겠군."

"네, 최선을 다하겠습니다."

"자네라면 상무이사의 파트너 역할을 제대로 해낼 수 있을 것 같아 안심이야."

"네?"

침착함을 유지하던 혜서가 결국 당혹스러움을 감추지 못했다. 그런 그녀를 바라보는 서 대표의 눈이 깊어졌다. 사실 서류는 핑계일 뿐이고 상무이사 자리를 마다하던 아들이 콕 집어서 비서로 데려다 놓은 사람이 누군지 궁금해서 부른 것이었다. 병실에 들어설 때부터 곱고 단정한 혜서의 인상이 괜찮았다. 게다가 묻는 말마다 차분한 목소리로 대답하는 것도 마음에 들었다. 만일 인연이 된다면 저런 사람을 며느리로 들이고 싶다는 욕심이 들었다.

"다른 말씀은 없으셨나요?"

태후는 얼른 대답을 하지 못하고 머뭇거리는 혜서를 보며 손가락으로 책상 위를 톡톡 두드렸다. 조찬 회의가 끝나고 나서야 혜서가 어머니에게 불려 갔다는 얘길 들었다. 창립 기념 파티에 관한 거라면 이미 구두로 보고된 상태인데 굳이 서류를 직접 보자고 한 이유를 납득할 수 없었다.

"혹시 들어주기 어려운 부탁을 하시던가요?"

"네?"

"내 일거수일투족을 자세히 봐 두었다가 보고하라거나……."

태후는 생각만으로도 언짢은 마음에 미간을 찡그렸다. 자신과 가장 가까이에서 시간을 보내는 비서이기에 그런 부탁을, 아니 명령을 내릴 수도 있는 분이었다.

"아, 아닙니다. 그런 말씀 없으셨어요."

"그럼 이상하군요. 어째서 그렇게 불편한 표정을 짓고 있는 겁니까?"

혜서는 굳이 말을 해야 할까 고민하다가 솔직하게 털어놓기로 했다.

"대표님이 오해를 좀 하신 것 같아요."

"오해?"

"네. 제가 갑작스럽게 상무이사님의 비서로 자리를 옮겨 온 것 때문에 작은 오해를 하신 것 같습니다. 게다가 준혁이가 절 잘 따른다는 말을 전해 들으신 모양이에요. 그래서……."

"이런, 당황했겠군요. 미안합니다."

빠르게 상황을 깨달은 태후가 난처한 얼굴로 사과를 했다. 어지간히 까다롭고 냉정한 자신의 성정을 알고 계신 모친이었다. 그러니 객실 부서에 있던 여직원을 뜬금없이 비서로 발탁해 옆에 둔 것을 보고 엉뚱한 오해를 하실 만했다. 거기까지 생각하지 못한 것은 자신의 실수였다.

"창립 기념 파티에서 상무님 파트너를 하라고 하시기에 저는 그저 일개 비서일 뿐이라고 말씀드렸어요. 그런데도 대표님이 오해를 풀지 않으시는 것 같아요."

"……?"

"그렇게 잘 말씀드렸는데도 결국 파트너는 제가 하게 될 거라고 하시더라고요. 하지만 그건 말이 되지 않잖아요. 제가 어떻게……."

혜서는 서 대표의 오해가 꽤나 불편했던 듯 곤란한 표정을 지었다. 입을 굳게 다문 태후가 무언가 생각에 잠긴 눈으로 한참 동안 그녀를 바라보았다.

* * *

일요일 오후, 모처럼 늘어지게 쉬고 있던 혜서는 오늘도 근무를 하고 퇴근한 준혁과 함께 동네 뒷산을 산책 중이었다.

"그래서, 상무님의 파트너가 되어서 공식적인 파티에 참석하겠다는 말이야?"

이런저런 얘기 끝에 혜서가 전하는 말을 들은 준혁이 발걸음마저 멈추고 서서 심각한 표정을 지었다.

"그러게, 어쩌다 보니 그렇게 됐어."

혜서는 애써 별일 아니라는 듯 심드렁한 목소리로 대답했다.

"어째서 네가 그런 일을 맡아야 하는데?"

"그런 파티는 파트너 동반이 필수인가 봐. 하지만 말이 파트너일 뿐이지 그냥 일의 연장일 뿐이야."

"글쎄, 그런 일을 왜 네가 하냐고! 너무 쉽게 생각하는 거 아니야?"

"어려울 것도 없지, 뭐. 명색이 비서잖아. 상관이 하라고 하면 하는 거지."

"……."

"이마에 주름 생기겠다. 뭘 그렇게 심각하게 받아들여?"

혜서가 준혁의 찡그린 미간을 손가락으로 가볍게 쓱쓱 문질렀다. 그러자 그가 낮은 신음을 토하며 멀어지는 그녀의 팔을 잡았다. 어느새 이마가 맞닿을 정도로 가까이 다가온 준혁의 눈동자가 뜨거운 열을 품고 있었다. 그의 눈동자에 놀라 뒤로 물러나려는 혜서의 이마에 봄바람처럼 따뜻한 숨결이 닿았다가 떨어졌다.

"미쳤어?"

혜서는 주변에 누가 보기라고 했을까 봐 기겁을 했다. 사람들이 수시로 다니는 산길이 오늘따라 조용했다.

"네가 먼저 도발했잖아."

"내가 언제?"

"봐, 난 네 손끝만 닿아도 심장이 뛴다니까."

준혁이 혜서의 손을 잡아다가 자신의 가슴에 대었다. 탄탄한 가슴 근육 아래에 요동치는 심장의 움직임이 느껴졌다. 혜서는 가끔씩 이렇게 솔직하게 다가오는 그의 모습에 당황스러웠다.

"이 짐승!"

혜서가 그의 가슴을 손바닥으로 맵게 때렸다.

"아야! 이건 당연한 거야. 사랑하는 사람 손이 닿는데도 멀쩡하면 그게 이상한 거지."

그의 말에 혜서의 얼굴이 확 붉어졌다.

"어쩜 그런 닭살 멘트를 아무렇지도 않게 하니? 날이 갈수록 얼굴이 두꺼워지는구나, 너는?"

"뭐, 이왕 얼굴 두껍다는 소리까지 들었으니까……."

준혁은 재빨리 움직여 손바닥으로 그녀의 양 볼을 감싸 쥐고 아까부터 욕심나던 입술에 제 입술을 살며시 대었다가 뗐다. 가벼운 버드 키스였지만 바라보는 눈빛은 시선을 돌리지 못할 만큼 그윽했다. 그 눈빛에 빨려 들어가듯 멍하니 바라보는 혜서의 얼굴을 감싸 쥔 채로 한참 동안 응시하던 준혁이 그녀를 놓아주며 한 발 뒤로 물러섰다.

"다행이다."

"뭐, 뭐가?"

"여기가 사람들이 오르내리는 길이라서. 아니었으면 정말 짐승이 될 뻔했는데."

입으로는 가볍게 말하지만 일렁이는 눈동자까지는 숨기지 못한 준혁을 혜서가 빤히 바라보았다.

"그만 좀 쳐다봐. 유혹하는 것도 아니고, 그런 눈빛으로 계속 보면 어쩌라는 거야?"

"너, 정말!"

괜히 놀리듯 하는 그의 말에 민망해진 혜서가 몸을 휙 돌리고 거친 걸음으로 앞장서 걸었다. 근래에 들어 기회만 있으면 입을 맞추려는 그의 행동이 당황스러웠다. 하지만 싫다고 밀어내지 않고 그의 손길과 입맞춤을 얌전히 받아들이는 자신이 더 당황스러웠다.

발부리에 걸리는 작은 돌멩이들을 툭툭 차며 걷는 혜서의 뒷모습이 꼭 반항하는 사춘기 같았다. 그 모습을 물끄러미 바라보던 준혁이 성큼성큼 쫓아가 그녀의 손을 꼭 잡았다.

"뭐야?"

"손잡아 줄게."

"손을 잡아 주긴 뭘 잡아 줘? 내가 어린애야?"

"응, 어린애 같아. 손 놓으면 넘어질 것 같고, 잠시 한눈팔면 신기루처럼 사라질 것 같아."

"……."

준혁은 잡고 있던 혜서의 손에 깍지를 끼며 덧붙였다.

"남자는 나를 포함해서 다 짐승이야. 그러니까 조심해."

"치잇! 양심은 있네. 스스로 짐승이라고 하는 걸 보니. 그런데 나한테 가장 위험한 짐승은 너야."

새침한 혜서의 말에 준혁은 쓴웃음을 지었다. 그리고 다짐하듯 단호한 목소리로 말했다.

"나, 너 안 놓을 거야. 네가 다른 남자의 파트너를 하든 뭘 하든 다 좋아. 네 말처럼 그건 그냥 일이니까. 하지만 내가 여기 있다는 건 잊지 마. 기다리고 있다는 것도."

잠시 숨을 고른 준혁이 지나가는 말처럼 소망을 입에 담았다.
"네가 먼저 내 손을 다시 잡아 주는 날이 빨리 왔으면 좋겠다."

제11장

지치지 않고 기다리기

그녀, 차혜서

"훌륭하군요."

평소 감정 표현에 인색하던 태후가 만족한 듯 고개까지 끄덕이며 감탄을 했다.

"이사님, 제가 꼭 이런 옷까지 입어야 하는지……."

혜서는 난처한 표정으로 생전 처음 입어 보는 드레스의 앞자락을 손으로 쥐었다가 펴길 반복했다. 호텔 창립 기념 파티에 정말로 그의 파트너 자격으로 참석하게 되었다. 이미 각오한 바이지만 긴장감으로 정신이 다 아찔했다. 게다가 익숙하지 않은 드레스가 어색해 등 뒤로 식은땀이 줄줄 흐르는 기분이었다.

"어머님이 병석에 계시기 때문에 내가 호스트로서 손님들을 맞아야 하는 파티입니다. 말했다시피 차 대리는 오늘 비서로서 참석하는 것뿐만 아니라 내 파트너로서도 옆자리를 지켜야 해요. 그러니까 좀 불편하더라도 참아 주겠어요?"

 블랙 슈트를 멋지게 차려입은 태후가 부드러운 말투로 잔뜩 긴장한 그녀를 달랬다. 서 대표가 병석에 있다 해도 호텔 '더 블루 캐슬'은 건재하다는 것을 대내외에 과시하기 위한 자리였다. 그런 자리이니 만큼 파트너 동반은 필수 사항이었다. 현재 이혼을 한 상태였기에 파티에 동반할 아내가 없는 그에겐 비서인 혜서 외에 다른 대안이 없었다. 급하다고 아무 여자나 데려다가 옆자리에 세우기엔 오늘의 파티가 상당히 중요했다.

"엄마?"

 난데없이 들리는 아이의 목소리에 태후와 마주 보고 서 있던 혜서가 빙글 몸을 돌렸다. 어느새 방문을 열고 나온 준혁이 기대감으로 반짝이는 눈을 동그랗게 뜨고 그녀를 올려다보고 있었다. 드레스를 입은 혜서의 뒷모습을 엄마로 착각한 모양이었다. 엄마가 아닌 혜서의 얼굴을 확인하자 금세 풀이 죽은 아이의 눈동자가 빛을 잃고 어두워졌다.

"준혁아……."

 입매를 축 늘어뜨린 아이는 태후의 부름에도 듣지 못한 척 몸을 돌려 방으로 들어가 버렸다.

"차 대리, 잠시만 기다려 주겠어요?"

"네."

 태후가 빠른 걸음으로 아이를 쫓아 들어갔다. 혜서는 공연히 아이에게 미안한 마음이 들었다. 엄마가 모델이라고 하니 평상시와 다르게 차려입은 그녀의 모습에 얼마나 마음이 들떴을까? 그러다가 제 엄마가 아닌 것을 알고 또 얼마나 실망했을까? 본의 아니게 아이의 마음에 상처를 준 것 같아 걱정스러웠다.

준혁을 따라 방으로 들어간 태후는 좀처럼 나오지 못했다. 대신 평상시 태후가 일을 하는 동안 방에서 아이를 돌보는 박 여사가 밖으로 나왔다.

"어쩌나……. 이사님이 또 진땀을 빼시겠네."

그녀가 작게 혀를 찼다. 아이가 고집을 부리면 태후는 일을 하는 도중에도 종종 방으로 불려 들어가곤 했다. 혜서가 보기엔 귀엽고 예쁘기만 한 아이인데 때로 엉뚱한 고집을 부려 박 여사나 아빠를 힘들게 하는 모양이었다. 방 안이 조용한 걸 보면 아이가 울면서 떼를 쓰는 건 아닌 모양이지만 그래도 달래느라 꽤나 애를 먹는 중일 것이다.

달칵.

태후는 파티장으로 가야 할 시간이 임박해서야 방문을 열고 나왔다. 그의 얼굴은 방에 들어가기 전보다 부쩍 지쳐 보였다.

"박 여사님, 이제 들어가 보세요."

"네, 이사님."

박 여사가 들어가고 방문이 닫히자 태후는 짧은 한숨을 내쉬었다.

"물 한 잔 드릴까요?"

"그래요, 고마워요."

그는 목이 말랐던 듯 혜서가 건넨 물을 단숨에 들이켰다.

"저기, 준혁이는 괜찮은지……."

"잠깐은 괜찮을 겁니다. 지금 노트북으로 제 엄마 모습을 보고 있거든요."

지친 그의 얼굴에 언뜻 쓸쓸한 미소가 스쳤다.
"아마, 많이 보고 싶을 겁니다."
"아, 네……."
"……나도, 많이 보고 싶거든요."
혼잣말처럼 내뱉는 태후의 말에 혜서가 조금 놀란 얼굴로 그를 바라보았다. 도통 사적인 감정을 밖으로 드러내지 않는 그였기에 이런 모습이 낯설었다. 하지만 그는 곧 아무런 일도 없었다는 듯 다시 냉철한 표정을 되찾았다.
"자, 갑시다. 오늘 잘 부탁합니다."
혜서는 자신을 향해 신사다운 미소를 머금은 그를 따라 파티장으로 향했다.

❊ ❊ ❊

"어머머! 차 대리 저렇게 차려입으니 정말 예쁘다. 그렇지?"
옆구리까지 쿡 찌르며 하는 매니저의 말에 준혁은 별다른 반응을 보이지 않았다. 하지만 그의 시선은 몇 개의 둥근 테이블을 넘어 태후와 나란히 서 있는 혜서의 얼굴에 고정된 상태였다. 하얀 피부에 어울리게 연한 살구빛의 드레스를 차려입은 그녀는 사람들과 인사를 나누느라 바쁜 태후의 곁에 다소곳한 모습으로 자리를 지키고 있었다.
"옷이 정말 날개가 맞나 봐요. 드레스 입은 자태가 엄청 우아해 보이네요. 뭐, 연예인 뺨치게 생겼는데요? 남자들 눈에서 하트 발사되는 것 좀 보세요. 미인인 건 알고 있었지만 저 정도일 줄은 몰랐어요. 저렇게 이사님이랑 나란히 서 있는 모습을 보니 비서가 아니라 꼭 이 호텔 안주인 같지 않아요?"

"에이, 무슨 그런 말을 해?"

매니저가 준혁의 표정을 살피며 눈치 없이 구는 주희에게 눈짓을 했다.

"이사님이랑 워낙 잘 어울리…… 아, 뭐…… 그만큼 드레스가 잘 어울린다는 거죠. 아하하."

그제야 굳어 있는 그의 얼굴을 본 주희가 어색한 웃음을 흘리며 슬쩍 다른 테이블로 자리를 옮겼다.

"너무 언짢아하지 마. 주희 씨가 가끔 저렇게 주책없이 말실수를 해서 그렇지 나쁜 사람은 아니잖아. 우리 호텔 직원들치고 차 대리랑 류 주임 관계를 모르는 사람이 있는 것도 아니고 말이야."

"네."

"어쨌든 올해는 대표님이 자리를 비우셔서 창립 기념 파티는 생략할 줄 알았는데. 오히려 직원들을 전부 참석시키다니, 이사님 추진력도 대단하네. 직원이 가족이라는 기념사도 멋지고."

"……"

"하긴 범의 새끼가 고양이일 리는 없으니까. 아마 모르긴 해도 대표님만큼 능력도 있을 것 같아 다행이지, 뭐. 혹시나 동요하는 직원들까지 이렇게 미리미리 단속할 정도니 믿을 만하네."

준혁은 매니저의 말을 들으며 시선을 조금 비켜 태후를 바라보았다. 남자답게 잘생긴 그의 얼굴엔 사업가다운 여유로움이 넘치고 있었다. 세련된 매너로 혜서를 에스코트하면서도 손님들과 담소를 나누는 모습에 당당함이 엿보였다.

"아함…… 맛있는 음식이고 뭐고 이젠 슬슬 졸음이 쏟아지는 걸? 아침 조는 내일 일찍 출근을 해야 하니까 이제 그만 퇴장하는 게 어떨까? 눈도장도 찍을 만큼 찍었는데."

밤이 깊어 가고 있었다. 매니저의 말처럼 눈도장을 찍은 직원들이 하나둘 파티장을 빠져나가기 시작했다. 그러다 보니 직원들을 위해 마련된 테이블을 지키는 사람들의 숫자가 눈에 띄게 줄었다. 언뜻 파티장 뒤쪽으로 고개를 돌린 혜서의 시선이 계속 그녀를 좇던 준혁의 시선과 마주쳤다. 두 사람의 시선이 공중에서 얽혔다. 간신히 마주친 그녀의 시선을 놓치기 싫어 꽉 잡고 싶었지만 마침 혜서에게 말을 건네는 태후 때문에 그녀는 고개를 돌리고 말았다.

"후우……."

준혁은 자신도 모르게 한숨을 내뱉었다. 오늘따라 항상 매고 생활하는 넥타이가 목을 꽉 조이는 것처럼 답답했다. 그는 참을 수 없는 답답함에 빠른 걸음으로 파티장을 나와 화장실로 향했다. 화장실 거울에 비친 얼굴이 가면처럼 딱딱해 보였다. 혜서 곁에 서 있던 누구처럼 여유로운 웃음을 짓고 싶어 입매를 당겨 보지만 오히려 얼굴이 일그러져 어색하기 그지없었다.

젠장.

억지로 짓던 미소를 지운 준혁은 수도꼭지를 열어 차가운 물에 손을 닦았다. 그리고 이내 허리를 숙이고 세수를 하기 시작했다. 찬물에 세수를 하고 고개를 드니 젖은 얼굴에서 물방울이 뚝뚝 떨어졌다.

콩. 콩콩…….

거울에 이마를 박았다. 하지만 차가운 거울에 뜨거운 이마를 아무리 짓눌러도 좀처럼 열이 가라앉지 않았다.

 준혁은 공중으로 붕 떴던 몸이 바닥으로 툭 떨어지는 것 같은 느낌에 깜짝 놀라 몸을 일으켰다.
 "으으......"
 굳었던 근육이 갑작스런 움직임에 놀랐는지 비명을 질러 댔다. 그는 자신이 왜 이곳에 있나 혼란스러웠다. 불편한 양복 상의까지 입은 채 라커룸의 딱딱한 나무 의자 위에서 자고 있었다니. 며칠 밤잠을 설쳤던 탓에 어지간히도 피곤했던 모양이다. 잠시 생각을 정리하던 그는 의자에서 몸을 일으켰다. 화장실에서 세수를 한 뒤 파티장으로 돌아가지 않고 라커룸으로 왔던 것이 기억났기 때문이다.
 준혁은 손목시계로 시간을 확인하곤 급한 걸음으로 라커룸을 벗어났다. 잠깐 잠든 사이에 시간이 꽤나 지나갔다. 파티가 끝나고 로비에서 혜서를 만나 함께 퇴근하기로 약속이 되어 있었다. 행여 길이 어긋나 그녀가 혼자 가 버리기라도 한다면 낭패였다.
 아무리 일의 연장이라고는 하지만 다른 사내의 곁에 파트너로 서 있는 혜서를 보는 일은 쉽지 않았다. 게다가 객관적인 눈으로 보기에도 선남선녀처럼 잘 어울리는 모습에 유치한 질투심이 불끈 치밀어 올랐다. 그렇게 울컥울컥 올라오는 쓴침을 참아 가며 파티에 참석한 이유는 '파티'라는 '일'이 끝났을 때 제자리로 돌아올 혜서를 맞이하기 위해서였다.
 로비로 향해 가던 준혁이 막 엘리베이터 앞을 지날 때였다. 문이 닫히는 틈새로 혜서가 입고 있던 살굿빛 드레스 자락이 언뜻 보였다.

"혜서야!"

이름을 부르며 재빨리 열림 버튼을 눌렀지만 엘리베이터는 그를 버려둔 채 빠르게 움직이기 시작했다.

로비에서 만나기로 했는데 어딜 가는 거지?

눈앞에서 그녀를 놓쳤다고 생각하니 갑자기 마음이 급해졌다. 마침 지하 3층에 멈춰 있는 옆의 엘리베이터 버튼을 누른 준혁은 혜서를 태운 엘리베이터가 위로 올라가며 점점 높아지는 숫자를 노려보았다. 그는 도착한 엘리베이터에 올라타 20층 버튼을 눌렀다. 파티도 끝난 이 밤에 그녀가 향하는 곳이 상무이사실이라는 사실에 마음이 초조해졌다. 고속으로 움직이는 엘리베이터였지만 그 안에서 마음을 졸이는 준혁에겐 한없이 느린 느낌이었다.

땡!

엘리베이터는 다행히 중간에 멈추는 일 없이 20층으로 직행했다. 복도를 울리는 소란스러움과 맞닥뜨린 것은 엘리베이터에서 막 내려섰을 때였다. 검정색 양복을 입은 서너 명의 남자들에게 둘러싸인 한 남자가 엘리베이터 가까운 곳의 룸 앞에서 고함을 지르고 있었다.

"당장 열어! 열란 말이야!"

무전기를 손에 쥐고 귀에 인이어를 꽂은 남자의 무리는 호텔의 보안 요원들이었다. 건장한 그들의 어깨 너머로 여전히 고함을 내지르는 남자를 발견한 준혁의 눈동자가 커다래졌다. 황급히 그들 쪽으로 움직이는 그의 심장은 갑작스레 올라간 심박수로 인해 터질 것처럼 급하게 뛰었다. 흥분한 탓인지, 술에 취한 탓인지 얼굴이 붉게 상기된 낯선 남자의 품에 혜서가 붙잡혀 있었기 때문이다. 남자는 한 팔로 혜서의 목을 감싸듯 두르고 있었다. 그리고 그의 다른 손엔 날카로운 흉기가 들려 있었다.

"혜서야!"

창백한 얼굴로 잔뜩 겁에 질린 혜서는 자신을 부르는 준혁을 바라보았다. 그녀의 검은 눈동자가 공포로 흔들리고 있었다. 다가서려는 그를 보안 요원이 팔을 들어 제지했다.

"가까이 가지 마십시오. 흉기도 들었고, 남자가 상당히 흥분한 상태입니다. 섣부르게 움직이다간 인질이 다칠 수도 있어요."

보안 요원들은 흉기 때문에 쉽게 다가갈 수 없는 모양이었다.

"왜 저러는 거죠? 무슨 일이에요?"

"남자 말에 의하면 룸 안에 아내가 있다고 합니다. 짐작하시겠지만…… 다른 남자와 투숙한 아내를 현장에서 붙잡겠다고 쫓아온 모양이에요."

"그런데 왜 혜서를?"

"마침 엘리베이터에서 내리는 사람을 무작정 인질로 잡은 거죠. 아내가 문을 열지 않고 버티는 중이거든요. 신고를 했으니 좀 있으면 경찰도 올 겁니다."

준혁이 평소에 안면이 있던 보안 요원과 속삭이듯 짧은 대화를 나누는 중에도 남자는 문을 열라고 고래고래 소리를 질렀다.

"열어! 다 알고 있으니까 열란 말이야! 너희들 다 그 여편네 편이지? 당장 열지 못해? 안 열면 이 여자를 가만두지 않겠어!"

남자는 들고 있던 흉기를 공중에서 휘둘러 댔다. 시간이 흐를수록 점점 더 흥분하는 남자의 상태는 위협적이었다. 이제 혜서의 얼굴은 곧 쓰러질 것처럼 파리해졌다. 그것을 본 준혁은 걱정과 초조함으로 미칠 것 같았다. 경찰이 출동할 때까지 남자가 아무 일도 저지르지 않을 거라 장담할 수 없는 상황이 되었다. 그는 보안 요원의 제지에도 불구하고 한 발 더 앞으로 나섰다.

'두려워하지 마. 내가 있잖아.'

 눈으로 전하는 그의 메시지를 알아들었는지 혜서가 보일 듯 말 듯 고개를 가로저었다.

'위험해! 오지 마!'

 준혁 역시 그녀가 전하는 무언의 말을 알아들었다. 하지만 그는 온몸의 근육을 바짝 긴장시킨 채로 한 발 더 내디뎠다. 남자는 자신을 둘러싼 보안 요원들과 대치하느라 적을 노리는 맹수처럼 다가오는 그의 존재를 알아채지 못했다. 공중에서 마구 흉기를 휘두르는 그의 눈은 이성을 잃은 듯 희번덕거렸다.

 혜서의 안전을 보안 요원들의 손에 맡길 수는 없었다. 머리카락 한 올도 다치게 하고 싶지 않았다. 그녀가 위험에 처하게 된다면 온몸으로 막을 생각이었다. 준혁은 터질 것처럼 두근거리는 심장을 내리누르며 냉정히 숨을 죽였다. 그리고 예리한 눈으로 남자의 움직임을 주시했다. 광분 상태로 흉기를 휘두르는 그의 허점을 잡기 위해 최대한 집중했다.

 지금!

 흥분한 남자의 움직임에 작은 빈틈이 보이는 순간이었다. 표범처럼 재빠르게 움직인 준혁이 두 사람을 떼어 놓기 위해 남자의 가슴 쪽으로 뛰어들었다. 몸싸움이라면 지지 않을 만큼의 실력도 갖추고 있고 제 몸 하나 방어하는 것쯤은 문제도 아니었다. 하지만 지금은 자신의 안전 따위가 중요하지 않았다. 무조건 어깨부터 밀고 들어간 그는 흉기를 든 남자의 손과 혜서의 사이를 자신의 몸으로 방패처럼 가로막았다. 이 순간 무엇보다 중요한 건 혜서의 안전이었다.

"흐억!"

준혁은 흉기로부터 혜서를 방어하며 그녀를 잡고 있던 남자의 팔을 빠르고 강하게 꺾었다. 전광석화 같은 그의 움직임에 남자는 낮은 비명을 지르며 잡고 있던 혜서를 놓쳤다. 준혁이 남자의 팔을 꺾은 채 간신히 풀려난 그녀를 안전한 벽 쪽으로 힘껏 밀었다. 기다렸다는 듯 보안 요원들이 우르르 달려들었다.

"윽!"

팔에 타는 것 같은 통증을 느낀 것은 거의 동시였다. 혜서의 안전만을 염두에 두고 움직였기 때문에 그는 위험에 그대로 노출이 된 상태였던 것이다.

"저리 비켜! 이 새끼들아! 너희들 다 죽었어! 다 죽었다고!"
"꺄아악! 준혁아!"

보안 요원들에게 잡혀 발버둥 치는 남자가 악다구니를 치는 사이로 혜서의 비명 소리가 들렸다. 준혁은 자신에게로 달려오는 혜서를 보며 안심했다. 그녀는 아무 데도 다친 곳이 없는 모양이었다. 참…… 다행이었다…….

※ ※ ※

짜악!

"아야!"

환자와 의료진들로 부산스러운 응급실에 찰진 마찰음과 짧은 비명이 동시에 울려 퍼졌다.

"너 미친 거지? 응? 나설 곳이 따로 있지 네가 왜 그런 일에 나서는 거야?"

혜서는 자신의 손에 팔을 맞고 아프다는 표정을 짓는 준혁을 사납게 노려보았다. 상처를 꿰맬 땐 잘만 참더니 여자 손에 한 대 맞았다고 꽤나 엄살이었다.

"환자한테 폭력을 쓰다니, 너무하잖아."

"환자는 무슨! 몇 바늘 꿰맨 것 가지고 무슨 엄살이야?"

말은 쌀쌀맞게 하지만 혜서의 눈동자엔 걱정이 스며 있었다. 보안 요원들에게 제압당하기 전, 그 불한당 같은 놈이 준혁을 향해 칼을 휘두르는 것을 본 순간 얼마나 놀랐는지 모른다. 그녀는 자신도 모르게 복도가 울릴 만큼 큰 소리로 비명을 내지르고 말았다. 붉은 피가 뚝뚝 떨어지는 팔을 부여잡으며 바닥에 주저앉으면서도 자신만을 뚫어지게 바라보던 그의 눈동자. 그 눈동자를 마주 보며 그를 향해 뛰어갈 때 머릿속이 온통 하얗게 탈색되는 것 같았다.

"내가 얼마나 놀랐는지 알아?"

"걱정했어?"

빙그레 웃으며 은근히 낮아지는 그의 음성에 혜서는 턱을 바짝 치켜들었다.

"걱정은 무슨! 웬 오지랖이야? 보안 요원들도 있고, 곧 경찰도 출동을 한다는데 왜 네가 그런 자리에 끼어?"

"걱정했으면서 뭘 그렇게 펄쩍 뛰어? 난 너 다칠까 봐 얼마나 걱정했는데. 그 자식, 네 머리카락 한 올이라도 건드렸으면 오늘 내 손에 죽었을 거야."

"……."

농담처럼 시작했지만 음산하게 가라앉는 그의 목소리가 사뭇 진지했다. 마음을 흔드는 그의 말에 혜서는 입을 다물었다. 다치는 그를 본 순간 이성을 잃을 만큼 놀랐던 그녀 이상으로 흉기를 든 남자에게 잡혀 있는 자신을 본 순간 놀라고 걱정했을 그의 마음이 느껴졌다.

"그런데 너야말로 어쩌다가 그 남자한테 붙잡힌 거야? 로비에서 나랑 만나기로 한 거 잊었어?"

"이사님한테 파티 잘 마무리되었다고 보고하러 올라가던 길이었어. 아이 때문에 파티가 끝나 갈 무렵에 자리를 비우셨거든."

"그 밤중에 굳이 뭐 하러? 그냥 전화로 보고하면 되지."

준혁은 그녀의 대답이 못마땅해 이마를 구겼다.

"어, 잠깐만."

혜서가 진동이 울리는 휴대폰을 클러치 백에서 꺼냈다.

"이사님이시네."

준혁의 한쪽 눈썹이 삐죽 위로 치솟았다.

"네, 이사님."

전화를 받기 위해 자리를 뜨려는 혜서의 손을 준혁이 움켜잡았다. 그는 무슨 일이냐는 듯 돌아보는 그녀에게 제 앞의 둥근 의자를 가리켰다. 좀 전까지 위험에 노출되어 있던 그녀를 시야에서 놓치고 싶지 않았다.

"……어, 아뇨. 괜찮습니다."

그녀는 별수 없이 그가 가리킨 의자에 앉으며 통화를 계속했다.

"몇 바늘 꿰매긴 했지만 다행히 신경이나 근육 손상은 없어요. ……아뇨, 심각한 건 아니구요. ……네, 저는 아무 곳도 다치지 않았어요. ……준혁이는요? ……네, 당연하죠. 아이가 놀라면 안 되니까요. ……그런 말씀 마세요. 당연히 아이와 함께 계셨어야죠. ……알겠습니다. 그럼 내일 뵙겠습니다."

"뭐라는 거야?"

차분한 목소리로 조곤조곤 대답하는 혜서의 모습에 심기가 불편해진 준혁이 퉁명스러운 음성으로 물었다.

"너 많이 다쳤을까 봐 걱정되셨나 봐."

"하! 그래서 그 소란스러운 중에도 문 밖으로 코빼기도 내비치지 않았다는 거야?"

그의 비난에 혜서의 변명이 이어졌다.

"아이가 있었잖아. 밖이 소란스러워서 자다 깬 아이가 많이 놀란 모양이야. 그런 아이를 혼자 두고 어떻게 나오니?"

"그래도 그렇지! 직원이, 그것도 자기 비서가 그런 일을 당하고 있는데 그렇게 룸 안에만 콕 박혀 있다는 것이 말이 돼? 어떻게 그렇게 책임감 없이 굴어? 자기 아이만 중요하고 너는 다치거나 말거나 아무 상관 없다는 거야?"

그에겐 목숨만큼이나 소중한 혜서였다. 아니, 목숨보다 더 소중한 그녀였다. 그런데 자기 아이만 챙기느라 그녀를 위험에 그대로 방치했다는 사실에 참을 수 없이 화가 치밀어 올랐다.

"흥분하지 마."

"어떻게 흥분을 안 해?"

"아빠잖아, 준혁아."

 아빠잖아······. 그녀의 한 마디 말에 목소리를 높이던 준혁은 입을 꾹 다물었다.

"회사 오너이기 전에 아이의 아빠잖아. 아빠는 그런 거야. 내 아이가 가장 귀하고 중요한 거야. 그게 진짜 책임감이라고 생각해. 밖의 상황은 상무님이 아니라도 처리해 줄 직원들이 있지만 놀란 아이는 혼자 둘 수 없었을 테니까."

 좀 선에 꿰맨 팔의 상처에 찌르르 통증이 왔다. 하지만 그보다 더 알싸한 아픔이 느껴지는 건 심장이었다.

 ······부럽네.

 같은 이름을 갖고 있지만 자신과는 달리 책임감 있는 아빠 밑에서 사랑과 관심을 듬뿍 받는 어느 녀석이 많이 부러워지는 밤이었다.

※　※　※

 자상한 손길로 곤히 잠든 아이의 머리를 쓰다듬고 돌아서는 태후의 얼굴이 어두웠다. 그는 행여 자다 깬 아이가 놀랄까 봐 수면등을 켜 두고 방을 나섰다. 환하게 불을 밝힌 사무실엔 아이를 재우고 나오는 동안 홀로 남아 있던 혜서가 서류 더미에 코를 박은 채 일을 하고 있다. 그녀는 비서실이 아닌 상무이사실, 그의 책상 옆에 여분의 책상을 두고 그곳에서 근무를 했다. 스위트룸을 개조한 임시 사무실이 기존의 비서실과 거리가 떨어져 있는 편이라 일의 편의를 위한 조치였다. 하루 종일 태후와 같은 공간에서 근무를 하는 것이었지만 그가 수시로 방에 들어가 준혁을 챙겼기 때문에 그녀는 자주 혼자 남았다.

"내가 악덕 상관인 모양이군요."

"네?"

서류를 보느라 태후가 다가오는 것을 알아채지 못했던 혜서는 갑자기 들려오는 목소리에 놀라 고개를 번쩍 들었다. 철저한 준비로 창립 기념 파티를 무사히 치러 내긴 했지만 그동안 다른 일들이 상당히 밀려 있었다.

"툭하면 법정 근무 시간을 넘기는데 오늘은 아예 야근까지 시키니 말입니다."

"아까 근사한 룸서비스를 시켜 주셨잖아요. 저녁을 얻어먹었으니 밥값은 해야죠."

혜서의 쾌활한 대답에 엷은 미소를 짓던 태후가 곧 낮은 한숨을 뱉었다.

"그런데 어쩌나……. 오늘은 내가 밥값을 하고 싶지 않으니 말입니다."

그는 의아하게 바라보는 혜서를 지나 자신의 책상 쪽으로 움직였다. 그리고 컴퓨터의 모니터에 떠 있는 여러 개의 창들을 종료시키고 망설임 없이 전원을 눌러 껐다.

"퇴근합시다."

단호한 그의 말에 혜서는 주섬주섬 보고 있던 서류를 챙겨 정리했다. 감정적으로 흔들리는 태후의 모습이 낯설었지만 그 이유가 짐작이 되었다. 그의 전처인 '캘리'에 관한 기사 때문일 것이다. 낮에 포털 사이트를 통해 우연히 보게 된 사진에서 그녀는 세계적으로 막 떠오르고 있는 신예 디자이너와 다정한 모습으로 와인 잔을 기울이고 있었다. 비밀 데이트 현장을 포착한 사진이라는 설명과 함께 간단한 기사가 게재되어 있었는데 내용은 사실 별것이 없었다. 그렇다 해도 그 기사가 태후의 심기를 건드린 것이 틀림없었다.

"자, 이제 퇴근을 한 거니 여긴 지금부터 사무실이 아니라 내 사적인 공간입니다. 어때요? 술을 한잔하고 싶은데, 잠시 술친구가 되어 줄 수 있습니까?"

잠든 아이를 두고 자리를 옮길 수 없는 상황을 배려한 혜서가 고개를 끄덕였다.

"뭘 마시겠어요?"

"저는 술 종류를 잘 몰라요. 그냥 상무님이 드시는 걸로 한 잔 주세요."

"이건 좀 독한 술이니 얼음이 녹으면 마시도록 해요."

태후는 혜서에게 술보다는 얼음이 더 많이 채워진 잔을 건넸다. 그리고 자신의 잔은 얼음 없이 술로 가득 채웠다. 혜서가 걱정스런 목소리로 물었다.

"독한 술이라면서 괜찮으시겠어요?"

"좀 취하고 싶군요."

"그렇지만 아이가 있는데……."

"후후, 취하고 싶지만 취하지는 않을 겁니다. 술이 꽤 센 편이거든요. 고마워요, 걱정해 줘서."

미소를 짓고 있지만 그의 얼굴은 어둡고 다소 황량해 보였다. 전처의 가십 기사에 저렇게 흔들리는 모습이라니, 이혼을 했다고는 하지만 아직 감정이 정리되진 않은 모양이었다. 하긴 사람의 감정이라는 것이 마음먹은 대로 되지 않는다는 것을 혜서는 누구보다 잘 알고 있었다. 뭐라고 위로의 말을 건네고 싶지만 그의 사생활에 대해 그다지 아는 것이 없으니 섣불리 입을 떼기 어려웠다. 태후도 뭔가 생각에 잠긴 듯 조용히 술잔만 기울였다. 그는 곁에 그녀가 있다는 사실도 잊은 것처럼 깊은 생각에 빠져들었다.
"사람에게 받은 상처는 사람으로 치유한다는 말을 어떻게 생각합니까?"
자신의 존재도 잊고 있을 거라 생각했던 태후가 갑자기 질문을 던지자 혜서는 당황스러웠다.
"그 말, 사랑의 상처는 새로운 사랑을 찾아 치유해야 한다는 뜻으로 알고 있는데, 맞습니까?"
우묵한 눈으로 바라보며 묻는 태후가 어떤 대답을 원하는 건지 혜서는 그의 마음을 가늠하기 어려웠다. 그녀는 그저 자신의 소신대로 답을 내놓았다.
"글쎄요, 저는 꼭 그렇다고 생각하진 않아요. 사랑의 상처를 치유할 목적으로 새로운 사랑을 찾는다면 그건 상대편에게 예의가 아니잖아요. 또 다른 상처를 만들 수도 있는 거 아닌가요?"
"……좀 독특한 발상이군요."
"알아요. 일반적인 생각은 아니죠. 그렇지만 정말로 상처를 극복하려면 그 근본적인 원인을 찾아 문제를 해결하는 것이 맞는다고 생각해요. 사실 지극히 단순한 얘기죠. 예를 들어 A란 사람 때문에 아프면서 B란 사람한테 낫게 해 달라고 하는 건 어쩐지 억지 같아서요."

 혜서의 말을 들으며 멀뚱하니 그녀를 바라보던 태후가 들고 있던 잔을 천천히 입으로 가져갔다. 그리고 고개를 한쪽으로 기울인 채 잠시 생각에 잠겼다.

 "틀린 말은 아니로군요. 그런데 상처를 준 A가 그 상처를 계속 외면하면 어쩌죠? 상대가 아프거나 말거나 상관하지 않는다면? 말해 봐요, 그래도 A만을 기다려야 하나요?"

 혜서는 뭐라 대답해야 할지 몰라 눈만 깜박였다. 그러자 태후가 긴 한숨을 내쉬었다.

 "나는 좀…… 지치네요. 기다리겠다고 약속했지만 아무리 기다려도 오지 않는 A를 포기하고 대신 위로해 줄 수 있는 B를 찾아가 버리고 싶을 만큼. 마음이 달라지진 않았지만 언제 끝날지 모를 오랜 기다림을 견딘다는 건 상상할 수 없이 외롭고 힘든 전쟁이죠."

 지친다…….

 태후의 말에 혜서는 심장이 쿵 내려앉았다. 그 순간 하필이면 준혁의 얼굴이 떠올랐기 때문이다. 어쩌면 그도 오랜 기다림으로 지쳐 가고 있을지 모른다고 생각하니 정신이 아찔했다.

 "그건 비겁해요!"

 갑작스런 혜서의 외침에 태후가 고개를 들어 놀란 눈으로 그녀를 응시했다.

 "ㄱ, 그렇잖아요. 기다리겠다고 약속해 놓고 포기하는 건 비겁한 거예요. 차라리 기다리지 말고 가면 되죠! 더 적극적으로 움직이면 되잖아요?"

발갛게 달아오른 얼굴로 외친 혜서가 들고만 있던 잔을 들어 단숨에 비웠다.
"윽!"
태후의 말처럼 독한 술이었다. 갑자기 목에 타는 듯한 통증이 느껴졌다.

혜서는 집 앞까지 갔던 길을 되돌아 내려와 준혁의 집 초인종을 눌렀다. 팔을 다쳐 오늘 하루 병가를 내고 쉬던 그는 거실로 들어서는 그녀의 차림을 보고 미간을 찌푸렸다.
"늦었네? 퇴근해서 오는 길이야?"
"……응. 팔은 괜찮아?"
"괜찮아."
"병원에는 다녀왔고?"
"그래. 소독도 받고 약도 먹었어. 걱정 마."
혜서는 묻는 대로 순순히 대답을 하는 준혁을 지나 소파로 움직이다가 거실 탁자 위에 놓여 있는 구급함과 붕대를 발견했다.
"이게 왜 나와 있어? 어디 또 다쳤어?"
"아니. 비닐로 감고 샤워를 했는데도 상처에 물이 들어간 거 같아. 지금 붕대를 갈려던 중이었어."
대수롭지 않게 대답하는 그를 혜서가 깜짝 놀라 쳐다보았다.
"뭐? 샤워를 해?"
"아침저녁으로 하던 샤워를 안 하려니 몸이 간지러운 것 같아서."
"간지러운 건 좀 참으면 되지! 상처에 물 들어가서 염증 생기면 어쩌려고? 빨리 벗어!"

"뭘 벗어?"

"엉큼하게 무슨 생각하는 거야? 상처 좀 보자고. 붕대 갈아야 한다며? 얼른!"

혜서의 성마른 재촉에 준혁이 마지못해 셔츠의 단추를 풀었다. 아닌 게 아니라 붕대가 젖어 있었다.

"이거 봐, 이거. 다 젖었잖아. 이러면서 걱정하지 말라고? 며칠 안 닦는다고 죽니? 그걸 못 참고 무슨 샤워야? 다친 것도 모자라서 덧나기라도 해야 속이 시원하지? 말도 안 들어, 정말!"

혜서는 쥐어박는 소리를 하면서도 조심스러운 손길로 젖은 붕대를 풀고 상처를 소독했다. 그리고 새 붕대를 감으면서 작게 중얼거렸다.

"아무래도 이거 흉터 남을 거 같아. 속상하게……."

"괜찮아."

"괜찮긴!"

"흉터 생겼다고 네가 싫어하지만 않는다면."

준혁의 말에 반창고를 붙이며 마무리하던 혜서의 손이 잠시 멈칫거렸다.

"……됐어. 옷 입어."

붕대를 다 감고 나서야 러닝셔츠도 입지 않아 무방비하게 드러나 있는 그의 상반신이 눈에 들어왔다. 못 본 척 고개를 돌리는 짧은 순간이었지만 넓은 어깨와 탄탄한 가슴 근육을 확인하기엔 충분했다. 공연히 입안이 마르고 얼굴이 화끈거렸다.

"흠흠."

헛기침을 하며 슬며시 뒤로 물러나려는 혜서의 팔을 준혁이 꽉 붙잡았다.
"아, 왜 이래? 얼른 옷이나 입어."
"혹시 술 마셨어?"
순간 흡, 하고 숨을 참았지만 이미 술 냄새를 맡은 준혁이 턱에 힘을 주며 고개를 삐딱하게 기울였다.
"……어, 조금."
"일하다가 온 거 아니야?"
"일했지. 일 열심히 했어."
"……."
"일도 하고…… 술도 조금 마셨어……."
샤워 좀 했다고 큰 소리로 그를 몰아붙이던 혜서의 목소리가 조그맣게 잦아들었다.
"누구랑?"
"이사님이랑."
"아이 혼자 두고?"
"저기…… 그래서 그냥 사무실에서 마셨어."
잘못한 건 없지만 차분하게 물어보는 준혁의 목소리가 너무 냉랭해 은근히 주눅이 들었다.
"이 시간까지 민태후 이사랑 둘이, 사무실에서 말이지?"
준혁이 딱딱하게 굳은 얼굴로 혜서를 응시했다.
"조금 마셨어, 조금. 이사님이 오늘 언짢은 일이 있었…… 앗!"
혜서는 팔을 잡힌 채 뒤로 미는 준혁의 힘에 의해 소파 위로 쓰러졌다. 위에서 누르듯 몸을 포갠 상태로 그녀를 내려다보는 눈동자가 화난 듯 사납게 일렁이고 있었다.

"왜, 왜 이래?"

준혁은 포수에게 잡힌 토끼처럼 놀란 눈을 이리저리 굴리는 혜서를 강한 눈빛으로 응시했다.

"혜서야."

그의 더운 숨결이 얼굴에 닿자 심장이 간지러웠다.

"……응?"

"불안하게 하지 마."

"……"

준혁은 대답 대신 얼굴을 붉히는 혜서에게로 천천히 고개를 내려 입술을 포갰다. 그는 알싸한 알코올 향이 느껴지는 그녀의 숨결을 부드럽게 머금으며 윗입술과 아랫입술을 차례대로 핥았다. 스펀지케이크처럼 촉촉하고 말랑한 입술이 꿀처럼 달았다.

혜서는 빠르게 깜박이던 눈을 스르르 감았다. 그리고 이마와 양볼에, 다시 입술에 간질이듯 차례차례 닿는 그의 따뜻한 입술을 느꼈다. 닿았다가 떨어지고 또다시 닿았다가 떨어지는 감촉에 감질이 나서 미칠 것 같았다. 두 사람이 몸을 포개고 있는 위험천만한 상태라는 것을 인지하면서도 술기운 탓인지 긴장이 되는 것이 아니라 오히려 나른하게 몸이 풀리는 것 같았다.

그냥 이렇게 누운 채로 간지러운 그의 키스를 받으며 품에 안겨 잠들고 싶다는 생각을 하는 순간 조심스럽고 부드럽던 입맞춤이 사뭇 거칠어졌다. 입속으로 깊게 파고든 혀가 사납게 입안을 휘젓더니 모든 숨결을 다 빼앗을 것처럼 강하게 빨아들였다. 이러다간 영혼까지 그의 입안으로 다 빨려 들어갈 것만 같았다. 그런데도 싫지 않았다. 거부하고 싶지 않았다. 그가 원한다면 이 자리에서 그것이 무엇이라도 다 내어 주고 싶었다. 정신이 몽롱하게 풀어진 상태에서도 몸이 뜨겁게 달아올랐다. 혜서는 자신도 모르게 팔을 뻗어 손바닥에 닿은 그의 가슴을 더듬었다.

"……흐읍."

준혁의 입술 사이로 작은 탄성이 터져 나왔다. 그는 용감무쌍하게도 자신의 가슴 용기를 더듬던 혜서의 부드러운 손을 잡아 떼어 내며 몸을 일으켰다. 맨살에 그녀의 손길을 느끼자 중심으로 몰리는 뜨거운 피를 억누르기 힘들었다. 그는 깊게 심호흡을 하며 재빨리 셔츠를 입었다.

조금만 더 정신을 늦게 차렸다면 돌이킬 수 없는 일이 일어났을지도 모른다. '아차' 하는 순간 짐승이 될 뻔했다는 생각에 모골이 송연해졌다. 키스를 거부하지 않는 혜서였지만 아직 마음을 받아 준 것은 아니었다. 몇 번의 입맞춤 후에도 그녀는 확실한 마음을 보여 준 적이 없었다. 그러니 섣불리 행동하다가 상처를 받아서도, 또 상처를 주어서도 안 된다. 하지만 사랑하는 사람을 곁에 두고도 마음껏 안지 못하는 것이 피가 뜨거운 그에게는 고통스러운 일이었다.

"……혹시, 지쳤니?"

소파에서 천천히 몸을 일으킨 혜서가 아직 키스의 여운이 가시지 않아 번들거리는 그의 눈동자를 들여다보며 물었다.

"뭐?"

"기다리는 거."

준혁의 눈빛이 날카로워졌다.

"무슨, 의미야?"

"……."

"너야말로 내가 지치기를 기다리는 거야? 다른 사람한테 가고 싶은데 옆에 딱 붙어서 기다리는 내가 거치적거린다는 거야? 그래서 먼저 두 손 들고 나가 떨어져 주길 바라는 거야?"

불현듯 신경이 날카로워진 준혁이 차가운 음성으로 몰아붙였다. 그런데 그녀에게 묻는 말이 그대로 돌아와 자신의 가슴을 비수로 쿡쿡 찌르는 것 같았다.

"무슨 말을 그렇게 해?"

"그럼 갑자기 그건 왜 묻는 건데?"

"그냥 궁금할 수도 있지. 왜 괜히 날카롭게 굴어? 됐어. 대답하기 싫으면 그만이지. 나 갈게."

기분이 상한 얼굴로 벌떡 일어난 혜서가 현관 쪽으로 움직였다. 얼른 따라 일어선 준혁이 그녀의 팔을 잡아 세웠다.

"혹시 걱정한 거야?"

"……."

"내가 너 기다리는 거 지쳤을까 봐, 걱정한 거야?"

차고 냉랭하던 준혁의 음성이 한결 부드러워졌다. 하지만 이미 마음이 상한 혜서는 고개를 돌려 외면했다. 대답을 하지는 않지만 어쩐지 그녀의 마음을 알 수 있을 것 같았다. 속에 다른 생각을 가지고 있으면서 자신의 키스를 받아들일 리 없다는 사실을 잠시 잊었다. 공연한 불안감에 또다시 못난 짓을 하고 만 것이다.

"괜한 오해해서 미안해. 그리고 걱정 마, 혜서야. 나는 절대로 안 지칠 거니까."

그는 여전히 고개를 돌린 채 버티고 선 그녀를 품에 당겨 안았다.

"약속했었잖아. 네가 용서해 줄 때까지, 다시 돌아봐 줄 때까지 평생 동안이라도 곁에서 벌서겠다고."

혜서는 준혁의 단단한 품에 안긴 채 그 몰래 작은 안도의 숨을 뱉었다.

제12장

다시 한 번

그녀, 차혜서

"……네, 그렇군요. 그럼 몸조리 잘하시라고 전해 주십시오."
출근을 한 혜서가 막 사무실로 들어설 때 태후는 어두운 얼굴로 전화를 끊고 있었다.
"무슨 일 있으세요?"
"시간이 되어도 박 여사님이 오지 않아 전화를 했더니 지금 병원이라고 하는군요."
"병원이요?"
"새벽에 복통을 일으켜 응급실로 실려 갔답니다. 급성 맹장염으로 수술을 했다고 하네요."
"세상에."
어제 몸이 좋지 않다며 식은땀을 흘리던 그녀의 모습이 생각난 혜서는 걱정스러움에 미간을 찌푸렸다.

"수술은 잘되었다고 하니 너무 걱정은 하지 않아도 될 겁니다. 그나저나 퇴원을 하더라도 몸을 추스를 때까지는 일을 할 수 없다고 해서 걱정이네요. 당장 새로운 보모를 구해야 할 텐데……."

그가 무엇을 걱정하는지 알 것 같았다. 가뜩이나 낯을 가리는 아이라 이 일에 베테랑인 박 여사와도 편안해지기까지 시간이 걸렸는데 또다시 새로운 사람을 구해야 한다니 암담할 것이다. 자주 사람이 바뀌는 건 준혁에게도 그다지 좋지 않을 것이 분명했다.

"이사님, 괜찮으시다면 박 여사님이 다시 오실 때까지 제가 준혁이를 돌보는 건 어떨까요?"

태후는 뜻밖의 제안에 놀란 듯 그녀를 냉철한 눈으로 응시했다. 평상시처럼 딱딱해진 그의 표정에 혜서는 자신이 괜히 나선 것은 아닐까 잠시 후회스러웠다. 하지만 이왕 내뱉은 말을 주워 담을 수는 없었다.

"그렇다고 해서 비서 일을 등한시하고 준혁이만 돌보겠다는 말은 아니에요. 일도 물론 열심히 하겠습니다."

"난 공과 사는 명확히 하고 싶어요. 차 대리는 지금도 비서 이상의 일을 충분히 하고 있는데……."

"저 역시 이사님의 사적인 일에 관여하고 싶진 않아요. 하지만 준혁이를 위해 달리 좋은 대안이 있다면 모르겠지만 그렇지 않잖아요? 다른 것보다 우선 아이를 생각하고 결정하셨으면 좋겠어요."

"……."

"지금처럼 준혁이를 방에 가두듯이 두지 말고 방문을 열어 놓고 아이가 활동할 수 있는 반경을 넓히는 것으로 하죠. 그럼 이사님과 저의 시야에 아이를 둘 수 있으니까 둘이서 함께 돌보는 것이 되지 않겠어요? 다행히 이사님을 찾아 이 사무실까지 올라오는 사람들은 총지배인님 외에 몇 분 되지 않으니까 그럴 땐 제가 준혁이를 데리고 방으로 들어가 있겠습니다. 물론 아이가 눈앞에 왔다 갔다 한다고 해서 일에 지장을 받을 만큼 이사님이 능력 없는 분은 아니라는 판단하에 드리는 말씀이에요."

똑 부러지는 그녀의 설명에 살짝 이마를 찌푸린 채 곰곰이 고민을 하던 태후가 고개를 끄덕였다.

"염치없는 일이지만 솔직하게 말해서 나로선 차 대리의 제안을 거절할 명분이 없군요. 하지만 힘들지 않겠습니까?"

"다행히 아이가 잘 따르는 편이니 괜찮을 거라 생각해요. 또 혹시 저의 일처리가 조금 느려진다고 해도 이사님이 한쪽 눈을 꾹 감아 주신다면 스리슬쩍 잘 넘길 수 있을 것 같습니다만……."

부담을 덜어 주려는 듯 가벼운 농담을 덧붙이는 혜서의 대답에 태후의 얼굴에도 미소가 떠올랐다.

"하하, 그렇군요. 나만 눈감으면 되는 거로군요. 알겠습니다. 그럼 잘 부탁합니다."

아이 얘기를 할 때면 냉정해 보이던 그의 얼굴이 부드럽고 다정하게 변한다. 혜서의 배려 넘치는 제안을 받아들이는 그의 눈은 큰 걱정을 덜었다는 안도감으로 빛났다.

그녀는 태후가 일터에 아이를 함께 둘 수밖에 없는 상황을 충분히 이해했다. 그래서 아이를 걱정하는 아버지로서의 그를 마주 보며 사심 없이 환한 미소를 지을 수 있었다. 일을 하며 아이까지 돌보는 일이 만만치 않겠지만 그녀로선 이상할 정도로 아이를 모른

체할 수 없었다. 유난히 외로움을 타며 자신을 따르는 준혁의 모습에 누군가의 어린 시절이 겹쳐 보였기 때문이다. 이름이 같은 두 사람은 자신을 바라보는 눈동자까지 닮은꼴이었다.

※ ※ ※

"……좀 그런 건 사실이잖아요?"
"글쎄, 사람은 원래 겉만 보고 알 수 있는 건 아니니까 말이지."
"제 말이 그 말이에요. 저도 정숙해 보이던 차 대리님이 그렇게 영악한 사람인 줄 처음 알았다니까요."
"난 영악스러운 것까지는 잘 모르겠고, 차 대리가 남자들이 좋아하게는 생겼지. 어쨌든 미인인 건 사실이잖아? 친절하고 성실한 데다 몸가짐도 늘 단정해서 동료들이고 윗사람들이고 전부 호감을 갖고 있으니까. 그래서 승진도 빨랐던 편이고."
"그렇긴 해도 이사님이 출근 첫날부터 비서로 딱 찍은 건 정말 놀라운 일이죠. 분명히 그 전부터 모종의 관계가 있었을 거라구요."
"설마…… 차 대리한테는 류 주임이 있잖아."
그래도 그건 아니지, 하는 표정을 지으면서도 호기심을 숨기지 못하는 매니저에게 주희가 계속 속닥거렸다.
"에이, 그건 류 주임님 혼자 마음인 거죠. 스스로도 짝사랑 중이라고 했잖아요. 넘어가려면 이미 넘어갔어야죠. 제가 알고 있기로도 벌써 몇 년째인데 두 사람 사이가 진전이 없잖아요. 안 그래요?"

"그건 그렇지."

"그리고 매니저님도 보셨잖아요. 이사님이 호텔 고객인 척 신분을 숨기고 있었으면서도 차 대리님한테 아이를 맡겼던 거."

"봤지, 아이가 차 대리 옆에 딱 붙어 있던 모습."

고개를 끄덕이는 매니저의 모습에 탄력을 받은 주희의 목소리가 더 커졌다.

"그죠? 요즘도 아이를 제 애처럼 데리고 다니더라구요. 그게 무슨 의미겠어요? 아무리 비서라고 해도 아이까지 그렇게 엄마처럼 돌보는 것이 말이 돼요? 게다가 사무실로 개조를 했다고는 해도 엄연한 스위트룸에서. 두 사람이 그 안에서 하루 종일 같이 있다는 거 아니에요."

"스위트룸을 사무실로 개조한 건 그럴 만한 사정이 있다고 하잖아. 그래도 솔직히⋯⋯ 보기에 좀 그렇긴 하지."

"매니저님이 보시기에도 그렇죠? 성격 깔끔한 차 대리님이 다른 직원들 눈을 전혀 신경 쓰지 않는다는 것도 이상하지 않아요? 하기야⋯⋯ 호텔 후계자라니, 보통 좋은 조건은 아니죠. 애 하나 딸린 것쯤이야 얼마든지 무시해도 될 만큼 매력적인 조건이잖아요. 저는 얼마 전 창립 기념 파티에서 이사님 옆에 파트너로 동반한 차 대리님 모습 보면서 결국 일어날 일이 일어났다고 생각했다니까요."

쾅!

사무실 문이 거칠게 열렸다. 그 바람에 입매를 비틀고 신 나게 종알거리던 주희는 혀를 깨물 뻔했다. 그녀와 말을 섞고 있던 매니저도 화등잔만 하게 커다래진 눈으로 어깨를 움찔했다.

준혁은 열린 문 앞에 버티고 선 채 두 사람을 번갈아 쳐다보았다. 항상 기분 좋은 미소를 머금고 있던 그의 얼굴은 지옥에서 온 사자처럼 무섭게 굳어 있었다. 그리고 그들을 쏘아보는 눈빛은 금방 목이라도 벨 것처럼 날카로웠다. 그의 시선을 피해 허둥대는 두 사람의 손끝이 저도 모르게 파르르 떨렸다.

"……근거 있는 얘깁니까?"

"……."

"당사자를 데려다 놓고 그 앞에서 얘기해도 될 만큼 신빙성이 있는 얘기가 맞습니까?"

"저, 저기 류 주임……."

당장이라도 소문의 당사자를 부를 것 같은 준혁의 기세에 당황한 매니저가 그의 팔을 잡았다.

"그게 말이야, 그냥 떠도는 얘기인 거지……. 그걸 뭐 좋은 소리라고 당사자까지 불러다가 얘기를 해?"

"그럼 당사자가 없는 곳에선 아무 말이나 다 해도 된다는 겁니까?"

그는 싸늘한 표정으로 자신의 팔을 잡고 있는 매니저의 손을 쳐 냈다.

"아니, 그런 게 아니라……."

"다른 사람도 아니고 함께 근무하던 직원에 관한 일입니다. 그 떠도는 얘기의 근원지가 대체 어딥니까? 김주희 씨! 그 얘기, 누구한테 들은 겁니까?"

찌르는 듯한 그의 시선에 잔뜩 주눅이 든 주희의 목이 자라처럼 움츠러들었다.

"혹시 명예훼손죄나 유언비어 날조 및 유포죄라는 것이 있다는 거 아십니까? 요샌 타인에 대해서 허위 사실을 퍼트리는 사람을 처벌하는 법이 강화되었다고 하던데. 역으로 추적하다 보면 맨 처음에 말을 퍼트린 사람을 찾는 것은 식은 죽 먹기라고 하더군요. 호텔 후계자인 민태후 상무이사님의 한마디면 그런 일쯤이야 능력 있는 고문 변호사에 의해 조사가 샅샅이 이루어지지 않겠어요?"

주희의 얼굴이 사색이 되었다.

"자, 잘못했어요. 제가, 제가 잘못했습니다."

그녀로선 별생각 없이 떠들던 뒷담화였다. 물론 그런 얘기를 떠벌리는 마음 한편엔 누구에게나 인정받고 사랑받는 혜서에 대한 질투와 시기가 없지 않았다. 그녀뿐 아니라 호텔 내의 많은 여직원들이 비슷한 마음일 것이다. 그건 지난번 호텔 창립 기념 파티로 인해 더욱 증폭된 상태였다. 그래서 아무 부담 없이 떠들던 것인데 그것을 다른 사람도 아니고 준혁에게 딱 걸리고 만 것이다. 그것만으로도 이 상황을 어찌 수습해야 좋을지 몰라 당황스러운데 그가 법 얘기까지 들먹이자 화들짝 놀란 심장이 밖으로 튀어나올 것 같았다. 주희는 곧 울 것 같은 표정으로 저승사자처럼 구는 그에게 매달렸다.

"나, 난 그저…… 걱정이 돼서 한 말이에요. 정말이에요. 차 대리님을 혹시 오해하는 사람들이 생기면 어쩌나 해서, 그래서……. 그러니까 얘기의 근원지 같은 건 없어요."

"그러면 그런 얘기가 떠돈다는 말은 사실이 아니군요."

"네! 사실이 아니에요. 절대로, 아무도 그런 얘기 하는 사람 없어요!"

"그거 다행이로군요. 이사님도 이사님이지만 저 역시 괜한 일로 경찰서나 법정에 드나들고 싶지는 않았는데."

준혁은 꽝꽝 얼어붙어 있는 두 사람을 향해 목소리를 낮추어 덧붙였다.

"누누이 말했지만 차혜서 씨는 제가 사랑하는 사람입니다. 그리고 저는 내 사람 얘기가 그렇게 함부로 오르내리는 걸 마냥 보고 있을 만큼 참을성이 좋은 사람은 아닙니다. 내 사람을 다른 남자와 엮어서 얘기하는 건 누구에게라도 불쾌한 일이지 않겠습니까? 참는 것은 이번이 처음이자 마지막입니다. 두 번은 없습니다."

준혁의 서슬 퍼런 경고에 두 여자는 얼른 고개를 끄덕였다. 그는 차가운 미소를 지으며 파랗게 겁에 질린 그들을 싸늘하게 응시했다. 그리고 천천히 몸을 돌려 자신의 책상 위에 놓여 있던 서류를 들더니 느린 걸음으로 사무실을 나섰다. 내내 고개를 웅크리고 있던 매니저는 문이 닫히자마자 다리가 풀린 듯 의자 등받이를 잡고 휘청거렸다.

"주희 씨!"

그녀의 매서운 눈이 고개도 들지 못하고 있는 주희에게 꽂혔다.

"이게 무슨 망신이야? 그럼 그렇지. 내 여자라잖아, 내 여자! 내가 보기에도 차 대리랑 류 주임님이 딱 어울리는 커플이었는데. 어디다가 처녀를 이혼남한테 갖다 붙여? 암튼 내가 언젠가 그 방정맞은 입이 이런 사달을 낼 줄 알았어! 어디서 근거도 없는 얘기를 함부로 옮기는 거야? 정말 법정 가고 싶어? 앞으로 내 앞에서 다른 사람에 대한 얘기는 절대로 금지야! 연예인 얘기고 뭐고 앞으론 입도 벙긋하지 마! 알았어?"

"……네."

열심히 맞장구를 치던 주제에 모든 죄를 자신에게 뒤집어씌우는 매니저의 말이 억울했지만 주희는 울먹이는 목소리로 대답을 할 수밖에 없었다.

혜서에 대한 얘기를 함부로 하는 두 사람에게 충분히 경고를 하고 돌아섰지만 준혁은 화가 나서 머리가 터질 것 같았다. 그걸 참느라 이를 진뜩 사리물고 있는 그의 눈앞에 아이의 손을 잡고 로비를 가로지르는 혜서의 모습이 보였다. 뭐가 그리 좋은지 환한 미소를 머금은 얼굴의 그녀는 아이를 향해 연신 뭐라고 다정한 말을 건네고 있었다.

"어? 준혁아."

혜서는 갑자기 나타나 아이와 자신 앞에 버티고 선 그를 발견하고 반가운 얼굴로 걸음을 멈췄다.

"무슨 일 있어?"

호텔에서는 늘 부드럽고 예의 바른 미소를 머금던 평상시와 달리 딱딱하게 굳어 있는 그의 얼굴을 혜서가 조심스럽게 살폈다.

"……어디, 가?"

"응. 근데 너 얼굴이 왜 그래? 안 좋은 일 있는 거야?"

"어디 가는데?"

"그냥 잠시 다녀올 곳이 있어. 혹시 어디 아파?"

"일 때문에?"

"……응."

"일 때문이라면서 아이를 데리고 간다고?"

혜서는 마주치자마자 자신이 묻는 말은 무시한 채 굳은 얼굴로 취조하듯 구는 그의 태도에 슬며시 빈정이 상하려고 했다. 하지만 가뜩이나 정서 불안을 겪고 있는 아이 앞에서 말싸움을 할 수는 없었다.

"그래. 나 지금 빨리 가 봐야 해."

"어딜 가는데?"

"……."

"밖으로 나가야 하는 일이야? 그것도 아이까지 데리고?"

"응. 그러니까 나중에 보자."

퉁명스럽게 대답을 한 혜서는 아이의 손을 잡고 그를 지나치려 했다. 순간 그의 손이 아이를 잡은 그녀의 반대편 손목을 낚아채 듯 움켜쥐었다. 그 기세가 제법 사나웠다.

"앗!"

"비서면 비서답게 굴어. 대체 보모는 뭘 하고 매번 네가 아이까지 챙기는 거야?"

준혁은 아이에게까지 들리지 않게 하기 위해 그녀의 귓가에 속삭이듯 물었다. 언짢은 기색이 잔뜩 묻어 있는 그의 낮은 음성에 혜서의 얼굴도 굳어졌다.

"이 손 좀 놔. 무슨 짓이야? 여기 호텔 로비야."

혜서는 팔을 비틀어 빼려고 했지만 그는 오히려 잡은 손에 힘을 주었다. 호텔을 드나드는 손님들뿐 아니라 오가는 직원들의 눈도 가장 많은 곳이었다. 남이 있는 앞에서 이렇게 무례하게 구는 일이 없던 준혁이 대체 왜 이러나 싶어 당황스러웠다.

"윽!"

그가 작은 비명과 함께 잡고 있던 혜서의 손목을 놓쳤다. 아이가 그의 정강이를 발로 힘껏 찼던 것이다.

"어머…… 준혁아."

혜서는 커다란 눈에 사나움을 가득 담고서 그를 노려보는 아이의 손을 잡아당겼다.

"어른을 발로 차면 안 되는 거야."

"그치만 이 아저씨가 누나를 막 잡았잖아요. 남자는 여자를 귀찮게 하면 안 되는 기랬어요. 이 아저씨는 신사가 아니에요!"

"이 자식이 정말……."

준혁은 정강이를 문지르며 이마를 찌푸렸다. 혜서를 사이에 두고 어린 녀석을 상대하려니 기가 찼다. 어쩌면 태후가 아니라 요 어린 꼬맹이가 더 막강한 라이벌인지도 모르겠다.

"후후, 네 말이 맞아. 암튼 지금은 시간이 없으니까 얼른 가자. 준혁이 넌 나중에 보자."

아이를 향해서는 대견하다는 듯이 미소를 지으면서도 준혁을 향해서는 서늘한 눈빛을 건넨 혜서가 아이의 손을 잡고 빠른 걸음으로 서둘렀다.

"저 아저씨 이름이 나랑 똑같은 거 싫은데……."

"그래? 우리 준혁인 저 아저씨가 어지간히 맘에 들지 않는구나?"

"네. 자꾸 누나한테 친한 척하는 기 싫어요."

"어머? 우리 준혁이, 설마 질투하는 거야?"

도란도란 이야기를 나누는 두 사람의 목소리가 멀어졌다. 커다란 유리문 밖으로 나선 두 사람이 콜택시에 올라타는 것을 바라보던 준혁의 얼굴이 좀 더 어둡게 가라앉았다. 애써 가볍게 넘기고 있었지만 혜서를 둘러싼 소문과 더불어 태후와 꼬마 준혁이의 존재가 그를 신경 쓰이고 불편하게 만들었다. 그녀에게 약속했던 대로 아무리 오래 기다리게 되더라도 지치는 일은 없겠지만 마음이 불안해지는 것까지는 어쩔 수가 없었다.

혜서는 잠든 아이의 얼굴을 물끄러미 내려다보았다. 안쓰럽게도 풍성한 속눈썹 아래에 짙은 그림자가 보였다. 울다가 그녀의 품에 안긴 채, 또는 밥을 먹고 들어오는 차 안에서 그녀의 무릎을 베고 잠든 모습을 여러 차례 목격했다. 그래서 어느 곳에서건 쉽게 잠이 드는 아이라고 생각했는데 실상 밤에는 잠드는 걸 힘들어한다는 사실을 오늘에서야 알게 되었다. 어린 나이에 불면증이라니…… 때로 감당하지 못할 만큼 고집을 부리는 것도 다 이유가 있었던 것이다.

'오늘은 준혁이가 병원에 가야 하는 날입니다.'
'병원이요? 어디가 아픈가요?'

걱정이 담긴 그녀의 물음에 태후는 다소 딱딱하고 건조한 목소리로 간단히 사실을 설명했다. 그동안 아이가 소아정신과에서 상담과 놀이 치료를 받고 있었다고. 찰나의 순간, 그의 눈에 죄책감과 아픔이 스쳐 지나갔고 혜서는 그의 안타까운 마음을 읽었다. 그동안은 박 여사가 보호자로 동행을 했는데 오늘은 어쩔 수 없이 그녀가 대신해야 했다. 태후는 오늘따라 중요한 회의가 있어서 자리를 지켜야만 했던 것이다.

상담 시간은 그리 길지 않았지만 놀이 치료라는 것은 생각보다 긴 시간을 필요로 했다. 게다가 놀이 치료가 끝나 갈 무렵 꾸벅꾸벅 졸던 아이는 결국 몸을 잔뜩 웅크린 채 치료실 소파에 누워 잠이 들어 버렸다. 혜서는 태후에게 전화로 상황을 설명하고 잠든 아이 옆에서 그를 기다렸다. 퇴근 시간이 지났으니 머지않아 도착할 것이다.

준혁아, 어쩌다 마음을 다친 거니?

아이의 이마를 쓸어 주는 혜서의 다정한 손길에 안쓰러움이 묻어났다. 아마도 부모의 이혼이 큰 원인일 것이다. 또한 본인의 의지와 상관없이 그리운 엄마와 떨어져 있는 상황도. 그녀는 예쁘기만 한 이 아이가 너무나 안쓰러웠다. 그리고 아이의 상처를 접할 때마다 뒤이어 떠오르는 또 한 사람 때문에 심장에 알싸한 통증이 느껴졌다.

너도 이렇게 아프고 힘들었겠지?

겉으로 표현하지 않고 그저 숨기고 누르다가 결국엔 엄청난 트라우마를 떠안은 채 어른이 되어 버린 남자. 그래서 사랑 앞에 소심한 겁쟁이가 되고 자신에 의해 비겁한 사람이라는 낙인이 찍히고 만 남자. 그럼에도 불구하고 아직까지 그녀의 심장을 쥐고 있는 유일한 사람……

준혁은 이기적인 어른들에 의해 상처받은 마음을 이 아이처럼 체계적으로 치료받을 생각조차 하지 못하고 그저 어설프게 봉합한 채 자랐다. 어쩌면 그를 짓누르고 있는 트라우마는 그녀가 생각하고 있는 것보다 훨씬 큰 힘을 발휘하는 못된 괴물일지도 모르겠다.

그런 괴물에게 맞서 왜 이기지 못하느냐고 몰아세웠던 것이 과연 옳은 일이었을까? 트라우마를 안고 있는 당사자의 고통을 너무 가볍게 여겼던 것은 아닐까?

그녀 자신도 그에게 받았던 상처가 트라우마로 남아 이토록 오랫동안 준혁의 진심을 받아 주지 못하고 있으니 이젠 그를 비난할 자격이 없었다. 함께 자라면서도 알지 못했던 그의 상처를 꼬마 준혁을 통해 더듬어 보자니 너무 안쓰럽고 아팠다. 어쩌면 준혁이 주장했던 것처럼 당시엔 비겁하다고 몰아세웠던 그의 행동이 그로서는 최선을 다한 선택이었을지도 모르겠다. 그는 그렇게밖에 사랑하는 법을 몰랐던 것이다. 그 마음이 이제야 확실하게 이해가 됐다.

깊은 생각에 잠겨 있던 혜서는 가방 안에서 부르르 울리는 진동에 휴대폰을 꺼냈다가 화들짝 놀랐다. 마치 마음이 통하기라도 한 듯 그에게서 문자 메시지가 도착한 것이다.

[함께 퇴근하자. 로비에서 기다릴게.]

오늘도 준혁은 그녀를 기다리느라 아직까지 퇴근하지 않은 모양이었다. 돌이켜 보면 하루하루가 참 지극정성인 그였다. 정말 지치지도 않고 그녀의 마음을 두드렸다. 그 정도 정성이라면 하늘도 감복해서 마음을 움직일 것 같았다.

그런데 내가 뭐라고 고집을 피우겠어?

꼭꼭 잠가 두었던 마음의 빗장이 이미 열렸다는 것을 인정하면서도 아까 로비에서의 일이 생각나 입술 사이로 옅은 한숨이 새어 나왔다. 아무리 아이의 일이라고는 해도 정신과 치료를 받으러 간다는 얘기를 쉽게 떠벌릴 수 없어 그의 질문을 피할 수밖에 없었다. 오늘따라 별것 아닌 일로 유달리 신경을 곤두세우는 그의 행동에 은근히 짜증이 일기도 했지만 아까는 병원 예약 시간에 맞추기 위해 서둘러야만 했다. 하지만 아무런 해명 없이 그를 그냥 버려두고 온 것이 내내 마음에 걸렸었다. 문자를 물끄러미 내려다보던 그녀의 손가락이 바쁘게 움직였다.

[그냥 퇴근해. 오늘은 외근 끝나는 대로 곧바로 퇴근할 거야.]

보고 싶어.

문득 낯이 뜨거워져 덧붙였던 '보고 싶어'란 글자는 지우고 전송 버튼을 눌렀다. 그러자 바로 휴대폰이 울렸다. 준혁이었다. 하지만 그녀는 재빨리 수신 거부 버튼을 눌렀다. 행여 벨 소리나 통화하는 소리에 잠든 아이가 깰까 봐 전화를 받을 수가 없었다. 전화를 받지 않으니 금방 또 다른 문자가 도착했다.

[어디야?]

어디냐는 물음이 꼭 전화기 밖으로 튀어나와 고함을 질러 대는 느낌이었다. 여태 잘 참다가 왜 이러나 싶었다. 속도 모르고 아이처럼 보챈다는 생각에 혜서는 살짝 미간을 찌푸린 채 다시 손가락으로 톡톡 문자를 입력하기 시작했다.

[지금은 통화 불가능. 나중에 연락할게.]

"차 대리."

전송 버튼을 누르는 순간 태후가 막 치료실 안으로 들어섰다. 혜서는 휴대폰을 가방 안으로 밀어 넣으며 자리에서 일어났다.

"오늘 수고가 많았어요."

"아니에요. 오늘 제일 힘들었던 건 준혁이였을 거예요. 그래도 의사 선생님 말씀대로 별로 고집 부리지 않고 상담도 잘 받고 놀이 치료도 열심히 했어요."

잠든 아이와 뒷자리에 앉은 혜서는 백미러를 통해 태후와 짧은 시선을 나누었다.

"저는 그냥 버스 타고 가도 되는데……."

"멀리 돌아가는 길 아니니까 편하게 가요. 저녁을 함께 하면 좋은데 아이가 잠이 들어서……."

"아니에요, 이사님. 지난번에도 맛있는 갈치 정식 사 주셨잖아요."

"차 대리가 좋은 곳으로 안내해 주어서 우리 준혁이가 잘 먹었죠."

"무슨 말씀을요. 덕분에 저도 잘 먹었습니다."

"……자주 가던 곳인가 보더군요, 류 주임이랑. 할매집 말입니다."

태후가 갑작스레 준혁을 언급하자 혜서는 뭐라 답을 하지 못하고 우물거렸다.

"그곳 주인아주머니가 우리 준혁이를 보고 류 주임을 닮았다고 하는 통에 좀 당황했었죠."

"아닌 거 알고 아주머니도 많이 당황해하시구요."

"하하, 그랬던가요? 그날, 본의 아니게 차 대리를 향한 류 준혁 씨의 마음을 알게 됐습니다. 사실 아예 저한테 들으라고 하는 말이었잖습니까?"

"……."

"그때만 해도 혈기왕성한 청년이 나를 상대로 유치한 영역 싸움을 벌이려나 보다 생각했었죠. 저 역시 그런 시절을 보낸 적이 있지만 남자들은 원래 좀 그런 면이 있거든요. 그런데 얼마 전에 호텔에 사고가 있었을 때 말입니다, 그때 류준혁 씨가 차 대리를 위해 위험을 무릅쓰고 몸을 던졌다는 말을 듣고 그 마음이 가볍지는 않겠구나 하고 생각했습니다."

혜서는 말없이 얼굴을 붉혔다.

"좀 주제넘은 판단일지는 모르지만…… 누군가를 위해 위험한 순간에 나서는 일, 남자라도 쉬운 일은 아닙니다. 목숨이 걸린 일이니까요. 그건 목숨을 걸어도 아깝지 않을 때에만 가능한 일이죠. 그만큼 류준혁 씨에게 차 대리가 굉장히 귀중한 사람이라는 의미라고 생각합니다."

그 말을 끝으로 그는 한동안 입을 다물었다. 혜서는 그의 말을 조용히 곱씹었다.

귀중한 사람…….

준혁에게 그녀가 귀중한 사람이라면 그녀에게도 그는 귀중한 사람이었다. 그 사실을 내내 알고 있었는데도 고집스레 외면하고 살았다. 그렇게 그를 괴롭혔다. 하지만 이젠 그녀도 자신의 마음을 인정하고 다시 한 번 용기를 내야 했다.

미끄러지듯 움직이는 자동차의 실내에는 아이의 고른 숨소리만 가득했다. 운전에만 집중하는 그를 보며 홀로 생각에 잠긴 그녀가 잠시 방심을 하고 있을 때였다.

"지난번에 내가 지쳤다고 했을 때 말이에요, 그때 차 대리가 기다리겠다고 약속해 놓고 포기하는 건 비겁한 거라고 했잖아요. 차라리 기다리지 말고 가라고. 더 적극적으로 움직이면 되지 않겠냐고. 그 말이 계속 머리에 남더군요."

얼마든지 기다리겠다고 말하던 준혁을 떠올리며 공연히 흥분해서 그에게 비겁하다고 외쳤던 그날 일이 떠올라 혜서는 얼굴이 붉어졌다.

"그날은 죄송했어요."

"천만에요. 그 얘기를 듣고 정신이 번쩍 났습니다. 정말로 멋진 조언이었어요. 그러다가 문득 예전 생각이 떠올랐는데 혹시 루이스 호수 앞에서 마지막으로 만났을 때 기억납니까?"

"……네."

"그때 그곳에 꼭 버리고 가야만 할 마음이 있어서 너무 슬프다고 했었죠? 그래서 내가 꼭 버려야 한다면 일말의 미련도 남기지 말고 완전하게 버리라고 했었는데……."

"기억하고 있습니다."

혜서는 살짝 고개를 끄덕이며 대답했다. 그날은 그녀에게 오래도록 잊히지 않는 기억으로 남아 있었다. 이렇게 다시 만나리라 생각지 못하고 그의 앞에서 울어 버렸던 기억과 그가 단호하면서도 진지하게 건넸던 조언까지.

"가끔 그때를 생각하며 후회하곤 했어요."

"무슨……?"

"꼭 버려야 하더라도 정말 버리고 싶지 않은 마음이라면 꽉 움켜쥐라고, 절대로 버리지 말라고 말했어야 했다고 말이죠."

"아……."

"미안합니다, 괜한 참견을 해서. 그런데 당시엔 나도 많이 지치고 감정적으로 혼란한 중에 있던 때라 그렇게 섣부른 조언을 하고 말았습니다. 실은…… 그 호수에서 일말의 미련도 남기지 않고 온전하게 버리고 싶은 것이 있던 사람은 나였어요. 그러니 그 말은 차 대리가 아니라 나 자신에게 하고 싶은 말이었던 거죠."

그는 차분하지만 힘 있는 음성으로 말을 이었다.

"그런데 결국 하나도 버리지 못했다는 것을 깨달았어요. 아무것도 버리지 못했죠. 비울 수 없다면 차라리 온전하게 담아야 한다는 걸, 힘들어도 감당해야 한다는 걸 나중에야 깨달았어요. 이제 난 차 대리의 조언대로 좀 더 적극적으로 움직일 생각입니다. 그래서 차 대리에게도 그때 내가 했던 섣부른 조언 대신 다른 말을 해 주고 싶어요. 정말 원한다면 꽉 움켜쥐라고. 노력해도 비워지지 않는다면 차라리 좀 더 용기를 내 보라고. 이 세상에 되돌리기 불가능한 후회란 죽음밖에 없습니다. 그 외의 것은 사실 마음먹기에 따라서 얼마든지 되돌릴 수 있지요."

태후의 말을 들은 혜서는 캐나다에서 그의 말을 처음 들었을 때처럼 숨이 턱 막히는 기분이 들었다. 그때는 그의 말이 정답이라고 생각했는데 지금 반대의 말을 듣고 보니 또 이 말이 정답인 것만 같았다. 그의 말처럼 또 다른 답이 숨어 있었던 것이다. 긴 인생을 산 건 아니지만 모든 것에 하나의 정답만 있는 것은 아니라는 어른들의 가르침이 바로 이것이었나 싶었다. 다시 한 번 용기를 내겠다고 마음먹은 그녀에게 힘을 보태 주려는 듯 환한 빛이 섬광처럼 머리를 스치며 머릿속이 맑고 개운해졌다.

"……감사합니다, 이사님."

진심을 담아 인사를 하는 혜서의 음성이 살짝 떨리고 있었다. 백미러를 통해 그녀의 표정을 살피던 태후는 따뜻한 눈빛으로 미소를 지었다.

준혁은 초조한 모습으로 자신의 집 대문 앞에서 서성거렸다. 짧아진 해가 자취를 감춘 지 그리 오래되지 않았음에도 긴 시간이 흐른 것만 같았다. 혜서가 집으로 가려면 그의 집 앞을 지나야 했다. 아직 집에 들어가지 않은 것을 확인했으니 곧 이 길을 지날 것이다.

로비에서 기다리겠다는 문자를 보내자 외근이 끝나면 바로 퇴근을 하겠다는 간단한 답을 보내온 이후 그녀는 전화도 받지 않았다. 어디냐고 물어도 통화가 불가능하다는 문자만 보내곤 그만이었다. 속에서 뜨거운 불길이 치솟는 기분이다. 아이를 데리고 나간 그녀는 대체 어디에서 무얼 하고 있단 말인가!

목을 길게 빼고 간간히 차가 지나다니는 길의 아래쪽을 살필 때였다. 큰길을 지나 검정색 세단이 주택가 안으로 들어오더니 골목이 시작되는 지점, 그의 집 가까운 곳에 멈춰 섰다. 준혁의 눈매가 가늘어졌다. 눈에 익숙한 차였기 때문이다. 예상대로 운전석이 열리고 태후가 내렸다. 차에서 내린 그는 재빨리 뒷문으로 움직여 문을 열었다. 그리고 열린 문 밖으로 내려서는 혜서의 모습이 보였다.

"덕분에 편하게 왔어요. 감사합니다, 이사님."
"항상 내가 더 감사하죠. 오늘 정말 수고 많았습니다."
태후는 완고하고 냉철해 보이던 얼굴에 미소를 띤 채 혜서를 바라보았고 그녀 역시 그를 마주 보며 잔잔한 미소를 지었다. 서로를 바라보는 그들 사이에 알 수 없는 신뢰감이 엿보였다. 준혁은 누군가 세게 심장을 틀어쥐기라도 한 것처럼 강한 통증을 느꼈다. 그는 서로 다정한 눈빛을 주고받으며 감사의 인사를 나누는 두 사람의 곁으로 다가갔다.

"차혜서!"

혜서와 태후가 동시에 고개를 돌렸다. 어둠 속에 서 있던 터라 그를 보지 못했는데 갑작스럽게 모습을 드러낸 탓에 조금 놀라고 말았다.

"류 주임이 여긴 어쩐 일입니까?"

태후가 먼저 물었다. 하지만 준혁은 그를 무시한 채 냉기가 감도는 얼굴로 혜서만을 바라보았다. 날카로운 그의 눈빛에 얼굴이 화끈거릴 지경이었다.

"어, 저기…… 류 주임의 집이 같은 동네예요, 이사님."

"……그랬군요."

태후는 대신해서 대답하는 혜서에게 고개를 끄덕이면서도 눈빛은 준혁에게 고정시켰다. 그에게서 뿜어져 나오는 위험스런 기를 감지한 탓에 이대로 자리를 떠나도 되는지 판단이 서지 않았다.

"준혁이 깨기 전에 얼른 가셔야죠, 이사님."

둘 사이의 묘한 기류를 눈치챈 혜서가 좀처럼 움직이지 않으려는 태후를 재촉했다.

"괜찮겠어요?"

혜서를 향해 태후가 걱정스런 음성으로 묻자 준혁이 입매를 비틀며 실소했다.

"괜찮지 않으면, 내가 무슨 일이라도 낼 것 같습니까?"

음산하면서도 도전적인 말투였다. 찌를 것처럼 바라보는 눈동자 역시 사납게 빛났다. 그의 어깨에 잔뜩 힘이 들어간 것이 느껴졌다. 허벅지 옆에 꽉 붙인 주먹 위로 힘줄이 툭 불거져 있었다. 지금 그는 한 마리의 위험한 야수였다. 그를 바라보는 태후의 눈동자도 서늘해졌다. 공중에서 마주친 두 사람의 눈빛이 스파크를 일으켰다.

"너, 공연히 이사님한테 왜 그래? 이사님, 어서 가세요."

이 상황이 당황스러운 혜서가 차 쪽으로 미느라 태후의 팔을 살짝 잡았다. 그러자 준혁이 재빨리 그녀의 손목을 낚아채어 자신 쪽으로 잡아당겼다.

"앗!"

휘청거리는 그녀의 반대쪽 팔을 태후 역시 빠르게 잡아챘다. 혜서는 졸지에 두 남자에게 팔 하나씩을 붙잡힌 꼴이 되었다. 이게 대체 무슨 일인지 황망하기만 했다. 사이에 끼어 어쩔 줄 몰라 하는 그녀를 두고 두 남자의 기 싸움은 멈추지 않았다. 점점 옥죄어 오는 손아귀 힘에 팔이 떨어져 나갈 것처럼 아팠다.

"두 사람 다 이 팔 좀 놔줘요!"

결국 혜서가 고함을 질렀다. 좀 느슨해지긴 했지만 둘 다 그녀의 팔을 온전하게 놓아주진 않았다.

"이것 좀 놔, 준혁아. 나 아파……."

아프다는 말에 준혁의 눈썹이 움찔했다. 그는 천천히 손에 힘을 풀어 그녀의 팔을 놓아주었다. 혜서는 태후 쪽으로 고개를 돌렸다.

"놔 주세요, 이사님."

"하지만……."

"……꽉 움켜쥐라고, 절대로 버리지 말라고 하셨잖아요."

"……."

"용기, 내라고 하셨잖아요. 그러면 이 팔, 놔주셔야 돼요."

그녀가 낮은 음성으로 덧붙인 말에 태후의 눈동자가 크게 확장되었다. 그도 천천히 그녀의 팔을 놓았다. 많은 의미가 내포되어 있는 말이었다. 그 말 한마디에 혜서의 결단이 느껴졌다.

"……내일, 봅시다."

"안녕히 가세요."

태후는 마치 자신을 적처럼 견제하며 으르렁거리는 준혁과 결전을 앞둔 듯 결연한 표정의 혜서를 뒤에 두고 운전석으로 움직였다. 차에 오르기 전에 그는 준혁을 향해 입을 열었다.

"류준혁 씨! 당신이 상당한 행운아라는 사실을 알고 있는지 모르겠군요."

"……."

차에 오르는 태후의 입가에 보일 듯 말 듯한 미소가 어려 있었다.

끽, 끼이익.

붉은 녹이 슨 그네는 조그만 움직임에도 언짢은 듯 기괴한 소리를 질러 댔다. 어릴 땐 제법 크다고 여겨지던 놀이터가 어른이 되고 나니 상당히 협소하게 느껴졌다. 서늘한 바람이 부는 놀이터를 홀로 지키던 가로등은 그네에 나란히 앉은 두 사람의 발 아래로 긴 그림자를 만들었다.

   태후가 차를 타고 떠난 뒤, 혜서는 잔뜩 일그러진 준혁의 얼굴을 바라보았다. 뭔가 못마땅한 표정이라기보다 화가 난 것 같은 모습에 그의 손을 붙잡고 놀이터로 향했다. 아무런 저항 없이 따라온 준혁도 입을 다물었고, 무작정 그를 끌고 온 혜서도 입을 열지 않았다. 결심을 하긴 했지만 어떻게 말을 꺼내야 할지 몰라 고민하는 사이 애꿎은 시간만 자꾸 흘러갔다. 그리고 둘 사이에 긴 침묵이 이어졌다. 마침내 준혁이 먼저 입을 열었다.

"대체 어딜 다녀온 거야? 어딜 갔었기에 그 남자 차를 타고 와?"

"그건 왜 자꾸 물어?"

혜서는 힘들게 마음먹은 자신의 결심도 눈치채지 못하고 오늘따라 잔뜩 날이 선 채 자꾸만 엉뚱한 질문으로 몰아세우는 그가 미워서 퉁명스러운 목소리로 되물었다.

"무슨 업무상 비밀이라도 돼? 일을 아이까지 데리고 다니는 경우도 있어?"

"……."

준혁은 다시 입을 꾹 다무는 그녀를 불길이 일렁이는 눈동자로 쏘아보았다.

"나한테 비밀을 만들고 싶은 거야?"

"그런 거 아니야."

"그런데 왜 대답을 못해?"

"일이 아니라 아이 문제야. 사적인 얘기란 말이야. 그러니까 더는 말 못해."

그에게 아이의 상태를 얘기한다고 해서 크게 문제가 될 거라고는 생각하지 않았다. 하지만 그건 어쩐지 태후와의 신의가 걸린 일인 것 같아 말하고 싶지 않았다. 더구나 자꾸 추궁을 당하는 기분이 들어서 더욱 입을 열고 싶지 않아졌다.

준혁은 어둡게 가라앉은 얼굴로 그녀를 빤히 응시했다. 혜서가 자꾸만 자신의 손길을 벗어나 멀어지고 있는 것만 같아 속이 까맣게 타들어 갔다.

"그럼…… 아까, 무슨 말이야?"

"뭐가?"

다시 시작된 질문을 알아듣지 못한 혜서가 물었다.

"움켜쥐라고 했던가? 버리지 말라고 했다는 말. 그게 무슨 말이야?"

"……아무것도 아니야."

그건 더 대답을 해 줄 수 없는 말이었다. 아무리 용기를 내기로 결심했다고는 해도 그 말을 당사자에게 대놓고 할 수는 없었다. 그녀는 결국 시선을 아래로 내리며 대답을 피했다. 그런 그녀를 물끄러미 바라보던 준혁의 얼굴이 더욱 비참하게 일그러졌다.

"이젠, 둘만 아는 얘기가 있단 말이지?"

"……"

"어느새…… 그렇게 된 거야?"

중얼거리는 그의 음성은 얼음 조각이 박힌 듯 서걱거렸다. 눈앞이 캄캄했다. 작은 음성이었지만 분명하게 들었다. 용기 내라는 말을 했다고. 그러니 팔을 놔 달라고. 대체 무슨 용기를 말하는 것일까? 머릿속에 펼쳐지는 최악의 시나리오에 입안의 침이 바짝 말랐다.

"그렇게 되다니? 그게 무슨 말이야?"

"흔들리는 거니? 그 남자, 좋아하는 거야?"

생각지 못했던 어이없는 질문이었다. 혜서의 눈이 동그래졌다.

"뭐?"

차갑게 굳은 얼굴로 그녀를 응시하는 준혁의 눈자위가 점차 불그스레하게 물들어 갔다.

"그 남자의 어디가 그렇게 좋은 거야?"

직설적인 그의 질문에 혜서는 앉아 있던 그네에서 벌떡 일어섰다. 그녀가 일어나자 그네가 크게 출렁거렸다.

"너, 너 대체…… 하아!"

어떻게 그렇게 엉뚱한 생각을 할 수 있는지 이해할 수 없었다. 이젠 더 이상 기다리게 하지 않을 생각이었다. 그런데 이런 기가 막힌 타이밍에 맞춰 어처구니없는 오해를 하다니 참을 수 없이 화가 났다.

"그런 남자를 싫어할 여자가 어디 있겠어? 너도 눈이 있으니 봤잖아! 잘 생겼지, 매너 좋지, 능력 있지, 재력 끝내주지. 어디가 그렇게 좋으냐고? 그런 남자, 싫은 곳을 찾기가 더 어려울 것 같지 않아? 네가 보기엔 어때? 이사님, 아주 멋진 분 같지 않니?"

"너보다 나이도 많고 아이도 있잖아. 그런데도 좋아?"

그가 탁하게 가라앉은 음성으로 물었다. 사무실에서 주희가 떠들어 대던 말들이 떠올랐다. 그 말을 다 믿는 건 아니었다. 하지만 이렇게 되고 보니 그녀의 말 중 상당 부분은 진실이 아닐까 의심스러웠다. 물론 혜서가 태후의 배경을 알고 접근을 했다거나 이미 얼마만큼 진전된 사이라는 말은 절대로 믿지 않았다. 그렇다 해도 매일 같은 공간에서 함께 일을 하던 남녀가 마음이 맞고 정이 드는 것은 직장에서 흔히 볼 수 있는 자연스러운 일이었다.

"그게 뭐 어때서? 나이가 많으니 어른스럽잖아. 의지할 수 있어서 좋지 않겠어? 아이도 예쁘잖아."

준혁은 고개를 푹 떨어뜨렸다. 혜서의 말이 틀리지 않았다. 민태후라는 남자는 객관적인 조건을 줄줄이 대어 보아도 자신보다 훨씬 훌륭한 사내였다. 혜서 앞에 자신이 내어놓을 수 있는 것이 아무것도 없었다. 오래도록 그녀만을 바라본 마음 외에 모든 것이 초라했다.

그래서, 너 정말 가려는 거야?

혜서가 정말 다른 사람에게 가려 하고 있었다. 나이도 많고 아이도 있는 남자에게. 그것이 그녀가 정말로 바라는 것이라면, 그녀를 위해 마냥 보고만 있어야 할까? 보내 주어야만 하는 것일까? 하지만······.

"네가 왜!"

벌떡 일어난 준혁이 그녀의 양 어깨를 아프게 움켜쥐며 고함을 질렀다.

"너 같은 사람이 대체 왜! 이건 말도 안 돼!"

"······."

"네가 아이 있는 이혼남을 좋아한다고 하면 교장 선생님이 뭐라고 하시겠어? 얼마나 실망하시겠어?"

"상관 마!"

"어떻게 상관을 안 해! 정신 차려, 차혜서! 너 스스로를 헐값에 내던지지 마! 네가······ 네가 나한테 어떤 사람인데······ 어떤 사람인데!"

절규하듯 외치는 준혁의 목소리가 밤공기를 가르고 멀리 퍼졌다. 이러다간 동네 사람들이 다 몰려올 것만 같았다. 어이없는 그의 오해를 이제는 그만 풀어 주어야 할 듯했다.

"정신은 네가 차려, 이 바보야!"

혜서가 어깨를 틀어 그의 손에서 벗어나며 목소리를 낮추었다.

"대체 무슨 오해를 하는 거야? 그래서, 내가 이사님을 남자로라도 보고 있다는 거야?"

"……."

"너 미쳤니? 어떻게 그런 오해를 해?"

화를 내는 그녀를 바라보는 준혁의 동공이 커다래졌다.

"아닌, 거야? 그런 게…… 아닌 거야?"

그는 쉽사리 믿기 힘든지 다시 한 번 되물었다. 묻고 있는 그의 턱이 파르르 떨리고 있었다.

"같은 말 한 번만 더 물어봐, 어디! 세상에! 어쩌면 그런 오해를! 기가 막혀서 정말……. 너 나한테 좀 맞아야 정신 차리겠구나?"

혜서는 오해를 받은 불쾌감에 그의 가슴팍을 주먹으로 힘껏 내리쳤다. 순간 그가 그 자리에 털썩 무릎을 꿇으며 주저앉았다.

"괜히 엄살 부리지 마!"

화가 제대로 난 혜서는 그에게 낮은 목소리로 고함을 질렀다.

"왜! 너무 미안해서 얼굴도 들지 못하겠니?"

씩씩거리며 소리를 질러도 무릎을 꿇은 채 두 손으로 바닥을 짚은 준혁은 깊게 숙인 고개를 들지 않았다. 여자 주먹에 맞았다고 엄살을 부리나 싶어 그를 쏘아보던 혜서는 도통 고개를 들지 않는 그의 모습에 점점 불안해졌다. 정말로 어디 잘못 맞은 건가 싶은 걱정스러운 마음에 그의 앞에 무릎을 굽히고 앉았다.

"뭐야? 정말 아파서 그래?"

"……응, 아파."

준혁이 갈라진 음성으로 대답했다. 그녀는 심상치 않은 그의 목소리에 더럭 겁이 났다. 행여 자신이 급소를 잘못 때린 것은 아닌가 싶어 가슴이 철렁 내려앉았다.

"어, 어디가? 어디가 아픈데?"

"심장이."

"심장? 심장이 아픈 거야?"

걱정스러움에 바짝 다가서며 묻는 혜서를 준혁이 와락 끌어안았다.

"윽! 뭐야?"

그는 놀라서 밀치려는 그녀를 꽉 부둥켜안은 채 놓아주지 않았다. 혜서는 그의 품에서 벗어나기 위해 버둥거렸다. 하지만 그 와중에도 행여 다쳤던 팔을 건드리게 될까 봐 조심스러웠다. 순간, 준혁이 무너지듯 그녀의 어깨에 얼굴을 묻었다. 혜서는 자신의 어깨가 뜨듯하게 젖어 오는 것을 느끼곤 움직임을 멈춘 채 숨을 죽였다.

"준혁아?"

"……심장이, 오래 아팠어."

그는 그녀의 어깨에 얼굴을 묻은 채 젖은 목소리로 말을 이었다.

"아무리 애타게 기다리고 두드려도 네가 다시는 마음을 열지 않을까 봐, 그러다가 한순간이라도 다른 사람 때문에 흔들릴까 봐,

나를 버리고 영영 가 버릴까 봐, 그렇게 너를 허무하게 잃게 될까 봐 너무나 두렵고 아팠어."

혜서는 자신의 귓가에 속삭이는 그의 음성을 들으며 눈을 감았다. 고집부리며 돌아보지 않는 자신 때문에 힘들고 아팠을 그의 마음이 생생하게 느껴졌다.

"나는 네가 풀어 주지 않는 한 술래에서 풀려나지 못해 계속 얼음인 채로 있어야 하는 거잖아. 그런데 네 곁에 있는 그 남자는 너무나 자유로워 보였어. 네게 맘껏 다가가는 것 같아서 화가 났어. 그러다가 내가 느끼는 감정이 실은 분노가 아닌 공포라는 걸 깨달았어. 너를 정말로 놓치고 말까 봐 너무 두려웠어, 혜서야."

준혁은 안고 있던 혜서를 품에서 떼어 내며 그녀의 어깨를 두 손으로 꼭 감싸 쥐었다. 그리고 속눈썹을 파르르 떨며 자신을 바라보는 그녀의 눈동자를 젖은 눈으로 뜨겁게 응시했다.

"나 좀 살려 줘."

애원하는 그의 입술은 경련이 일듯 부들부들 떨리고 있었다.

"오래전에 했던 내 잘못을 알아. 그래서 벌받아야 한다고 생각했어. 너무 비겁했고 어리석었으니까. 그렇게 네 마음을 기만했었으니까. 나는 계속 벌받아도 싸다고 생각했어. 그래서 네 곁에서 버티며 참고 또 참았는데……. 혜서야, 이제는 심장이 더 이상 참지 못해서 탈진해 버릴 것 같아. 제발, 나 좀 살려 줘."

나도 비겁했어. 너무 이기적이었어. 미안해, 미안해…….

그녀 역시 미안하다고 하고 싶은데 입술이 붙어 버린 듯 아무 말도 할 수 없었다.

"나, 아직 더 벌받아야 되는 거니? 아직 더 술래 해야 해? 이제 풀어 주면 안 되는 거니? 제발, 혜서야……."

 시선을 맞추며 애원하는 그의 간절한 속삭임에 마법처럼 혜서의 손이 움직였다. 위로 천천히 올라온 그녀의 손이 준혁의 어깨에 닿았다. 툭툭, 그의 어깨를 건드리곤 가만히 고개를 끄덕이는 그녀…….

 아……! 이제 끝난 건가? 내 긴 기다림이 드디어 끝이 난 건가?

 드디어 기나긴 술래에서 풀려났다. 너무 기뻐 가슴이 먹먹할 지경이었다. 오랫동안 기다리고 기다려 왔던 순간이 결국 이렇게 오고 말았다. 하늘을 올려다보며 미친 듯이 포효하고 싶을 만큼 감격적이었다.

 준혁은 또르르 눈물을 흘리는 혜서의 얼굴을 두 손으로 포근히 감싸 쥐었다. 그리고 떨고 있는 그녀의 다홍빛 입술에 뜨거운 입술을 내렸다. 부드럽게 열리며 자신을 맞아 주는 입술이 사랑스러워 미칠 것만 같았다.

"사랑해."

 긴 입맞춤 끝에 간신히 혜서의 입술을 놓아준 준혁이 숨찬 목소리로 그녀의 귓가에 속삭였다. 그러자 오랜 시간 동안 홀로 외쳤을 뿐 돌아오지 않던 메아리가 들렸다.

"나도, 사랑해."

 가슴에 분수처럼 차오르는 기쁨으로 온몸이 짜릿했다. 혜서가 다시 사랑을 말해 주다니, 준혁은 너무나 행복해서 심장이 터질 것 같았다. 결국 친구도, 사랑도, 추억도 모두 포기하지 않고 지켜 냈다. 어리석은 선택을 했던 탓에 힘들고 아픈 시간을 견뎌야 했지만 포기하지 않았기에 오늘 같은 축복이 가능했던 것이다.

"사랑해, 혜서야."

 준혁이 떨리는 눈동자로 자신을 바라보는 혜서에게 다시 한 번 사랑을 고백했다. 그리고 그녀의 입술을 가득 머금었다. 꼭 맞닿은 입술은 밤이 깊도록 떨어질 줄 몰랐다. 그들은 두 연인의 머리 위에서 환하게 웃으며 내려다보던 보름달마저 부끄러움에 슬며시 몸을 숨길 때까지 길고 긴 입맞춤을 끝내지 않았다.

에필로그

아마도…… 연애?

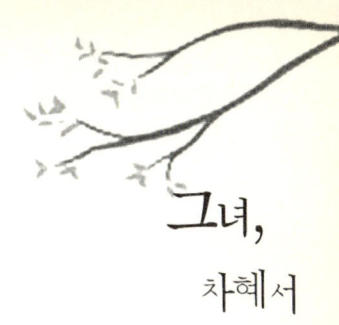

그녀,
차혜서

 혜서의 퇴근이 조금 늦어지는 바람에 영화가 시작되기 직전, 간신히 극장에 도착했다. 급하게 상영관 안으로 들어서니 눈이 어둠에 적응되지 않아 바로 앞에 있는 계단조차 확인하기 힘들었다.
 "조심해."
 앞장선 준혁이 낮은 음성으로 소곤거리며 혜서의 손을 덥석 잡아 이끌었다. 두 사람이 예약부에 함께 근무를 할 때는 관람객이 비교적 적은 낮 시간에 영화를 보곤 했는데 이젠 그녀가 퇴근을 한 이후 시간에 맞추어야 했다. 영화를 보기에 좋은 골든 타임이라서 그런지 좌석은 거의 만원이었다.
 서로의 마음을 확인한 이후도 두 사람의 일상은 별반 달라신 것이 없었다. 여전히 같은 직장에서 근무를 하고, 눈치껏 식사 시간을 맞춰 함께 밥을 먹고, 가끔 쇼핑을 하고, 또 오늘처럼 둘이서

만 영화를 보러 오고……. 단지 달라진 것이 있다면 수시로 직원들의 눈을 피해 비상구 계단에서 만나 짧지만 농도 짙은 입맞춤을 즐긴다는 것. 처음엔 신성한 직장에서 해선 안 될 일은 아닌가 싶어 거부하던 혜서였지만 이젠 그런 짜릿한 일탈을 오히려 은근히 누리고 있었다.

"여기 아니야?"

정신없이 준혁의 뒤를 따라가다 보니 늘 앉던 자리를 그가 그냥 지나치고 있었다. 영화를 감상하기엔 가운데 좌석이 명당이라며 항상 예약하곤 하던 자리였는데 이상했다. 그는 예약한 좌석을 놓쳤을까 봐 멈칫하는 혜서의 손을 꼭 잡고서 가장 뒷자리로 안내했다.

"여기, 맞아?"

혜서는 낯선 커플석 앞에 선 채 뜨악한 표정으로 그를 바라보았다.

"맞아."

준혁은 그녀의 손을 잡은 채 당당하게 자리에 앉았다.

"이게 뭐야?"

"뭐가?"

"이런 자리 어색해."

"어색하다니? 커플이라서 커플석에 앉는 건데 그게 뭐. 쉿! 영화 시작하잖아."

그는 자리에 앉아서도 여전히 혜서의 손을 놓지 않고 스크린으로 시선을 돌렸다. 짐짓 뻔뻔한 척했지만 귓불이 발갛게 달아올라 있었다. 커플석이라니. 혜서도 왠지 쑥스러워 슬며시 고개를 돌렸다. 자신의 손을 감싸고 있는 크고 단단한 손이 참 따뜻했다.
 하나로 트여 있는 자리다 보니 두 사람의 다리가 자연스럽게 맞닿았다. 펄쩍 놀라 떼기에는 촌스럽고 가만히 있자니 어쩐지 부끄러운 마음이 드는 것은 두 사람 다 마찬가지였다. 눈은 스크린을 보고 있지만 나머지 모든 감각들은 예민하게 서로를 향해 촉을 세웠다. 서라운드로 왕왕 울려 대는 배경음악과 배우들의 대사보다 옆에 앉은 사람의 숨소리가 더 크게 들리는 듯했다.
"편하게 기대서 봐."
 준혁이 긴장으로 굳어 있는 혜서의 어깨에 팔을 누르며 자신의 듬직한 어깨를 내주었다.
"……괜찮아."
"피곤할 거 아니야. 기대서 보다가 졸아도 돼."
"야아! 난 영화 보다가 안 자거든!"
 혜서는 소곤거리던 목소리가 자신도 모르게 커지자 어깨를 움츠리며 얼른 음성을 낮추었다.
"영화 보다가 자는 사람은 항상 너였잖아."
 이젠 익숙해진 어둠 속에서 고개를 돌린 준혁이 그녀의 얼굴을 한참 동안 바라보았다. 혜서는 스크린보다 훨씬 강렬한 빛을 뿜어내는 그의 눈동자에 절로 심장이 두근거렸다. 공연한 얘기에 화가 난 건가 싶어 슬며시 시선을 내리는데 준혁이 그녀의 귓가에 조용히 소곤거렸다.
"잔 적, 없어."
"하지만……."
 어디서 시치미를 떼려고 하는 거냐고 따지기 위해 내리던 시선을 다시 올리자 그녀의 귓가에 입술이 닿을 만큼 더욱 바짝 몸을 기울인 그가 속삭였다.

"정말 안 잤어. 그저…… 눈을 감고 네 시선을 음미했지."

"뭐?"

그럼 내가 바라보는 걸 알면서도 자는 척했었단 말이야?

당황한 혜서의 얼굴이 순식간에 붉게 달아올랐다. 꿈에도 생각지 못했던 일이다. 저렇게 잘 거면서 왜 영화를 보자고 하는 건지 모르겠다고 투덜거리면서도 영화 대신 그의 얼굴만 바라보았던 일이 떠올라 죽을 만큼 민망해졌다.

"왜……?"

"영화보다 나를 보는 네 눈길이 더 좋았으니까."

준혁이 다시 한 번 그녀의 귓가에 속삭였다. 영화를 제대로 보지 못해도 그는 충분히 행복했다. 영화가 상영되는 두 시간 동안 혜서의 시선이 자신에게만 머물러 있었기 때문이다. 자신을 바라보는 그녀의 눈빛이 어떤지는 알 수 없었다. 하지만 짧은 시간 동안 오로지 자신에게만 집중하고 있는 그녀를 느낄 수 있는 그 시간이 좋았다. 얼굴에 닿는 혜서의 부드러운 숨결을 느낄 때면 가끔씩 그녀의 얼굴을 어루만지고 싶어 손가락이 움찔거릴 때도 있었다. 하지만 그러다가 그녀의 시선마저 놓치고 말까 봐 최대한의 자제심으로 억눌러야만 했다. 하지만 이제 그러지 않아도 된다는 사실이 믿을 수 없을 만큼 기쁘고 행복했다.

준혁은 손가락으로 혜서의 보드라운 볼을 가볍게 쓰다듬었다. 간질거리는 그의 손길에 혜서의 귓불은 터질 것처럼 뜨거워졌다. 살짝 목을 움츠리던 그녀는 불현듯 시선을 돌려 준혁의 얼굴을 마주 보았다. 그는 활활 타는 뜨거운 눈동자로 스크린이 아닌 그녀를 응시하고 있었다. 그런 그를 향해 혜서는 들릴 듯 말듯 작은 목소리로 혼잣말처럼 물었다.

"우린…… 그동안 대체 뭘 한 걸까?"

그녀의 물음에 준혁이 빙그레 미소를 지었다. 그리고 터질 것처럼 붉게 타고 있는 그녀의 귓가에 다시 입술을 댔다.

"아마도…… 연애?"

"……."

"난 늘 너와 연애하고 있었어."

내 마음은 그랬어, 혜서야…….

늘 자신과 연애했다는 준혁의 말에 혜서는 심장이 쫄깃해지는 느낌이었다. 밀어내지도 잡지도 않고 오랜 시간 곁에 둔 채 벌을 세우던 자신을 상대로 그는 연애를 하고 있었단다. 자신의 소리 없는 폭력을 그는 불평 없이 감당했다. 말할 수 없이 미안하면서도 든든했다. 그는 이제 사랑에 서툴러 핑계를 대며 도망갈 생각을 하는 애송이가 아니었다. 믿음직스러운 내 남자였다.

살포시 준혁의 어깨에 머리를 기댄 혜서는 두 눈을 꼭 감았다. 그리고 그의 허리에 팔을 둘렀다. 팔에 닿은 단단한 근육이 움찔하는 것이 느껴졌다. 그녀에게 영화에 대한 관심은 이미 저만치 물러나 있었다.

지금은 로맨스 영화보다 더 달콤한 진짜 연애를 하는 중이니까.

따뜻하게 어깨를 감싸 오는 준혁의 팔이 다정하고 든든했다. 예전의 그는 잠이 든 척했다지만 지금 혜서는 그의 온기 안에서 정말로 스르르 잠이 들고 말았다. 준혁은 영화가 끝나고 엔딩 스크롤이 올라갈 때까지 잠든 혜서의 얼굴을 바라보았다. 세상에서 가장 사랑하는 여인을, 더없이 따뜻한 시선으로…….

＊　＊　＊

"선생님, 이제 퇴근하세요?"
"어, 준혁이, 오랜만이네. 혹시 우리 집에 가는 길인가?"
제 집 앞을 지나쳐 골목을 오르는 그를 보며 동만이 물었다. 교장으로 퇴임을 한 그는 노인 복지관에 한문 선생님으로 근무를 하며 보람찬 제2의 인생을 살고 있었다.
"네. 어머님 뵌 지도 오래되었고 해서요."
"그래서 꽃까지 사 가는 건가? 우리 안사람 주려고?"
동만은 준혁의 손에 들린 소담한 꽃다발을 보며 껄껄 웃었다.
"어머님이 꽃을 좋아하시잖아요. 간 김에 저녁도 얻어먹으려고요."
"그래? 허허, 그럼 어서 가지. 근데 혜서가 퇴근을 했나 모르겠네. 요샌 자주 늦더군."
"오늘도 일이 좀 많다고 하더라구요."
그녀가 자주 늦는 이유 중 하나가 자신과의 데이트 때문이라는 말씀을 드릴 순 없어 둘러 대는 준혁의 얼굴에 살짝 홍조가 돌았다. 그렇지만 오늘은 일 때문에 늦는 것이 사실이었다. 그로서는 얼마 전에 알게 된 일이지만 그녀는 그동안 꼬맹이 준혁을 데리고 병원에 다니고 있었던 것이다. 그리고 오늘도 그런 날이었다. 소아우울증에 걸린 꼬맹이라니…… 괜히 마음이 쓸쓸했다.

"자네는 별일 없나?"

준혁과 나란히 골목을 오르며 동만이 물었다.

"저도 다음 주부터 홍보과로 옮겨 가게 됐습니다."

"그래? 그거 잘됐군. 그럼 이제 다시 우리 혜서랑 함께 출퇴근을 하면 되겠군그래."

"네."

"그래. 험한 세상인데 아무리 성인이라지만 딸자식을 밖으로 내놓고 나니 여간 걱정스러운 것이 아니야. 자네가 함께 다닌다면 든든하지. 자, 들어가자구."

경옥은 남편과 함께 들어서는 준혁을 보며 반색을 했다.

"어머나, 준혁아! 어서 와."

"안녕하셨어요, 어머니. 여기……."

"어머, 이게 웬 꽃이야? 소국이잖아!"

"네, 어머니 소국 좋아하시잖아요."

"정말 나 주려고? 세상에, 고마워라……."

경옥이 꽃다발을 품에 안으며 소녀처럼 곱게 웃었다.

"그거 뇌물이라는군. 대신 근사한 저녁 식사를 대접해야지."

"아닙니다, 어머니. 그냥 드시는 식탁에 밥 한 그릇만 얹어 주시면 돼요. 어머니가 해 주시는 밥 좀 얻어먹고 싶어서 왔어요."

"그랬어? 자주 좀 오지. 그동안은 불러도 안 와서 내가 얼마나 섭섭했는데?"

"죄송해요."

"죄송할 것까지야 뭐 있나? 그냥 그렇다는 얘기지. 젊은 사람이 바쁘게 사는 거야 모르는 일도 아니고. 그럼 오늘 저녁 메뉴는 어떤 걸로 해야 할까? 준혁아, 뭐 먹고 싶은 거 있니?"

경옥이 준혁의 어깨를 토닥이며 자상하게 물었다.

"하하, 거 참, 사람도……. 젊은 남자가 좋긴 좋군그래. 늙은 나는 들어오면 오나 보다, 나가면 나가나 보다 하면서."

"어머머, 그게 무슨 말이에요? 내가 언제 그랬다고……. 그래도 꽃 사다 주는 젊은 남자가 좋은 건 사실이네요. 호호."

준혁은 동만과 경옥이 가벼운 농담을 주고받으며 웃는 모습을 물끄러미 바라보았다. 언제 보아도 화목하고 따뜻한 가정이었다. 그 가정 안에 가족의 일원이고 싶은 마음을 터무니없는 욕심이라 생각했었다. 부모에게 온전한 사랑을 받지 못하고 자란 자신은 결코 이 밝고 따뜻한 가정에 어울리는 사람이 아니라고 생각했기 때문이다. 하지만 이제는 미리 포기하며 물러서는 어리석은 짓은 하고 싶지 않았다. 혜서와의 사랑을 더욱 든든하게 하기 위해서라도 절대 포기할 수 없는 욕심이었다.

"어머니. 저녁 준비하시기 전에 드릴 말씀이 있습니다."

"응? 나한테?"

"선생님께도요. 실은 두 분께 허락받고 싶은 일이 있어서 왔어요."

좀 전과 달리 긴장한 목소리로 건네는 준혁의 말에 동만과 경옥이 서로를 마주 보며 의미 있는 시선을 주고받았다.

"그럼 일단 앉지. 당신도 앉아요."

동만이 소파에 앉자 그 옆에 경옥도 자리를 잡았다. 심상치 않은 준혁의 모습에 두 사람도 긴장한 표정이 되었다. 준혁은 마른침을 삼켰다. 어쩌면 가장 큰 산일지도 모른다. 하지만 꼭 넘어야 될 산이었고 피할 마음은 없었다. 그는 두 사람 앞에 무릎을 꿇고 앉았다.

"어머, 준혁아, 너 왜 그래? 뭐 잘못했니?"

놀란 경옥이 준혁을 일으켜 세우려고 하자 동만이 그녀의 팔을 잡으며 고개를 가로저었다.

"일단 말부터 들어 보지. 혼날 일이 있으면 혼나면 되는 거고. 꼭 이렇게 무릎 꿇고 해야 할 말이라면 그렇게 하게."

동만은 무슨 말이든 듣겠다는 각오로 그를 바라보았다. 준혁은 바짝 마른 입술로 어렵게 말을 시작했다.

"두 분은 제가 어렸을 때부터 쭉 보셨으니까 저에 대해서 누구보다 잘 알고 계실 겁니다. 제가 어떤 환경에서 자랐는지, 제 부모님이 어떤 사람들인지……."

자신의 치부라면 치부인 부분을 가장 많이, 소상하게 알고 있는 동만과 경옥 앞에서 부끄러운 부분을 들추고 입에 담으려니 몸이 자꾸 오그라들었다. 차라리 자신의 과거는 아무것도 모른 채 현재의 모습만 아는 사람 앞에서보다 말과 행동이 훨씬 어려웠다.

"아마…… 보잘것없고 낯 뜨거운 제 배경이 실망스러우실 겁니다. 그런데도 그동안 편견 없이 혜서의 친구로, 또 가장 가까운 이웃으로, 변함없이 따뜻하게 대해 주신 점, 항상 감사하게 생각하고 있습니다."

"……"

"그것만으로도 평생 두 분께 감사한 마음으로 머리 조아리고 살아야 한다는 걸 잘 알고 있습니다. 더 바라는 건 염치없는 일이라는 것도 잘 압니다. 그런데…… 제가 너무 욕심이 많은 사람인가 봅니다. 그것만으로는 성에 차지 않아 더 큰 욕심을 냈습니다. 선생님과 어머님이 가꾸어 오신 이 따뜻한 가정이라는 울타리 안에 저도 한 가족이 되고 싶습니다."

한 가족이 되고 싶다는 그 한마디 말만으로도 그가 하고자 하는 말이 뭔지 알 것 같았다. 그 말을 하기 위해 얼마나 큰 용기를 낸 것인지 그 누구보다 두 사람이 제일 잘 이해할 수 있었다. 그것이 큰 죄도 아닌데 마치 죄인처럼 고개를 조아리는 준혁의 모습이 그저 안타깝기만 했다.

"준혁아……"

"여보, 조금만 더 들어 봅시다. 계속 얘기하게."

마음 약한 경옥이 나서려 했으나 동만이 다시 한 번 그녀를 주저앉혔다. 그는 차분한 얼굴로 준혁의 입에서 나올 말을 기다렸다. 마른침을 한 번 더 삼킨 준혁이 고개를 깊게 숙이며 어렵게 입을 열었다.

"혜서를, 사랑합니다."

"……"

거실에 정적이 흘렀다. 자신의 말을 듣고도 두 사람이 아무런 말을 하지 않자 긴장감으로 속이 바짝 타들어 가는 것 같았다. 그는 무릎에 코라도 박을 기세로 좀 더 깊게 고개를 숙였다. 어떻게 해서든 허락을 받아야만 했다. 혜서의 부모님께 인정받지 못한다면 두 사람의 사랑은 결코 행복한 결실을 맺을 수 없을 것이다.

"곱게 키우신 딸을 욕심내서 죄송합니다. 그런데……"

"늦었군!"

늦었다는 동만의 말에 준혁이 숙였던 고개를 번쩍 들었다.

늦었다니……! 혹시 혜서의 짝으로 마음에 점찍어 놓은 사람이라도 있는 건가 싶어 심장이 덜컥 내려앉았다.

"내 그 말 기다리다 목 빠질 뻔했네."

"⋯⋯?"

"준혁아, 나도 목 빠질 뻔했어."

"어머니⋯⋯."

경옥은 눈가에 고운 잔주름을 만들며 웃었다.

"자네 덕분에 우리 두 늙은이 목이 길어졌군그래. 젊은 사람이 어찌 그렇게 느긋한지, 원. 올해도 아무 말이 없으면 우리 혜서, 다른 집에 시집보낼 생각이었지."

"서, 선생님!"

툭 던지는 동만의 말에 준혁이 기겁을 했다. 그런 그를 보며 동만은 엷은 미소를 지었다.

"이제야 내가 숙제를 끝낸 것 같군. 그래서, 언제 데려가겠다는 건가?"

"네?"

"지금 우리 혜서랑 결혼하고 싶으니 허락해 달라고 온 거 아닌가? 우리가 더 기다려야 하는 거면 난 이 결혼 허락할 수 없네."

농담 같지 않은 동만의 단호한 음성에 준혁이 펄쩍 뛰었다.

"아, 아닙니다, 선생님! 결혼, 허락해 주십시오. 혜서와 결혼하고 싶습니다."

"그럼 그렇게 하게."

어이없을 정도로 쉽게 허락이 떨어졌다. 생각보다 너무나 쉽게 받아 낸 허락의 말에 준혁은 어안이 벙벙했다. 마치 꿈을 꾸고 있는 듯 믿기지가 않았다.

"준혁아, 난 벌써 예전부터 너를 우리 집 맏사위로 생각하고 있었어. 그런데 두 곰탱이가 자꾸 미련만 떨고 있어서 답답했지. 무슨 연애를 이렇게 오래 하는지, 원. 도대체 몇 년이니? 그렇다고 요새 같은 세상에 결혼은 언제 할 거냐고 우리가 먼저 나설 수도 없는 노릇이고. 행여 혜서가 늑장 부리다가 내 귀한 사위를 놓치면 어쩌나 얼마나 마음 졸였는지 몰라. 우리 혜서, 너 아니면 누가 데려가겠니?"

"어머니……."

준혁은 목구멍을 치고 올라오는 뜨거운 감동에 울컥 눈물이 쏟아질 것 같았다. 눈동자로 후끈한 열기가 퍼졌다.

"어흠흠, 그런데 난 언제까지 선생님이라고 부를 생각인 건가? 혜서 엄마한테는 진즉부터 어머니라고 하면서 말이야. 나 은근 서운해지려고 하는데?"

"……아버님, 죄송합니다."

"허허, 됐네. 오래 기다렸다는 말이 무색하게 그 말 참 쉽게도 나오는군. 자, 이제 되었으니 자네는 어서 일어나고, 우리 얼른 저녁이나 먹읍시다."

"네, 잠깐만 기다리세요. 우리 맏사위, 씨암탉이라도 삶아 먹여야 하는데……."

종종걸음으로 주방으로 향하는 경옥의 모습에 준혁은 또 가슴이 뭉클해졌다. 혜서는 세상에서 비교할 사람이 아무도 없을 정도로 누구보다 귀한 사람이었다. 그리고 그녀 한 사람을 얻음으로써 그가 누리게 된 행복이 너무나 크다는 생각에 감사하고, 또 감사했다.

에필로그 2

프러포즈, 그리고……

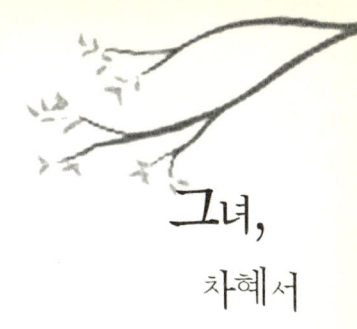

그녀,
차혜서

고속으로 움직이는 엘리베이터 안에서 혜서는 살짝 긴장이 되었다. 6년 전에 다녀간 이후로 처음으로 다시 발걸음을 하는 아파트였다.

이곳에 다시 오게 될 줄이야.

상처받았던 것 이상으로 준혁에게 상처를 주고 나서던 그때는 결코 또다시 발걸음을 하게 될 거라 예상하지 못했다. 그런데 준혁이 오늘 이곳으로 그녀를 초대했다.

'아파트에서 한강 불꽃 축제 같이 보지 않을래?'
'아파트? 그때…… 거기?'
'응, 그때 그 아파트.'

한강과 더불어 강을 가로지르는 다리가 훤히 내려다보이던 넓은 창이 생각났다. 그리고 뒤를 이어 떠오르는 기억들이 그녀의 미간을 찌푸리게 했다.

'그 아파트, 아직 그대로야?'
'미안해. 너한테는 그다지 좋은 기억으로 남아 있는 곳이 아닌 건 알지만…… 그 아파트를 그냥 버려둘 수는 없었어. 대신 그곳에서 이제 좋은 추억을 만들면 어떨까?'
'좋은 추억이라니?'
'한강 불꽃 축제 말이야. 그 아파트가 아주 명당이야. 불꽃놀이를 제대로 볼 수 있을 거야.'

기대감으로 반짝거리는 그의 눈동자를 보면서 거절의 말을 할 수 없었다. 크게 내키지는 않았지만 그녀는 고개를 끄덕였다.
엘리베이터에서 내린 혜서가 아파트 문 앞에 섰다. 스쳐 가는 여러 가지 기억들로 다소 혼란스러운 마음을 가라앉힌 그녀는 짧은 심호흡을 하고 벨을 눌렀다. 그런데 안에서 아무런 기척도 들리지 않았다. 오랫동안 비워 두어서 청소를 해야 한다며 굳이 먼저 퇴근을 한 그가 집을 비울 리 없었다. 잠시 고민한 혜서는 벨을 한 번 더 누르는 대신 이미 알고 있는 비밀번호를 눌렀다. 문은 예전처럼 쉽게 열렸다. 열린 문 안으로 들어가니 현관에 준혁의 구두가 보였다.
"준혁아! 나 왔는데……."
꼭 닫혀 있던 중문을 열었을 때였다. 전혀 생각지 못한 광경이 그녀의 눈앞에 펼쳐졌다. 입구에서부터 은은하게 불꽃을 태우는 다양한 색의 향초가 두 줄로 길게 늘어서 있었던 것이다. 그리고 향초로 인해 만들어진 길 가운데에는 잘 말린 붉은색의 장미꽃잎이 흩뿌려져 있었다.

"아⋯⋯!"

심장이 튀어나올 것처럼 두근거렸다. 혜서는 놀라서 쿵쿵 뛰는 가슴에 손을 얹고 붉은색의 꽃길을 사뿐사뿐 걸어 들어갔다. 조심스럽게 걸음을 옮길 때마다 꽃길이 아닌 구름 위를 걷는 것처럼 어질어질했다. 향초 때문인지 실내는 말로 형용할 수 없는 그윽한 향기로 가득했다. 그녀는 최대한 느린 걸음으로 발을 옮겼다. 복도 끝에서 모퉁이를 도니 향초로 이루어진 길의 끝에 마침내 준혁의 모습이 보였다. 커다란 꽃다발을 품에 안은 채 윤기가 흐르는 검정색 양복을 멋지게 입고 서 있는 날렵한 모습의 그가.

"혜서야!"

준혁은 놀란 표정으로 머뭇거리며 자신에게 다가오는 혜서를 향해 햇살처럼 환한 미소를 보였다. 움푹 팬 보조개가 오늘따라 더 매력적이었다. 그 모습이 너무 멋져 심장이 걷잡을 수 없이 뛰었다. 그는 자신에게 다가온 그녀를 향해 꽃다발을 내밀었다. 혜서가 팔을 뻗어 꽃다발을 손에 받아 든 순간이었다. 준혁의 등 뒤로 검은 도화지 같았던 하늘이 갑자기 환하게 밝아졌다.

펑! 퍼엉, 펑! 펑!

드디어 불꽃 축제가 시작된 것이다. 요란한 소리와 함께 유유히 흐르는 강물 위, 새까만 밤하늘을 아름답게 수놓는 불꽃들은 꽃처럼 만발하게 피어났다. 붉은 꽃이 피었다가 지면 이내 푸른 꽃이 피고, 그 꽃이 지기 전에 노란 꽃과 보라 꽃이 연이어 하늘을 밝혔다.

슈우웅, 하늘로 날아올라 형형색색의 꽃으로 만발했다가 사라지는 불꽃의 모습은 아름답다 못해 처연하기까지 했다. 검은 강물은 하늘에서 꽃이 필 때마다 잘 닦인 거울처럼 불꽃의 모습을 고스란히 담아냈다.

화려한 불꽃 쇼를 배경으로 준혁이 꽃다발을 품에 안은 그녀 앞에 오른쪽 무릎을 꿇었다. 그녀를 올려다보는 그의 눈동자가 형용할 수 없이 진지하고, 동시에 데일 것처럼 뜨거웠다.

"차혜서······."

자신의 이름을 부르는 그의 음성이 다정하면서도 다디단 초콜릿처럼 감미로웠다. 혜서는 울컥 쏟아지려는 눈물을 참기 위해 안간힘을 썼다.

그건 준혁도 마찬가지였다. 그녀의 이름을 부르는 것만으로도 심장이 터질 것처럼 떨리고 가슴이 뭉클했다. 이런 순간이 자신에게 허락되었다는 것이 꿈만 같았다. 그는 그녀에게 하고 싶은 수많은 말들을 조용히 마음에 새겼다. 그리고 그녀에게 꼭 하고 싶은 한마디를 건넸다.

"······사랑한다."

"······."

"나와 결혼해 줄래?"

평생 너만 바라보겠다거나, 누구보다 행복하게 해 주겠다는 등의 흔한 미사여구도 없이 간결한 프러포즈였다. 하지만 다른 사람도 아니고 류준혁이 향초와 꽃길이라니······. 그가 이렇게 로맨

틱한 상황을 연출할 줄은 전혀 상상도 하지 못했다. 게다가 일부러 불꽃 축제가 있는 날을 디데이로 잡은 것도 너무나 멋진 생각이었다. 축포처럼 화려한 불꽃이 터지는 하늘을 배경으로 환상적인 프러포즈를 받은 것이다. 세상에 이보다 더 멋지고 훌륭한 프러포즈가 존재할까?

혜서는 말로 다하지 못하는 그의 마음을 오롯이 느끼고 있었다. 힘들고 아팠던 긴 시간을 넘어서 드디어 서로 맞닿은 두 사람. 그러니 그녀가 내놓을 수 있는 답은 오직 하나뿐이었다. 목이 멘 탓에 아무린 말도 할 수 없는 혜서가 그저 고개만 크게 끄덕거렸다. 머뭇거리지 않는 그녀의 허락에 준혁이 환하게 웃었다.

그는 어느새 준비해 두었던 반지를 그녀의 손가락에 끼웠다. 맞춘 것처럼 딱 맞는 반지를 손가락에 낀 혜서가 그를 향해 고운 미소를 지어 보였다. 그를 응시하는 그녀의 커다란 눈동자 속에 환희의 불꽃이 터지고 있었다.

검은 밤하늘엔 여전히 아름다운 꽃들이 가지각색의 모양과 색깔로 피었다가 지기를 반복했다. 조심스럽게 다가온 준혁이 혜서의 양 볼을 두 손으로 부드럽게 감쌌다. 그를 바라보는 그녀의 눈동자가 보석처럼 반짝거렸다.

고마워, 나의 신부…….

준혁의 단단하고도 부드러운 입술이 혜서의 붉은 입술 위에 살포시 내려앉았다. 조심스럽고도 경건한 입맞춤이었다. 두 사람의 숨결이 가만히 엉켜들었다. 준혁은 혜서의 입술을 맛보듯 살며시 혀끝으로 쓸었다. 그녀의 입술 사이사이 촘촘한 세로 결을 느끼며 아이스크림을 핥듯 부드럽게 음미했다. 그러다가 한입에 베어 물

듯 입술을 쭉 빨아들였다. 부드럽고도 통통한 입술이 홀쩍 빨려 들어오자 입맞춤은 순식간에 강렬하고 뜨거워졌다.

준혁은 혜서의 뒷머리를 끌어당기며 달달한 침이 고여 있는 그녀의 보드라운 입속으로 깊숙하게 파고들었다. 통통한 입술 사이에 고른 치열을 더듬다가 기다리고 있던 작은 살덩이를 빠르게 잡아챘다. 잡아채는 대로 기꺼이 따라오는 작은 혀가 너무 달아서 절로 입에 침이 고였다. 이러다가는 그녀와의 입맞춤에 중독될 것 같았다. 아니, 류준혁이라는 사내는 이미 차혜서라는 여인에게 깊이 중독된 지 오래였다.

"하아……."

"혜서야……."

간신히 입술을 뗐을 때 뜨거운 열기로 가득한 준혁의 눈동자가 혜서를 태울 듯이 바라보았다. 흥분으로 거칠어진 그의 숨소리가 혜서의 심장박동을 불규칙적으로 뛰게 만들었다.

"사랑한다."

"나도, 사랑해."

뜨거운 목소리로 사랑한다고 말하는 준혁의 고백에 그녀 역시 떨리는 목소리로 화답했다.

"약속할게. 죽는 순간까지 널 떠나는 일은 없을 거야."

"그 말, 믿을게."

준혁이 스스로에게 굳게 약속하듯 고개를 주억거렸다.

그래, 믿어 줘. 절대로! 내 사랑을 포기하는 일은 없을 거야!

그는 혜서의 어깨를 감싸 안으며 그녀의 입술 위에 다시 뜨거운 입술을 내렸다. 창밖의 불꽃 축제는 여전히 계속되고 있었다.

❊ ❊ ❊

"화났어?"

혜서는 운전하는 준혁의 옆얼굴을 바라보았다. 무표정한 얼굴로 아무런 말도 하지 않지만 화가 난 것이 틀림없었다.

"금방 올 거야. 해외 출장에 삼박 사일이면 정말 엄청 빠르게 끝내고 오는 거란 말이야."

"……."

"야! 류주혁! 너 정말 이럴래? 이렇게 마음 불편하게 해서 보내야겠어? 응? 으응?"

혜서의 콧소리에도 준혁은 꼼짝도 하지 않았다.

"너무한다, 정말. 난 뭐 가고 싶겠니? 그래도 어떡해. 명색이 비서잖아. 윗사람이 함께 갈 필요가 있다고 하면 가야지. 그리고 아이 때문에도 가야 하고……."

"네가 왜?"

"응?"

"출장길에 아이를 데려가는 거야 상황이 여의치 않다고 하니 내가 뭐라 할 수는 없는 일이지. 그렇지만 아이를 데려가야 하니까 너도 함께 간다는 게 말이 돼? 넌 비서야. 보모가 아니잖아. 왜 매번 아이 문제에 네가 나서는 거야?"

호텔 주차장에 차를 세운 준혁은 몸을 틀어 그녀를 바라보며 따졌다. 두 사람이 드디어 공식적인 연인 사이가 되었다는 소문이 호텔에 파다하게 퍼졌다. 그러니 태후 역시 그 사실을 모르지 않을 것이다. 그럼에도 불구하고 출장길에 그녀를 동반하려는 무심함에 대해서 화가 났다.

"알잖아, 아이 상태. 지금 많이 좋아지긴 했지만 아직 분리불안증이 남아 있고 낯선 곳, 낯선 사람에 대해서는 거부감을 보여. 그나마 아이가 나한테는 마음을 여니까……."

"내 말이 그 말이야! 왜 하필 너한테만 마음을 여느냔 말이야!"

혜서는 언성을 높이는 그를 조용히 응시했다. 자신이 아이에게 유달리 마음을 쓰고 있다는 것은 누구보다 스스로가 더 잘 알았다. 그리고 그 이유도 물론 알고 있었다. 이름이 같은 것처럼 자신이 사랑하는 남자와 닮은 상처를 가진 아이……. 그 아이를 통해서 준혁의 트라우마를 온전히 이해할 수 있었다. 그래서 더욱 눈길이 가고 마음이 쓰였다. 하지만 어린 시절의 그를 보듬는 마음으로 아이를 보듬어 주고 싶다는 말을 할 수는 없었다. 그런 식으로 잊고 있는 그의 상처를 공연히 건드리고 싶지는 않았다. 그녀는 한껏 도도한 표정으로 턱을 치켜들었다.

"나, 차혜서잖아."

"뭐?"

"준혁이가 좋아하는 차, 혜, 서."

"……."

"나이가 들어서도 이렇게 질투심이 대단한 류준혁도 좋아하고, 멋진 신사로 자라겠지만 아직 어린 민준혁도 좋아하고. 원래 준혁이란 이름을 가진 남자들은 전부 차혜서한테 약한가 보지, 뭐."

뻔뻔한 얼굴로 눈을 빠르게 깜박이며 하는 혜서의 말에 그는 결국 피시식 바람 빠진 소리를 내며 웃고 말았다. 말하지 않아도 아이를 생각하는 그녀의 마음을 모르지 않았다. 아이를 외면할 수 없는 이유가 아마 자신에게 있으리라는 것도 어렴풋이 느끼고 있었다. 실은 아이를 생각하면 그 역시 마음 한 귀퉁이가 찌르르하기까지 했다. 하지만 문제는 아이의 아빠였다. 그는 신경이 쓰일 만큼 충분히 멋지고 매력적인 사내였기 때문이다. 내 여자 곁에 그런 남자가 있다는 것은 결코 유쾌한 일이 될 수 없었다.

출장을 떠나기 전에 급하게 처리해야 될 일을 마무리 짓고 시간에 맞춰 공항으로 가기 위해 서둘러야 했다. 정신없는 오전을 보내고 주차장으로 향하면서 혜서는 계속해서 휴대폰을 확인했다. 잘 다녀오겠다는 문자를 보냈건만 준혁으로부터 답문이 오지 않았기 때문이다. 아침 출근길의 일도 있고 해서 더욱 마음이 쓰이는 그녀였다.
"기다리는 전화라도 있습니까?"
"네? 아닙니다, 이사님."
혜서의 대답에 태후는 그저 고개를 끄덕이곤 아이와 그녀를 위해 자동차 뒷문을 열어 주었다. 아이가 먼저 차 안으로 폴짝 올라탔다. 낯선 곳을 싫어하는 아이의 표정이 오늘따라 유난히 밝았다. 뒤를 이어 혜서가 차에 오르자 운전석에 앉은 태후가 그녀를 돌아보며 막 입을 여는 순간이었다.
"차 대리, 실은⋯⋯."
어디선가 갑작스레 나타난 준혁이 뒷문 유리창을 똑똑 두드렸다.
"저, 이사님. 잠시만⋯⋯."
"기다리죠."
태후에게 양해를 구한 혜서가 얼른 문을 열고 차에서 내렸다.

"문자 했는데 답도 없더니 여긴 어쩐 일이야?"
"깜박 잊은 게 있어서."
"응? 뭘?"

뭔가 아침에 그의 차에 두고 내린 것이 있나 싶어 고개를 갸우뚱하는 찰나 준혁이 갑작스럽게 그녀의 얼굴을 감싸 쥐며 입술을 겹쳐 왔다.

"으읍······."

깊은 키스는 아니었다. 하지만 직장 상사 앞에서 나누기엔 충분히 민망하고 당황스러운 입맞춤이었다. 짧은 입맞춤 후 그는 버둥거리는 그녀의 어깨와 허리를 끌어안고 귓가에 속삭였다.

"아침에 잘 다녀오라는 인사 하는 걸 잊었잖아. 잘 다녀와, 혜서야."

간신히 그의 품에서 벗어난 혜서는 정신이 다 혼미했다. 그런 그녀를 향해 준혁이 입매를 쭈욱 늘리며 얄미울 정도로 멋진 미소를 지었다. 한 발 뒤로 물러선 그가 손을 들어 흔들었다.

"얼른 차에 타, 혜서야. 비행기 놓치면 안 되잖아."

그녀는 어처구니가 없는 그의 행동에 화를 낼 시간도 없이 차에 올라야 했다. 그렇지만 차에 타기 직전 눈으로나마 그를 매섭게 쏘아보는 것을 잊지 않았다.

"이제 출발해도 되는 겁니까?"
"네······."

잘 익은 사과처럼 얼굴이 발갛게 달아오른 혜서가 작은 목소리로 대답을 했다.

전부 봤을 텐데 어쩜 좋아······.

차는 출발을 했지만 시간이 갈수록 얼굴은 점점 더 빨개지기만 했다. 옆에 앉은 아이도 쳐다볼 수가 없었다.

"걱정 말아요, 차 대리. 우리 준혁이는 아무것도 보지 못했어요. 내가 적절한 타이밍에 말을 시켰거든요."

"아, 네……."

"그런데 말이죠, 류준혁 씨가 원래 그렇게 저돌적인 사람이었나요?"

웃음기가 스며 있는 그의 질문에 혜서는 아무런 대답도 할 수 없었다. 저돌적이라니. 한 번도 준혁이 저돌적인 사람이라고 생각하지 않았다. 장난기 많고 좀 느물거리는 편이긴 했지만. 그런데 오늘의 그는…… 사실 꽤 저돌적인 모습이었다. 서로의 마음을 확인한 이후 그동안 알지 못하던 그에 대해 조금씩 알아 가는 중이었다.

"곤란하게 하려는 질문 아닙니다. 그저, 꽤 멋진 사람이구나 싶어서 말이죠."

시선을 전방에 두고 점잖게 운전을 하던 그가 조용한 음성으로 덧붙였다.

"차 대리, 그동안 우리 아이 때문에 많이 수고한 것 같아서 내가 작은 선물을 준비했는데……."

"네?"

"맘에 들었으면 좋겠군요."

백미러를 통해 마주친 그의 눈동자에 따뜻한 웃음기가 반짝거렸다.

"그게 대체 무슨 말씀이신지……."

태후의 말이 믿어지지 않는다는 듯 혜서는 눈을 동그랗게 뜨고 되물었다.

"차 대리에게 삼박 사일간 휴가를 주는 겁니다. 사실 이번 일본 출장은 공적인 일을 핑계 삼아, 실제로는 사적인 일을 처리하러 가는 거니까요."

"그래도……."

그녀는 다른 때와 달리 아빠의 손을 꼭 잡고 있는 준혁을 염려스러운 눈으로 내려다보았다.

"준혁이는 괜찮아요. 미리 얘기해 두었습니다."

"미리요?"

"하하, 갑작스럽게 결정한 사항이 아니란 얘기죠. 실은 비행기 티켓도 두 장만 예약되어 있습니다."

공항으로 출발하기 전, 준혁이 주차장으로 쫓아 내려오지 않았더라도 이미 준비되어 있던 계획이었다. 서프라이즈 선물처럼 주차장에서 출발 직전 알려 줄 참이었는데 아무것도 모르는 준혁이 그 잠깐의 시간을 참지 못한 채 대놓고 '차혜서는 내 여자다!'하고 보여 준 퍼포먼스는 꽤 즐거운 눈요기였다. 주차장에서 해 줄 수 있는 말을 굳이 공항까지 와서 알려 준 이유는 그 뜻밖의 퍼포먼스에 대한 작은 응징이나 심술이라고 해야 할까?

혜서는 그의 말이 너무 당혹스러워 할 말을 잃고 말았다. 공항까지 함께 와 놓고 이제 와서 이런 얘기를 하다니.

"류준혁 씨에게 그동안 우리 부자(父子)를 참아 주느라 애썼다고 전해 주겠어요? 지금 주는 특별 휴가는 차 대리가 아니라 류

준혁 씨에게 주는 사과의 선물이라고 말입니다. 그럼, 사 일 후에 봅시다."

태후는 어안이 벙벙한 표정으로 서 있는 혜서를 향해 기꺼이 손을 흔들며 인사하는 아이를 번쩍 안아 들고 출국장으로 향했다. 이번엔 그가 용기를 낼 차례였다. 정말로 원하는 것을 꽉 움켜쥐기 위해 내디딘 발끝에 잔뜩 힘이 들어갔다

준혁은 빠르게 움직이는 엘리베이터 안에서 다시 한 번 문자를 확인했다. 잘못 본 것이 아니었나. 분명히 혜서로부터 온 문자였다.

[퇴근 후 아파트로 올 것.]

처음엔 이게 무슨 문자인가 머리를 갸웃거렸다. 지금쯤 일본에 있어야 할 그녀가 뜬금없이 아파트로 오라는 문자를 보내다니.

짓궂은 장난일까?

태후 앞에서 난처하게 만든 이유로 화가 났던 그녀였다. 그러니 공연한 장난으로 복수를 하려는 걸지도 모른다. 그럼에도 불구하고 그는 퇴근하기가 무섭게 아파트로 달려왔다. 장난이든 아니든 확인을 해야 했다. 기대가 클수록 실망도 클 테니 마음을 비우자 생각했지만 도어록 비밀번호를 누르면서도 설렘은 점점 더 커져만 갔다.

문을 연 그는 그 자리에 우뚝 섰다. 집 안에서 풍기는 낯선 냄새에 당황스러웠기 때문이다. 결코 음식 냄새가 날 리 없는 곳에서 풍겨 오는 구수한 찌개 냄새가 후각을 자극했다. 그는 조심스럽게 현관 안으로 들어섰다. 현관 앞엔 검정색의 여자 구두 한 켤레가

보였다. 그리고 열려 있는 중문 앞에는 아침에 그가 직접 내려 주었던 혜서의 캐리어가 놓여 있었다.

"혜서야?"

설레는 기대감으로 준혁은 뛰어들듯 안으로 들어서며 혜서를 불렀다. 그리고 눈으로 보면서도 도무지 믿어지지 않는 광경을 목격했다. 앞치마를 두른 채 싱크대 앞에 서 있던 혜서가 그를 향해 몸을 돌렸던 것이다.

"이제 와?"

그녀는 기다렸다는 듯이 그를 향해 환하게 웃었다.

"이게 무슨……."

"왜, 놀랐어?"

"너, 일본에 있어야 하는 거 아니야?"

준혁이 그녀에게 바짝 다가서 두 팔로 허리를 감으며 물었다. 혹시 환영을 보고 있는 건 아닌지 직접 만져 보지 않고는 믿을 수가 없었다. 팔 안에 들어온 그녀의 낭창한 허리가 느껴졌다.

"원래는 그렇지."

"그런데?"

"내 애인이라는 남자가 직장 상사 앞에서 갑자기 민망한 짓을 하는 바람에……."

갑작스레 벌였던 그 작은 해프닝 때문에 혜서가 뭔가 불이익을 받게 된 건가 싶은 걱정으로 준혁의 얼굴이 어두워졌다.

"……나, 삼박 사일 휴가 받았어."

"뭐?"

"출장 기간이 고스란히 내 휴가 기간이 되었다구."

혜서가 그의 목에 팔을 두르고 고운 이를 드러내며 웃었다.

"공항에서 쫓겨 왔지 뭐야. 맘 넓은 이사님께서 특별 휴가를 선물로 주셨어."

좀처럼 믿을 수 없는 말임에도 기쁨에 겨운 준혁의 입이 함박만 하게 벌어졌다.

"정말?"

"정말."

"그럼 아이는?"

"뭔가 계획이 있는 모양이야. 아이도 수월하게 떨어져서 손까지 흔들어 주던데, 뭐. 그래서 나 이제부터 삼박 사일 동안 완전히 자유의 몸이야. 물론…… 우리 집에는 내가 출장 때문에 일본에 간 걸로 되어 있지."

살며시 시선을 아래로 내리며 말을 하는 혜서의 얼굴이 붉어졌다. 문득 자신의 허리를 감싸 안은 준혁의 팔이 긴장으로 딱딱하게 굳는 것이 느껴졌다.

"저기, 내가 대충 장을 봐서 저녁을 준비하려고 하긴 했는데……."

그의 팔을 풀고 조리대 쪽으로 움직이며 혜서는 어깨를 으쓱 올렸다.

"정말 해도 해도 너무할 정도로 아무것도 없잖아. 그래서 밥도 데우기만 하면 되는 즉석 밥이고 반찬도 다 사 왔어. 그리고 찌개는 아예 냄비째 파는 게 있더라고. 그래서 결국 찌개도 사다가 끓이기만 하는 거야."

그를 위해 맛있는 저녁을 준비하고 싶었다. 그런데 막상 주방을 살펴보니 음식을 할 수 있는 상태가 아니었다. 가스레인지 외에는 그야말로 아무것도 없는 주방이었다. 아무리 먹고 자는 생활을 하는 집이 다른 곳이라고 하지만 이 정도로 아파트가 방치되어 있는 줄은 몰랐다. 결국 그녀가 할 수 있는 거라곤 오늘 충동적으로 산 예쁜 앞치마를 두르고 전부 반찬 가게에서 공수해 온 음식들을 식탁에 차리는 것뿐이었다.

"난 아무래도 좋아, 혜서야."

"팔불출이니? 뭐든 좋대."

"그렇지만 사실이야. 난 네가 나를 생각하며 장을 봤다는 것, 그것만으로도 좋아."

준혁이 다시 혜서의 허리를 안았다.

"찌개 다 졸아."

"응."

"대답만 하지 말고, 놔줘야지."

"그래. 잠시만……."

준혁은 혜서의 이마에 제 이마를 가볍게 부딪쳤다.

"어떡하지?"

"뭐가?"

"나, 너 빨리 데려오고 싶은데……."

"……."

"우리, 빨리 결혼하자."

"칫, 결혼이 뭐, 서두른다고 다 되는 문제가? 준비할 게 얼마나 많은데."

"준비할 거 아무것도 없어. 너만 있으면 되는데, 뭐. 난 내일이라도 당장 너랑 결혼하고 싶어."

"뭐니? 이렇게 급한 마음으로 그동안 어떻게 참은 거야?"

"……죽을 만큼 힘들었지. 그래도 나 정말 기특하지 않아? 잘 견뎌 냈잖아."

혜서를 바라보는 준혁의 눈동자가 우묵하게 깊어졌다. 그는 허리를 감았던 손을 풀어 그녀의 어깨를 강하게 감싸 안았다. 포옥 안겨 오는 그녀의 몸이 제 품에서 부서져 버릴까 걱정될 정도로 꼭 끌어안았다가 천천히 놓아주었다. 그의 품에서 떨어져 촉촉한 눈동자로 그를 바라보던 혜서가 살포시 눈을 감았다. 그는 주저하지 않고 그녀의 입술을 뜨겁게 머금었다. 그리고 자신에게 기꺼이 열어 주는 입술 안쪽으로 깊숙하게 파고들어 갔다. 달콤하고도 뜨거운 입맞춤은 끓던 찌개가 다 타 버릴 때까지 계속되었다.

"어머, 이거 어떡해!"

까맣게 탄 냄비를 내려다보며 속상해하는 혜서를 준혁이 번쩍 안아 들었다.

"꺄악! 왜 이래?"

"어차피 타서 못 먹을 거에 미련 두지 말고 지금 우리가 할 수 있는 걸 하자."

"그, 그게 뭔데?"

씨익, 멋진 웃음으로 대답한 준혁이 그녀를 안은 채로 성큼성큼 거실 소파로 자리를 옮겼다. 그리고 소파 앞에 그녀를 내려놓았다. 오늘따라 하늘이 맑았던 탓인지 커다란 창으로 별빛이 쏟아져 들어오고 있었다. 별빛을 등져 더욱 매력적으로 보이는 그가 한층 낮아진 음성으로 입을 열었다.

"난 있지…… 정말 오랫동안 꿈을 꾸었어."

"무슨, 꿈?"

선뜻 대답을 하지 못하는 준혁의 얼굴에 홍조가 돌았다. 하지만 그는 오래 머뭇거리지 않고 입을 열었다.

"하늘이 내려다보고 있는 이곳에서 혜서, 너와 사랑을 나누는 꿈."

"……."

"그렇지만 네가 싫다고 하면 난 기다릴 거야. 아주 오래는 힘들 겠지만, 그래도 네가 기다리라고 하면……."

혜서가 갑자기 그의 목에 팔을 두르며 품으로 안겨 들었다.

"싫어, 이젠!"

"혜서야?"

"나도, 너도 이만하면 충분하다고 생각해. 근데 아직도 기다려야 하니?"

투정 부리듯 되묻는 그녀의 물음이 너무 기뻤다. 이보다 더 화끈한 허락이 있을 수 있을까? 준혁은 예쁜 말을 하는 그녀의 고운 입술에 촉, 가벼운 입맞춤을 했다.

"잠시만……."

그녀를 둔 채 급하게 몸을 돌린 그가 방에서 하얀 시트를 들고 나왔다. 툭 펼쳐 소파를 덮자, 커다란 소파는 그대로 멋진 침대로 변신했다. 그 위에 혜서를 앉힌 준혁이 다정하게 그녀의 어깨를 감싸 안았다. 그는 긴장으로 굳은 혜서의 몸을 풀어 주려는 듯 한동안 그렇게 안고만 있었다. 서로의 귓가에 간질거리는 숨결을 주고받다가 준혁이 먼저 물었다.

"혹시, 두렵니?"

"……조금."

"나도 그래."

"……."

"그렇지만 너와 나 둘이니까, 둘이서 하는 거니까, 두려워하지 마. 날 믿고 따라와 줄래?"

"으응."

혜서의 대답을 들은 준혁이 그녀의 이마에 초옥, 입을 맞추곤 감질나도록 천천히 입술을 머금었다. 다시 한 번 조심스럽게 시작된 입맞춤. 손가락 끝에서부터 스물스물 열기가 피어오르기 시작했다. 그리고 자연스럽게 깊어지는 입맞춤에 은근하게 달아오른 흥분이 온몸으로 번지며 꼭 닮아 있는 두 심장을 온통 흔들어 놓았다.

혜서는 그의 셔츠 안으로 손을 집어넣어 탄탄하면서도 매끄러운 등 근육을 어루만졌다. 생각보다 부드러운 살결의 느낌도 좋았지만 그가 움직이는 대로 꿈틀거리는 근육이 정말 신기했다. 자신도 모르게 그의 등을 따라 내려가던 거침없는 손길이 결국 허리 부근까지 내려갔다.

"차혜서……."

낮게 가라앉은 목소리에 정신이 번쩍 들어 살며시 눈을 뜨니 붉은 정염으로 활활 불타는 눈동자가 그녀를 내려다보고 있었다.

"너, 정말…… 날 미치게 하는 여자야……."

준혁은 잔뜩 쉰 음성으로 중얼거리며 그녀의 목덜미에 뜨거운 입술을 내렸다.

"흐으……."

혜서가 뱉어 내는 신음 소리에 더욱 뜨거워진 그는 그녀의 목덜미와 쇄골을 오가며 입술로 부드럽게 빨아들이다가 이를 세워 살짝 깨물고 다시 핥기를 반복했다.

"훗흐으……."

준혁의 입술이 닿은 곳에서 시작된 전율이 걷잡을 수 없이 빠르게 온몸으로 퍼지기 시작했다. 마치 전기가 오른 듯 절로 움찔거려지는 짜릿함이 생경하면서도 행복했다. 혜서는 자신의 몸 구석구석을 어루만지는 정성 어린 그의 손길과 입맞춤에 구름 위에 떠 있는 것처럼 정신이 몽롱해졌다.

"느껴지니?"

준혁이 그녀의 손바닥을 자신의 왼쪽 가슴 위에 대고 물었다. 힘차게 뛰고 있는 그의 심장박동이 마치 손바닥을 두드려 대는 것 같았다.

"너 때문에 뛰고 있는 심장이야. 네 덕분이야."

"준혁아……."

"고마워. 그리고 사랑한다."

그는 뜨겁고도 촉촉한 눈길로 그녀를 내려다보며 사랑을 속삭였다. 한결 급해진 호흡이 다시 뒤엉키기 시작했고 서로를 어루만지는 손길과 몸짓이 거칠어졌다. 가쁜 호흡을 타고 두 사람을 둘러싼 주변의 공기가 후끈하게 데워졌다. 준혁은 상대방을 배려하는 듯 조심스러워하면서도 동시에 강하게 움직이며 그녀를 구석으로 몰았다. 더 이상 숨을 곳도, 뒤로 물러날 곳도 없었다. 또한 그러고 싶지도 않았다. 꿈에서조차 원하고 원했던 사람이기에. 때가 되었음을 느낀 혜서가 그의 등 뒤로 팔을 두르며 매달렸다. 눈처럼 하얀 시트 위에 두 사람의 몸이 하나로 뒤엉켰다. 파도가 밀려왔다가 밀려가듯 한 몸이 되어 같은 호흡을 나누는 몸짓이 더욱 격렬해졌다.

"아아, 준혁아!"

처음으로 맞이하는 열락의 폭풍이 두 사람을 휩쓸고 지나가는 순간, 혜서는 그의 이름을 소리 높여 외쳤다. 발작과도 같은 전율이 온몸을 강타했다. 그것은 너무나 생경하고 또한 신비로운 느낌이었다. 드디어 하나가 된 두 사람은 서로의 몸에 사랑하는 사람을 영원히 새겨 넣었다.

커다란 창 밖, 검은 장막을 펼쳐 둔 것 같은 하늘엔 아름답게 빛나는 별들이 촘촘하게 박힌 채 방금 사랑을 완성한 두 사람의 모습을 흐뭇하게 내려다보고 있었다. 그 별들 중 가장 크고 빛나는 별 하나를 얻은 느낌이었다. 혜서에겐 준혁이 가장 커다란 별이었고, 준혁에겐 혜서가 가장 빛나는 별이었다. 별 하나를 뚝 따서 가슴에 품은 그들은 세상에서 가장 행복한 연인이었다.

외전1

내 아이

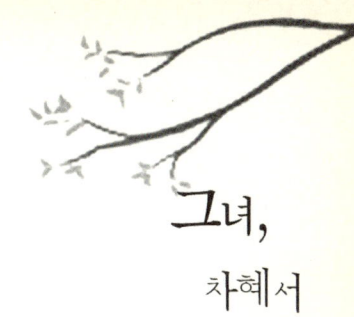

그녀,
차혜서

탁!

준혁은 거친 손길로 서류철을 소리 나게 덮었다.

왜 하필이면 이곳에서?

그는 이 상황을 도무지 받아들일 수가 없었다. 하지만 이미 시작된 전시회는 홍보과 대리인 그의 힘으로 돌이킬 수 있는 일이 아니었다. 톡톡톡. 미간을 찌푸린 채 손가락 끝으로 책상을 두드리며 잠시 생각에 잠겼던 그는 휴대폰을 들고 자리에서 벌떡 일어났다.

"바쁜 거 아니면 잠시만 나 좀 보자."

─……그래.

준혁은 본격적인 연애를 시작한 후 간혹 직원들의 눈을 피해 혜서와 만나던 13층 비상구 계단에서 그녀를 기다렸다. 오래지 않아 비상구 문이 열리고 모습을 드러낸 혜서가 눈치를 보듯 커다란 눈을 깜박이며 굳은 얼굴의 그를 바라보았다.

"알고 있었지?"

"……."

다짜고짜 묻는 말에 대답은 없지만 무슨 일이냐고 되묻지 않는 걸 보면 그가 무엇에 관한 얘기를 하는 건지 다 알고 있다는 뜻이다. 하긴 호텔의 모든 일을 최종 승인하는 상무이사의 비서로 있는 그녀가 모르고 있었을 리가 없다. 저런 전시회를 하려면 벌써 꽤 오래전에 일정이 잡히고 계획을 세워야 하는 법이니까.

"왜 알면서도 말하지 않은 거야?"

"실은 어머님이 부탁을 하셔서……."

"어머님? 그 말, 참 쉽게도 나오는구나. 너, 혹시 나 몰래 연락이라도 주고받은 거야? 만나기라도 한 거야?"

"그냥 딱 한 번 통화했을 뿐이야. 그런데 왜 이렇게 흥분을 해? 이러면 내가 무슨 말을 어떻게 하니?"

준혁이 언성을 높이자 혜서가 가슴 앞에 팔짱을 끼며 미간을 찌푸렸다.

"왜 하필이면 여기냐고! 어째서 이곳이냔 말이야!"

자유를 사랑하는 여류 사진작가 전애란의 사진전? 하아!

준혁은 기가 찼다. 사랑하는 자유를 위해 어린 아들을 내팽개친 비정한 모정에 대한 후회나 반성은 털끝만큼도 없겠지. 목구멍으로 울컥 분노가 솟구쳤다. 이미 오래전부터 각자 살고 있는 삶이니 바라는 것이 하나도 없다고 해도 이렇게 자신의 눈앞에 뻔뻔스럽게 모습을 드러내는 것은 참아 내기 힘들었다. 어느 정도 명성을 쌓은 작가이니 그녀가 원한다면 더 전문적이고 그럴듯한 장소에서 전시회를 열 수도 있었을 것이다. 그런데 굳이 자신이 근무하고 있는 호텔에서 전시회를 여는 이유는 무엇일까?

"이사님이랑 인연이 있는 모양이야."

"뭐?"

"실은 한국에서 전시회를 갖고 싶다는 얘기에 이사님이 먼저 추진하신 일이야. 물론 이사님도 처음에는 너랑 어머님 관계를 모르셨어. 뭐, 사정상 지금은 알게 되었지만. 어쨌든 어머님은 네가 근무하는 곳이라 좀 망설이신 모양인데 이사님께서 워낙 강하게 부탁하시니까."

민태후 이사! 아무튼 맘에 들지 않았다.

"그래도 거절을 했어야지!"

"왜?"

"왜냐니?"

"어머님이 굳이 거절하실 이유가 뭐 있어? 우리 결혼식에 모시지 못한 것도 죄송한데……."

"오라고 해도 안 왔을 거야. 워낙 바쁜 사람이니까."

"그런 말이 어디 있니? 못됐다, 정말."

심술 난 아이처럼 구는 준혁의 볼을 혜서가 장난스레 쭈욱 잡아당겼다. 부모님에 관한 얘기에 과민한 반응을 보이는 모습을 보니 괜찮은 척해도 그는 아직 상처가 아물지 않은 모양이었다. 몸은 다 자라 어른이 되었으면서 상처받은 마음은 어린 시절 그대로 간직하고 있는 것이 안쓰러웠다. 혜서는 그의 가슴에 가만히 머리를 기대며 허리를 끌어안았다.

"그러지 마. 그래도 어머니잖아. 이따가 근무 끝나고 나랑 같이 가 보자. 응?"

"……."

"나, 어머님이 찍은 사진이 어떤 사진일까 궁금해."

"그럼 너나 가."

"사진만 보자는 거야, 사진만. 어머님은 다른 일정 때문에 전시회 마지막 날에나 오실 수 있대. 그나마 그것도 확실한 건 아닌 모양이야. 그래서 작품도 대리인이 가지고 와서 전시 스타일이나 그런 일을 대신 처리했다고 하던걸."

혜서의 말에도 준혁은 끝내 묵묵부답으로 버텼다. 그는 결혼 전에 혜서와 함께 조모가 잠들어 있는 납골당에 가서 드디어 두 사람이 결혼하게 된 사실을 고했다. 살아 계셨다면 누구보다 기뻐하실 분이었다. 하지만 한주와 애란에겐 결혼식이 있기 바로 직전에 메일로 결혼 사실만 통보했을 뿐이다. 또한 참석해 달라는 말은 과감히 생략했다. 결국 신랑 측 혼주 자리를 비워 둔 채 식을 올렸고 그것에 대해 혜서와 처가엔 미안했지만 준혁 자신은 무덤덤하게 받아들였다. 두 사람 다 자신의 결혼식에 참석할 이유가 없다고 여겼기 때문이다. 혼주 자리에 앉을 자격이 있는 사람은 돌아가신 할머니뿐, 한주와 애란은 전부 각자의 인생을 살아가는 타인일 뿐이었다.

그런데…… 대체 왜 여기 왔을까?

준혁은 혜서와 말다툼까지 벌여 가며 가지 않고 버텼던 전시회 마지막 날을 넘기지 못했다. 하루 종일 일에 집중하지 못하고 사무실을 맴돌던 그의 발길이 결국 애써 외면하던 전시회장으로 향한 것이다.

**〈자유를 사랑하는 여류 사진작가 전애란의 사진전
제목:내 아이〉**

입구에 세로로 길게 세워져 있는 플래카드의 문구를 읽는 준혁의 눈동자에 서늘한 냉소가 스쳐 지나갔다.

내 아이…….

그가 알고 있는 모친은 풍경을 위주로 사진을 찍는 작가였다. 그래서 아파트 벽에 걸려 있는 사진도 전부 세계 각지의 풍경을 담은 사진들뿐이었다. 그런데 제목이 '내 아이'라니……. 도대체 어떤 사진을 전시 중인 건지 진심으로 궁금해졌다.

'네가 꼭 가서 봐야 해. 너를 위해서 하는 말이야. 꼭 가 봐. 응?'

안 가겠다고 버티는 그를 두고 혼자서 전시회에 다녀온 날, 혜서가 아련한 표정을 지으며 그렇게 말했다. 끝까지 가지 않는다면 아마 평생 후회할 거라고. 어차피 후회할 거라면 가서 부딪치고 후회하라고. 어쩌면 그 말 때문에 이 앞에 와서 선 걸지도 모르겠다.

하지만 준혁은 전시회장 입구에서 쉽게 발을 떼지 못하고 한참 동안 망설였다. 모친의 작품을 통해 자신이 보게 될, 또는 알게 될 어떤 것으로 인해 혼란스러워지진 않을까, 행여 더욱 실망스럽진 않을까 두려웠다. 그럼에도 불구하고 그는 저절로 움직이는 발걸음에 몸을 맡겼다.

조용한 클래식 음악이 흐르고 있는 전시회장 안은 꽤 많은 관람객으로 북적댔다. 준혁은 입구 앞에 놓인 방명록을 무심히 지나쳐 사람들 속에 조용히 스며들었다. 그런데 첫 번째 사진을 맞닥뜨린 순간 그는 발걸음을 멈추고 말았다. 네모난 액자에 담긴 사진 속엔 한 아이가 보조개를 드러낸 채 환하게 웃고 있었다. 보는 이로 하여금 저절로 따라서 미소 짓게 만드는, 정말 예쁘고 천진난만한 미소였다.

그는 천천히 그다음 작품으로 자리를 옮겼다. 역시 보조개를 드러낸 채 웃고 있는 아이의 모습이 담겨져 있었다. 그다음 작품도, 또 다음 작품도……. 온통 환하게 웃고 있는 아이들의 모습뿐이었다. 간신히 아장아장 걷는 아이부터 장난이 가득한 얼굴의 개구쟁이 소년, 이마에 드문드문 여드름이 보이는 사춘기 사내아이를 지나 수줍은 미소를 보이는 청년에 이르기까지. 인종도, 나이도, 생김새도 다양했지만 모두 보조개를 드러내고 웃는 모습만은 공통적으로 갖고 있었다.

작품 아래 붙어 있는 제목은 전부 '내 아이'였다. 그리고 그중 한 작품엔 트레비 분수를 배경으로 웃고 있는 꼬맹이 준혁의 어린 시절 모습이 담겨 있었다. 사진 밖으로 까르르 커다란 웃음소리가 들릴 것처럼 생동감이 느껴졌다. 종종 닮았다는 소리를 들은 적이 있었지만 이건 마치 자신의 어린 시절 사진을 보고 있는 느낌이 들었다.

이게 무슨…….

"왔구나."

넋을 놓은 채 사진을 바라보던 그의 옆에서 곱지만 낮은 음성이 들렸다. 멍한 얼굴로 돌아보니 몇 년 전과 그리 달라지지 않은 모습의 애란이 그가 보고 있던 사진에 시선을 둔 채 바로 옆에 서 있었다. 참으로 오랜만의 만남이었지만 서로에게 가벼운 인사를 건네는 것도 생략한 두 사람은 그렇게 한참 동안 한 작품 앞에 나란히 서 있기만 했다. 많은 사람들이 두 사람을 지나쳐 가도록 둘은 말이 없었다. 무득 애란이 입을 열었다.

"로마에 갔다가 안면이 있는 모델과 그 남편을 우연히 만났단다. 그런데 그 부부의 아들이 너랑 어찌나 닮았던지 나도 모르게 셔터를 누르고 말았지. 게다가 이름도 준혁이라고 해서 얼마나 놀랍고 신기했는지 몰라."

그 당시를 회상하는지 말을 하는 그녀의 입가에 엷은 미소가 번졌다.

"덕분에 그 인연으로 여기서 이렇게 사진 전시회까지 열게 되었구나."

"어째서 이런 사진을 찍으셨습니까?"

가만히 애란의 말을 듣고 있던 준혁이 건조한 목소리로 물었다. 그녀가 태후와 어떤 인연으로 알게 된 건지는 그다지 궁금하지 않았다. 자신이 일을 하는 호텔에서 전시회를 여는 것을 마다하지 않은 이유도 이젠 궁금하지 않았다. 다만 풍경이 아닌 인물을, 그것도 보조개가 있다는 공통점을 가진 다양한 사내아이들을 피사체로 사진을 찍은 이유가 궁금했다.

"글쎄…… 무엇 때문이었을까?"

애란은 혼잣말처럼 중얼거리더니 살며시 고개를 틀어 준혁을 바라보았다. 그도 동시에 고개를 돌려 그녀를 응시했다.

"많은 이유가 있겠지만……."

그녀는 자신을 보고 있는 아들의 얼굴을 바라보며 잠시 숨을 골랐다. 예전과 변함없이 똑같은 모습이라고 생각했는데 모친의 눈가에 보이는 미세한 잔주름을 발견한 준혁은 문득 가슴이 뭉클해졌다. 이런 낯선 느낌, 반갑지 않았다.

"그리움?"

"……."

애란은 입가에 희미한 미소를 머금은 채 준혁의 얼굴을 하염없이 바라보았다. 정말로 그리웠던 이를 바라보듯 그녀는 천천히 눈동자를 굴리며 그의 이목구비를 찬찬히 훑었다.

"넓은 세상, 원 없이 여행을 다니면서 사진을 참 많이 찍었단다. 그런데 어딜 가도 너처럼 보이는 아이들이 눈앞에 나타나더구나. 너를 두고 떠나오면서, 인물 사진은 찍지 않겠다고 생각했었는데, 어느 순간 너처럼 보이는 아이들을 카메라에 담고 있는 나를 발견했지. 유럽의 좁은 골목길에서, 아프리카의 넓은 평원에서, 남미의 이름 모를 소도시에서……. 나는 항상 네 미소를 닮은 아이들을 찾아내 셔터를 눌러 대곤 했단다. 그게 그리움 때문이었다는 걸, 뒤늦게야 깨달았지."

"……."

준혁은 자신을 그리워했다는 애란의 말을 믿을 수가 없었다. 정말로 그리웠다면 이렇게 긴 시간 자신을 방치한 채 남처럼 살지는 않았을 것이다. 그녀는 그동안 아주 드물게 전화를 해서 스치듯 안부를 묻는 것이 전부였다.

"믿어지지 않지?"

그의 표정을 본 그녀가 그렇게 물으며 사진 쪽으로 고개를 돌렸다.

"어린 아들을 버리고 떠난 여자가 이제 와 이런 얘기를 하니 믿어지지 않을 거야. 나도 네게 이런 말을 하게 될 줄 몰랐으니까."

나란히 선 두 사람 사이에 다시 묵직한 침묵이 맴돌았다. 애란의 말을 곱씹던 준혁은 자꾸 뜨거워지는 심장 한 귀퉁이의 통증을 애써 외면했다.

"그 애가, 혜서가 참 반듯하고 곱게 자랐더구나."

"……좋은 사람입니다."

"그래. 정말 좋은 사람이라는 믿음이 가더라. 그 아이가…… 자신은 무슨 일이 있어도 널 떠나지 않겠다고 하더구나. 그 말을 듣는데 꼭 야단을 맞는 기분이 들었단다. 후후, 너를 진심으로 사랑하는 것 같아서 내 마음이 참 기뻤어. 결혼, 축하한다."

"……"

"난 일 때문에 오늘 밤 비행기로 바로 프랑스로 돌아갈 거란다. 그 전에 널 만나서 참 다행이구나."

다시 그를 돌아보는 그녀의 눈이 보일 듯 말듯 촉촉하게 젖어 있었다.

"왜 저녁도 안 먹고 누워? 몸이 안 좋은 거야?"

퇴근 후 침대로 직행하는 준혁을 걱정스러운 얼굴로 따라 들어온 혜서가 그의 이마에 서늘한 손을 얹었다.

"감긴가? 열이 좀 있는 것 같은데?"

혜서가 손을 내리려고 하자 준혁이 그녀의 손을 잡아 자신의 이마 위에 붙잡아 두었다. 후끈거리는 눈두덩이 좀 시원해지는 것 같았다.

"아까, 전시회장에 갔었어."

그는 침대에 누워 눈을 감은 채 입을 열었다. 혜서는 침대에 걸터앉아 그가 원하는 대로 이마 위에 손을 얹고 물었다.

"잘했어. 혹시 어머님 만났니?"

"……응."

"그랬구나. 실은 나도 만나 뵀어. 아까 이사님 만나러 사무실로 오셨더라고. 마침 이사님이 회의에 참석하러 가셔서 자리를 비우셨을 때라 잠시 얘기를 나눌 수 있었어."

"그랬구나. 너, 반듯하고 곱게 자랐다고 하시더라."

"그래? 역시 예술가의 눈으로 보기에도 내가 좀 괜찮아 보이나 보네. 그치?"

"후후, 그래."

눈은 뜬 준혁이 그녀를 보며 피식 기운 없는 웃음을 터뜨렸다.

"전시된 작품, 다 봤어?"

"응."

"사진에 미남들 무지 많지? 어쩜 보조개들이 하나같이 그렇게 멋진지. 물론 류준혁의 매력 만점 보조개를 따라올 정도는 아니었지만 말이야."

혜서의 농담에 준혁은 그녀의 볼을 손가락으로 톡 건드렸다. 행여 자신의 기분이 가라앉았을까 봐 애쓰는 그녀의 마음이 보였다.

혜서는 그의 손을 붙잡고 깍지를 끼며 조심스럽게 말을 이었다.

"있지, 준혁아, 난 그 전시회가 어머님이 네게, 그리고 나에게 주신 멋진 결혼 선물이라고 생각해."

"……."

"어머님은 네가 늘 그리우셨나 봐."

"그랬다고 하더라. 믿을 수는 없지만."

"에이! 믿을 수 없다니, 왜?"

"내가 어머니를 몇 년 만에 만난 건지 알아? 그리고 만나지 못하는 동안 통화는 몇 번이나 한 줄 아니?"

"……."

"그래 놓고 이제 와서 그리웠다니, 그게 말이 돼?"

가시가 돋은 듯 뾰족해진 준혁의 목소리엔 숨겨 두었던 상처만큼 짙은 원망이 묻어 있었다. 혜서는 깍지 낀 그의 손등을 손가락으로 가볍게 간질이며 조용히 덧붙였다.

"자신에게 자격이 없다고 생각하셨대."

"뭐?"

"보고 싶다고 달려와 만날 자격도, 그리워할 자격도 없다고."

"다행히 자식을 버리고 떠난 죄책감은 갖고 있었던 모양이지?"

준혁의 비난하는 말투에 혜서는 그의 팔을 잡아당겨 일으켜 앉혔다. 그를 바라보는 그녀의 눈동자가 진지해졌다. 그녀는 살며시 고개를 가로저었다.

"그게 아니야."

"아니면?"

"네가 모르는 얘기가 있어. 어머님은 널 떠날 때 좀, 아프셨던 모양이야."

처음 듣는 말에 준혁의 얼굴이 살짝 굳었다.

"몸이 아니라 마음이. 산후우울증이라고 알아? 아마 남자들은 잘 모를 거야. 나도 경험해 보지 못한 거라 다 알 순 없지만, 얼마 전에 상희가 둘째 낳고 나서 우울하다고 한 적이 있었거든. 목숨 걸고 낳은 아이인데 아이를 보면 어느 순간 미친 듯이 두렵고 슬퍼져서 자신의 감정을 제어하기가 힘들더라고. 그래서 우는 아이를 저만치 밀어 두고 엉엉 운 적이 있대. 젖을 물리기도 싫고 안아 주기도 싫고, 어디로든 막 도망치고만 싶더래."

준혁도 어느 정도 들은 바가 있는 얘기였다. 그 당시에 정우가 그를 찾아와 술을 마시며 힘들다고 토로한 적이 있었다. 아무리 노력해도 도통 아내가 웃지를 않는다고.

"그나마 상희는 나이도 있고, 옆에서 지극정성으로 돕는 남편도 있어서 얼른 극복하고 지나갔지만, 산후우울증에 걸린 사람 중에는 때로 극단적인 선택을 하는 사람도 있다고 해. 왜, 가끔씩 뉴스에도 나오고 그러는 거 혹시 본 적 없어? 엄마가 아이를 동반해서……. 암튼 그런 경우가 종종 있는 모양이야. 끔찍한 일이긴 하지만 말이야."

"……."

"너를 낳았을 때 어머님이 스무 살이었잖아. 아무런 준비 없이 한 생명을 책임져야 하는 상황을 맞닥뜨리고 보니 더럭 겁부터 나더래. 머릿속과 가슴속엔 앞으로 하고 싶은 일들로 가득 차 있는데 현실은 철없는 아이 엄마였던 거지. 게다가 동갑내기 남편 역시 철이 없고 겁이 나긴 마찬가지였을 거고. 그래서 육아 문제로 자꾸만 다투게 되었는데, 실은 그때 어머님은 산후우울증에 걸려 있었던 거야. 그걸 나중에 돌이켜 생각해 보고 아, 그때 그랬었구나 하고 알게 되었지만 그 당시엔 전혀 모르셨대."

가만히 혜서의 말을 듣고 있는 준혁의 얼굴은 심각하게 가라앉았다.

"어느 날 밤새도록 우는 너에게 젖도 물리지 않고 내팽개쳐 둔 적이 있었대. 마침 할머니는 친척집에 일이 있어 출타 중이었고 아버님은 선닐 이미님과 다툰 일로 친구네 집에 가서 자고 들어온 날이래. 다음 날 들어온 아버님이 울다 지쳐 열이 펄펄 끓고 있는 너를 발견하고 무척 화를 내신 모양이야. 열이 나는 아이를 방구석에 혼자 눕혀 둔 채 쳐다보지도 않는 아내를 이해할 수 없었겠지. 그 일로 또 한바탕 다툼이 벌어졌고, 그 와중에 어머님이 너를 머리 위로 번쩍 들어 올렸대."

조곤조곤 말을 잘하던 혜서가 잠시 머뭇거렸다. 하지만 모든 걸 솔직하게 말하기로 결심한 그녀는 조심스럽게 입을 열었.

"자칫, 너를 던질 뻔하셨던가 봐. 물론 그러기 직전에 아버님이 너를 빼앗아서 무사했지만. 그 일은 아버님에게도 어머님에게도 상당한 충격이었던 모양이야. 그 이후에 어머님은 점점 너를 대하는 것이 두려웠대. 어느 순간 자신도 모르게 울컥해서 너에게 위해를 가하게 될까 봐 너무 무서웠다고."

"······."

"만약 그 당시에 자신이 산후우울증에 걸린 사실을 빨리 알아챘다면 상담을 받든 치료를 받든 어떤 조치를 취했을 텐데 전혀 그런 생각을 하지 못하신 거지. 그런 상태에서 영장이 나오자 아버님은 훌쩍 입대를 해 버리고 혼자 남은 어머님은 점점 더 우울증이 심해진 거야. 감당하지 못할 정도로 말이지. 너를 두고 충동적으로 집을 떠나던 날에도 실은 우는 너에게 안 좋은 일을 저지를 뻔했대. 그런 자신이 너무 두렵고 죄스러워서 도저히 너를 볼 수가 없더래."

기가 막힌 얘기였다. 자신을 두고 떠난 이면에 그런 사연이 있는 줄은 꿈에도 몰랐다.

"아까도 말했지만 자신이 겪고 있는 문제가 산후우울증인 걸 알았다면 어머님은 다른 방법을 택했을지 몰라. 그런데 그땐 그저 자신이 미쳐 가고 있다고만 생각하셨대. 그래서 네 곁을 떠나는 것만이 위험으로부터 너를 지키는 최선이라고 생각했던 거지. 그리고 사랑만으로 충분하다고 생각했던 남자가 현실 앞에 자신이 생각했던 것만큼 강하지도 않고 의지가 되지 않는다는 것에 크게 실망하기도 했고. 잦은 다툼이 사랑을 멍들게 하고 감정을 퇴색시킨 거지. 그게 쌓이니 미움이 되고 원망이 되고……. 아무튼 그렇게 상황이 점점 나빠지기만 한 모양이야. 그래서 도망치듯 외국으로 공부를 하러 떠나신 거야. 하지만 어머님도 아버님도 그 이후의 상황이 그다지 좋지는 않았대. 각자 방황이 꽤 길었던가 보더라. 아직 젊은 나이라 새로운 사람을 만나 사랑에 빠져도 도통 그 감정에 확신이 들지 않아 정착을 할 수 없더래. 그런데도 본질적인 외로움을 견딜 수가 없어서 다시 사람을 만나고 또 헤어지고. 그렇게 반복했다고."

혜서가 심각하면서도 동시에 우울한 표정을 짓고 있는 준혁의 손을 꼭 맞잡았다.

"준혁아, 난 그런 마음을 조금 이해할 수 있을 것 같아. 내 곁에는 언제나 끄떡없이 버티고 있는 네가 있어서 괜찮았지만, 만약 네가 없었다면 나 역시 누군가를 만나고 헤어지는 것을 반복했을 거 같거든."

그녀의 말이 마음에 들지 않는지 슬쩍 미간을 찌푸리는 준혁의 이마를 혜서가 손가락으로 쓰윽쓱 문질렀다.

"그렇다고 너한테 어머님을 다 이해하라고 말하는 건 아니야. 그렇지만 이 말은 꼭 하고 싶었어. 어머님이 너를 버린 것이 아니라는 말. 그렇게까지 해서 너를 지키고자 했던 마음만큼은 진심이라는 말. 그것이 비록 옳은 선택은 아니었을지언정 당신으로서는 최선의 선택이라 믿고 하셨던 일이라는 걸 말이야."

"그렇지만 어째서 다시 돌아올 생각은 하지 않으셨던 걸까?"

"실은 너를 보기 위해 수차례 노력을 하셨대. 그런데 할머니가 만나지 못하게 하셨다고 하더라."

"할머니가? 그럴 리가……."

"집 나간 며느리가 밉다거나 그래서 정말로 안 보여 주려고 하셨던 건 아니고, 처음엔 널 안 보여 줘야지만 다시 제자리를 찾아올 거라고 생각하셨던 거 같아. 널 보고 싶어서라도 돌아올 거라고, 그렇게 믿으신 거지. 그러니까 할머니도 기다리고 계셨던 거야, 너만큼이나."

"그래도 그렇게 긴 시간 동안 어떻게 한 번도 보러 오지 않을 수가 있어? 할머니가 기다리는 걸 포기한 후에라도 올 수 있었을 거 아니야."

"그게 바로 타이밍의 문제지. 거기에 대해선 너도 할 말이 없을걸?"

혜서가 살짝 눈을 흘기자 원망의 말을 뱉던 준혁의 얼굴이 핼쑥해졌다. 타이밍을 놓쳐서 긴 시간을 허비했던 당사자로서 정말로 할 말이 없었다.

"이미 사진작가 전애란으로 살던 어머님이 그동안 살아오던 모든 삶을 던져 버리고 너에게 돌아오기가 쉬웠겠니? 적어도 네 앞에 부끄럽지 않을 만큼 열심히 살아야겠다고 생각하셨대. 그래서 더욱 치열하게 살았다고. 하지만 잠시라도 너랑 함께 살고 싶으셨던 모양이야. 그 이유로 한국에 아파트도 마련했던 거고. 그런데 오랜만에 만난 너는 이미 다 성장한 어른이 되어 있더래. 게다가 다가오지 말라고 이미 높은 벽을 쌓아 놓은 것도 보이고. 그래서 정작 엄마가 필요했던 순간에 곁에 있어 주지 못했는데 이제 와 내가 엄마니까 함께 지내자, 뭐 이런 말이 나오지 않았던가 봐."

준혁은 불현듯 눈으로 뜨거운 열기가 몰리는 바람에 슬며시 시선을 아래로 내렸다. 묵었던 오해가 풀리니 감정이 격해지며 눈두덩이 후끈해졌다.

"이번에 전시된 작품은 한두 해 동안 찍은 사진이 아니래. 널 떠나 있는 근 삼십여 년 동안 계속해서 찍으셨던 사진이야. 널 생각하며, 너를 그리워하면서."

"……."

"너한테 정말 미안하다고 하시더라. 너무 미안해서 미안하다는 말조차 하지 못하겠다고. 미안하다는 말을 한 다음엔 용서해 달라고 해야 하는데 그런 것을 바라기엔 너무 뻔뻔한 거 아니냐고. 그래서 차라리 아무 말도 하지 않을 거라고."

문득 전시회장에서 자신을 바라보며 촉촉하게 젖어 있던 눈동자가 떠올랐다. 준혁은 울컥 눈물이 날 것 같아 입술을 꽉 깨물었다.

"그러니까 준혁아, 이제 아파하지 마. 넌 처음부터 버림받은 적이 없었던 사람이야. 어머님은 그 사진 속의 아이들을 앵글 안에 담으며 언제나 너를 가슴에 새기고 사셨던 거야."

그녀의 말에 가슴 한 귀퉁이, 내내 비어 있어 허전하던 곳에 스며든 온기가 심장을 따뜻하게 데웠다.

"너는 그렇게 언제나 그립고 소중한 아들이었던 거야."

더 이상 참을 수 없는 준혁은 혜서를 품 안으로 꼭 끌어당겨 안았다. 아내 앞에 눈물을 보이고 싶지 않았기 때문이다. 하지만 혜서는 이미 울고 싶은 그의 마음을 안다는 듯 등 뒤로 두른 팔에 힘을 주더니 곧이어 토닥토닥 손바닥으로 등을 어루만졌다.

"그래도 이런 얘기, 미리 좀 알았으면 좋았을 텐데. 그치?"

"……응."

좀 더 미리 알았더라면, 바닥 치고 있던 자존감으로 사랑하는 사람을 잡지 못하고 힘들어하던 시간이 훨씬 줄어들었을지도 모르겠다. 하지만 지금이라도 진실을 알게 되어 다행이었다. 미움과 원망이 사라진 가슴은 훨씬 촉촉하고 말랑해졌다. 그 말랑한 가슴으로 혜서를 더욱 사랑할 수 있을 것 같았다. 지금도 많이 사랑하고 있지만 시간이 갈수록 점점 더 사랑이 커질 것이 확실했다.

"저기, 준혁아, 나 말이야, 너한테 할 말이 있는데……."

"뭔데?"

여전히 꼭 안은 채 묻는 준혁의 귓가에 혜서가 작게 속삭였다.

"있지, 넌 이미 군대 다녀와서 참 다행이야."

뜬금없는 말에 안고 있던 팔을 풀고 혜서를 보니 그녀가 눈을 반짝이며 웃고 있었다.

"아이 키우는 거 힘들다고 내가 막 투정 부리고 힘들게 해도 넌 도망갈 곳이 없잖아."

준혁은 알 수 없는 말을 하는 그녀를 뚫어지게 바라보았다. 그런데 문득 머리를 스치고 지나가는 생각이 있었다.

"……너, 혹시?"

혜서는 대답 대신 배시시 웃으며 눈을 예쁘게 깜빡거렸다. 그리고 발갛게 달아오른 얼굴로 천천히 고개를 끄덕였다. 그녀를 바라보던 준혁이 커다래진 눈으로 시선을 내려 아직 납작하기만 한 그녀의 배를 내려다보았다.

"야아! 쳐다보지 마! 이건 아직 똥배일 뿐이야. 하지만 곧 조금씩 더 불러 올 거야. 나, 임신이래. 오늘 병원 가서 확인했어."

말문이 막힌 준혁이 정지된 화면 속 인물처럼 눈도 깜빡이지 못하고 혜서를 바라보다가 그녀를 조심스럽게 품 안으로 당겨 안았다. 맞닿은 가슴에서 쿵쿵 울리는 심장박동이 누구의 것인지 알 수 없었다.

"기뻐?"

"당연히 기쁘지. 그걸 말이라고 물어?"

"얼마큼?"

"하늘만큼, 땅만큼. 아니, 우주만큼."

"후후."

"고맙다, 혜서야."

"응. 많이 고마워해야 해. 그리고 나도 고마워. 내 아이의 아빠가 너라서, 정말 기뻐."

준혁은 예쁜 말만 골라서 하는 혜서의 목덜미에 뜨거운 입술을 내렸다. 혜서는 간지러운 듯 목을 움츠리면서도 계속 말을 이었다.

"흐으…… 그리고, 약속할게. 무슨 일이 있어도, 아이를 키우는 일이 겁나고 두려워도 도망가지 않을게. 너와 솔직하게 의논하고 필요하다면 병원에 가서 치료받도록 할게. 그런데 그런 걱정은 하지 않아도 될 것 같아. 다행히 우리는 이만큼 나이도 들었고, 아이를 갖는 문제에 겁을 먹을 만큼 어리지 않으니까. 그렇지?"

"……응."

혜서가 하는 모든 말이 감격스러워 목이 메었다. 이렇게 자신의 오래된 상처를 잘 이해하고 보듬어 주는 그녀가 있어서 정말 다행이었다. 자신과 어머니 사이에서 현명하고 지혜로운 가교 역할을 해 준 그녀가 더욱 사랑스러웠다. 덕분에 평생 지고 가야 할 심장의 화상 자국이 옅어진 것만 같았다. 언제나 자신을 옥죄던 트라우마로부터 벗어나 오늘로서 진정으로 자유로워진 느낌이 들었다. 게다가 이런 순간에 사랑하는 여인이 자신의 아이를 품고 있다는 소식까지 듣게 되다니, 이보다 더 행복할 수는 없었다.

"혜서야, 사랑해."

"응, 나도 사랑해."

"난 정말 복이 엄청나게 많은 놈 같아."

"그걸 이제 알았어?"

준혁이 예쁘게 웃고 있는 혜서의 촉촉한 입술에 살며시 입술을 내렸다.

"잘할게, 혜서야. 앞으로 더 더 더 잘할게."

"응. 그 말 믿어."
"지금도, 잘할 수 있어."
"응?"

준혁은 슬쩍 혜서의 옷 속으로 손을 집어넣어 손바닥으로 부드러운 살결을 어루만지며 씨익 입꼬리를 올렸다. 언제나처럼 볼에 매력적인 보조개가 드러났다. 저 보조개가 발사될 때마다 혜서는 꼼짝을 할 수가 없었다.

"나중에만 잘하는 거 소용없잖아. 언제나 현재가 가장 중요한 거지."

"뭐, 뭐야……."

얼굴이 발갛게 달아올라 말을 더듬으면서도 혜서는 그의 목에 기꺼이 팔을 둘렀다. 부끄럽다고 피하지 않고 자신을 바라보는 그녀의 반짝거리는 눈동자가 너무나 예뻐서 준혁은 심장에 찌르르 전기가 오르는 것 같았다.

"이제 조심해서 해야 해. 알지?"

"응, 알아. 조심해서……."

대답을 하며 준혁은 그녀의 입술을 담뿍 빨아들였다. 다른 날보다 더 달콤한 입술 때문에 와락 욕심이 몰려왔지만 그는 최대한 천천히 그리고 어느 날보다 다정하게 그녀를 안았다. 서로를 안는 몸짓이 너무나 따뜻하고 너무나 포근했다. 단지 곁에 있는 것만으로도 충분히 행복했지만 서로를 원 없이 안을 수 있어 더욱 행복한 밤이었다. 이런 날이 내일도 모레도, 앞으로 셀 수 없는 날 동안 계속될 것임을 그는 굳게 믿었다.

외전 2

상희와 정우의 짧은 이야기

그녀, 차혜서

 상희는 가슴 앞에 팔짱을 낀 채 돼지 껍데기를 무서운 속도로 흡입하고 있는 정우를 한심하다는 듯 노려보았다. 아니, 사실 한심한 사람은 그녀 자신이었다. 어쩌다가 이렇게 허우대 멀쩡한 예비역에게 매번 밥을 사 주고 있단 말인가!

 오늘은 사무실에서 번개 회식이 있는 날이었다. 지난달 실적이 좋아 사장님으로부터 하사받은 회식비로 특등급 한우 고기를 먹기로 했다. 그 자리엔 능력 있고 멋져서 사내 인기 만점인 총각 과장님이 함께 참석하기로 되어 있었다. 모든 직원들, 특히 여직원들이 들떠서 가는 그런 자리를 마다하고 자신은 왜 이 남자랑 돼지 껍데깃집에 마주 앉아 있는 걸까?

"먹는 모습도 멋져서 눈을 떼지 못하겠어?"

 그녀의 시선을 의식한 듯 정우가 물으며 히죽 웃었다.

"정말 밥맛 떨어지는 소리 하고 앉아 있네."

언제나처럼 고운 소리가 나오지 않았다. 하지만 만날 때마다 워낙 듣는 구박이었기에 정우는 별스럽지 않게 받아들였다.

"밥맛없으면 그냥 돼지 껍데기나 먹어. 이게 피부에 그렇게 좋다고 하잖아. 거기 이마에 난 뽀루지도 아마 금방 들어갈걸?"

이 인간이 진짜! 이마에 난 뽀루지는 또 언제 본 거야?

상희의 눈이 더 뾰족해졌다.

"그 셔츠 좀 벗어 보지 그래?"

"어우, 왜 이래? 여기 보는 눈도 많은데……."

정우는 마치 상희가 제 셔츠를 벗기기라도 할까 봐 두렵다는 듯 유난히 과장된 몸짓으로 셔츠 앞자락을 거머쥐었다.

"이 인간아! 누가 보나 마나 눈이나 버릴 흉측한 몸을 보자고 했냐? 하도 돼지 껍데기를 많이 먹으니 진짜로 돼지 털이 나진 않았는지 그거 확인해 보자는 거지!"

"흉측한 몸이라니? 대한민국 육군 병장으로 무사히 제대한 건장한 청년의 몸을 가지고."

"건장한 청년 같은 소리 하고 앉아 있네. 몸만 비대한 청년이면 모를까. 조금만 더 먹으면 아주 굴러다니게 생겼잖아. 내가 좋아하는 소재섭, 이빙헌, 뭐 이런 남자들과 비교하고 싶진 않지만 적어도 이십 대 남자가 갑바에 근육 정도는 잡혀 있어야 하는 거 아니야?"

탁!

정우가 젓가락을 탁자에 소리 나게 내려놓았다. 매일 싱글싱글 웃기만 하던 사람이 화도 낼 줄 아는 모양이었다.

"거참, 사 주는 밥 열심히 먹어 줬더니 이런 식으로 사람의 신체를 모욕하나?"

"뭐? 사 주는 밥을 열심히 먹어 줘?"

"그래. 만날 때마다 매번 사 주니 먹어 줬지."

상희는 그의 뻔뻔함에 말문이 막혀 입을 뻐끔거렸다. 언젠가부터 퇴근 시간에 맞춰 툭하면 회사로 찾아오는 정우였다. 시간이 시간인지라 만나면 자연스럽게 저녁 식사를 해야 했고, 갓 제대한 예비역의 빈약한 주머니 사정을 십분 헤아려 그녀가 매번 밥을 사고 있었다. 분위기 좋은 음식점을 찾아다닐 애틋한 사이도 아니기에 저녁 식사와 겸해서 소주 한잔하기 좋은 돼지 껍데깃집이 단골이 되었다.

그런데 뭐? 먹어 줘?

"야아! 난 너처럼 재수 없는 인간 정말 처음이거든? 사 주는 고기 배 터지게 먹을 때는 언제고 이제 와서 억지로 먹은 것처럼 말하는 건 뭐야?"

"그러니까 내가 언제 고기 사 달라고 했냐고! 말해 봐! 내가 먼저 밥 먹자고 한 적 있어? 고기 사 달라고 한 적 있어?"

물론 그의 말이 틀리지 않았다. 퇴근하면 시장한 탓에 언제나 그녀가 먼저 밥을 먹으러 가자고 했고 장소 역시 그녀 맘대로 정했었다. 상희는 얼굴이 벌개져서 화를 내는 정우를 보며 문득 할 말을 잃었다. 그로서는 억울할 법도 하지만 여기서 밀릴 수는 없었다.

"그래도 먹은 건 먹은 거잖아! 퇴근 시간에 찾아오면서 같이 밥 먹을 생각이 없었다는 게 말이 돼? 그러면 백수가 왜 따박따박 밥때 맞춰 오는 건데?"

아, 내가 이런 유치한 말까지 해야 돼?

꼭 초등학교 다닐 때 옆 짝꿍이랑 말다툼을 하는 기분과 비슷했다.

"……밥때라고 생각하고 온 거 아니야."

정우의 목소리가 낮고 무거워졌다.

에이, 정말 밴댕이 소갈딱지 같으니라고! 겨우 그 말 때문에 화난 거야?

"어쨌든……."

"그렇게 생각했었다면 미안하다."

그녀의 말을 차고 들어와 미안하단 말을 남긴 정우가 자리에서 훌쩍 일어나 가게를 나섰다. 황당해진 상희가 급하게 그를 쫓아 나와 팔을 잡았다.

"뭐야, 너? 왜 별일도 아닌 거 갖고 화내는 척하고 그래?"

"화내는 척?"

정우가 지나칠 정도로 얼굴을 굳혔다. 한두 번 당하는 구박도 아니면서 오늘따라 왜 이러는지 상희는 도무지 이해가 가지 않았다.

"이상희! 넌 날 어떻게 생각하는 거야?"

"……."

"네가 아무리 구박하고 무시해도 화도 낼 줄 모르는 먹보 곰탱이로만 보는 거야?"

마음이 딱 찔린 상희가 어깨를 움찔거렸다.

"……그랬구나, 넌. 알았다."

냉기가 도는 눈길로 아담한 키의 상희를 내려다보던 정우는 몸을 획 돌리고 걷기 시작했다. 상희로서는 말 한마디 잘못 건넨 죄로 난데없이 벼락을 맞은 기분이었다.

"야아! 너, 너 뭐야? 그러고 그냥 가면 어떻게 해!"

상희가 뒤에서 소리를 지르거나 말거나 정우는 성큼성큼 멀어졌다. 거리에 혼자 남은 그녀는 괜히 심장이 쿵 내려앉았다.

대체 왜 저러는 거야?

공연히 화를 내고 가는 그를 이해할 수 없었다. 하지만 지금은 정우보다 자신의 마음을 이해할 수 없었다. 왜 이렇게 가슴이 울렁거리는지, 어째서 코끝이 시큰해지는 건지, 눈시울은 왜 뜨거워지는 건지…….

그날 이후로 퇴근 시간에 회사 앞으로 찾아오는 정우의 모습을 볼 수가 없었다. 계절은 여름으로 가고 있는데 그녀의 허한 마음엔 찬바람만 불었다.

"이상희 씨, 지금 퇴근하십니까?"
"네, 과장님."

서 과장도 퇴근을 하려는지 막 사무실을 나서는 상희에게 다정하게 말을 걸며 다가왔다.

"오늘 하루도 수고했습니다."
"과장님도 수고하셨어요."

상희는 매너 만점인 남자답게 사람 좋은 미소를 지으며 건네는 그의 인사에 마주 웃어 주었다.

"저 혹시……."

나란히 걸어 복도를 지나 회사 건물 밖으로 나왔을 때였다. 서 과장이 할 말이 있는 듯 걸음을 멈추는 바람에 상희도 그의 옆에 멈춰 섰다.

"네?"

"혹시 퇴근 후에 약속 있으십니까?"

"그건 왜……."

"괜찮다면 함께 식사하러 가지 않겠어요? 제가 잘 아는 선배가 파스타 전문점을 냈거든요."

언뜻 잘생긴 서 과장의 얼굴에 홍조가 돌았다. 그의 갑작스런 제안에 놀란 상희는 잠시 정신이 없었다. 이건 눈치 없는 사람도 단번에 알아볼 수 있는 상황이었다. 바로 데이트 신청인 것이다.

드디어 이상희 인생에 꽃이 활짝 피는 순간이 오고야 만 것일까?

하지만 그녀는 대답을 하는 대신 서 과장의 어깨 너머로 시선을 주었다. 장신에 어깨가 떡 벌어진 근육질의 남자가 그녀를 향해 손을 흔들고 있었다. 낯이 익은 듯 아닌 듯 어디선가 많이 본 얼굴이 그녀를 향해 빙그레 미소를 보였다.

헉!

웃는 모습을 보는 순간 그녀는 알아차렸다. 한눈에도 근육질의 다부진 몸을 가진 저 남자가 바로 두 달 전부터 보이지 않았던 먹보 곰탱이라는 사실을!

"이상희 씨?"

"아, 저…… 과장님. 죄송하지만 제가 약속이 생겼네요, 방금. 그럼 내일 뵙겠습니다. 안녕히 들어가세요."

그녀는 당황해하는 서 과장을 홀로 두고 쌩하니 몸을 돌려 정우에게 달려왔다. 그는 다정한 모습으로 건물을 나선 남자를 버려둔 채 자신을 보자마자 달려온 상희를 향해 다시 한 번 싱그러운 미소를 지었다.

"안녕?"

그의 인사에도 상희는 환골탈태한 듯 달라진 그의 몸을 훑어보느라 대답을 하지 못했다. 소재섭, 이빙헌까지는 아니라도 그녀의 이상형에 많이 가까워진 체격이었다.

"오랜만이야."

"어, 그래."

"그럼 잘 가."

"이, 어?"

싱겁게 인사만 건넨 정우는 그녀를 향해 쓰윽 손을 올려 한 번 흔들어 보이더니 그대로 돌아섰다. 상희는 황당함에 멍하니 서 있다가 성큼성큼 멀어지는 그의 뒤를 쫓았다.

"원정우! 너 뭐야?"

"응?"

정우는 그녀에게 팔을 잡힌 채 돌아보며 물었다. 마치 가는 사람을 왜 붙잡느냐는 투였다.

"왜 그냥 가?"

"그러면?"

"뭐?"

"그냥 가지 않으면 어떻게 해야 되는 건데?"

한쪽으로 고개를 기울이며 묻는 정우의 말에 할 말이 없었다. 하여튼 그는 그녀로 하여금 말문이 막히게 하는 유일한 사람이었다.

"너, 여기 왜 온 거야?"

"너 보고 싶어서."

반 박자도 쉬지 않고 나오는 대답에 상희는 또 말문이 막혔다.

보고 싶어서 왔다고? 저렇게 낯 뜨거운 말을 아무렇지 않게 던져 놓고는 훌쩍 가겠다고?

할 말은 많은데 정작 한 마디도 하지 못한 채 상희는 얼굴만 붉혔다. 정우는 그런 그녀를 열기 어린 눈동자로 바라보며 차분하게 말을 이었다.

"보고 싶어서 왔고, 봤으니 가는 거야. 전에도 말했지만 난 한 번도 밥때라고 생각하고 온 적 없어. 퇴근 시간에 맞춰서 와야 네 얼굴을 볼 수 있기 때문에 이 시간에 왔던 것뿐이야."

"……"

그는 불쑥 왔던 것처럼 불쑥 가 버리려 했다. 잔잔했던 여자의 심장을 온통 뒤흔들어 놓고…….

"원정우!"

상희가 고함치듯 그를 불러 세웠다. 그리고 그의 등 뒤에서 크게 외쳤다.

"난 너처럼 재수 없는 인간, 진짜진짜 처음이거든!"

"……"

"그러니까 우리, 사귀자!"

"……"

"나도 너, 보고 싶었다고! 좋아한다고!"

정우가 그녀를 향해 천천히 돌아섰다. 그는 두 주먹을 움켜쥔 채 발갛게 달아오른 얼굴로 자신을 바라보고 있는 상희에게 다가왔다. 그리고 두 손으로 그녀의 양 볼을 감싸 쥐었다.

"난 이런 어이없는 고백은 진짜진짜 처음 들어 보거든."

"……"

"좋았어! 쿨하게 받아들이지."

 양쪽으로 쭈욱 입매를 늘인 정우가 고개를 숙이며 상희의 얼굴 가까이 제 얼굴을 들이밀었다. 그리고 피하기는커녕 동그랗게 떴던 눈을 질끈 감은 그녀의 입술에 제 입술을 맞댔다. 부드럽고 따뜻한 숨결이 오고 갔다. 발뒤꿈치를 들고 키가 큰 정우의 목에 매달린 채 정신없이 입을 맞추던 상희는 한참 뒤에야 이곳이 자신의 회사 정문 앞이라는 사실을 깨달았다.

"가사!"

 불현듯 입술을 뗀 그녀는 정우의 손을 잡고 빠르게 걷기 시작했다.

"어디?"

"……돼지 껍데기 먹으러."

"하지만 거긴……."

"잔말 말고 따라와. 사귀는 기념으로 쏠 테니까."

 그녀의 손에 이끌려 가는 정우의 얼굴에 만족스러운 미소가 감돌았다. 역시 두 달 동안 헬스클럽에서 살다시피 하며 몸을 만든 효과가 있었다. 상희가 이렇게 빨리 자신의 마음을 받아들일 줄이야.

 그런데 돼지 껍데기라고?

 피땀 흘려 힘들게 만든 몸이 설마 한순간에 무너지랴 생각하면서도 그의 머릿속은 칼로리를 계산하느라 바쁘게 돌아갔다.

마침

작가 후기

 작년 가을 무렵 쓰기 시작한 글을 겨울에 연재하고 꽃이 만개하는 봄이 되어 세상에 내어놓게 되었습니다. 초고를 수정하는 시간이 생각보다 길었고, 또 출간 전 다시 재수정하는 시간도 꽤나 오래 걸려 성질 급한 저의 애간장을 어지간히 태운 글입니다.
 꼬꼬마 시절부터 소꿉친구로 자란 두 남녀의 사랑 이야기를 그리는 일이 이토록 어려운 줄 몰랐습니다. 알았다고 해도 시작도 하지 않고 포기했을지는 잘 모르겠네요. 실은 아주 어린 시절부터 친구로 자란 동갑내기 두 남녀의 사랑 이야기를 예전부터 쓰고 싶었거든요.
 부모의 삶을 고스란히 트라우마로 안고 살게 된 남자, 류준혁과 그의 곁을 지키는 여자, 차혜서가 이 이야기를 끌고 나가는 두 주인공입니다.

자라면서 서로에 대해 남자와 여자로 의식하게 되고, 서서히 사랑에 눈을 뜨게 되는 두 사람이지만 오랜 기간 친구로 자랐기에 쉽게 고백하지 못하는 여자와 너무나 소중한 그녀이기에 어렵게 고백한 여자의 마음을 받아들일 수 없어 슬픈 남자의 이야기.

두 사람의 이야기를 잘 풀어냈는지는 독자님들의 판단에 맡겨야 하겠지요? 이제 저는 한 발 물러서서 혜서와 준혁이 좀 더 많은 사람들에게 사랑받기를 조용히 기도하겠습니다.

〈그녀, 차혜서〉를 출간하며 감사의 인사를 전할 분들이 참 많습니다. 우선 글 쓰다가 컴퓨터 앞에서 장렬히 쓰러질 뻔한 저에게 한달음에 달려와 병원까지 동행해 준 친구, 여정님. 덕분에 이 글을 무사히 마칠 수 있었어요. 감사하고 사랑합니다. 그리고 작가로서 첫 작품을 출간한 것도 축하해요. 오래도록 작품 활동하면서 많은 사람들에게 사랑받는 작가가 되기를 진심으로 바랍니다.

글을 쓰는 동안 폐인 모드로 변하는 아내를 이해해 주고 응원해 주는 남편과 세상에 새로운 한발을 내딛기 시작한 큰딸 영림, 언제나 예쁘고 사랑스러운 막내딸 영선에게 감사와 사랑을 전합니다. 믿어 주는 가족이 있기에 글을 쓰는 하루하루가 언제나 행복합니다.

흔들릴 때마다 잡아 주고 무너지고 싶을 때마다 의지처가 되어 주는 블랙홀 가족과 첫눈 가족 모두 감사하고 사랑합니다. 그리고 언제나 든든한 응원으로 힘을 주시는 배선희 님께도 감사의 인사를 전합니다.

책이 출간되기까지 작가만큼이나 고생하셨을 마야마루의 조현경 실장님과 출판사 관계자 여러분께도 감사의 인사를 드립니다.

수고 많이 하셨습니다.

저는 〈그녀, 차혜서〉를 떠나보내고 긴 시간 수정궁에서 작가의 손길을 기다리고 있는 〈치유의 숲, 그곳에서〉와 만날 예정입니다. 올해는 꼭 세상에 내놓고 싶은 글이라 이제 그만 도망가고 마주 보려 합니다.

그윽한 꽃향기로 가득한 아름다운 봄의 한가운데, 모두 행복하고 건강하시길…….

머지않은 때에 다시 만날 수 있기를 바라며 저는 이만 물러갑니다. 혜서와 준혁의 이야기에 함께해 주신 여러분, 다시 한 번 감사드립니다.

2014년 꽃향기 그윽한 어느 봄날
은여경 드림